Im Netz des Schattenfängers

ANNE KREISEL

IM NETZ DES SCHATTENFÄNGERS

DER MISSBRAUCH

ROMAN

Bibliografische Information der Deutschen Nationalbibliothek
Die Deutsche Nationalbibliothek verzeichnet diese Publikation in der Deutschen Nationalbibliografie; detaillierte bibliografische Daten sind im Internet über http://dnb.d-nb.de abrufbar.

Lektorat, Satz, Umschlaggestaltung und Verlag: BoD – Books on Demand GmbH, In de Tarpen 42, 22848 Norderstedt, bod@bod.de
Druck: Libri Plureos GmbH, Friedensallee 273, 22763 Hamburg

ISBN: 978-3-7597-1788-7

I

Es war kurz nach Mitternacht, als Robert Wagner von dem aufziehenden Gewitter über Tumaco geweckt wurde. Er blickte zum offenen Fenster, dessen Vorhänge vom Wind wie zwei weiße Schleier aufgebläht wurden. Seine Mischlingshündin Burna schien dies keineswegs zu beunruhigen; sie hatte ihr erstes Lebensjahr auf der Straße verbracht und war Schlimmeres gewohnt. Nachdem er das Fenster geschlossen hatte, legte er sich wieder auf sein Bett und beobachtete die Schatten in seinem Zimmer. Wie so oft in derartigen Situationen dachte er an seine Zeit im Internat, das er nach dem Tod seines Vaters, kurz nach seinem 15. Geburtstag, bis zum Abitur besucht hatte. Es waren nur vier Jahre gewesen, aber dennoch die schmerzhaftesten seiner Kindheit. Das wunde Gefühl der Einsamkeit war in ihm seitdem immer präsent.

Morgen feierte sein Patenonkel Alfons seinen 66. Geburtstag. Sein letzter hier in Kolumbien, bevor er in zwei Monaten wieder nach Wien zurückkehren würde. Immerhin hatte er es ein Jahr in Tumaco ausgehalten, obwohl die Arbeitsbedingungen auf der Gesundheitsstation, die Rettungseinsätze und auch die klimatischen Bedingungen schon eine Herausforderung für einen Europäer kurz vor dem Ruhestand waren. Anlässlich des Geburtstages von Alfons wollten auch seine Ehefrau Pauline und seine Tochter Theresa anreisen. Theresa würde nur zwei Tage bleiben und dann in die Vereinigten Staaten fliegen, wo sie ihr praktisches Jahr in einer Kinderklinik absolvieren wollte.

Robert kannte Theresa aus Kindertagen, genauso wie ihren vier Jahre älteren Bruder Benedikt, mit dem er jahrelang zur Schule gegangen war. Immer wenn er sich an Theresa erinnerte, musste er an jenen Septembermorgen denken, an dem seine Mutter in Trauerkleidung vor der Tür seines Patenonkels stand, um ihn und seinen kleinen Bruder fürs Internat abzuholen. Alfons und Pauline sprachen ihm zum Abschied Mut zu, während Benedikt den Spruch machte: »Komm,

Alter, jetzt misch einmal ordentlich die weltfremden Kuttenträger auf!« Theresa aber blickte ihn mit Tränen in den Augen an und sagte nur: »Pass auf dich auf. Ich bete für dich«, bevor sie ihm ihre Hand hinstreckte.

Seither hatte er sie nicht wiedergesehen. Alfons und seine Ehefrau Pauline zeigten ihm manchmal Familienfotos, auf denen auch Theresa abgebildet war. Es waren Aufnahmen von besonderen Anlässen, wie etwa die Schulabschlussfeier oder die Heirat ihres Bruders. Auf einem der Hochzeitsfotos war sie mit einem jungen Mann zu sehen, den Robert ebenfalls aus Schulzeiten kannte. Er hätte ihn nicht wiedererkannt, wenn Alfons ihm nicht gesagt hätte, dass es sich um Victor handele, mit dem er früher in eine Klasse gegangen war. So hatte er auch erfahren, dass Theresa seit nunmehr fünf Jahren mit Victor zusammen sei und sich sogar mit ihm verlobt habe. Er lag noch lange wach und grübelte über die Vergangenheit, bis er endlich einschlief.

Am nächsten Morgen wurde er von seiner Hündin Burna geweckt, die ihm ihre nasse Schnauze ans Gesicht drückte. Sie zeigte sich unnachgiebig, weil sie in den Garten wollte. Burna war sehr selbstständig und konnte stundenlang alleine draußen bleiben, reagierte aber misstrauisch Fremden gegenüber und verteidigte ihr Revier. Wasser trank sie meist aus einer Wasserstelle im Garten und ansonsten liebte sie getrocknetes Fleisch und Essensreste.

Robert fuhr nach dem Frühstück zum Gesundheitszentrum von Tumaco. Im selben Gebäude befand sich auch die psychologische Beratungsstelle, für die er seit drei Jahren arbeitete. Als er gegen Mittag zurückkehrte, hatte Alfons, mit Unterstützung der Haushälterin Josefa, schon alles für die Ankunft seiner Familie vorbereitet. Bevor der Patenonkel zum Flughafen aufbrach, bemerkte er gegenüber Robert scherzhaft: »Ich bin einmal gespannt, ob ihr zwei euch noch wiedererkennt. Wie lange ist das jetzt her?« – »Fünfzehn Jahre«, gab ihm Robert knapp zur Antwort.

Als eine Stunde später die Familie Höferl eintraf, empfing Burna die Neuankömmlinge mit lautem Gebell. Sie ließ sich aber von ihrem Herrchen schnell beruhigen, worauf Theresa anerkennend feststellte: »Den Hund hast du ja gut im Griff.« Robert war auf sie zugegangen und antwortete mit einem Lächeln: »Ich bin Psychologe, da sollte man so etwas hinbekommen.« Sie standen sich einen Augenblick schweigend gegenüber, bis Theresa auf ihn zukam und ihn in den Arm nahm. Während sie sich umfasst hielten, sagte sie: »Schön, dich nach all den Jahren wiederzusehen.« Alles sträubte sich in ihm, sie wieder loszulassen, doch Theresa ging wieder auf Distanz, damit ihre Mutter Robert auch begrüßen konnte.

Das anschließende Essen nahmen sie in einem Lokal der edleren Sorte ein. Anlässlich seines Geburtstages hatte Dr. Höferl auch seinen Patensohn dazu eingeladen. Während Pauline von ihrer 87-jährigen Schwiegermutter berichtete, die nach einem Sturz im Garten zunehmender Pflege bedurfte, wanderte Roberts Blick immer wieder zu Theresa, die ihm schräg gegenübersaß.

Als Pauline zu Ende erzählt hatte, erkundigte sich Robert bei Theresa: »Und du reist übermorgen weiter? Freust du dich auf dein Praxisjahr in den USA?« – »Oh ja, ich freue mich sogar sehr darauf, weil ich schon einmal ein Auslandssemester in den Staaten verbracht habe und nun auch alte Bekannte wiedersehen werde. Sie haben in all den Jahren stets Kontakt zu mir gehalten.« Mit einem hörbaren Vorwurf in der Stimme fügte sie hinzu: »Im Gegensatz zu dir.« Robert blickte sie ernst an. »Verletzte Menschen reagieren häufig wie verwundete Tiere; sie ziehen sich zurück und machen es mit sich selbst aus«, entgegnete er. Theresa schwieg einen Moment, bevor sie versöhnlicher vorschlug: »Wollen wir nachher noch mit deinem Hund spazieren gehen und du erzählst mir dann mehr?« – »Ja, das können wir machen«, antwortete er knapp.

Theresa war eine attraktive Frau geworden; in ihren Augen erkannte er denselben wachen, empathischen Blick von damals. Er sah ihr gerne dabei zu, wie sie lebhaft erzählte, dabei mit ihren Händen gestikulierte, und es gefiel ihm, wie sie sich bewegte. Trotzdem spürte er deutliche Warnsignale in sich, die ihm zu sagen schienen, dass er zu ihr lieber auf Abstand gehen sollte.

Als sie das Lokal verließen, erkundigte sich Pauline, ob Robert nicht gemeinsam mit ihrem Ehemann nach Wien zurückkehren wolle. Dr. Höferls Auslandseinsatz auf der Krankenstation in Tumaco neigte sich dem Ende zu, weshalb er für die Zeit danach bereits konkrete Vorstellungen entwickelt hatte. Robert hingegen hatte sich noch nicht entschieden, ob er seinen Arbeitsvertrag bei der Hilfsorganisation um ein weiteres Jahr verlängern wollte, und antwortete daher entsprechend unverbindlich.

Am späten Nachmittag gingen Robert und Theresa mit der Hündin am Wasser spazieren. Theresa hatte die Narben an Burnas Hals gesehen und fragte deshalb gleich nach: »Was ist denn mit ihr passiert?« – »Sie lebte früher auf der Straße und fraß gerne die Küchenabfälle im Hinterhof eines Restaurants. Das wurde ihr eines Tages zum Verhängnis. Der Koch fing sie mit einer Drahtschlinge ein und band sie hinter einem Schuppen fest. Dort wäre sie fast gestorben. Aber sie hatte Glück und wurde von Kindern gefunden, die im Hof spielten.«

Sie hatten sich an einen ruhigen Strandabschnitt nebeneinandergesetzt und blickten eine Zeitlang schweigend auf das Wasser. Schließlich fragte Theresa: »Hätte meine Familie damals mehr für dich tun können?« – »Rechtlich nein, aber menschlich ja«, antwortete Robert nach kurzem Überlegen. »Und was hätte ich für dich tun können?«, hakte sie nach.

»Damals hast du mir zum Abschied gesagt, du würdest für mich beten, Tessa. Oder soll ich jetzt lieber Theresa zu dir sagen? Das klingt mehr nach der erwachsenen Frau, die du ja inzwischen bist«, entgegnete er und blickte sie musternd von der Seite an. »Wie lange hast du denn für mich gebetet?« – »Bis ich hörte, dass du nach Berlin gehst und dort studierst. Da glaubte ich, dass du nun in Sicherheit seist«, versuchte sie sich zu verteidigen und ergänzte dann: »Du kannst mich weiter Tessa nennen, wenn du es möchtest.« – »Danke«, sagte er, »für deine Gebete.« Unvermittelt fuhr er fort: »Bist du glücklich mit Victor? Nach fünf Jahren kennt man sich doch ziemlich gut.«

Theresa sah ihn nachdenklich an. »Ist es so, dass man sich mit den Jahren immer besser kennenlernt? Oder hat man bereits nach einem Jahr eine akzeptable Beziehungsebene geschaffen und versucht dann, sich damit zu arrangieren?« – »Klingt ganz schön abgeklärt«, kommentierte Robert. »Was ist dein Plan für die Zukunft?« – »Ich mache jetzt mein Praxisjahr in den USA und kehre danach zurück nach Wien, in ein Krankenhaus oder in eine Praxis für Kinderheilkunde.« Sie blickten wieder schweigend aufs Wasser, bis Theresa schließlich fragte: »Was hat dich denn damals so verletzt?«

»Oh, ich habe viele Semester Psychologiestudium hinter mir und könnte dir jetzt einiges erzählen. Willst du dir das wirklich antun?«, sagte er leicht zynisch. »Ja, wir haben noch fast fünfzig Stunden, bis ich fliege.« – »Warum willst du es wissen? Willst du damit dein schlechtes Gewissen beruhigen?«, wurde sein Ton schon aggressiver. »Nein, ich will dir eine alte Vertrautheit aus Kindertagen anbieten.« Er blickte sie von der Seite an. »Die alte Vertrautheit aus Kindertagen bestand aus Kaugummi, Himbeerbonbons und Schokolade. Heute sind wir erwachsen, Tessa. Erwachsene haben Jobs, gesellschaftliche Verpflichtungen und auch Sex.«

Theresa stand auf. »Schade«, sagte sie enttäuscht, »ich dachte, wir könnten wie gute alte Freunde miteinander reden.« – »Aus deiner Perspektive heraus vielleicht. Du hast einen Verlobten und fliegst in fünfzig Stunden zu ihm in die USA. Was mit mir ist und wo ich gerade stehe, interessiert dich doch gar nicht.« Er hatte sich ebenfalls erhoben und sah sie mit herausforderndem Blick an. »Wenn du mir nicht sagst, wo du stehst, kann ich es auch nicht berücksichtigen«, wandte sie ein. »Ja, sei mal schön locker und hab ganz viel Vertrauen«, antwortete er spöttisch. »Tessa, vergiss diese Nummer. Gefühle sind nun einmal schneller als das Gehirn. Aber mein Kopf sagt mir, dass ich jetzt lieber nach Hause gehen möchte und es nichts mehr zwischen uns wird, in welcher Beziehung auch immer.«

Nach dieser Ansage gingen sie schweigend zum Haus zurück, obwohl ein jeder von ihnen unter der Sprachlosigkeit litt. Erst vor dem Grundstückstor sagte sie: »Es tut mir leid, es war dumm von mir, so an die Sache heranzugehen«, woraufhin er ihr nur einen guten Abend wünschte und dann mit Burna in seinem Wohnbereich verschwand.

In den kommenden Tagen vermied er es, ihr nochmals zu begegnen. Morgens fuhr er zur Arbeit ins Gesundheitszentrum und hielt sich, wenn er zu Hause war, in seinen Räumen auf. Da Dr. Höferl und er zwei voneinander getrennte Teile des Gebäudes bewohnten, war es einfach, sich aus dem Weg zu gehen.

Erst am Abreisetag kam Theresa zu ihm, um sich zu verabschieden. Sie reichte ihm die Hand. »Vielleicht sehen wir uns das nächste Mal in Wien«, hoffte sie. Er erwiderte ihren Händedruck und gab ihr mit auf den Weg: »Pass gut auf dich auf. Nicht dass ich hier deine Schutzengel noch bei guter Laune halten muss.«

Von Dr. Höferl erfuhr er zwei Tage später, als Pauline schon wieder abgereist war, dass Theresa gut bei ihrer Freundin Patty angekommen war und morgen ein Zimmer im Schwesternwohnheim beziehen würde. Erstaunt fragte Robert nach: »Wieso Schwesternwohnheim? Wohnt sie nicht mit ihrem Verlobten zusammen?« – »Nein, Victor ist als Untermieter zu einem Kollegen gezogen, in der Nähe seiner Arbeitsstelle.« – »Klingt ja wenig romantisch«, bemerkte Robert nur und machte sich auf den Weg zur Beratungsstelle.

Erst am Abend wandte er sich erneut an Dr. Höferl: »Fragst du einmal bei Tessa nach, ob ich ihre E-Mail-Adresse bekommen kann? Ich würde ihr gerne schreiben.« – »Lass uns doch mit einem Glas Wein auf die Terrasse gehen, ich möchte etwas mit dir besprechen«, schlug sein Patenonkel vor. Nachdem er die Gläser gefüllt hatte, kam er auf den eigentlichen Grund dieser Unterredung zu sprechen: »Pauline hat sich in Wien erkundigt, welche Institutionen auf Trauerbewältigung spezialisiert sind und Unterstützung für Traumatisierte anbieten.« Er zog einen zusammengefalteten DIN-A4-Bogen aus seiner Brusttasche und legte ihn ausgebreitet vor Robert auf den Tisch.

»Willst du mich jetzt zum Therapeuten schicken, nur weil da noch etwas sein könnte? Nein, Alfons, damit bin ich durch. Es werden immer Wunden bleiben, auch wenn man sie nicht sieht. Schau dir Burna an, sie kann gut mit ihren Verletzungen leben, sollte aber manche Dinge tunlichst meiden.« – »So wie du feste Bindungen meidest?«, hakte Dr. Höferl nach und fuhr dann unvermittelt fort: »Oder wie lange willst du noch bezahlten Sex mit deiner Haushälterin haben?« Roberts Gesichtsausdruck verschloss sich. Es war für ihn nicht nachvollziehbar, wieso sein Patenonkel jetzt auf Nuri zu sprechen kam. »Was willst du mit diesem Gespräch eigentlich erreichen?«, fragte er verständnislos.

Nach einem großen Schluck Wein erklärte Dr. Höferl: »Pauline und ich glauben, dass du ein guter Therapeut für Trauerarbeit oder Traumapatienten werden könntest. Mit deiner Ausbildung würde es doch passen und vielleicht würdest du auch bei dir selbst noch ein Stück weiterkommen.« Robert griff nach dem Blatt und las es durch. Es waren mehrere psychologische Institutionen aufgelistet, unter anderem Hospize, die therapeutische Begleitungen anboten.

Als er das Papier wieder auf den Tisch zurücklegte, wollte er wissen:

»Wann hast du eigentlich geahnt, dass mein Vater Lungenkrebs haben könnte?« – »Ärzte sind keine guten Beobachter, wenn es um ihr persönliches Umfeld geht. Rudolf wusste, dass mir seine starke Raucherei ein Dorn im Auge war. Und seinen Raucherhusten hatte ich schon seit Längerem bemerkt. Aber dass es Krebs sein könnte, habe ich erst vermutet, als er stark abgenommen hatte und nur noch grau im Gesicht aussah. Da hatte der Krebs leider schon gestreut.«

»Und warum willst du im Herbst, wenn du zurück bist, neben der Praxis noch stundenweise im Hospiz arbeiten?«, fragte Robert nach. »Viele Menschen, die sich nach langer Krankheit für den Aufenthalt im Hospiz entscheiden, möchten an ihrem Lebensende bei sich selbst ankommen. Sie brauchen keine Tricks und falschen Hoffnungen mehr. Ich möchte ihnen dabei helfen.« – »Weil du meinem Vater nicht helfen konntest?« – »Robert, ich habe es nie gutgeheißen, wie Rudolf mit seiner Gesundheit umging. Und später schenkte er seiner Krankheit kaum Beachtung. Er führte ein Leben auf der Überholspur und blendete dabei ganz viel aus. Nein, mein Wunsch, im Hospiz zu arbeiten, hat sich durch andere Patienten entwickelt.«

Robert schwieg einen Moment, bevor er fragte: »Tessas Beziehung zu diesem Victor ist für dich in Ordnung?« – »Wenn sie dazu führt, dass meine Tochter bald eine weise Entscheidung trifft, dann ja.« – »Und die wäre?«, hakte Robert nach. Dr. Höferl lächelte. »Ich bin mir sicher, dass sie eine gute Kinderärztin werden wird, denn sie ist wirklich sehr talentiert, und ich hoffe, dass sie sich bald einen Partner sucht, der zu ihr passt. Ich schreibe dir ihre E-Mail-Anschrift unter die Adressen hier auf dem Zettel.«

Später in seinem Wohnraum fuhr Robert den PC hoch und öffnete seinen E-Mail-Account. Er starrte einen Moment auf den leeren Bildschirm, bevor er zu schreiben begann: »Hi, Tessa. Ich hoffe, dein Job macht dir Spaß und dein Zimmer gefällt dir auch. Wenn du Lust hast, schreibe mir doch einmal. Ich war nämlich noch nie in den USA. Robert.«

In den nächsten Tagen führte Robert mehrere Gespräche mit der Hilfsorganisation, für die er arbeitete. Es ging um die Befreiung zweier Geiseln, die von Rebellen entführt worden waren und in der nächsten Woche freigelassen werden sollten. Robert und Dr. Höferl hatten Einsätze dieser Art schon des Öfteren durchgeführt und sollten auch diesmal die Erstversorgung der Geiseln übernehmen. Auf die Frage seines Vorgesetzten nach einer eventuellen Verlängerung seines Arbeitsvertrages zögerte Robert noch. Die Organisation wollte ihn gerne in Tumaco behalten, doch er konnte sich noch nicht zu einer Entscheidung durchringen und erbat sich eine weitere Woche Bedenkzeit.

Nach Dienstschluss recherchierte er im Netz nach den Institutionen, die ihm Pauline zusammengestellt hatte. Die Internetauftritte waren informativ und wirkten insgesamt seriös. Trotzdem war er unsicher, ob er sich dort wirklich bewerben wollte. Auf dem anschließenden Spaziergang mit Burna, die am liebsten ohne Leine lief, versuchte er sich vorzustellen, wie es sein würde, wieder in Wien zu wohnen. Es war nicht das Großstadtleben, was ihm Angst machte, sondern der Gedanke an die Heimkehr in seine Geburtsstadt. Immer wenn er sich Touristeninformationen im Internet ansah, riefen die abgebildeten Fotos zahlreiche Erinnerungen in ihm wach und er spürte, wie sich sein Puls beschleunigte.

Am dritten Tag nach seiner Mail-Anfrage hatte er eine Nachricht von Theresa im Postfach. Sie schrieb: »Schön, dass du mailst, so können wir wenigstens in Verbindung bleiben. Mein Zimmer ist sauber, mit allen Notwendigkeiten ausgestattet und bezahlbar. Die neuen Arbeitskollegen sind nett und hilfsbereit, aber das amerikanische Gesundheitswesen ist für mich noch nicht durchschaubar. Demnächst hierzu vielleicht mehr. Gruß Tessa.« Robert mailte spontan zurück: »Hat dich Victor nach den vielen Monaten der Trennung gleich wiedererkannt?«

Die Antwort hierauf erhielt er am nächsten Tag. »Das erste Wiedersehen fand im Beisein seines Kollegen statt, bei dem er wohnt. Sie haben mich zur Begrüßung in ein Lokal für asiatische Küche eingeladen. Die beiden wirkten sehr vertraut miteinander, in jeder Beziehung, und ich fühlte mich eher wie Besuch. Übrigens raucht Victor plötzlich, wie sein Kollege auch. Dieselbe Marke und sie haben beide ein goldfarbenes Feuerzeug.« Robert überlegte kurz, ob er hierauf näher eingehen sollte, und tat es dann, indem er nachfragte: »Gab es bei Victor schon einmal etwas mit anderen Männern?«

Den nächsten Tag über konzentrierte sich Robert auf die letzten Abstimmungen mit den Unterhändlern, die die Geiselfreilassung vorbereitet und ausgehandelt hatten. Erst nach dem Abendspaziergang mit Burna führte sein erster Gang in seiner Wohnung direkt zum PC. Ungeduldig wartete er, bis die Internetverbindung endlich stand. Dann sah er, dass wieder eine Mail von Theresa gekommen war.

Sie schrieb: »Bin gerade im völlig falschen Film und will wieder heim. Habe vorhin in den sozialen Medien nachgeforscht. Und ja, es gab früher einen Matze. Vor mir hatte Victor wohl keine Frau, warum auch, wenn er lieber mit Jungs zusammen ist? Ist ja auch okay, hätte er mir aber sagen sollen, anstatt mit mir eine Scheinbeziehung zu führen, um seine Familie zu beruhigen. Ich kläre morgen, wann ich aus dem Arbeitsvertrag und dem Stipendium rauskann, damit mir wenigstens noch ein Ausbildungsabschnitt angerechnet wird. Im Moment geht es gerade um Impfschutz und Infektionserkrankungen. Gruß Tessa.« Robert schrieb ihr zurück: »Sprich Victor direkt darauf an. Dann kannst du dich auch besser entscheiden, was du willst. Bin jetzt mit deinem Vater fünf Tage nicht auf Empfang, nur im Notfall wie üblich über die Beratungsstelle zu erreichen. Alles Gute Robert.«

Als er am nächsten Tag seinen Rucksack packte, machte Nuri gerade seine Räume sauber. Sie bot ihm an: »Ich hätte danach noch eine Stunde Zeit«, worauf er geistesabwesend antwortete: »Nein. Ich habe ganz andere Probleme.« Die junge Frau entgegnete in ihrer unterwürfigen Art: »Ja, ich verstehe. Sie können es ja sagen, wenn Sie mich wieder wollen.«

Am Abend vor dem Abflug setzte er sich mit seinem Patenonkel zusammen. Gemeinsam gingen sie den geplanten Ablauf der Geiselübernahme noch einmal durch. Am Ende der Besprechung gab Robert bekannt: »Nach dieser Tour werde ich meinen Arbeitsvertrag auslaufen lassen und mich in Wien bewerben.« – »Oh, woher dieser Gesinnungswandel?«, fragte ihn Dr. Höferl sichtlich erfreut. »Langes Nachdenken, intensive Recherche und Mut zu Veränderungen«, erklärte ihm Robert und fuhr dann fort: »Nur Burna konnte ich hiervon noch nicht überzeugen; das ist ihr alles zu theoretisch.«

Auch wenn derartige Einsätze inzwischen mit einem routinierten Team abliefen, waren die Gefühle der Helfer jedes Mal sehr individuell. Und es war Roberts Aufgabe, die Emotionen aller Beteiligten zu berücksichtigen und eine verlässliche Gemeinschaft zu formen. Auch Burna, die bislang immer dabei war, kannte ihren Job. Außerhalb ihres

Reviers wirkte sie aufmerksam und ruhig, was Robert als angenehm empfand, zumal er sich in freier Natur von ihr auch ein wenig beschützt fühlte. Lediglich der Flug in der Transportkiste stellte für die Hündin eine große Herausforderung dar.

Die Unterhändler hatten gut gearbeitet und es gelang ihnen, am zweiten Tag die beiden weiblichen Geiseln an der vereinbarten Stelle, wo sie von den Rebellen ausgesetzt worden waren, in ihre Obhut zu nehmen. Die jungen Frauen wirkten auf den ersten Blick körperlich unversehrt. Mateo, der einheimische Führer ihres Teams, sprach sie an und forderte sie auf, mit ihm zu den anderen zu kommen, die sich etwas im Hintergrund hielten. Daraufhin übernahm Robert die Kommunikation. Er stellte sich vor und erklärte ihnen, dass Dr. Höferl Arzt sei. Als er dann wissen wollte, ob sie verletzt seien, schüttelten beide Frauen den Kopf und senkten ihren Blick. Noch etwas skeptisch vom Anblick der Geiseln, wollte Robert von ihnen wissen, ob sie nun den Rückweg beginnen könnten. Als die Frauen wieder nur stumm nickten, reichte ihnen Dr. Höferl noch zwei Flaschen mit einem Energiedrink und forderte sie auf, alles auszutrinken, was diese dann auch taten.

Später, auf dem Weg zu ihrem Flugzeug, stellte sich schnell heraus, wie ausgezehrt und kraftlos die beiden Frauen waren, sodass die Gruppe deutlich langsamer zum Landeplatz vorankam als zuvor angenommen. Anfangs verhielten sich die Frauen sehr schreckhaft und unterwürfig; je länger sie jedoch mit ihren Befreiern unterwegs waren, umso mehr fassten sie Vertrauen, was letztendlich eine wichtige Voraussetzung dafür war, um die Mission zu einem guten Abschluss zu bringen. Diese endete wie immer in der Krankenstation der Hilfsorganisation, wo die Angehörigen der jungen Frauen schon ungeduldig auf ihr Eintreffen warteten.

Robert war erleichtert und auch ein wenig stolz, als er sich bei den Geiseln, ihren Familien und den Helfern verabschiedete. Er erlebte dieses Schlussritual intensiver als sonst, auch wenn es nach außen hin so ablief wie immer. Auf der Rückfahrt bemerkte Dr. Höferl: »Du bist hier schon am Abschließen, stimmt's?« – »Sieht das so aus?«, fragte er. »Ja.«

Kaum zu Hause angekommen, checkte er voller Unruhe seine Mails. Theresa hatte ihm geschrieben: »Ich hoffe, euer Einsatz ist gut verlaufen. Habe für euch gebetet. Gestern nach Dienstschluss traf ich mich mit Victor allein im Park. Er gab die Sache mit Kevin, seinem Kollegen und Mitbewohner, zu. Es sei aber nur Sex, versicherte er. Mit Matze sei es nach gemeinsamen Feten öfters zu Abstürzen im Suff gekommen, einmal auch blöderweise ohne Gummi, worauf er dann einen HIV-Test machen ließ, angeblich, um mich zu schützen. Jedenfalls habe ich wohl Glück gehabt. Ich habe ihm gesagt, dass ich mich in einer Beziehung einmalig fühlen möchte, ohne Nebenbuhler oder Sexpartner. Er bat mich, meine Entscheidung noch einmal zu überdenken, weil wir doch so ein erfolgreiches Paar seien; dies würden seine Eltern genauso sehen. Was soll das? Bei so etwas kriege ich einen Kotzreiz. Gruß Tessa.« Von dem Einsatz erschöpft, schrieb Robert nur kurz zurück: »Du hast ihm heute gezeigt, dass du einmalig bist. Bin ziemlich geschafft; es war aber ansonsten alles gut. Gruß Robert.«

Nachdem er sich auf sein Bett gelegt hatte, schlief er sofort ein. Er träumte von einer Nacht in der elterlichen Wohnung und davon, dass er von einem heftigen Hustenanfall seines Vaters geweckt wurde. Als er aufstand, um nach ihm zu sehen, fand er den Vater auf dem Bettrand sitzend vor. Seine Hände waren voller Blut, welches er gerade ausgehustet hatte. Robert wachte auf und konnte sich sofort an eine ähnliche Situation erinnern, die er ein halbes Jahr vor dem Tod seines Vaters erlebt hatte. Im realen Leben hatte er aus diesem schlimmen Erlebnis nicht einfach aussteigen können, sondern war von seinem Vater nur harsch angewiesen worden, wieder in sein Bett zu gehen.

Während des Studiums hatte Robert gelernt, dass Kinder in Familien mit schweren Krankheitsfällen oft zu »Schattenkindern« werden, die man mit ihren eigenen Bedürfnissen kaum wahrnimmt, weil die Sorge um den Kranken alle Aufmerksamkeit beansprucht. Sein Vater hatte sich jedoch nicht umsorgen lassen, sondern seine Krankheit so lange wie möglich verheimlicht und alle Menschen in seinem Umfeld weggebissen. Robert hatte sich jahrelang schwer damit getan, die Trauer zu seinem Vater überhaupt zuzulassen, weil seine Verunsicherung einfach zu groß war.

Am nächsten Tag, der nach dem Einsatz als Ruhetag gedacht war, schrieb er Bewerbungen und schickte sie per Mail an zwei Institutionen in Wien. Eine weitere Mail sandte er an seinen jetzigen Arbeitgeber. Darin kündigte er an, dass er seinen Vertrag nicht verlängern wolle und somit in drei Monaten ausscheiden würde. Seinen Resturlaub würde er ab Mitte Oktober nehmen. Als Nuri kam, um seine Räume zu reinigen, teilte er ihr ohne Umschweife seine Entscheidung mit: »Ich werde in acht Wochen hier aufhören und dann weggehen. Danke für deine Unterstützung.« Bevor sie etwas erwidern konnte, ging er mit Burna nach draußen. Um den Kopf frei zu bekommen, joggte er am Strand entlang und kehrte erst nach zwei Stunden zurück.

Erstaunt musterte Dr. Höferl sein verschwitztes T-Shirt und wollte wissen: »Was hast du denn heute schon gemacht? Du siehst ja ziemlich fertig aus.« – »Eben war ich joggen, davor habe ich meine Vertragsverlängerung abgelehnt und auch zwei Bewerbungen losgeschickt. Jetzt gehe ich duschen. Wir können aber später zusammen essen.« Dr. Höferl war damit einverstanden und verkündete später beim gemeinsamen Essen: »Tessa hat sich von ihrem Verlobten getrennt. Victor soll wohl schwul sein. Wenn das sein Vater mitbekommt, wird der Junge sofort enterbt.« – »Warum? Homosexualität ist doch heute kein Skandal mehr«, gab sich Robert gelassen. Sein Patenonkel schaute ihn irritiert an und fragte: »Findest du das normal? Auf der einen Seite die Beziehung zu Tessa und dann der andere Kerl? Ist wohl ein Kollege von ihm.«

Robert legte seine Gabel zur Seite und blickte ihn ruhig an. »Ich finde es nicht normal, dass er, anstatt sich zu outen, einer jungen Frau eine Beziehung vorspielt, um seine Eltern zu täuschen. Ich finde es auch nicht in Ordnung, wenn er durch ungeschützten Sex in Kauf nimmt, sich möglicherweise mit Aids zu infizieren, und dadurch auch Tessa in Gefahr bringt, nur weil er im Suff nicht verhüten kann«, ereiferte er sich nun doch. Dr. Höferl blickte ihn erstaunt an und murmelte dann: »Da weißt du ja mehr als ich.« – »Ich bin schließlich der Psychologe von uns beiden. Kann ich in Wien erst einmal mit Burna bei euch wohnen, bis wir etwas Passendes gefunden haben? Ich werde in etwa zwei Monaten meine Zelte hier abbrechen.« – »Ja, natürlich, dann endet ja auch mein Vertrag. Wir fliegen zusammen zurück und du wohnst bei uns in der Gästewohnung.« – »In Wien werde ich für Burna eine Tagesunterbringung suchen, in einer Familie oder in einem Haushalt mit Hund, damit sie nicht so lange alleine bleiben muss. Vielleicht kriege ich auf diese Weise noch einige Schmarren bei ihr weg«, meinte Robert hoffnungsvoll.

Zwei Tage später erhielt er von Theresa eine Mail. »Hallo, großer Freund. Vati hat mir geschrieben, dass du zurück nach Wien gehen willst. Ich freue mich für dich, dass du dich deiner Vergangenheit stellst und so hoffentlich wieder mehr in dir ruhst. Victor hat heute mein endgültiges ›No‹ bekommen. Er kann es zwar nicht verstehen, das ist aber nicht mein Problem. Dann hoffentlich bis bald in Wien.« – Er schrieb ihr zurück: »Du hast bestimmt eine gute Entscheidung getroffen. Konntest du schon abklären, wann du zurückkommen kannst? Gruß Robert.«

Erst fünf Tage später fand er eine Nachricht von ihr in seinem Postfach. Sie schrieb: »Hallo, mein großer Freund. Ich kann nach einem Quartal hier aussteigen und werde mich für den Rest meines praktischen Jahres an der Kinderklinik in Wien bewerben. Ich wünsche mir, dass wir uns in Wien die Zeit für eine Aussprache nehmen. Ich habe so viel Vertrauen zu dir und es tut mir weh, wenn es bei dir anders sein sollte. Gruß Tessa.«

Am nächsten Tag wurden Robert und Dr. Höferl zu einem Einsatz in den nächsten Ort gerufen. Ein völlig überfüllter Bus war bei einem Ausweichmanöver von der Straße abgekommen und in eine Böschung gerutscht. Als sie am Unfallort ankamen, lag der Bus noch auf dem Fahrzeugdach, während etliche Helfer damit beschäftigt waren, die Verletzten und die Toten zu bergen. Unter den Überlebenden gab es auch mehrere Kinder, die sich fast unwirklich still verhielten. Der Schock hatte ihnen jedes Gespür für den körperlichen Schmerz genommen. Einige Frauen schrien, vor Verzweiflung und Angst um ihre Lieben, bis ihnen die Kraft ausging und sie in ein apathisches Wimmern verfielen. Robert war von diesem Einsatz sehr betroffen. Auf der Rückfahrt nach Hause sagte er: »Ich will mich an solche Bilder nicht gewöhnen, auch wenn es unser Job ist. Eine der Frauen hat ihren Jungen verloren. Zu zweit hatten sie die kranke Tante besucht und waren nun auf der Heimfahrt. Die Frau wusste nicht, wie sie ihren anderen Kindern daheim erklären sollte, was mit ihrem Bruder geschehen ist.«

Er war zu aufgewühlt, um sich am Abend noch um seine Mails zu kümmern. Deshalb schrieb er Theresa erst am nächsten Tag zurück, nachdem er lange über ihre Worte nachgedacht hatte: »Sorry, wir hatten wieder einen Einsatz. Nun zu deiner Mail. Tessa, du bist nicht mehr das süße Mädchen mit dem einfühlsamen Blick, sondern eine schöne, selbstbewusste Frau geworden. Es gibt gemeinsame Erinnerungen, aber auch dunkle Bilder, die wir unterschiedlich interpretieren. Ich kann nicht einfach da weitermachen, wo wir vor fünfzehn Jahren aufgehört haben. Vielleicht schaffe ich es, dir ein Vertrauter oder Freund zu sein, vielleicht aber auch nicht. Vielleicht möchte ich irgendwann einmal mehr von dir und wir stellen dann fest, dass es nicht passt. Wir können viel gewinnen, aber auch viel verlieren, und das macht mir Angst. Gruß Robert.« Am nächsten Tag antwortete sie nicht. Robert vermutete, dass ihr Schweigen mit seiner E-Mail zu tun haben könnte.

II

Eine Woche später stand Dr. Höferl völlig aufgelöst vor Robert und informierte ihn: »Ich habe gerade von Pauline erfahren, dass Tessa in Untersuchungshaft sitzt. Pauline will sofort einen Flug buchen und ein Visum beantragen. Sie muss schnellstmöglich zu ihr.« Robert sah ihn ungläubig an. »Wieso in U-Haft? Dann muss sie doch unter Verdacht stehen, eine Straftat begangen zu haben. Du musst sofort die Botschaft einschalten, damit Tessa einen Anwalt bekommt.« – »Du hast recht«, stimmte ihm Dr. Höferl zu. »Ich werde Pauline gleich anrufen, sie wird sich von Wien aus darum kümmern.«

In den nächsten Tagen erhielten sie kaum neue Informationen und Paulines Einreisegenehmigung ließ auch auf sich warten. Dr. Höferl fluchte: »Wir sitzen hier in diesem Landstrich fest, völlig abgeschnitten vom Rest der Welt, und können nichts tun!« Robert, der schon über eine Woche nichts mehr von Tessa gehört hatte, fragte seinen Patenonkel: »Was hat sie dir denn zuletzt gemailt?« Sofort zog Dr. Höferl sein Smartphone hervor und checkte die Nachrichten. »Da gab es eine Mail vor acht Tagen. Sie fragte mich, ob ich wüsste, warum du dich ihr gegenüber manchmal so schroff und unnahbar verhältst.« – »Und? Weißt du es?«, fragte Robert. »Hast du ihr darauf geantwortet?« – »Ich habe ihr gemailt, dass du gerade deine Vergangenheit abarbeitest und sie dir einfach Zeit lassen sollte.« Robert zeigte sich beeindruckt. »Die Antwort könnte glatt von mir sein.«

Dr. Höferl schaute ihn nachdenklich an. »Robert, auch wenn deine Mitmenschen nicht alle Psychologie studiert haben, sind sie sehr wohl in der Lage, ihr Gegenüber zu verstehen.« Mit Blick auf sein Smartphone fuhr er fort: »Hier ist noch eine SMS zwei Stunden später. Die habe ich völlig übersehen. Tessa schreibt, dass Victor einen Autounfall hatte und im Krankenhaus liegt. Eine Krankenschwester hätte sie benachrichtigt, sie solle dringend kommen. Tessa wollte sich nach dem Krankenhausbesuch wieder melden, was sie aber nicht getan hat.« – »Dann muss in diesem Zeitfenster etwas Gravierendes geschehen sein«, vermutete Robert.

Frau Höferl hatte sich inzwischen mit der österreichischen Botschaft in Verbindung gesetzt und konnte für ihre Tochter einen Rechtsanwalt Dexter organisieren, mit dem sie in Mail-Kontakt stand. Über ihn erfuhren sie, dass Theresa selbst für zwei Tage im Krankenhaus gelegen hatte, bevor sie festgenommen wurde. Sie hatte Brandverletzungen, eine Schnittwunde und einen Schock erlitten. Einen Tag später erhielten sie eine Zusammenfassung des Geschehens, so wie Theresa es ihrem Rechtsanwalt geschildert hatte, mit der Bitte, das Schriftstück an ihre Eltern weiterzuleiten.

Dr. Höferl las Robert die Mail mit Theresas Schilderung vor: »Auf Victors ausdrücklichen Wunsch hin habe ich ihn drei Tage nach seinem Unfall in der Klinik besucht. Vor Ort bemerkte ich sofort, dass Victor, der wegen seines Beinbruchs noch im Rollstuhl saß, mit den Nerven völlig am Ende war. Er erzählte, dass sein Freund so schwere Verletzungen als Beifahrer davongetragen hatte, dass sein rechter Arm und seine rechte Gesichtshälfte stark in Mitleidenschaft gezogen worden waren. Kevin gab wohl seinem Freund die Schuld an dem Unfall, weshalb er auch keinen weiteren Kontakt mehr zu Victor haben wollte. Nachdem ich mir alles angehört hatte, riet ich ihm dazu, umgehend seine Eltern zu informieren und einen Rechtsanwalt zu beauftragen, zumal er vor der Fahrt Alkohol getrunken hatte. Danach wollte ich wieder gehen, weil ich mit meiner Freundin Patty verabredet war. Victor hat mich noch darum gebeten, ihn im Rollstuhl auf den Balkon vor seinem Zimmer zu schieben, weil er eine Zigarette rauchen wollte. Dort fragte er mich, ob er mit meiner Unterstützung rechnen könne, worauf ich ihn an unsere Trennung erinnerte und ihn aufforderte, professionelle Hilfe in Anspruch zu nehmen. Als er mich dann bat, ihm noch schnell sein Trinkglas zu bringen, trug ich es mit dem Tablett, auf dem auch eine kleine Sprühflasche mit Desinfektionsalkohol stand, zum Balkon und stellte alles auf den kleinen Tisch. Ich wollte dann gehen, Victor verschüttete aber sein Wasserglas, weshalb ich ins Bad lief, um Toilettenpapier zum Aufwischen zu holen. Bei meiner Rückkehr bemerkte ich sofort den strengen Geruch des Desinfektionsmittels. Victor forderte mich auf, bei ihm zu bleiben, ich aber griff nach meiner Tasche, um zu gehen. Als ich wieder hochblickte, sah ich, wie Victors Schlafanzug brannte. Voller Panik habe ich versucht, die Flammen mit seinem Handtuch zu ersticken, und dann die Klingel betätigt, um Hilfe zu rufen.« – »Scheiße, das ist ja ein verdammt harter Tobak!«, bemerkte Robert aufgebracht. »Und was werfen sie jetzt Tessa vor?«

Victors Variante zum Ablauf des Geschehens erhielten sie zwei Tage später von Theresas Anwalt. Hierin behauptete er, Theresa habe ihn aus Wut mit Desinfektionsmittel übergossen und ihm dann gedroht, ihn abzufackeln, falls er die Auflösung der Verlobung nicht sofort rückgängig mache. Als er versucht habe, ihr das Feuerzeug zu entwenden, sei es zu dem tragischen Brand gekommen.

Beide Männer schwiegen einen Moment voller Sorge, bis Robert einfiel: »Ich habe einige Mails von Tessa, die beweisen, dass seine Version nicht stimmen kann. Sie sind noch aus der Zeit vor dem Unfall. Wenn Tessa zustimmen würde, könnte ich sie ihrem Anwalt zur Verfügung stellen.« Dr. Höferl ließ über den Anwalt bei Theresa anfragen. Sie war damit einverstanden, worauf Robert die Mails Rechtsanwalt Dexter zur Verfügung stellte und ihn bat, ihn direkt zu informieren, falls das Material noch nicht ausreichen sollte.

Inzwischen hatte Frau Höferl mit Hilfe der Botschaft alle notwendigen Einreiseunterlagen erhalten und machte sich nun auf den Weg in die USA, um ihrer Tochter in dieser schwierigen Situation beizustehen. Robert und sein Patenonkel bekamen unterdessen eine neue Nachricht von Rechtsanwalt Dexter. Da die von Robert weitergeleiteten Mails brisante Inhalte hinsichtlich der sexuellen Vorlieben von Victor enthielten, konnte Rechtsanwalt Dexter die Gegenseite dazu bringen, einzulenken. In der Folge wurde Victors Aussage zum Ablauf des Geschehens korrigiert. In seiner neuen Version habe Theresa das Desinfektionsmittel dazu benutzt, um den beschmutzten Tisch auf dem Balkon zu reinigen. Hierbei sei ihr die geöffnete Flasche aus der Hand gerutscht, während er gerade mit seinem Feuerzeug hantiert habe. Auffällig war jedoch, dass der gegnerische Anwalt immer wieder die instabile Psyche seines Mandanten hervorhob und auf dessen Schockzustand nach dem Brand hinwies.

»Was bezweckt er denn damit?«, fragte Dr. Höferl. »Will er jetzt auf nicht schuldfähig plädieren?« – »Zu befürchten wäre es«, antwortete Robert. »Für Tessa könnte das zur Folge haben, dass sie zwar strafrechtlich nicht belangt werden könnte, aber vielleicht für den Brandschaden einstehen müsste. Man könnte ihr vorwerfen, leichtsinnig mit dem Desinfektionsmittel hantiert zu haben. Ist sie eigentlich rechtschutzversichert?«, wollte Robert wissen. »Ja, davon konnte ich sie zum Glück vor ihrem ersten Aufenthalt in den Staaten überzeugen. Die Streitwerte können dort gigantisch hoch sein. Die Anwaltskosten werden auch von der Versicherung übernommen, das hat Pauline bereits alles abgeklärt.«

III

Mit ambivalenten Gefühlen landete Robert eine Woche später am Flughafen in Wien. Er war zu einem Bewerbungsgespräch eingeladen worden und musste sich nun auch seiner Vergangenheit stellen. Für seinen fünftägigen Aufenthalt konnte er in der kleinen Gästewohnung der Höferls unterkommen, die direkt neben den Praxisräumen im ersten Stock lag. Schon beim Betreten des kühlen Treppenhauses stieg ihm der Geruch der Arztpraxis in die Nase, worauf sofort alte Erinnerungen in ihm hochkamen. Wie oft war er nach der Schule als Erstes hierhergelaufen, bevor es ihn nach Hause, fünf Straßen weiter, zog.

Robert suchte sich das kleinere Zimmer der Gästewohnung aus, weil das andere früher seinem Freund Benedikt gehört hatte und er so viele Erinnerungen doch noch nicht zulassen konnte. Er wollte sich auf sein Bewerbungsgespräch konzentrieren und war dankbar dafür, dass die Großmutter Höferl ihm den Eindruck vermittelte, ein gerngesehener Gast der Familie zu sein. Oma Stina besaß noch immer ihre schöne, geräumige Erdgeschosswohnung, die über eine Durchgangstür mit der benachbarten Wohnung der Höferls verbunden war. Mit ihr aß Robert zu Mittag und konnte entspannt über die alten Zeiten sprechen, ohne groß ins Detail gehen zu müssen. Die Oma erkundigte sich auch, wie es ihrem Sohn in Kolumbien gehe, und freute sich darüber, dass er bald zusammen mit Robert zurückkehren würde.

Am zweiten Nachmittag traf er sich spontan mit seinem alten Freund Benedikt und lernte auch gleich dessen Familie kennen. Erst am dritten Tag konnte er sich dafür entscheiden, den Arbeitsvertrag zu unterschreiben. Das Einsatzgebiet und auch die Arbeitszeiten sagten ihm zu, obgleich er sich finanziell ein wenig verschlechterte, da die Pauschale für Auslandseinsätze wegfallen würde. Als er die Personalabteilung verließ, war er erleichtert, dass die Jobfrage nun wenigstens geklärt war. Unruhig schaute er auf die Uhr, bevor er sich auf den Rückweg machte. Wenn es keine Verspätung gegeben hatte, musste Theresa mit ihrer Mutter bereits eingetroffen sein.

Mit klopfendem Herzen betrat er das Treppenhaus und klingelte dann an der Wohnungstür der Höferls. Pauline öffnete ihm. »Komm rein, Robert«, forderte sie ihn mit einem Lächeln auf. Kaum war er eingetreten, erkundigte er sich: »Wie geht es Tessa?« – »Frag sie doch selbst, sie ist im Wohnzimmer. Und danke für alles.«

Er ging ins Wohnzimmer und sah Theresa am Couchtisch vor ihrem Tablet sitzen. »Hi! Schön, dass du wieder frei bist«, begrüßte er sie. Theresa blickte auf. Sie wirkte unheimlich blass und zerbrechlich, als sie aufstand, um ihn zu umarmen. »Danke für deine Hilfe«, sagte sie leise. Robert wollte sie nicht mehr loslassen und hielt sie fest an sich gedrückt, bis er spürte, dass sie in seinen Armen zu weinen begann. »Wollen wir reden? Willst du mit nach oben kommen?«, fragte er besorgt. Theresa nickte und wischte sich die Tränen aus dem Gesicht.

Nachdem er die Korridortür geöffnet hatte, führte er sie in das kleine Gästezimmer. »Das ist ja mutig von dir, gleich wieder voll in deine Vergangenheit einzusteigen«, stellte Theresa anerkennend fest. »Wenn schon, denn schon«, entgegnete Robert. Er nahm zwei große Kissen, legte sie auf den flauschigen Teppich vor die Polsterliege und bot ihr hierauf einen Platz an. Dann holte er aus der Küche eine Flasche Wasser mit zwei Gläsern, bevor er sich, mit dem Rücken an die Liege gelehnt, neben sie setzte. Robert brauchte nur zu fragen: »Wie geht es dir?«, und sofort schossen ihr wieder die Tränen in die Augen.

»Solche Demütigungen habe ich noch nie in meinem Leben erfahren«, begann sie. »Erst belügt mich Victor fünf Jahre lang, dann versucht er sich abzufackeln und zum Schluss werde ich behandelt wie eine Schwerverbrecherin, die angeblich aus Eifersucht ein Krankenhaus in Brand stecken wollte, um ihren Verlobten zu töten.« Sie zeigte ihm die Brandverletzungen an ihrem rechten Unterarm und am Bein sowie die Schnittwunde an ihrer linken Hand. Sie weinte inzwischen so heftig, dass er in die Küche ging und ihr die Küchenrolle als Ersatz für nicht vorhandene Taschentücher brachte.

»Komm, wir legen uns aufs Bett und ich halte dich ganz fest im Arm«, schlug er vor. Weinend legte sie sich neben ihn. Als sie sich langsam beruhigt hatte, war die Schminke unter ihren Augen vollkommen zerlaufen. »Du siehst aus wie ein unendlich trauriger Clown, dem gerade sein Zirkuszelt um die Ohren geflogen ist«, meinte Robert, um sie aufzuheitern. Aber er bewirkte genau das Gegenteil, nur dass sie jetzt nicht nur weinte, sondern auch am ganzen Körper zitterte. Er legte die Zudecke über sie und hielt sie einfach nur im Arm, während er ihr immer wieder über den Rücken strich.

»Ich möchte aber nicht, dass ich hier dein erster Psychofall werde«, bemerkte Theresa. »Nein, wirst du nicht«, beruhigte er sie und streichelte ihre Haare. »Körperliche Kontakte sind nur in wenigen Ausnahmefällen erlaubt. Und so etwas überhaupt nicht.« Theresa blieb noch einen Moment neben ihm liegen und stand dann auf, um ins Bad zu gehen. Als sie mit gewaschenem Gesicht zurückkam, war Robert gerade in der Küche und hielt ihr eine Tüte Kekse entgegen. »Sorry, ich habe seit dem Frühstück nichts mehr gegessen. Möchtest du auch welche?«

Als die Tüte leer war, setzten sie sich zurück auf ihre Kissen vor der Liege. »Ich möchte dich nicht wieder verlieren, Robert. Sag mir, wenn es dir zu eng wird«, bat sie ihn mit ernstem Gesicht. Er schwieg einige Augenblicke, bevor er nachdenklich feststellte: »Tessa, du wirst die fünf Jahre mit Victor nicht einfach so wegstecken können; mit all den unerfüllten Hoffnungen und Kränkungen.« – »Ich möchte es aber überwinden und nicht bis an mein Lebensende Victor-geschädigt sein. Einen größeren Triumph könnte er doch gar nicht bekommen«, sagte sie fast trotzig. »Das hört sich gut an«, stellte er beeindruckt fest.

Sie schwiegen einen Moment. »Wann musst du denn wieder zurück?«, fragte sie schließlich. »Übermorgen, gegen Mittag geht mein Flug.« – »Wollen wir morgen den Tag gemeinsam verbringen, mit Radfahren, Eisessen und Picknick im Park?«, schlug sie vor. »Auch das hört sich gut an. Und bis morgen sind wir hoffentlich beide wieder fit.«

Das anschließende Abendessen mit Pauline und der Großmutter fiel kürzer aus als anfangs gedacht, weil Theresa und ihre Mutter vom Flug sehr geschafft waren und sich so schnell wie möglich schlafen legen wollten. Robert zog sich nach dem Essen in die Gästewohnung zurück, um alles erst einmal sacken zu lassen.

Wie verabredet, fuhren sie am nächsten Tag mit den Rädern ihrer Eltern los. Pauline hatte ihnen eine Decke und eine Tasche mit Proviant für das geplante Picknick mitgegeben. Zuerst radelten sie in die City und besuchten einen Eissalon, in dem sie schon als Kinder gerne Eis gegessen hatten. Robert wirkte am Anfang etwas angespannt und beobachtete seine Umgebung genau, worauf Theresa fragte: »Ist dieser Ort für dich okay?« – »Ja, vor zwei Tagen war ich sogar in ein paar Läden von früher und habe mir dort etwas zum Anziehen gekauft. Nur die Preise haben mich ein wenig geschockt; daran muss ich mich erst wieder gewöhnen.«

Er sah sie einen Moment schweigend an und sagte dann: »Es ist schön, dass du deine langen kastanienbraunen Haare genauso wie früher trägst. Sie stehen dir immer noch gut und passen perfekt zu deinen Rehaugen.« Theresa blickte ihn erstaunt an und stellte dann klar: »Früher habe ich aber oft einen Pferdeschwanz getragen, aus dem Alter bin ich jetzt wohl raus.« – »Ja, vielleicht. Weißt du, Veränderungen gehören zum Leben dazu, das ist mir schon klar. Und jeder Mensch hat hierbei seine eigene Geschwindigkeit, die ihm guttut. Aber ich musste damals einfach weg. Weit weg von diesem ganzen Schmierentheater«, philosophierte er mit einem deutlich bitteren Unterton in der Stimme. »Und in diesem Schmierentheater habe ich leider auch eine Rolle gespielt, wenn auch nur ungewollt«, ergänzte Theresa seine Gedanken.

»Weißt du, gerade in den letzten Tagen habe ich mir öfters die Frage gestellt, ob wir damals vielleicht nach der Schule ein Paar geworden wären, und wenn ja, ob die Beziehung bis heute gehalten hätte. Vielleicht ja. Vielleicht hätten wir sogar ein gemeinsames Leben hinbekommen und uns miteinander entwickelt. Aber hilft uns das Grübeln über Vergangenes wirklich weiter?«, wollte er von ihr wissen. »Nein, aber mir macht der Gedanke Angst, wir könnten für eine gute Beziehung zu viele Altlasten mit uns herumtragen«, wandte sie ein. Robert hatte sein Eis aufgegessen und bestellte für beide noch einen Espresso. Als die Bedienung wieder gegangen war, sagte er: »Beziehungen klappen nur gut mit gegenseitiger Wertschätzung, einem gemeinsamen Lebensziel und viel Achtsamkeit füreinander. Zumindest meinte das meine Professorin immer.«

Auf dem Rückweg zu ihren Rädern mussten sie eine Straße überqueren. Robert griff spontan nach ihrer Hand, die er erst am Fahrradständer wieder losließ. Sie fuhren in den Park und suchten sich dort eine Rasenfläche, die etwas abseits lag. Robert breitete die Decke aus, setzte sich darauf und sah zu, wie Theresa die Proviantttasche ihres

Mutter auspackte. Es gab Großmutters Kuchen, für jeden einen Apfel und Käsebrote mit einem Salatblatt und Tomaten. Robert stellte lächelnd fest: »Pauline ist schon toll. So eine Mutter hat nicht jeder.«

»Hast du eigentlich noch Kontakt zu deiner Mutter?«, erkundigte sich Theresa. »Zu Weihnachten und zum Geburtstag gibt es von mir eine Karte. Und umgekehrt eher weniger.« Sie schwieg betroffen, worauf er unvermittelt fragte: »Wie war Victor eigentlich im Bett?« Theresa blickte ihn gequält an und wehrte ab: »Was soll das? Wofür ist das jetzt wichtig?« – »Vielleicht war er ja nicht nur schwul. In der Theatergruppe an der Schule hat er sehr gerne Frauenrollen übernommen.« Sie verstand seine Bemerkung nicht ganz und wurde langsam wütend. »Robert, was soll das? Willst du jetzt hier eine Art Chancengleichheit zwischen uns herstellen? Du mit einem beknackten Elternhaus und ich mit einem beknackten Ex-Freund? Aber um deine indiskrete Frage zu beantworten: Er war wie eine Gummiente. Ziemlich unerotisch und fast kindlich. Kann der Herr Psychologe damit etwas anfangen?«

Robert hatte sich durch ihre sichtbare Empörung nicht davon abhalten lassen, in aller Ruhe in sein Käsebrot zu beißen. Der Vergleich mit der Gummiente brachte ihn jedoch spontan zum Lachen, worauf er sich verschluckte. Ungerührt kommentierte seine Begleiterin seinen Hustenanfall: »Geschieht dir ganz recht.« Als er sich wieder beruhigt hatte, legte er sein Brot in die Box zurück und wischte seine Hände ab. Dann kraulte er ihr versöhnlich den Nacken und sagte: »Komm, meine Frage war echt fies, aber deine Antwort total lustig.«

Sie blickte ihn wortlos an, worauf er sich zu ihr herüberbeugte und ihre Lippen küsste. Er begann sie leidenschaftlicher zu küssen und streichelte ihren Körper, bis er abrupt abbrach und fragte: »Und jetzt? Hat Pauline hierfür auch etwas eingepackt?« – »Nö, daran hat sie nicht gedacht. Das müssen wir wohl von unserem Taschengeld bezahlen«, amüsierte sich Theresa. Robert hatte sich aufgesetzt und starrte frustriert auf den Rasen, während sie ihn provozierte: »Hat der große Psychologe damit nicht gerechnet?« Er holte tief Luft, bevor er feststellte: »Tessa, deine blöden Sprüche bringen uns hier keineswegs weiter.« – »Und deine Verschwörungstheorien von traumatischen Erlebnissen ja wohl auch nicht«, stellte sie resolut fest und packte die Essenssachen wieder zusammen.

Irritiert sah er sie an. »Und was ist jetzt? Willst du etwa unseren gemeinsamen Tag abbrechen?« – »Nein, ich fahre mit dir nach Hause und sage meiner Familie, dass wir zwei etwas miteinander zu klären haben. Aber vorher sollten wir noch eine Kleinigkeit besorgen.« Mit diesen Worten stand sie auf, um die Tasche in ihren Fahrradkorb zu stellen. Robert sah sie ungläubig an, erhob sich dann aber ebenfalls und rollte die Decke zusammen. »So läuft das also«, bemerkte er nur, bevor er sich aufs Rad schwang.

Sie fuhren durch den Park zurück in Richtung City. An der übernächsten Straßenecke rief Theresa ihm zu: »Das Geschäft ist dort drüben!« Robert hatte nun auch den Drogeriemarkt entdeckt und hielt vor der Ladentür an. »Wollen wir das zusammen aussuchen?«, fragte er. »Nö, du musst ja damit klarkommen«, war ihre knappe Antwort. »Brauchst du noch etwas? Einen Lippenstift oder so?«, erkundigte er sich und seine Stimme klang leicht gereizt. »Nein, hierfür würdest du erst eine ganze Menge Infos benötigen, dafür haben wir jetzt keine Zeit«, antwortete sie betont gelassen.

Sie wartete vor dem Geschäft auf ihn und hatte den Eindruck, als hätten sie ganz banale Beziehungsprobleme wie andere Menschen auch. Der Gedanke wirkte auf sie sehr beruhigend. Als Robert nach zehn Minuten zurückkam, murmelte er etwas vor sich hin, das wie »große Auswahl« klang. Entgeistert blickte Theresa auf die Packung Hundesnacks, die er in der Hand hielt. »Du weißt schon, was du da eben gekauft hast?«, erkundigte sie sich. »Ja, mein Mitbringsel für Burna, damit sie mich wieder in die gemeinsame Hütte lässt. Aber das andere habe ich auch noch besorgt.« Bevor sie noch etwas sagen konnte, schwang er sich aufs Rad und fuhr los.

Zu Hause angekommen, ging Theresa kurz zu ihrer Mutter ins Wohnzimmer und informierte sie knapp: »Die Picknicktasche war super. Wir müssen aber noch etwas klären, deshalb bin ich gleich wieder weg.« Robert war direkt nach oben in den ersten Stock gegangen. Da sein Gästebett ziemlich schmal war, ging er ins zweite Zimmer und klappte dort die Doppelliege auf. Dann holte er sein Bettzeug und breitete es darauf aus. Kurz darauf klingelte es an der Wohnungstür. Draußen stand Theresa mit Picknicktasche und Decke. Robert sah sie fragend an und sagte nur: »Picknick ist vorbei.« – »Wieso? Ich dachte, wir wollten bei der Gummiente weitermachen?«, erkundigte sie sich erstaunt.

»Sehr witzig, nur nicht mehr jetzt«, erwiderte er schroff und fuhr dann fort: »Was läuft hier eigentlich ab? Denkst du, mit meinen Gefühlen spielen zu können?« Theresa war in das kleine Gästezimmer gegangen und bemerkte sofort, dass er das Bettzeug weggeräumt hatte. Sie drehte sich zu ihm um und sah ihn ernst an. »Bist du eigentlich eifersüchtig auf Victor?« – »Ja«, entgegnete er und hielt ihrem Blick stand. »Und warum?«, wollte sie von ihm wissen. »Weil er dich hatte, als ich dich dringend brauchte.«

Fassungslos blickte sie ihn an und setzte sich dann auf eines der großen Kissen vor dem Bett. Bestürzt schüttelte sie den Kopf. »Du hast niemals gesagt oder gar angedeutet, dass du mich brauchst. Ich wäre sogar mit dir durchgebrannt, wenn du es gewollt hättest.« – »Warum?«, fragte er fast tonlos. »Was warum?«, fragte sie entgeistert zurück. »Warum wärst du mit mir durchgebrannt?« Sie hatte Tränen in den Augen, als sie erklärte: »Von allen Jungs, die ich durch Benedikt oder sonst woher kannte, warst du der Einzige, der vernünftig und anständig wirkte. Dein Schicksal hatte sich tief in meine Seele gebrannt. Ich wollte dein Leid mit dir teilen und habe vier Jahre lang jeden Abend für dich gebetet, bis ich hörte, dass du nach Berlin gegangen bist und nicht wiederkommen würdest. Da wusste ich, dass ich dich verloren hatte oder noch viel schlimmer: dass du mich niemals gewollt hast.«

Er setzte sich zu ihr. »Tessa, ich habe mich von euch allen im Stich gelassen gefühlt, abgeschoben ins Internat, während ihr euer Leben in eurer Gemeinschaft weitergelebt habt. Für mich war es wie eine Ächtung. Kannst du das verstehen?« – »Ja. Ich verstehe aber nicht, warum du mir indirekt vorhältst, ich sei nicht für dich da gewesen«, sagte sie und wischte sich die Tränen aus dem Gesicht. Robert beugte sich zu ihr und streichelte ihr Gesicht, bevor er sie zu küssen begann. Als sie seine Zärtlichkeiten erwiderte, fragte er sie: »Wollen wir nicht doch lieber in das andere Zimmer gehen? Ich habe dort schon alles vorbereitet.« Theresa stand mit ihm auf und blickte ihn verunsichert an. »Ich will dich nicht wieder verlieren«, sagte sie. Robert nickte. »Ich dich auch nicht.«

Als sie vor der Doppelliege standen, begann Theresa sein Hemd aufzuknöpfen und zog sich erst dann ihr Oberteil und die Sommerhose aus. Danach legte sie sich auf die Liege und deckte sich mit seiner

Decke zu, die angenehm nach ihm roch. Robert hatte sich seine Jeans ausgezogen und kam zu ihr. Ein wenig verstört sagte er: »Das Gestern nimmt uns noch die Kraft für das Jetzt und unsere Zukunft.« – »Nein, das werden wir nicht zulassen. Liebe mich einfach so, wie du willst; ich zeige dir schon, was ich besonders mag«, entgegnete sie. Sie nahmen sich beide Zeit für ihr erstes Mal. Theresa, weil sie ihm endlich so nah sein konnte, wie sie es sich nach ihrem ersten Wiedersehen gewünscht hatte. Und Robert, weil er zum ersten Mal in seinem Leben Liebe empfand, während er mit einer Frau Sex hatte.

Danach betrachtete er ihre abheilenden Wunden und bemerkte nachdenklich: »Hoffentlich bleibt hiervon nicht so viel zurück, sonst hat sich der Kerl auch noch auf diese Weise verewigt.« – »Ich denke, ein großer Teil wird verschwinden; die Ärzte waren gut, auch wenn der Rest schlimm war. Und wenn ich diese Verletzungen nicht gehabt hätte, wäre ich wohl gleich in der U-Haft gelandet und hätte nicht den schnellen Kontakt zu Mutti aufnehmen können.«

Sie kuschelte sich an ihn. »War es bislang für dich okay oder brauchst du nun wieder deinen Sicherheitsabstand?« – »Nein, alles gut.« Nach einem nachdenklichen Schweigen gestand er ihr: »Es war das erste Mal, dass ich davor nichts getrunken habe. Ohne Alkohol fühlte es sich für mich nicht richtig an, mit einer Frau intim zu sein, der ich nicht wirklich nahe war.« Als Theresa wissen wollte, mit wem er in Kolumbien Sex hatte, nannte er ihr seine Haushälterin. Im selben Atemzug erklärte er: »Da lief aber seit unserem Wiedersehen nichts mehr.«

»Robert, ich will dir ja nicht zu nahe treten«, meinte sie, »aber wie lief das denn ab? Nach dem Wäschewaschen dann der Sex, oder wie?« Es war nicht gerade sein Lieblingsthema, daher tat er sich mit einer Antwort schwer. »Als sie bei mir anfing, habe ich sie gefragt, ob sie jemanden kenne, der ein- bis zweimal im Monat dazu bereit sei. Ich habe ihr erklärt, dass ich Single sei, aber keine feste Beziehung wolle, weil ich nicht wissen würde, wie lange ich bleiben könne. Dann sagte sie mir, dass sie alleinerziehend sei und sich etwas dazuverdienen wolle.« – »Und nun muss sie auf ihren Zuverdienst verzichten?«, fragte Theresa. »Nein, sie bekommt weiterhin den vereinbarten Betrag. Ich habe ihr aber gesagt, dass ich jemanden wiedergetroffen habe, der mir viel bedeutet.« – »Und wie lief das genau ab?«, hakte sie neugierig nach. »Bist du jetzt eifersüchtig oder was?« – »Nein«, sagte sie schnell, verbesserte sich dann aber: »Doch. Ich kenne so etwas nicht«, gab sie zu.

»Es war jedes Mal relativ spontan. Ich habe sie gefragt, ob sie nach Feierabend noch Zeit hätte, und wenn ja, hat sie sich nach der Arbeit schnell gewaschen und dann im Schlafzimmer auf mich gewartet. Danach hat sich jeder wieder angezogen und sie ist gegangen.« – »Klingt ja irgendwie nach Kolonialzeit«, stellte Theresa ernüchternd fest. »Ja, es gehört auch nicht gerade zu meinen stärksten Taten«, räumte er unumwunden ein. Theresa betrachtete seinen nackten Oberkörper und fuhr mit ihren Fingern durch seine Brustbehaarung. »Ein vertrautes Beieinanderliegen gab es dann wohl auch nicht?« – »Richtig. Mehr wollte ich auch nicht.« – »Und warum willst du jetzt plötzlich mehr?«, hakte sie nach.

»Ich glaube nicht, dass ich bindungsunfähig bin, aber ich brauche sehr viel Sicherheit in einer Beziehung, so wie Burna. Unbewusst warst du für mich wohl immer eine vertraute Freundin, nach der ich mich all die Jahre sehnte. Als wir uns dann wiedergesehen haben, wurde mir schmerzlich bewusst, wie sehr ich dich vermisst habe. Aber ich glaubte, dass es ein gemeinsames Leben für uns nicht geben könnte, wegen Victor.«

Am Nachmittag ging Theresa kurz nach unten in die Wohnung, um ihr Bettzeug und ihre Reisetasche zu holen. Auf die erstaunte Nachfrage ihrer Mutter erklärte sie nur: »Morgen muss Robert wieder zurück, ich übernachte heute bei ihm.« – »Und ihr lebt im Moment nur von Luft und Liebe?«, erkundigte sich Pauline. »Nicht ganz. Hättest du noch etwas für uns?« – »Ja, zwei Tiefkühlpizzen und etwas zu trinken«, bot Pauline ihr milde lächelnd an.

Theresa nahm sich rasch ihr Bettzeug und ging wieder nach oben. Als sie an der Wohnungstür klingelte, kam gerade eine ältere Patientin aus der daneben liegenden Praxis. Es war Frau Ganzler, immer gut informiert und sehr redselig. Sie war schon viele Jahre bei Theresas Vater in Behandlung und wurde momentan von der Vertretungsärztin betreut. »Das ist ja schön, dass du wieder da bist, Tessa! Willst du nun in dein altes Zimmer einziehen?«, erkundigte sich Frau Ganzler neugierig. Bevor Theresa etwas sagen konnte, öffnete Robert, nur mit seiner Jeans bekleidet, die Wohnungstür, worauf die ältere Dame erstaunt feststellte: »Wer ist denn das? Den kenne ich ja gar nicht.«

»Doch, Frau Ganzler, den kennen Sie. Das ist nämlich der Robert Wagner. Der älteste Sohn von Dr. Wagner«, klärte Tessa sie auf. Die Augen von Frau Ganzler wurden immer größer. »Robert, bist du denn jetzt auch wieder hier?« – »Ja, im Moment nur zu Besuch, aber ab November ganz«, antwortete er und nahm Theresa das Bettzeug ab. »Das mit deinem Vater war ja wirklich schlimm. Ist denn deine Mutter immer noch mit diesem reichen Autohändler zusammen, der sich auch vorher schon um sie gekümmert hat?«, fragte Frau Ganzler wissenshungrig. »Das nehme ich an. Aber ich sehe meine Familie nicht so häufig, weil ich lange im Ausland tätig war. So, jetzt muss ich aber Tessa helfen, damit sie nicht alles alleine machen muss. Einen schönen Tag noch«, brach Robert die Unterhaltung ab und schloss dann schnell die Tür.

»Was sollte denn das eben?«, wollte er von Theresa wissen. Sie sah ihn amüsiert an. »Willkommen zu Hause. Frau Ganzler ist das Flurtelefon dieser Stadt.« – »Und warum hast du mich ihr vorgestellt?« – »Weil sie sonst in ganz Wien erzählt hätte, dass ich die Wohnung mit einem spärlich bekleideten und sehr attraktiven, bärtigen Mann teile. Hättest du das besser gefunden?« – »Nein«, brummte er und legte ihr Bettzeug neben seines.

Als sie gleich darauf mit zwei Tiefkühlpizzen und ihrer Reisetasche erschien, wirkte er schon fast versöhnlich. Nur ein Satz von Frau Ganzler ging ihm nicht aus dem Kopf. »Hast du etwas davon gehört, dass meine Mutter eine Affäre mit ihrem jetzigen Mann hatte, als mein Vater noch lebte?« – »Ja«, antwortete Theresa knapp. »Und warum ich nicht? Mir hatte meine Oma erst nach der Beerdigung erzählt, dass Stefan mein Halbbruder ist.« – »Weil für dich schon alles schlimm genug war«, versuchte sie ihm zu erklären. »Und die Dinge werden dann besser, wenn man ständig angelogen und weggebissen wird?«, wollte er ziemlich angriffslustig von ihr wissen.

»Nein, werden sie nicht. Wollen wir zusammen in diese Wohnung ziehen, wenn du mit Burna nach Wien kommst, oder ist dir das dann alles zu eng?«, fragte sie, um einen Themenwechsel einzuleiten. Etwas skeptisch antwortete er: »Für den Anfang ist es okay, aber für länger nicht.« – »Das Zusammenleben oder die räumliche Enge?« Er nahm sie in den Arm. »Ich habe noch nie mit einer Frau zusammengelebt. Verlange jetzt bitte nicht zu viel von mir. Dass es bislang anders bei mir war, hatte gute Gründe, wie du weißt. Aber zu deiner Frage: Ich hätte gerne ein geräumiges Zimmer für mich allein, wenn wir dann zusammenwohnen.«

Sie sprachen an diesem Abend auch noch lange über sein Verhältnis zu seinem Patenonkel, den er sehr schätzte, der ihm aber auch oft genug, mit einer fast väterlichen Strenge, die Meinung sagte. »Weißt du, meinen Eltern war es immer wichtig, dass ich meine Pflichten erledigte und mich ansonsten unauffällig verhielt. Mit deinem Vater kann man stundenlang um eine Sache streiten und hat trotzdem den Eindruck, er möchte, dass es einem gut geht und dass er sich um einen sorgt«, erklärte ihr Robert. »Ja, so ist er. Manchmal ging es mir als Kind auf die Nerven, wenn er mit meiner Mutter stundenlang um einen Kompromiss rang. Aber inzwischen glaube ich, es ist das Geheimnis ihrer guten Ehe«, philosophierte sie.

IV

Theresa stand am nächsten Morgen früh auf und ging ins Bad, während er noch schlief. Als sie vollständig angekleidet wieder im Zimmer erschien, öffnete er gerade seine Augen und fragte sie erstaunt: »Was hast du denn vor?« – »Semmeln holen und ein paar andere Dinge fürs Frühstück besorgen. Heute kannst du noch liegen bleiben, aber in Zukunft müssen wir verhandeln, wer von uns beiden geht.«

Nach einer halben Stunde kam sie zurück. Robert hatte in der Zwischenzeit seine beiden Reisetaschen gepackt und sich dann wieder hingelegt. »Hast du vor, im Bett zu frühstücken?«, erkundigte sie sich verwundert. »Ja, erst dich und dann die Semmeln«, gab er zur Antwort. Obwohl sie im Bäckerladen schon von dem Geruch der frischen Backwaren hungrig geworden war, ging sie zu ihm und ließ sich von ihm ins Bett ziehen.

Beim gemeinsamen Frühstück sprach er sein neues Lieblingsthema wieder an: »Wen hast du denn außer der Gummiente all die Jahre noch gehabt?« – »Eifersüchtig?« – »Ja, immer.« Sie biss in ihre Marmeladensemmel und überlegte kurz, bevor sie nachfragte: »Knutschen auch?« – »Ja, alles«, sagte er mit strenger Miene. »Mit Flori aus meiner Klasse habe ich in einer Tanzpause bei unserer Abifeier geknutscht. Wir hatten vorher wenig miteinander zu tun. An dem Abend war er ganz nett und wir haben viel zusammen getanzt. Danach war er wieder wie immer und jeder ist seiner Wege gegangen. Nein, stimmt nicht! Einmal waren wir noch gemeinsam Eis essen, aber es lief sehr verkrampft ab, das haben wir beide bemerkt«, erzählte sie. »Und im Auslandssemester war da was mit Steve aus Chicago. Mit Victor gab es gerade eine Beziehungskrise. Steve war auch Mediziner, ein bärtiger Typ, der gerne Basketball spielte. Erst war es ganz nett mit ihm, dann fing er aber mit Sprüchen an: Er brauche eine Frau, die ihm den Rücken freihält, damit er Karriere machen kann, meinte er, und vier Kinder wollte er auch. Nachdem wir geklärt hatten, dass es für unsere Lebensziele keine Übereinstimmung gab, war die Beziehung zu Ende.«

»Hast du ihn jetzt in den USA wieder getroffen?«, erkundigte sich Robert. »Nein. Kein Bedarf.« – »Wieso? War das auch eine Gummiente?« – »Nein, eher der sportliche Typ, auch im Bett, aber wir hatten keine gemeinsame Zukunft und ansonsten gab es keinen anderen Mann.« – »Ich möchte von dir ein Kleiderpfand«, sagte Robert unvermittelt. »Mit deinem Geruch bitte, damit ich immer daran riechen kann, wenn ich es nicht mehr aushalte.« Sie einigten sich auf ihr Sommernachthemd von letzter Nacht und er ließ ihr sein T-Shirt da, das er während der Fahrradtour anhatte.

Robert schenkte sich noch einmal Kaffee ein und sah sich dann nachdenklich um. »Ob es Burna in dieser kleinen Wohnung gefallen wird?« – »Anfang nächsten Jahres soll Großmutter in der Wohnung meiner Eltern zwei Zimmer bekommen, dann wird ihre Erdgeschosswohnung frei. Wenn du daran Interesse hättest und wir es uns leisten können, wäre es doch eine gute Lösung. Dann könnte Burna hinaus in den Garten, wann immer sie möchte.« – »Ja, vielleicht«, antwortete Robert. »Mein künftiger Arbeitgeber hat mir vorgeschlagen, mit mir zusammen eine Traumaberatungsstelle in Wien aufzubauen. Es fehlt aber noch an geeigneten Räumen. Sie haben mir zugesagt, dass ich zum Teil im Homeoffice arbeiten kann, um Berichte zu schreiben oder Schulungen vorzubereiten. Dann wäre Burna nicht so oft ohne ihr Herrchen und wir könnten sogar eine Familie gründen. Oder möchtest du keine Kinder?«

Theresa blickte betrübt. »Mir wird nun nichts mehr von meinem Amerikaaufenthalt angerechnet. Die Zeit, die ich in U-Haft saß, zählt nicht für das praktische Jahr. Aber so muss ich für den Ausbildungsabbruch wenigstens nichts zurückzahlen.« – »Wann wäre ein Kind für dich überhaupt denkbar?« – »Schwangere dürfen nicht in jedem Bereich eingesetzt werden, wegen der Infektionsgefahr. Darüber müsste ich mich vorher noch genau informieren. Aber in einem Jahr, wenn ich mit der Ausbildung fertig bin, wäre es schon möglich.«

Bevor sie gemeinsam das Haus verließen, verabschiedete sich Robert von Pauline und der Großmutter. Oma Stina drückte ihm einen Gugelhupf für ihren Sohn in die Hand und sagte voller Hoffnung: »Das nächste Mal, wenn du kommst, bringst du Alfons mit und bist nicht mehr nur Gast.« Theresa fuhr ihn zum Flughafen und überbrückte mit ihm die Wartezeit. Als der Abschied immer näher rückte, sagte er: »Es war schön mit dir und du siehst auch schon wieder etwas fitter aus. Übrigens: Burna schnarcht.« Tessa sah ihn ungläubig an. »Was macht die?« – »Ja, ich wollte es auch erst nicht glauben, dass so eine süße Hündin im Schlaf solche Geräusche von sich geben kann.« – »Das hat sie sich bestimmt auf der Straße angewöhnt, damit sie nachts nicht gefressen wird«, mutmaßte Theresa. »Sie ist aber auch sehr eifersüchtig«, ergänzte Robert die Unarten seiner Hündin. Theresa reagierte gelassen: »Und ich weiß, wo es Hundekekse für sie gibt.«

Robert musste nun in den Bereich aufrücken, in den sie ihn nicht begleiten durfte. Er nahm ihr Gesicht in beide Hände und blickte sie kurz an, bevor er sie zum Abschied küsste. Als er sie wieder losließ, sagte er ihr das erste Mal: »Ich liebe dich.« Theresa konnte ihm gerade noch antworten: »Sei vorsichtig; ich liebe dich auch«, bevor sie beiseitetreten musste, weil ein anderer Fluggast hinter ihr drängelte.

Auf dem Heimweg fühlte sie sich unendlich müde und erschöpft. Ihrer Mutter erklärte sie, als sie die elterliche Wohnung betreten hatte: »Ich gehe nach oben und schlafe mich erst einmal aus. Es war alles ein bisschen viel für mich.« Pauline lächelte verständnisvoll, als sie daran erinnerte: »Aber denk daran, heute Abend kommt dein Bruder mit Julia zum Essen. Sie wollen schließlich deine Freilassung feiern.«

Theresa hatte zwar wenig Lust darauf, kam aber trotzdem um 18 Uhr wieder nach unten. Sie war noch immer müde, obwohl sie gerade geduscht hatte. Benedikt und seine Frau Julia, die bereits auf sie warteten, nahmen sie zur Begrüßung in den Arm.

Während des Essens erkundigte sich Benedikt: »Wann ist Robert denn heute zurückgeflogen?« – »Um 13:10 Uhr ging sein Flieger«, gab ihm Theresa Auskunft. »Ich wollte mich gestern nach der Arbeit mit ihm auf einen Abschiedstrunk in der Stadt verabreden, aber er hatte keine Zeit«, zeigte sich Benedikt enttäuscht. »Ja, gestern habe ich ihn auch nicht gesehen«, bemerkte Oma Stina. »Heute zum Lebewohl-Sagen war er aber kurz hier.« – »Hatte er denn gestern noch Vorstellungsgespräche?«, wunderte sich Benedikt. »Er hat mir davon gar nichts gesagt. Vorgestern Abend hat er mir nur per SMS mitgeteilt, dass es mit dem Treffen nichts wird.«

Theresa und ihre Mutter tauschten mehrfach Blicke aus. Kurzentschlossen erklärte Theresa: »Robert hat gestern viel Zeit mit mir verbracht, weil ich nach meiner Ankunft ziemlich fertig war.« – »Wie? Als Kurztherapie oder was?«, stichelte ihr Bruder, worauf Julia anfing zu kichern. Als er keine weiteren Auskünfte dazu erhielt, wurde Benedikt direkt: »Was läuft hier eigentlich? Robert ist mein Freund!« – »Meiner auch«, ergänzte Theresa bestimmt.

Benedikt sah sie fassungslos an. Deutlich gereizt fuhr er fort: »Die Räume oben geben bestimmt gut Auskunft darüber, was das für eine Freundschaft ist, stimmt's?« Frau Höferl sah sich nun in der Pflicht, einzugreifen. »Redet bitte nach dem Essen und unter vier Augen darüber. Das wird mir hier doch zu speziell.« Julia gab sich daraufhin große Mühe, den Fokus auf unverfängliche Themen zu lenken, indem sie mit ihrer Schwiegermutter über den kleinen Max sprach, der derweil von der anderen Großmutter betreut wurde. Manchmal fragte auch die Großmutter nach oder erzählte Episoden von ihren Enkeln, während diese eisig schwiegen.

Nach dem Dessert konnte sich Benedikt nicht mehr zurückhalten. »Komm jetzt, Tessa, wir reden oben. Ich will wissen, was hier läuft!«, forderte er sie barsch auf. Obwohl sie sich unwohl dabei fühlte, ging sie mit ihm hinauf und schloss die Wohnungstür auf. Sie hatte noch nicht aufgeräumt und es sah genauso aus, wie ihr Bruder es erwartet hatte. Aufgebracht stellte er fest: »Ihr geht jetzt zusammen ins Bett, stimmt's! Ist das deine Kuscheltherapie? Was soll das eigentlich werden, wenn er nach Wien kommt? Du wirst ja nicht gleich wieder abfliegen, oder?«

Benedikt hatte sich auf den Drehstuhl im großen Gästezimmer gesetzt, das früher einmal sein Zimmer gewesen war. Die ausgeklappte Doppelliege verriet unmissverständlich, dass seine Schwester und sein Freund hier gemeinsam die Nacht verbracht hatten. Theresa hatte das Bettzeug etwas zusammengeschoben und sich dann auf die Liege gesetzt. Das Kissen, was sie in den Händen hielt, roch noch nach Roberts Eau de Toilette, und das machte die Sache nicht gerade einfacher.

»Robert und ich sind ein Paar und wollen hier zusammenleben«, gab sie ihrem Bruder Auskunft. »Und wie lange geht das schon mit euch? Warum weiß ich davon nichts?«, bohrte er nach. »Benedikt, ich hatte in den letzten Wochen ganz andere Sorgen. Die U-Haft war für mich der blanke Horror und du kommst jetzt mit so etwas!«, warf sie ihm erregt vor und merkte hierbei, wie ihr die Tränen über die Wangen liefen.

Ungerührt stand ihr Bruder auf und ging zum Fenster. Er starrte minutenlang auf die Straße, bis er sich schließlich umdrehte und sagte: »Hier in diesem Zimmer haben wir damals zusammen Musik gehört, als seine Mutter an der Tür klingelte, um ihn abzuholen. Er wollte nicht mit, aber sie hat ihn aus dem Zimmer geschoben und danach habe ich Jahre nichts von ihm gehört. Ich war ziemlich erstaunt, als ich erfuhr, dass er nun nach Wien ziehen möchte. Vor vier Tagen hat er uns besucht, wir haben zusammen gegessen und er hat mit Max gespielt. Jetzt machst du alles kaputt.«

Theresa hatte ihm zugehört. Jeder seiner Sätze tat ihr weh. Sie hielt ihm entgegen: »Ich mache gar nichts kaputt, sondern du. Robert ist dein Freund und wird es wohl auch bleiben, wenn du ihn nicht mit deinen Besitzansprüchen erdrückst. Wie du vielleicht weißt, lebt und arbeitet er seit einem Jahr mit unserem Vater zusammen, sie haben eine enge Beziehung zueinander aufgebaut, und auch damit wirst du umgehen müssen.« – »Und jetzt toppst du die ganze Sache noch mit deinen Bettgeschichten!«, warf ihr Benedikt vor.

»Auch ich habe Robert all die Jahre vermisst und mir Sorgen um ihn gemacht. Als wir uns dann an Vatis Geburtstag endlich wiedergesehen haben, gab es so viel Vertrautes zwischen uns«, versuchte sie zu erklären. »Und du hast dann gleich die Beziehung mit deinem Verlobten beendet und schmachtend auf ein Wiedersehen gewartet. Nur musste dich dein Prinz erst einmal aus dem Knast holen. Wie romantisch!«, sagte ihr Bruder verächtlich. »Wie hast du es denn angestellt, dass er dich gleich ins Bett gelassen hat? Hast du ganz viele Tränen geweint, so wie früher?«, provozierte er sie.

Sie zwang sich, ruhig zu bleiben, und drückte das Kissen mit Roberts Duft fest an sich. Benedikt hatte inzwischen die leere Kondompackung neben dem Sofa entdeckt und aufgehoben. Gehässig fuhr er fort: »Dann muss es dir ja sehr schlecht gegangen sein, dass er dir gleich dreimal dein Selbstwertgefühl durch Sex stärken musste. Und du verliebtes Mäuschen träumst jetzt von der großen Liebe, was? Hat er es dir wenigstens richtig besorgt?«

Er setzte sich zu ihr aufs Sofa und warf ihr die Verpackung entgegen. Eindringlich sagte er: »Robert braucht nicht solche Psychosachen wie jetzt mit dir. Er zieht hierher, um sich beruflich zu verbessern. Sei froh, dass er dir im Knast deinen Arsch gerettet hat, während du bislang nichts, aber auch gar nichts für ihn getan hast. Tue ihm einfach den Gefallen und lass ihn jetzt in Ruhe, auch wenn du dich unsterblich in ihn verknallt hast. Du benimmst dich wie ein kleines Mädchen, das seinen attraktiven Psychologen anschmachtet. Tessa, das ist einfach nur peinlich und sonst nichts.«

Als Antwort tat sie etwas, was sie noch nie in ihrem Leben getan hatte; sie hob die Hand und schlug ihm ins Gesicht. Im nächsten Moment packte er sie an ihrem verletzten Unterarm und bog ihn zur Seite, sodass sie aufschrie. Dabei beschimpfte er sie: »Du warst zu Recht im Knast, stimmt's? Du bist einfach hysterisch und besitzergreifend.« Dann ließ er von ihr ab und stand vom Sofa auf. Hierbei entdeckte er Roberts T-Shirt. Er nahm es an sich und fragte völlig entgeistert: »Hat er dir das dagelassen? So wie wir damals nach einem Fußballspiel unsere Trikots getauscht haben?« – »Leg bitte das Shirt wieder hin«, forderte sie ihn auf, worauf er es ihr wütend entgegenwarf und dann die Wohnung verließ.

Theresa bemerkte jetzt erst, dass die Wundränder an ihrem Unterarm eingerissen waren und bluteten. Da sie kein Verbandszeug hatte, ging sie nach unten. In der elterlichen Wohnung redete ihr Bruder gerade auf seine Ehefrau ein, um sie zum Aufbruch zu drängen. Als ihre Mutter den blutenden Arm erblickte, sagte sie streng: »Es reicht jetzt mit euch beiden! Ihr durftet euch als Kinder nie gegenseitig wehtun und jetzt erst recht nicht. Ist das klar?«

Benedikt hatte seine Jacke gegriffen und meinte nur: »Mir ist das schon klar. Tessa hat doch angefangen, indem sie mir ins Gesicht schlug. Die vögelt mit meinem Freund in meinem ehemaligen Kinderzimmer und findet das auch noch okay!« Julia empörte sich: »Du kannst doch Tessa nicht die Wunde aufreißen! Bist du von Sinnen? Deine Mutter hat mir gerade erzählt, was Tessa alles durchmachen musste.« – »Komm, lass uns gehen, sonst muss ich noch kotzen«, forderte Benedikt sie erzürnt auf und rannte ins Treppenhaus. Julia verabschiedete sich schnell und folgte ihm.

Während Pauline die Wunde versorgte, wollte sie von ihrer Tochter wissen, was geschehen war. Nachdenklich stellte sie dann fest: »Bislang seid ihr beide euch ja nie in die Quere gekommen, vielleicht auch, weil ihr Junge und Mädchen wart und du vier Jahre jünger. Ich fand das immer ganz angenehm. Jetzt seid ihr aber Konkurrenten und du hast deutlich die Nase vorn.« – »Aber wieso? Ich wollte ihm doch nie seinen Freund wegnehmen«, beteuerte Theresa.

»Benedikt hat aber erfahren müssen, dass er gestern wegen dir versetzt wurde und dass ihr vor ihm Geheimnisse habt.« – »Mutti, es gibt Dinge, die sind sehr privat. Und er durchsucht das Schlafzimmer wie ein Ermittlungsbeamter und unterstellt mir dann noch, dass ich seinem besten Freund die Karriere gefährde.« Ihre Mutter schüttelte voller Unverständnis den Kopf. »Was wirst du Robert sagen?«, fragte sie. »Ich schicke ihm gleich eine Mail und schreibe, was passiert ist. Er ist schließlich Psychologe und wird das schon einordnen können.«

Als sie wieder oben war, roch sie noch einmal an seinem Kissen und verfasste dann eine Nachricht, die ihr keineswegs leichtfiel. »Hi, Robert, wie war dein Flug und hat dich Burna wieder ins Haus gelassen? Mein Bruder und ich sind eben heftig aneinandergeraten, weil er sauer war, dass er von uns nichts wusste und du ihn gestern versetzt hattest. Ich habe ihm im heftigen Streit eine geknallt (habe ich sonst noch nie getan) und er hat mir den Arm verdreht und dabei die Brandwunde aufgerissen. Meine Mutter hat uns daraufhin streng verwarnt, dass es keine Gewalt zwischen uns geben dürfe. Dein Shirt und die leere Kondompackung hat er auch gefunden. Liebe dich und grüße bitte Vati.«

Robert bemerkte seine Müdigkeit erst, als er schon die ersten Flugmeilen hinter sich hatte. Er schloss die Augen und dachte an die letzten 48 Stunden. Sein kurzer Aufenthalt in Wien hatte ihn mit voller Wucht aus seiner Lebenssackgasse geboxt und nun war er gezwungen, auf viele Fragen schnelle Antworten zu finden. Und vor allen Dingen musste er seinen Umzug vorbereiten.

Sein Patenonkel erwartete ihn mit Burna vor dem Flughafengebäude. Die Hündin war nicht mehr zu halten, als sie ihr Herrchen in der Menschenmenge erkannte. Sie kläffte und sprang an ihm hoch, bis er plötzlich bemerkte, dass sich sein rechter Fuß nass und warm anfühlte. Als er an sich heruntersah, erblickte er die Pfütze, in der er stand. Tadelnd sagte er: »Burna, du machst hier aber nicht noch mehr hin, sonst kriegen wir richtig Ärger.«

Erst beim Einsteigen ins Auto fiel ihm die blasse Gesichtsfarbe seines Patenonkels auf, dessen Konturen auch insgesamt eingefallen wirkten. Besorgt fragte er: »Geht es dir nicht gut? Du siehst krank aus.« Dr. Höferl hatte sich ans Steuer gesetzt und lenkte nun das Fahrzeug aus der Haltezone, bevor er sagte: »Dass etwas mit mir nicht stimmt, habe ich auch schon festgestellt. Am Anfang dachte ich noch, es sei der Stress wegen Tessa, aber es wird nicht besser. Ich habe schon eine Blutprobe von mir ins Labor geschickt. Warten wir einmal ab.«

Beim gemeinsamen Essen aß er recht wenig und trank nur Wasser. Sonst hatte er sich manchmal ein Glas Wein aus seiner Heimat gegönnt. Selbst den Gugelhupf seiner Mutter rührte er nicht an. Mit besorgter Miene erkundigte er sich nach seiner Tochter und seiner Ehefrau. Obwohl Robert schon während des Rückflugs überlegt hatte, wie er seinem Patenonkel die neue Situation erklären sollte, hatte er nun einige Mühe. »Tessa war noch ziemlich angeschlagen, als sie mit Pauline ankam«, begann er zu erzählen. »Sie weinte oft, wenn sie an die Demütigungen dachte, die sie in den letzten Wochen erlebt hat, konzentriert sich jetzt aber auf ihre Bewerbungen und will optimistisch bleiben. Ihre Wunden sind ganz gut verheilt. An den beiden Brandwunden spannt die dünne Haut zwar noch, aber Tessa ist zuversichtlich, dass sie bald verblassen werden. So wird sie auch nicht mehr ständig an Victor erinnert.«

Dr. Höferl lehnte sich für einen kurzen Moment erleichtert auf seinem Stuhl zurück. Dann begann er, Robert kritisch zu mustern. »Du redest doch sonst nicht so viel über Details. Gibt es noch etwas, was ich wissen sollte?« Ein unangenehmes Gefühl stieg in Robert auf. Es erinnerte ihn an seine Kindheit, als er die Fensterscheibe bei seiner Großmutter mit einem Fußball zertrümmert hatte. Er holte tief Luft und sagte dann: »Ja, Tessa und ich sind zusammen.« – »Was ›zusammen‹? Was soll ich darunter verstehen?«, wollte sein Patenonkel von ihm wissen. »Wir haben viel Zeit miteinander verbracht und würden nun auch gerne zusammenwohnen.« – »Weiß Pauline davon?« – »Ja, sie hat uns sogar mit Essen versorgt. Und sie wusste auch, dass Tessa bei mir in der Gästewohnung geschlafen hat.« – »So weit seid ihr also schon«, stellte Dr. Höferl in einem Ton fest, der Robert stutzig machte.

»Ist diese Beziehung nicht in deinem Sinne?«, fragte er nach. »Du bist wie ein Sohn für mich, gerade jetzt, nachdem wir ein Jahr hier zusammengearbeitet haben. Dass ihr euch nahe seid, habe ich schon lange bemerkt, aber diese Neuigkeit haut mich doch etwas um«, gestand ihm sein Patenonkel. »Kannst du denn damit gut leben oder hast du damit Probleme?«, hakte Robert nach. »Siehst du in Tessa eine begehrenswerte Frau oder mehr eine Vertraute für eine Zweckgemeinschaft?«, stellte ihm Dr. Höferl die Gegenfrage. »Ich begehre sie, seit ich sie hier wiedergesehen habe. Deshalb bin ich auch gleich auf Abstand gegangen. Sie hatte einen Verlobten und war deshalb für mich tabu. Dann hat sich aber alles anders entwickelt.« – »Und was ist jetzt mit Nuri?« – »Da läuft schon seit Wochen nichts mehr und sie weiß, dass es in meinem Leben jemanden gibt.«

Als Dr. Höferl noch schwieg, fragte Robert nach: »Du hast ein Problem mit der Beziehung, stimmt's?« – »Väter sind trotz aller Bemühung um Objektivität häufig parteiisch, und zwar zugunsten ihrer Kinder. Wenn ihr beide später Probleme bekommt, werde ich wohl zu Tessa halten. Könntest du das ertragen?«, gab sein Patenonkel zu bedenken. »Schwer. Aber soll ich für dieses Risiko auf die einzige Frau verzichten, die ich lieben kann? Bei mehreren Kindern ist es doch völlig normal, wenn man auch manchmal für ein bestimmtes Kind Partei ergreift, weil es vielleicht gerade krank ist oder aus anderen Gründen. Gibt es etwas in deinen Augen, was gegen mich als dein zukünftiger Schwiegersohn spricht?«, wollte Robert wissen.

»Als Ehemann wirst du dich bestimmt gut entwickeln und als Vater auch. Aber als Schwiegersohn? Wenn ich dir dann zukünftig den Marsch blase, und das war hier schon oft genug nötig, habe ich auch gleich Tessa gegen mich. Ich glaube, das wird Stress pur.« Ziemlich ungerührt entgegnete Robert: »Genau so erging es mir immer, wenn Pauline hier war. In Sachen Familiendiplomatie bin ich inzwischen ungemein geschult.«

Robert checkte erst am Abend seine Mails. Theresas Zeilen musste er zweimal lesen, um zu begreifen, was geschehen war. Obwohl er sehr müde vom Flug war, entschloss er sich dazu, sofort zu reagieren. Er schrieb an Benedikt eine Mail und setzte Theresa in CC: »Hi, Benedikt. Ich bin wieder gut bei deinem Vater und meiner Hündin angekommen, aber jetzt müde und geschafft. Unsere Verabredung am vorletzten Tag vor meiner Abreise habe ich abgesagt, weil ich noch Zeit mit Tessa verbringen wollte. Wir sind zusammen. Aufgrund der ganzen widrigen Umstände wurden uns unsere Gefühle erst mit der Zeit richtig bewusst. Wir wollen in Wien auch zusammenleben. Es wäre schön, wenn es nach meiner Rückkehr möglich wäre, dass wir weiterhin miteinander befreundet sind, ohne dass ich mich für mein Verhalten ständig rechtfertigen muss. Übrigens hätte ich dich auch nicht informiert, wenn ich mich mit einer anderen Frau getroffen hätte; ich brauche einfach ein wenig Privatleben. Gruß Robert.«

Bevor er ins Bett ging, schrieb er an Theresa: »Hallo, meine Herzkönigin. Ich hoffe, es kehrt wieder Ruhe in die Familie ein, damit wir Weihnachten alle friedvoll zusammen feiern können. Es hat mich zwar sehr beeindruckt, dass du unsere Beziehung handfest verteidigst, aber Pauline hat schon recht. So etwas gefährdet nur den Burgfrieden. Burna hat mir vor Aufregung zur Begrüßung gleich auf die Schuhe gepinkelt, die immerhin welche von meinen guten waren. Die Hundekuchen haben sie aber versöhnt. Übrigens habe ich den ganzen Rückflug an unsere gemeinsame Zeit gedacht und mir jedes Wort und jede Zärtlichkeit noch einmal vorgestellt. Große Sorgen mache ich mir um Alfons. Er sieht krank aus, hat wenig Kraft, letzte Woche hat er eine Blutprobe von sich ins Labor gesandt. Sprich bitte Pauline darauf an, was wir tun können. Zum Glück steht im Moment kein größerer Einsatz an, dies kann sich aber schnell ändern. Jetzt gehe ich erst einmal mit deinem Nachthemd als Schnuffeltuch ins Bett. Den Trikottausch gab es wirklich nach jedem Fußballspiel, aber nicht, um daran zu schnuppern. Ob Victor, der auch in unserem Team war, es damals trotzdem gemacht hat, kann ich allerdings nach den neuesten Erkenntnissen nicht ausschließen. Liebe dich. Gruß Robert.«

Die Laborergebnisse lagen am nächsten Tag vor. Dr. Höferl kam damit gleich zu Robert. »Es handelt sich um eine Entzündung der Bauchspeicheldrüse«, erklärte er knapp. »Und was müssen wir jetzt tun?«, fragte Robert. »Geht das mit Medikamenten wieder weg?« – »Um das beantworten zu können, braucht man noch weitere Untersuchungen. Ich fahre heute Nachmittag zu Dr. Alecos und berate mich mit ihm.«

Später suchte Robert im Internet nach Informationen über diese Erkrankung, brach dann aber seine Recherche ab, weil ihn das alles noch mehr beunruhigte. In seinem Mailpostfach fand er gleich drei Nachrichten. Er öffnete zuerst die von Theresa, die ihm schrieb: »Hallo, mein Herzeroberer. Das mit Vati hört sich ja nicht gut an. Gibt es schon neue Infos? Morgen habe ich mein erstes Vorstellungsgespräch und übermorgen noch eines. Liebe dich.« Eine weitere Mail war von Pauline: »Hallo, Robert. Wenn du den Eindruck hast, ich soll sofort kommen, gib mir bitte Nachricht. Alfons macht mir manchmal zu viel auf harten Kerl. Das kann in seinem Alter gefährlich werden. Gruß Pauline.«

Die Mail von Benedikt öffnete er mit gemischten Gefühlen und las dann: »Hallo, Kumpel! Ja, ich fand es schon krass, dass du in meinem alten Kinderzimmer mit meiner Schwester ins Bett steigst und dann auch noch den Trikottausch machst, nachdem du mich vorher versetzt hast. Die Ohrfeige von meiner kleinen Schwester habe ich auch noch nicht ganz verdaut. Trotzdem wünsche ich euch alles Gute; wer weiß, was du sonst für einen Besen zur Frau bekommen hättest. Benedikt.«

Voller Unruhe wartete Robert auf die Rückkehr seines Patenonkels und fragte ihn gleich, kaum dass er durch die Tür gekommen war: »Gibt es was Neues? Was hat Dr. Alecos gesagt?« Dr. Höferl trank erst einmal ein Glas Wasser und setzte sich ihm gegenüber, bevor er erklärte: »Entweder ich gehe jetzt sehr zeitig hier in die Klinik, zur weiteren Untersuchung, oder aber in Wien. So kann ich auf jeden Fall nicht weiterarbeiten. Er hat mich schon arbeitsunfähig gemeldet.« Schweren Herzens sagte Robert: »Dann brich hier bitte schnell deine Zelte ab und fliege nach Wien. In ein paar Wochen wäre hier für dich eh Schluss gewesen.« Dr. Höferl war froh, dass Robert dies auch so sah, und besprach dann sofort mit Pauline, dass sie kommen möge, um ihn zu holen, weil er sich den langen Flug nicht mehr alleine zutraute.

Am späten Nachmittag schrieb Robert an Theresa eine Antwortmail: »Hallo, mein Schatz, hier überschlagen sich gerade die Ereignisse. Dein Vater musste sich krankmelden und Pauline wird ihn nach Hause bringen, aber das weißt du ja sicherlich schon. Ich muss mich rasch nach einem Ersatz umsehen, damit die Krankenstation nicht unbesetzt ist. Drücke dir die Daumen für deine Bewerbung. Liebe dich, Robert.«

Robert konnte mit der Geschäftsstelle abklären, dass ab morgen ein Arzt, der schon manchmal als Springer in der Krankenstation gearbeitet hatte, stundenweise zur Verfügung stehen würde. Mit dieser nur teilweise befriedigenden Nachricht ging er zu Alfons, der blass und müde auf der Terrasse saß und in den Garten schaute. Robert fragte ihn: »Wollen wir noch reden?« Als sein Patenonkel hochblickte und nickte, setzte er sich zu ihm. »Welche Ergebnisse werden die weiteren Untersuchungen denn zeigen?«, wollte Robert von ihm wissen. »Ob ich Gallensteine oder Krebs habe. Im letzteren Fall sind die Heilungschancen eher gering.« Robert war betroffen. »Warum kommt das gerade jetzt?«

»Wenn ich gut drauf bin, sage ich mir, dass ich die letzten Wochen wegen Tessa viel Stress hatte. Das kann schon krank machen. Ich habe mir abends das eine oder andere zusätzliche Glas Wein gegönnt, weil ich mir einbildete, meine Angst um Tessa würde dadurch abnehmen. Auf jeden Fall konnte ich danach etwas ruhiger schlafen. Vielleicht war es aber auch der Infekt, den ich bekam, als du nach Wien geflogen bist. Ich musste mich zwei Tage übergeben und hatte auch Durchfall«, versuchte Alfons eine Erklärung zu finden.

Als Robert mit ernstem Gesicht schwieg, fuhr er fort: »Und wenn es das alles nicht sein sollte, bleibt nur die andere Möglichkeit, die ich nicht haben möchte. Aber dann muss ich wenigstens keine Angst haben, dass Pauline sich sofort gesunden Ersatz für mich besorgt und ganz viel Geld beiseiteschafft, noch bevor ich mich von dieser Welt verabschiedet habe.« – »Hat meine Mutter das damals getan?«, horchte nun Robert auf. »Ja, mit dem Autohausbesitzer für Luxuskarossen, der jetzt dein Stiefvater ist. Er führte sie einmal wöchentlich aus und unternahm auch mehrmals Kurzurlaube mit ihr, während ihr beide mit eurer Oma in Tirol wart. Im letzten Jahr, als dein Vater noch lebte, sprach sie mich mehrfach darauf an, wie sie sich die Auszahlung des Praxisanteils deines Vaters vorstellte. Hierfür musste ich dann einen richtig großen Kredit aufnehmen, den ich zum Glück inzwischen abbezahlt habe.«

»Und ich dachte immer, dass sie so viel Geld von der Lebensversicherung erhalten hat und hiervon auch die Internatskosten von mir und Stefan bezahlt hat«, wunderte sich Robert. »Die Schmerzmittelkonzentration im toten Körper deines Vaters war sehr hoch. Deshalb hat sich seine Lebensversicherung lange geweigert zu zahlen, weil es im Suizidfall kein Geld gibt. Erst ein zweiter Gutachter hielt es für wahrscheinlich, dass die hohe Dosis wegen der vielen Metastasen im Endstadium gerechtfertigt war, obwohl es sich hier keineswegs um eine lebensverlängernde Maßnahme handeln konnte.« – »Und was glaubst du, was mein Vater getan hat? Denkst du, dass er sich mit Morphin zum Schluss selbst umgebracht hat?« – »Ausschließen kann ich es nicht. Er war am Ende sehr verzweifelt und hat sich komplett isoliert. Als er dann noch den Sauerstoff brauchte, konnte man gar nicht mehr an ihn rankommen«, erinnerte sich Alfons.

»Wenn ich in Wien bin, will ich mich einmal mit meiner Mutter treffen und sie auf die Briefe von dir ansprechen. Wie viele hast du denn damals an mich geschrieben, als ich im Internat war?« – »Das erste halbe Jahr jeden Monat. Und später dann noch zu Weihnachten und zu deinen Geburtstagen. Es werden wohl so an die zwölf gewesen sein«, meinte Alfons. »Ich habe sie immer an die neue Adresse deiner Mutter geschickt, weil sie dir die Briefe bei ihren Besuchen im Internat übergeben sollte. Sie schickte sie aber alle mit dem Hinweis zurück, du müsstest dich im Internat erst einleben.« Dr. Höferl war zu müde, um dieses Abendgespräch weiter fortzuführen. Als sie sich eine gute Nacht wünschten, nahmen sie sich fest in den Arm, worauf Dr. Höferl sagte: »Ich freue mich darauf, dass du mein Schwiegersohn wirst. Dann gehörst du endlich richtig zur Familie.«

Bevor er zu Bett ging, beantwortete Robert die Mail von Theresas Bruder: »Hi, Benedikt. Für dich mag sich alles so darstellen, wie du es schreibst. Für mich war die Zeit in der Gästewohnung auch ein Stück Vergangenheitsbewältigung und daraus wurde durch Tessa ein sehr schöner Neuanfang. Auch wenn sie für dich deine kleine Schwester ist, so sehe ich in ihr eine schöne, attraktive junge Frau. Ich liebe sie. Und es gab keinen Trikottausch nach alter Manier zwischen uns. Mein Schnuffeltuch von Tessa sieht anders aus. Aber jetzt ist erst einmal wichtig, dass dein Vater wieder gesund wird. Es geht ihm momentan gar nicht gut. Gruß Robert.«

Am nächsten Tag packte Dr. Höferl gemeinsam mit Josefa sein Hab und Gut zusammen, während Robert versuchte, die Beratungsstelle und die Gesundheitsstation am Laufen zu halten. Für die nächsten Wochen wurden wieder Geiselübernahmen in Aussicht gestellt, es gab hierzu aber von den Unterhändlern noch keine abschließenden Informationen, weil zu vieles im Ungewissen lag. Am Abend kam eine Mail von Theresa: »Hi, mein Lieber, ich habe eine schlecht bezahlte Praxisjahrstelle im Kinderkrankenhaus angenommen. Im November kann ich dort auf der Reha-Station beginnen. Wenn es für dich okay ist, würde ich mit Mutti kommen und dann bei dir bleiben, bis du deine Zelte in Tumaco abbrechen kannst. Gib mir bitte gleich Nachricht, damit wir noch alles regeln und buchen können. Liebe dich, Tessa.«

Robert war erfreut über das Angebot, wollte aber zuvor das Einverständnis seines Patenonkels einholen. »Es ist für mich nur dann in Ordnung, wenn du sie niemals zu den gefährlichen Einsätzen mitnimmst«, mahnte er. »Als junge Frau würde sie sich dabei nur selbst in Gefahr bringen und die anderen auch. Sie darf auch nie alleine draußen unterwegs sein. Du weißt, wie gefährlich hier manche Orte sind. Versprich mir das, Robert.« Dieser gab ihm sein Wort und schrieb alles genau so an Theresa.

Am Abend saßen die Männer wieder zusammen auf der Terrasse. Alfons hatte diesmal selbst das Bedürfnis, mit Robert über die Internatszeit zu sprechen. Er fragte ihn: »Hast du damals eigentlich mitbekommen, was mit deinem jüngeren Bruder geschehen ist?« – »Nein, die kleineren Kinder waren in einem anderen Haus untergebracht. Wir haben uns höchstens manchmal auf dem Gelände gesehen, selbst im Speisesaal waren wir getrennt. Was weißt du davon?« – »Nachdem kein Lebenszeichen von dir kam, habe ich Kontakt zu deiner Oma Gesa aufgenommen. Sie sagte mir, dass die Internatsleitung nur über die Eltern Post für die Kinder annehmen würde und auch nur, wenn dies zum Wohle der Kinder sei. Die Briefe sollten das Heimweh nicht noch verstärken. Von deiner Oma wusste ich auch, dass ihr in den Ferien öfters bei ihr wart. In diesem Jahr allerdings solltest du in den Ferien nicht zu ihr fahren, sondern stattdessen an einem Sprachenseminar in England teilnehmen. Für Stefan galt dies aber nicht. Ich weiß nicht, was mit ihm in der Zeit geschah, während du weg warst.«

Sie hatten schon einmal darüber gesprochen, dass Alfons anfangs über die Großmutter Kontakt gesucht hatte. Oma Gesa hatte ihm gegenüber jedoch geäußert, dass sie Angst vor ihrer Schwiegertochter und deren neuem Mann habe. Sie befürchtete, sie dürfe ihre Enkel nicht mehr sehen, wenn sie weiterhin mit Alfons in Kontakt stehe. Robert erinnerte sich noch gut an seinen Englandaufenthalt. Als er zurück ins Internat kam, teilte ihm der Direktor mit, dass sein Bruder das Haus inzwischen verlassen musste, weil er sich nicht an die Regeln gehalten hätte. »Meine Mutter hat mich dann zum nächsten Weihnachtsfest in ihr neues Haus eingeladen. Dort habe ich Stefan wiedergesehen, und er wirkte seltsam fremd. Er war immer Mamas Liebling und sieben Jahre jünger als ich, also nicht gerade meine engste Bezugsperson. Nun aber benahm er sich wie fremdgesteuert und unheimlich fahrig. Das ganze Fest erschien mir unecht. Ich war fast froh, als ich wieder zurück ins Internat konnte«, erzählte Robert nachdenklich.

Sein Patenonkel schwieg einen Moment, bevor er sagte: »Das, was ich dir jetzt erzähle, ist sehr vertraulich. Ich muss es aber unbedingt loswerden, bevor ich wegfliege, mit ungewissem Ausgang.« Er setzte sich in seinem Stuhl auf und sah Robert ernst an. »Eine junge Patientin von mir wurde damals für drei Monate in der Kinder- und Jugendpsychiatrie wegen einer Essstörung behandelt. Und sie erzählte mir, dass Stefan in der Zeit ebenfalls dort war.« – »Wieso Stefan? Der war doch eher pummelig und deshalb total unsportlich«, wunderte sich Robert. »Nein, er war wohl wegen sexuellen Missbrauchs in der Klinik. Die Patientin hatte sich über den Nachnamen des Jungen gewundert, weil sie früher bei deinem Vater in Behandlung war, bevor ich sie übernommen habe. Sie hat über Mitpatienten in der Klinik Erkundungen eingeholt und so den Grund seines Aufenthalts erfahren.«

»Aber Stefan wurde doch vom Internat verwiesen, weil er Mist gebaut hatte. Oder nicht?«, entgegnete Robert. Sein Patenonkel sah ihn musternd an. »Habt ihr nie darüber gesprochen, dass es im Haus der Jüngeren einen Erzieher gegeben haben könnte, dem so etwas zuzutrauen wäre?« – »Zwei Jungs aus meinem Zimmer mochten ihren ehemaligen Sportlehrer nicht und nannten ihn immer ›Wichser‹, natürlich nur dann, wenn er es nicht hörte. Aber Stefan hat mir nie etwas in dieser Richtung erzählt. Könnte meine Mutter ihn wegen solcher Vorfälle aus dem Internat genommen haben? Und wenn ja, wieso hat sie mich dann dort gelassen?« – »Versuch, es herauszukriegen. Vielleicht ist ja Schweigegeld geflossen und du solltest wenigstens deinen Schulabschluss dort bekommen«, gab Alfons zu bedenken. Nachdenklich sagte Robert: »Ich hatte in meiner vorletzten Karte meine Mutter einmal nach der Anschrift von Stefan gefragt. Da kam aber nichts von ihr. Ich werde versuchen, es rauszubekommen.«

In dieser Nacht wälzte sich Robert in seinem Bett hin und her. Er träumte, dass Alfons operiert worden war. Das Krankenhaus hatte Ähnlichkeit mit seinem alten Internat. Nach der OP spuckte sein Patenonkel Blut, während er an seinem Bett saß. Schweißgebadet wachte Robert auf und versuchte wieder einzuschlafen, was ihm auch gelang, wobei er aber erneut schlecht träumte. Er sah er seinen kleinen Bruder durch den Wald laufen, verfolgt von seinem Sportlehrer. An einem Felsenvorsprung stürzte Stefan mit einem gellenden Schrei in die Tiefe und Robert wachte auf. Er griff neben sich und suchte in der Dunkelheit nach dem Nachthemd von Theresa, das mit jedem Tag mehr seinen Duft verlor. Als er es greifen konnte, wühlte er seinen Kopf in den Stoff und konnte sich langsam beruhigen. Dann betete er dafür, dass sein Patenonkel wieder gesund werden möge.

Mit seinem Patenonkel hatte er bislang nicht über seine häufigen Albträume gesprochen, auch wenn sie ihn belasteten. Im Verlauf ihres gemeinsamen Jahres in Kolumbien hatten sie sich sehr behutsam einander angenähert, aber es gab noch viele wunde Punkte, über die sie noch nicht gesprochen hatten. Gerade am Anfang ihrer Zusammenarbeit hatte die Gesundheitsstation mit der psychologischen Beratungsstelle erste Priorität. Dr. Höferl musste sich erst einmal in alles einarbeiten und war dankbar für die gute Unterstützung durch Robert. Erst später starteten sie gemeinsame Unternehmungen in ihrer kargen Freizeit und führten Gespräche, die über die Arbeit hinausgingen.

Robert wollte damals alles über seinen verstorbenen Vater erfahren und Dr. Höferl gab ihm bereitwillig Auskunft. Er erzählte ihm, dass er Rudolf bereits während des Studiums kennengelernt hatte. Gemeinsam verwirklichten sie sich den Traum von einer eigenen Praxis und arbeiteten gut zusammen. Probleme in dieser Männerfreundschaft gab es erst, als Rudolf Vanessa kennenlernte, die aus einfachen Verhältnissen stammte und in der Buchhandlung um die Ecke arbeitete. Rudolf kaufte sich dort öfters ein Automagazin, weil Autos seine zweite Leidenschaft waren neben der Medizin.

Vanessa wurde nach kurzer Zeit schwanger und Rudolf war bereit, sie zu heiraten, obwohl er noch nicht an Familiengründung gedacht hatte. Es stellte sich heraus, dass die beiden Eheleute kaum Gemeinsamkeiten hatten. Vanessa gab das Geld ihres Mannes zunehmend für teure Garderobe und Schmuck aus, während sie Haushalt und ihren Sohn Robert lieber der Haushälterin überließ. Dass sieben Jahre später Stefan geboren wurde, war wohl hauptsächlich der Tatsache geschuldet, dass Vanessa in den ersten Schwangerschaftsmonaten weiterhin Blutungen bekam. So hatte sie erst spät bemerkt, dass ein weiteres Kind unterwegs war, das sie eigentlich nicht wollte. Wie Rudolf später herausfand, war Stefan jedoch nicht sein leiblicher Sohn, sondern das Kind des Autohändlers Bodo, den Vanessa nach dem Tod ihres Mannes schließlich heiratete.

Robert hatte seinem Patenonkel immer sehr aufmerksam zugehört. Es interessierte ihn, was er erzählte, und er verglich es dann mit seinen eigenen Erinnerungen. Noch immer schmerzte es ihn, dass er seinen Vater nur als harschen und gestressten Mann erlebt hatte und nun feststellen musste, dass er einmal ganz anders gewesen war, als er noch nicht im Hamsterrad lief, nur um all die Forderungen seiner Ehefrau erfüllen zu können. Sein Patenonkel hatte Robert durch diese Erzählungen ermöglicht, einen besseren Zugang zu seiner Kindheit und zu seiner Familie zu finden, wofür er ihm dankbar war.

Pünktlich am nächsten Morgen weckte ihn Burna auf ihre unnachgiebige Weise. Er öffnete ihr die Tür zum Garten und legte sich dann wieder ins Bett, wo er auch sofort einschlief. Doch die Ruhe währte nicht lange. Seine Hündin hatte sich zwar im Garten entleert und auch schon Wasser getrunken, hatte nun aber Hunger. Da ihr Fressnapf auf der Terrasse ungefüllt blieb, lief sie in ihrer resoluten Art zurück in den Schlafraum und kläffte so lange, bis ihr Herrchen schließlich aufwachte. Robert versuchte sie zu beruhigen. »Komm, Burna, reg dich wieder ab. So oft kommt es nun wirklich nicht vor.« Schlaftrunken stand er auf und füllte ihr den Fressnapf.

Dr. Höferl kam heute noch einmal mit auf die Gesundheitsstation. Er wollte seine persönlichen Sachen abholen und sich von den Mitarbeitern verabschieden. Obwohl er bis zum Schluss Verständigungsprobleme hatte, weil sein Spanisch nicht so gut war und er deshalb häufig auf die Unterstützung der anderen angewiesen war, kam seine ruhige, verlässliche Art gut im Team und bei den Patienten an. Er hatte von Josefa noch einige Speisen vorbereiten lassen, die die Stationsmitarbeiter dann in der Mittagspause essen konnten, aber ohne ihn, da er momentan nur Schonkost essen durfte. Mit Tränen in den Augen verabschiedete er sich von seinem Team. Auch seine Kollegen waren gerührt. Robert, der sich bislang im Hintergrund gehalten hatte, musste schlucken. Er ging auf seinen Patenonkel zu und fragte: »Soll ich dich nach Hause bringen?« Dr. Höferl nahm das Angebot gerne an. »Ja, mach mal. Ich glaube, ein bisschen frische Luft tut uns beiden ganz gut.«

Es waren noch drei Tage, bis Pauline mit ihrer Tochter eintreffen sollte. Tage, an denen Dr. Höferl versuchte, sich über Wasser zu halten, indem er sich schonte und ansonsten seine Heimreise vorbereitete. Robert, der sich große Sorgen machte, hatte Mühe, sich auf seine Arbeit in der Beratungsstelle zu konzentrieren.

Für ihren letzten gemeinsamen Abend wünschte sich sein Patenonkel, nun nicht mehr über die Vergangenheit zu sprechen, sondern eine gemeinsame Zukunft zu planen. Er fand die Idee gut, dass seine Tochter und Robert Anfang nächsten Jahres in die Wohnung seiner Mutter ziehen wollten. »Sind die Wohnungen zu klein, geht man sich leicht auf die Nerven. Sind sie zu groß, vereinsamt man recht schnell«, meinte er. »Und wenn ihr erst ein, zwei Kinder habt, ist die Wohnung gerade richtig.«

V

Für Pauline war die Ankunft auf dem Flughafen nur ein Boxenstopp. Als ehemalige Krankenschwester wusste sie genau, wie wichtig es für ihren Ehemann war, schnell nach Hause zu kommen. In Wien hatte sie für die Krankenhauseinweisung schon alles geregelt und wollte nun keine Zeit mehr verlieren. Daher hatte sie auch die nächstmögliche Maschine für den Rückflug gebucht.

Theresa hatte Robert zwar zur Begrüßung in den Arm genommen und geküsst, wirkte aber insgesamt ziemlich angespannt. Die Sorge um ihren Vater war ihr ins Gesicht geschrieben. Eindringlich bat sie ihre Eltern beim Abschied, sie auf dem Laufenden zu halten. »Wenn es etwas Schlimmes ist oder du operiert werden musst, gebt bitte Bescheid. Ich komme dann sofort nach.«

Dr. Höferl nahm seine Tochter fest in den Arm und schärfte ihr ein: »Wenn du dich nützlich machen willst, dann bitte nur auf der Station, nicht im Gelände. Und nach dem Abendessen hast du zu Hause zu sein. Versprich mir das. Dieser Ort ist gefährlich für Frauen.« Sie versprach es und Robert tat es auch, während er seinen Patenonkel zum Abschied umarmte. Als die Eltern im Gewühl der Reisenden verschwunden waren, verließen sie, sich an die Hände fassend, den Flughafen. Theresa konnte ihre Tränen nicht mehr zurückhalten und ließ sich von Robert zum Fahrzeug bringen. Schweigend fuhren sie zu seiner Unterkunft.

Burna, die in der Zwischenzeit bei Josefa bleiben musste, begrüßte Theresa gleich mit energischem Kläffen. Davon unbeeindruckt holte Theresa aus ihrem Rucksack einen Hundekuchen heraus und hielt ihn Burna unter die Nase. Diese schnupperte zwar daran, machte dann aber wieder einen Schritt zurück. Erst als Robert auf den Keks zeigte und sie aufforderte: »Nimm«, schnappte sich Burna die Leckerei und erwischte hierbei den rechten Zeigefinger von Theresa mit ihrem Eckzahn. Robert nahm Theresas Hand und besah sich die blutende Schramme an ihrem Finger. »Dein Vati nimmt bei so etwas immer

Alkohol, damit sich die Wunde nicht entzündet. Ich habe eine Flasche davon im Bad stehen«, sagte er. »Und deine Finger musst du bei Burna immer wegziehen. Die frisst nicht einfach so aus der Hand. Dafür hat sie früher zu lange gehungert.«

Er ging ins Bad und holte die Sprühflasche mit dem medizinischen Alkohol. Als er wieder zurückkam, meinte er: »Komm, wir gehen auf die Terrasse, dann stinkt es hier nicht so.« Sie folgte ihm nach draußen. Robert stellte sich vor sie und bemerkte erst jetzt, wie angespannt Theresa auf die Flasche in seiner Hand sah. Er hielt inne und wollte von ihr wissen: »Du hast keine Angst, dass es wehtun könnte, stimmt's?« Theresa schüttelte den Kopf und hielt ihm ihren Finger hin, ohne hinzusehen, was er tat. Doch als sie das Sprühgeräusch hörte und den Geruch wahrnahm, der sie an das Desinfektionsmittel in Victors Krankenzimmer erinnerte, bekam sie plötzlich Atemprobleme, so als würde ihr jemand den Brustkorb zuschnüren. Sie musste husten.

Robert stellte die Flasche beiseite und strich ihr mehrfach über den Rücken, während sie versuchte, sich zu entspannen. Als sie wieder besser atmen konnte, schlug er vor: »Willst du nicht auf unserer Krankenstation mitarbeiten und die Impfungen übernehmen? So kannst du dich mit dieser Flasche und dem Geruch wieder vertraut machen und bist dann fit, wenn du in Wien im Krankenhaus anfängst.« – »Wäre vielleicht nicht verkehrt«, gab sie etwas kleinlaut zu.

Dann sah er sich noch ihre Brandwunde an. Er wollte sehen, welche Spuren der Streit mit Benedikt hinterlassen hatte. Die Wundränder waren wieder gut verheilt, lediglich eine leichte rötliche Färbung zeigte an, dass es hier eine neue Verletzung gegeben hatte. Robert, von Benedikts Reaktion noch immer betroffen, sagte wütend: »Wenn der noch einmal so etwas macht, kriegt er es mit mir zu tun. Eine Prügelei ist auf jeden Fall noch offen zwischen uns.«

Theresa sah ihn erstaunt an und wollte hierüber mehr wissen. »In unserem ersten gemeinsamen Jahr im Gymnasium saßen wir noch nebeneinander. Nach der Pause fiel Benedikt sein neuer Füller vom Tisch und ich trat aus Versehen darauf. Voller Wut, dass das Ding kaputt war, beschimpfte er mich als Depp und schubste mich derart, dass ich zwischen die nächste Bank fiel. Nur weil mir mein Vater beigebracht hatte, dass man sich mit Brillenträgern nicht prügelt, habe ich mich zurückgehalten. Heute trägt er aber Kontaktlinsen, und sogar weiche.« Schmunzelnd stellte Theresa fest: »Na, meine Mutter wird sich freuen, wenn der ruppige Umgang zwischen Benedikt und mir so weitergehen sollte und du dann auch noch dabei bist.«

Vor dem Abendessen räumten sie die privaten Gegenstände ihres Vaters in die Räume von Robert, weil sein Nachfolger schon in zwei Tagen in den freien Wohnbereich einziehen wollte. Die Sachen von Dr. Höferl sollten dann in der nächsten Woche als Frachtgut nach Wien gesandt werden.

Als Robert die Gitarre seines Patenonkels griff, fragte Theresa erstaunt: »Gehört die Vati?« – »Ja, wir haben abends oft zusammen gespielt«, erzählte ihr Robert begeistert. »Als ich vor drei Jahren hier anfing, hat mir der Sohn eines Kollegen das Gitarrespielen beigebracht. Es gibt in Tumaco ja nicht so viele Freizeitangebote, da muss man schon kreativ werden. Am Anfang habe ich ein paar kolumbianische Songs gelernt, aber mit deinem Vater habe ich Lieder aus meiner Kindheit gespielt, die wir in der Schule oder im Kindergarten gesungen haben. Das war richtig schön.«

»Was hat eigentlich Vati dazu gesagt, dass wir zusammen sind?«, wollte nun Theresa von ihm wissen. Robert musste grinsen. »Dass er nun drei Kinder hat und dass die ganze Situation für ihn etwas ungewöhnlich sei.« – »Er hält es also für Inzest, oder was?« – »Im ersten Moment wohl schon, aber jetzt freut er sich. Im Ernstfall würde er jedoch immer zu dir halten.«

Zum Schluss hoben sie die Matratze aus dem Bett und tauschten sie mit der von Robert aus. »Der neue Arzt kriegt eh eine neue«, erklärte er. »Und ich möchte nicht, dass du vier Wochen auf einer Matratze schlafen musst, auf der es Sex mit Nuri gab.« – »Sehr rücksichtsvoll. Hast du ihr schon gesagt, dass ich jetzt hier sein werde?«, erkundigte sich Theresa. »Ja, gestern. Sie schien damit keine Probleme zu haben, zumal immer die Regel galt, dass unser Arrangement sofort endet, sobald einer von uns jemanden kennenlernt.«

Das Abendessen bekamen sie von Josefa gekocht. Sie aßen es auf der Terrasse, mit Blick auf den großen Garten. Nach einer Weile erkundigte sich Theresa: »Wirst du das alles hier nicht vermissen?« – »Vielleicht manchmal. Wir genießen in Tumaco schon ein gewisses Ansehen und haben auch Personal, aber es ist nicht mit dem Wohlstand in unserer Heimat zu vergleichen. Ich wünsche mir manchmal, spontan ins Kino oder ins Theater gehen zu können. In Kolumbien kann man nicht ohne Angst um seine Familie leben. Die Jahre hier waren okay, aber in Wien möchte ich mit dir gleich ins Kino.«

Theresa war vor dem Zubettgehen erleichtert, als sie feststellte, dass Burnas Schlafdecke im Wohnzimmer lag, gleich neben der Terassentür. So würde sie sich ihren Platz im Schlafzimmer nicht erst erkämpfen müssen. Robert reichte ihr das Nachthemd, das sie ihm in Wien gegeben hatte, und fragte: »Ziehst du es heute wieder an?« – »Wollen wir nicht vorher zusammen unter die Dusche? Die ist bestimmt groß genug für zwei.« – »Tessa, mach hier bitte keine Experimente«, mahnte er, als sie die mitgebrachte Kondompackung aufs Bett warf und meinte: »Unter der Dusche brauchen wir die noch nicht, aber vielleicht danach.« Kurzentschlossen griff sie nach seiner Hand und zog ihn ins Badezimmer.

Während er sie abseifte, fragte er: »Seit wann bist du eigentlich so durchtrainiert? Vom Radfahren kommt das bestimmt nicht.« Sie hob die Seife auf, die ihm zuvor aus der Hand gerutscht war, und begann nun, ihn einzuseifen: »Vom Joggen kommt so etwas auch nicht«, stellte Theresa fest. Als sie später im Bett in seinem Arm lag, entwickelte Robert Zukunftspläne: »Wenn wir zurück in Wien sind, möchte ich mit dir schön essen gehen, Kino hatte ich ja schon gesagt. Und wir brauchen ein gemeinsames Fitnesscenter ganz in unserer Nähe. Ich möchte auch mit dir und Burna im Ferienhaus meiner Oma Urlaub machen. Nur wir drei.«

Theresa machte sich Sorgen, wie Burna den Umzug in die Großstadt überstehen würde. »Wir sollten mit ihr jetzt schon üben, an der Leine zu laufen. Ich nehme an, sie hat auch noch nicht alle erforderlichen Impfungen, die sie für die Einreise braucht. Du solltest schnellstmöglich einen Termin beim Tierarzt vereinbaren.« Robert schwieg einen Moment, bevor er fragte: »Kannst du sie nicht impfen? Sie hat Panik vor dem Tierarzt.« – »Du, ich brauche meine Finger noch für meinen Beruf«, wandte sie ein. »Und wenn ich sie festhalte und ablenke?«, war sein Vorschlag.

Am nächsten Vormittag erreichte sie eine SMS, dass die Eltern wohlbehalten in Wien angekommen waren. Alfons würde gleich morgen in die Klinik gehen. Er habe die Reise gut überstanden, sei nun aber ziemlich erschöpft und freue sich auf sein eigenes Bett. Nachdem sie die Nachricht gelesen hatten, schwiegen beide beklommen, bis Robert schließlich fragte: »Glaubst du, dass er es schaffen wird?« – »Ich hoffe es und wir sollten für ihn beten. Es ist jetzt sehr wichtig, dass er zeitnah untersucht und dann auch richtig behandelt wird.«

Robert hatte sich für diesen Tag freigenommen. Er wollte die Zeit nutzen, um Burna an ihr Frauchen zu gewöhnen. Theresa sollte sie von nun an füttern, was beide allerdings noch üben mussten. Zuerst hielt Theresa der Hündin kleine Fleischstückchen vor die Nase und lief dann damit durch den Garten. Burna, die ihr kläffend folgte, erhielt das Fleisch nur dann, wenn sie sich ruhig vor Theresa hinsetzte. Nach etlichen misslungenen Versuchen klappte es immer besser, sodass Robert auf die Idee kam, seine beiden Frauen mit dem Smartphone zu filmen. Barfuß, nur mit seiner Jeans bekleidet, stand er auf der Terrasse und gab Theresa ein paar Regieanweisungen, wie sie auf die Kamera zulaufen solle. Unter Gekicher und Gekläffe ließ sich manches tatsächlich auch umsetzen.

Robert stoppte die Aufnahme, als Nuri plötzlich neben ihm stand. Sie war unangemeldet gekommen und sprach ihn gleich unbeholfen an: »Señor Wagner, kann ich etwas mit Ihnen besprechen? Es ist wichtig.« Erstaunt antwortete er: »Ja, natürlich. Ich möchte dir auch gleich Señora Höferl, meine Freundin, vorstellen.« Theresa war auf die Frau zugegangen und reichte ihr die Hand. Da sie selbst kein Spanisch sprach, sagte sie zur Begrüßung einfach: »Nett, Sie kennenzulernen«, was Robert dann übersetzte. Er bot Nuri einen Platz auf der Terrasse an und ging noch schnell ins Haus, um sich ein Hemd überzuziehen. Währenddessen spielte Theresa weiter mit der Hündin im Garten, wohl wissend, dass Nuri sie beobachtete. Die anschließende Unterredung zwischen Robert und Nuri verlief lebhaft und dauerte etwa zehn Minuten. Dann stand Nuri auf und rief Theresa etwas in spanischer Sprache zu, bevor sie schnell den Garten verließ.

Robert war sitzen geblieben und starrte vor sich hin, bis Theresa zu ihm kam und scherzhaft feststellte: »Du siehst aus, als habe dir gerade jemand den Laufpass gegeben.« – »Stimmt ja auch«, erwiderte er mit einem ernsten Gesichtsausdruck, der für Theresa nicht nachvollziehbar war. Sie setzte sich zu ihm an den Tisch und fragte: »Ich denke, sie war in der letzten Zeit nur noch für den Haushalt zuständig. Wo ist denn jetzt das Problem?« – »Nuri möchte sofort aufhören, weil sie mit ihrem Sohn in die Wohnung eines älteren Witwers ziehen wird. Sie kennt ihn wohl schon seit mehreren Wochen. Zwischen ihnen hat sich etwas entwickelt, seit ich ihr gesagt habe, dass ich in meine Heimat zurückgehe.« – »Und wo liegt jetzt dein Problem?«, fragte Theresa erneut. »Ich wollte mit meinem Nachfolger einen guten Verdienst für sie aushandeln, nur für den Haushalt. Das hatte ich ihr auch zugesagt. Und jetzt das. Sie wird wieder in die Abhängigkeit eines Mannes geraten, vermutlich zu weniger fairen Konditionen«, argwöhnte er.

»Warum hat Nuri eigentlich so auf deinen nackten Oberkörper gestarrt? Und wieso hast du dir sofort ein Hemd angezogen?«, wollte Theresa wissen. »Sie hat mich zuvor nie nackt gesehen, und so soll es auch bleiben«, bemerkte er harsch. »Wäre es dann nicht fairer gewesen, du hättest Sex mit einer Gummipuppe gehabt«, raunte sie ihm zu. Robert sah sie gereizt an und erwiderte: »Es reicht doch, dass du Sex mit einer Gummiente hattest. Wieso wart ihr eigentlich so lange zusammen? Das habe ich immer noch nicht verstanden.«

Theresa merkte, dass die Stimmung kippte, und bat ihn, die Unterredung im Wohnzimmer weiterzuführen. Er war einverstanden und setzte sich mit einem deutlichen Sicherheitsabstand zu ihr aufs Sofa. »Ich höre dir zu«, sagte er auffordernd. Obwohl ihr diese Art nicht gefiel, wollte sie sich nicht provozieren lassen. Betont gelassen sagte sie: »Er hat mich einmal zu einer wichtigen Veranstaltung mitgenommen, als mein Auto im Winter nicht ansprang. Danach haben wir uns ein paarmal verabredet und ich fand es angenehm, dass er mir viel Raum ließ und nicht gleich mit mir ins Bett wollte.« – »Oh toll. Warum auch? Er kam ja gerade aus dem Bett von Matze«, entgegnete Robert zynisch. »Willst du mir jetzt unterstellen, dass ich zu blöd war, um seine Zurückhaltung richtig einzuschätzen?«, wurde sie nun langsam ungehalten. »Vielleicht«, antwortete er und sah sie provozierend an. »Ich bin keine Psychologin und erhebe für mich auch nicht den Anspruch, immer psychologisch korrekt zu handeln, aber ich versuche zumindest, moralisch verantwortungsbewusst zu leben«, verteidigte sie sich.

Er betrachtete für mehrere Augenblicke wortlos ihr Gesicht, bis er aufstand, ein paar Schritte ging und sich dann zu ihr umdrehte. »Ja, Tessa, dies ist genau der Punkt. Über deine Beziehung zu Victor höre ich nur immer, dass er dir Raum gelassen hat für dein eigenes Leben, und viel Geld hatte er offenbar auch. Große Gefühle spielten scheinbar keine Rolle. Nun wirfst du mir vor, Nuri dafür bezahlt zu haben, dass sie sich für mich prostituiert, obwohl ich als Psychologe doch wissen müsste, was das mit Menschen macht. Und richtig, jetzt bin ich geschockt, dass diese Frau offenbar kein Selbstwertgefühl mehr hat, um zukünftig einen besseren Weg zu gehen.« Fassungslos sah sie ihn an. »Und was willst du nun machen?«

»Ich weiß es nicht. Ich habe ihr vorhin noch einmal ihre Möglichkeiten aufgezeigt, aber sie glaubt, sie sei es ihrem Sohn schuldig. Sie möchte, dass er endlich in einer Familie aufwächst, und dieser Mann kümmert sich anscheinend um den Jungen. Nuri meinte zum Schluss noch, dass wir zwei gut zusammenpassen würden und sie mich noch nie so fröhlich gesehen habe wie heute.« Als Theresa ihn ratlos ansah, fragte er sie: »Kannst du mir das verzeihen?« – »Kannst du dir das verzeihen?«, fragte sie zurück.

Robert setzte sich ihr gegenüber auf einen Stuhl. »Ich habe mir immer gesagt, dass sie diesen Sexjob wohl auch mit anderen Männern gemacht hätte, um sich etwas Geld dazuzuverdienen. Trotzdem habe ich ihre finanzielle Abhängigkeit ausgenutzt, anders als damals bei Irena.« – »Wer ist Irena?«, wollte Theresa nun irritiert wissen. »Eine ehemalige Kommilitonin, die sich gerne von Männern zum Essen einladen ließ und danach ganz unverbindlich mit ihnen Sex hatte.« – »Aha. Und wie oft warst du mit ihr essen?«, hakte sie nach und merkte, dass sie langsam ein Problem mit seiner Vergangenheit bekam. »Alle sechs Wochen, immer beim Italiener mit Nachspeise und Espresso«, war seine knappe Antwort. Theresa stand wortlos auf und ging ins Schlafzimmer. Ziemlich verstört legte sie sich aufs Bett.

Es dauerte eine Weile, bis er nach ihr sah. »Willst du allein sein?«, erkundigte er sich. »Nein. Aber ich möchte keine Beziehung führen, in der man sich ständig mit den Trümmern der Vergangenheit auseinandersetzen muss. Ich möchte besonnen leben, aber mich auch ausprobieren und Fehler machen dürfen. Verstehst du das?«, fragte sie ihn eindringlich. Er hatte sich zu ihr gelegt. »Ja, ich verstehe das, und so soll es auch sein. Trotzdem wünsche ich mir immer öfter, wir hätten uns nie aus den Augen verloren.« Gemeinsam beschlossen sie, Nuri noch an diesem Abend einen größeren Geldbetrag für ihren

Sohn vorbeizubringen und ihr anzubieten, weiterhin als Ansprechpartner zur Verfügung zu stehen, falls sie Hilfe bräuchte.

Am Nachmittag fuhren sie mit Burna zum Tierarzt im Nachbarort. Es war derselbe Arzt, der damals ihre Verletzungen versorgt und sie dann auch kastriert hatte. Robert musste Burna in die Praxis tragen und sie in einer ruhigen Ecke des Wartezimmers festhalten, weil sie einfach nur wegwollte. Kaum hatten sie das Behandlungszimmer betreten, stülpte ihr der resolute Tierarzt sofort einen Maulkorb über, bevor er sie gründlich untersuchte, ihr Blut abnahm und dann mit Robert die Impfungen abstimmte.

Die Injektion wollte er zusammen mit Theresa vornehmen, während Robert das vor Angst zitternde und quiemende Tier festhielt. Theresa hatte vor Aufregung feuchte Hände, als ihr der Tierarzt die aufgezogene Spritze reichte und sie aufforderte, Burna in den Nacken zu greifen. Als sie dann die Nadel durch das Fell stach und langsam das Serum unter die angehobene Stelle spritzte, wusste sie endgültig, dass Burna nicht zu den einfachen Patientinnen gehörte.

Robert kannte seine Hündin nur zu gut, weshalb er sie nach dem Tierarztbesuch gleich anleinte und ins Auto brachte. Gemeinsam mit ihr und Theresa fuhr er zu einer naturbelassenen Stelle am Strand, wo sich Burna erst einmal richtig austoben konnte. Theresa wollte nun nähere Einzelheiten wissen, wie Robert zu Burna gekommen war. Er erzählte ihr, dass er über eine Pflegerin aus der Krankenstation von der Hündin erfahren hatte. Ihre Kinder hatten das Tier schwer verletzt und abgemagert im Hinterhof ihres Wohnhauses gefunden. Die Pflegekraft hatte sie daraufhin sofort dem Tierarzt übergeben.

Robert schwieg einen Moment und beobachtete Burna, bevor er fortfuhr: »Irgendwie hatte ich plötzlich das Bedürfnis, mir das Tier anzusehen und bin zum Tierarzt gefahren. Burna war noch ziemlich benommen, als ich sie das erste Mal sah, weil er sie gerade kastriert hatte. Der Tierarzt sagte mir auch, dass sie schon einen Wurf Junge gehabt haben muss und er noch einige Bluttests machen ließ. Ich mochte dieses Tier und fuhr am nächsten Tag wieder hin. Burna schien langsam Zutrauen zu mir zu bekommen. Und als feststand, dass sie keine Krankheiten hatte, habe ich mich entschlossen, sie zu nehmen.«

»Glaubst du, wir können sie an die Leine und das Halsband

gewöhnen?«, fragte ihn Theresa skeptisch. »Wir sollten das Halsband mit weichem Material unterfüttern lassen, damit es ihr nicht auf den Narben scheuert. Josefa kennt einen Schuhmacher, der das erledigen könnte. Aber versuch doch gleich mal, sie an die Leine zu nehmen«, schlug Robert vor. Nach dem dritten Lockversuch trottete Burna auf Theresa zu, schnappte sich einen Hundekeks und ließ sich widerstandslos anleinen. »Gut, dass ich gleich drei Packungen Hundekekse gekauft habe«, meinte Theresa. »Ach? Warum kriegt die eigentlich drei und für mich hast du nur eine Packung zum Naschen besorgt?«, fragte er mit gespielter Empörung. »Nun beschwer dich nicht. Ich habe für eure Mitbringsel mein ganzes Taschengeld geopfert.«

Der anschließende Weg zu Nuri fiel Robert nicht leicht. Während Theresa mit Burna im Wagen wartete, ging er auf den Wohnblock zu, den sie im Vertrag als Adresse angegeben hatte. Er fragte drei größere Kinder vor dem Haus, wo sich Nuris Wohnung genau befand, und erhielt von ihnen die gewünschte Auskunft. Schon das Treppenhaus vermittelte den Eindruck, dass viele Menschen aus sehr einfachen Verhältnissen hier lebten. Es roch nach Essen, war hellhörig und nicht gerade sauber. Robert klopfte an der Wohnungstür, die ihm genannt worden war, worauf ihm ein Junge öffnete, der Nuri ähnlich sah. Aus der Wohnung waren die Geräusche eines laufenden Fernsehers zu vernehmen. Als Robert ihn nach Nuri fragte, antwortete der Junge: »Meine Mutter ist unten im Laden.«

Kurz darauf betrat Robert das Lebensmittelgeschäft an der Straße. Ein rundlicher Mann Mitte fünfzig begrüßte ihn und fragte nach seinen Wünschen. Robert sagte entschuldigend: »Mir wurde gesagt, dass Señora Nuri hier sei.« Misstrauisch wollte der Mann nun wissen, was er denn von ihr wolle. Bevor Robert hierauf antworten konnte, kam Nuri mit einer Gemüsekiste aus dem hinteren Raum, um die Waren am Stand aufzufüllen. Als sie Robert erblickte, fragte sie überrascht: »Ist etwas geschehen, Señor Wagner?« Noch bevor er etwas antworten konnte, mischte sich der füllige Mann ein: »Ah, Sie sind Señor Wagner? Es ist gut, dass Nuri jetzt den ganzen Tag im Laden helfen kann, meinen Bruder haben sie nämlich vor ein paar Tagen geholt. Der wird vorerst nicht mehr zum Arbeiten kommen.« Auf Roberts erstauntes Nachfragen erklärte der Ladenbesitzer, dass Nuri und er seit zwei Jahren ein Paar seien. Nach dem Unfalltod seiner Frau waren sie zusammengekommen und nun hatte sein Bruder wegen Drogenhandels Ärger mit der Polizei gekriegt.

Obwohl Robert mit sich kämpfte, wollte er Nuri den Briefumschlag heimlich übergeben. Unauffällig hielt er ihn ihr an der Ladentür entgegen und sagte leise: »Das ist noch für deinen Sohn.« Nuri wehrte ab und flüsterte: »Nein, das kommt hier nur weg. Danke für alles.« Sie drehte sich um und ging zurück zu ihrer Gemüsekiste.

Als Robert in den Wagen einstieg, merkte Theresa sofort, dass etwas geschehen sein musste, was ihn nicht zufrieden stimmte. Lediglich das Begrüßungsgejaule von Burna hielt sie davon ab, nachzufragen. Schweigend fuhren sie nach Hause. Dort setzte sich Robert mit einem Glas Wasser auf das Sofa und berichtete: »Nuri lebt schon seit zwei Jahren mit dem Gemüsehändler zusammen. Und mich lügt sie an, dass erst seit ein paar Wochen etwas zwischen ihnen laufe.« – »Glaubst du, der Mann weiß von den Sexdiensten seiner Freundin?« – »Keine Ahnung. Sein Bruder hat gerade Stress mit der Polizei wegen Drogen«, entgegnete Robert frustriert. »Es gab eine Abmachung zwischen uns, dass es keine anderen Intimkontakte geben sollte. Ich wollte mir ja nichts einfangen. Glaub mir, mit dem Kerl teilt man sich nicht gerne eine Frau«, stellte er erbost fest.

»Ihr habt doch Kondome benutzt, oder?«, erkundigte sich Theresa verstört. »Ja, natürlich. Aber es gibt ja wohl noch weitere Ansteckungsmöglichkeiten.« – »Hast du denn mit ihr rumgeknutscht oder andere Sexvarianten gemacht?« – »Knutschen nein. Oral meist am Anfang, für meine Stimmung. Ohne Leidenschaft ist das manchmal verdammt schwierig«, gab er zögernd zu. Er sah sie ratlos an. »Machst du morgen einen Bluttest?« – »Am besten gleich von uns beiden. Geht das bei euch auf der Krankenstation?« – »Ja. Das Labor müssen wir aber selbst bezahlen«, erklärte er.

Während Robert bei Josefa das Abendessen abholte, setzte sich Theresa an den PC und recherchierte, welche Tests infrage kämen und auf welche Weise sie durchzuführen waren. Als angehende Kinderärztin hatte sie auf diesem Gebiet noch wenig Erfahrung. Dann checkte sie ihre Mails und entdeckte eine Nachricht von ihrer Mutter, die berichtete, dass der Vater nun im Krankenhaus sei und morgen die Untersuchungen anstehen würden. Theresa wünschte ihrem Vater hierfür alles Gute und hielt sich auf die Nachfrage ihrer Mutter, ob alles bei ihnen in Ordnung sei, eher bedeckt, indem sie schrieb: »Mit der Hündin und mir klappt es immer besser. Wir waren heute mit ihr beim Tierarzt, damit es bei der Einreise keine Probleme gibt, und morgen helfe ich auf der Krankenstation aus. Langeweile kommt bei uns nicht auf. Gruß Tessa.«

Beim Essen berichtete Theresa, was sie herausgefunden hatte, und brachte zusätzlich zu der Blutuntersuchung einen Abstrich ins Spiel, worauf Robert gleich vorschlug: »Dann lass uns das bitte bei Dr. Alecos machen. Er ist morgen stundenweise auf der Station und danach können wir in seine Praxis gehen. Soll ich mit der Geschäftsführung aushandeln, dass du für einen Monat einen Zeitvertrag für die Krankenstation bekommst? Die zahlen hier nicht schlecht.« Theresa war hiermit einverstanden, zumal sie bis November ohne Einkünfte war und ihren Eltern nicht finanziell zur Last fallen wollte.

Später im Schlafzimmer war die Stimmung zwischen ihnen deutlich getrübt. Nachdem sie eine Weile schweigend nebeneinander auf dem Bett gelegen hatten, fragte Robert: »In deinen Augen bin ich ein Beziehungspsycho, stimmt's?« Sie antwortete nicht sofort, sagte aber schließlich: »Ja.« – »Und warum bist du dann mit mir zusammen?« – »Weil ich immer wieder den gradlinigen Fünfzehnjährigen vor mir sehe, der an das Gute in der Welt glaubt und sich dafür einsetzen möchte.«

Robert brauchte einen Moment, um hiermit umgehen zu können. Ihre Worte machten ihn sehr betroffen. »Heißt das, dass du ohne die alten Bilder nichts mit mir angefangen hättest, weil dir der Erwachsene zu gestört ist?« – »Ich hätte vieles nicht zuordnen können, ja. Aber auch du wärst keine Beziehung mit mir eingegangen, wenn es die vertrauten Bilder aus unserer Kindheit nicht gäbe, noch nicht einmal als Sexpartnerin«, stellte sie fest. – »Wieso nicht als Sexpartnerin? Es läuft doch gut mit uns, oder?«, wollte er nun beunruhigt wissen. – »Ich hätte mich nicht an die Vorgaben gehalten, die du deinen bisherigen Sexpartnerinnen gemacht hast. Sex ohne Küsse geht für mich gar nicht. Und die anderen Dinge hätte ich auch nicht gewollt.«

»Gibt es für dich eine rote Linie in unserer Beziehung?«, fragte er nach längerem Schweigen. »An welchem Punkt würdest du sie beenden?« Theresa sah ihn verwundert an. »Merkwürdige Beziehung, dass wir gleich mit Trennungsgründen anfangen.« Dann zählte sie auf: »Gewalt, mangelnde Wertschätzung, Rücksichtslosigkeit, Heimlichkeiten, Lügen und Fremdgehen, wobei ich Fremdflirten auch schon verletzend finde.« – »Hört sich gut an. Und was ist mit Nie-den-Mülleimer-Runterbringen? In Wien müssen wir solche Dinge doch selbst erledigen«, hakte er nach. »Das fällt unter ›rücksichtslos‹«, gab ihm Theresa den Tipp.

VI

Am nächsten Vormittag konnte Theresa ihren Zeitvertrag in der Geschäftsstelle der Hilfsorganisation unterschreiben. Sie sollte nun einen Monat lang für dreißig Stunden die Woche in der freien Sprechstunde der Krankenstation mitarbeiten. Der Geschäftsführer betonte bei der Aushändigung des Vertrages: »Es war mir eine große Freude, Sie kennengelernt zu haben, Señora Höferl. Mit Ihrem hochgeschätzten Herrn Vater hat die Zusammenarbeit immer sehr gut geklappt. Trotzdem habe ich den Verdacht, dass Sie der eigentliche Grund sind, weshalb uns nun auch Señor Wagner verlassen möchte.« Theresa sah kurz Robert an, der ihr zunickte. Deshalb sagte sie: »Ja, es wird Zeit, dass wir zusammenziehen und uns ein gemeinsames Leben aufbauen.«

Dr. Alecos, der ihren Vater an drei Vormittagen vertrat, nahm sie auf der Krankenstation freundlich in Empfang und betraute sie mit einfacheren Tätigkeiten wie Wundversorgung oder Verbandswechsel, Blutabnahmen und Impfungen. Da sie selbst kein Spanisch sprach, sollte sie der Pfleger Carlos unterstützen, der gute Englischkenntnisse hatte und ihr als Übersetzer zur Seite stand.

Robert nutzte die kurze Kaffeepause für ein vertrauliches Gespräch mit Dr. Alecos. Er erklärte ihm sein Problem und unterstrich die Dringlichkeit der Angelegenheit: »Señora Höferl und ich kennen uns zwar schon aus unserer Kindheit, sind aber erst seit ein paar Wochen ein Paar. Ich hatte vorher hier einige Male Sex für Geld und möchte nun sicher sein, dass ich nichts habe, zumal ich gestern erfahren musste, dass die letzte Frau nicht so korrekt war, wie ich dachte.«

Am Nachmittag fuhr Robert mit Theresa in Dr. Alecos Praxis. Auf dem Weg dorthin entschuldigte er sich bei ihr: »Es tut mir leid, dass du dies alles über dich ergehen lassen musst. Du hast nun etwas bei mir gut.« – »Die Schwangerschaft und die Geburt unseres ersten Kindes übernimmst du«, schlug sie scherzhaft vor, wurde dann aber sofort wieder ernst. »Nein, du hast mich aus dem Knast geholt, wir sind nun quitt. Aber ich hoffe, dass ab jetzt alles ein bisschen normaler und harmloser abläuft.«

Nach dem Arztbesuch gingen sie mit Burna spazieren und kamen erst zum Abendessen nach Hause. Als Robert zu Josefa in die Küche kam, reichte sie ihm die Pfanne mit den Worten: »Der neue Arzt ist schon da, mit einer ganz jungen Frau. Aber die ist nicht seine Tochter und sieht auch nicht so aus wie Señora Höferl, nicht so fein. Die beiden wollen heute Abend nicht mehr gestört werden. Sind wohl müde vom Flug.«

Mit der Pfanne und etwas Brot ging Robert zurück zu Theresa. Er überbrachte ihr nicht nur die Nachricht vom Einzug des Arztes, sondern auch das Kompliment von Josefa. »Was weißt du denn über den neuen Arzt?«, erkundigte sich Theresa. »Dass er Mitte fünfzig ist, aus Frankreich kommt und geschieden ist. Er hat wohl zuletzt in einem französischen Krankenhaus gearbeitet. Wir müssen nicht mit ihnen Zeit verbringen. Es ist anders als mit deinem Vater, das war ein absoluter Glücksfall.«

Robert hatte versprochen, ihr nach dem Essen einige Lieder auf der Gitarre vorzutragen, die er gemeinsam mit ihrem Vater gespielt hatte. Während Theresa entspannt auf dem Sofa lag, begann er, auf einem Stuhl vor ihr sitzend, zu spielen und zu singen. Nach dem zweiten Lied setzte sich Theresa auf und stimmte mit ein, zumal sie die Musikstücke gut kannte und früher oft gemeinsam mit ihren Eltern gesungen hatte. Nach acht Songs spielte er ihr noch ein Gutenachtlied vor, das er mit dem Satz beendete: »So, und jetzt ab ins Bett.«

Sie hatten sich vorgenommen, eine Woche keusch zu leben, bis die Laborergebnisse eintreffen würden. Als sie nun nebeneinander im Bett lagen, meinte Robert: »Kuscheln ist doch erlaubt, oder? Und Näseln.« – »Aber nur mit trockener Nase.« – »Also bitte, ich bin doch kein Hund!«, empörte sich Robert. – »Doch, du bist ein Hund.« – »Wieso?«, fragte er erstaunt. – »Du bist ein einsamer Wolf«, stellte Theresa fest. Robert, der zuvor ihre Haare gekrault hatte, rollte sich nun auf den Rücken und starrte an die Zimmerdecke. Er hatte wieder dieses Stechen in der Brust, wie immer, wenn das Gefühl des Verlassenseins in ihm hochkroch. Rasch wischte er sich die Tränen aus den Augenwinkeln und gestand: »Ja, es stimmt.

Ich bin ein einsamer Wolf, der gerade dabei ist, sich an Menschen zu gewöhnen. Wenn das gemeinsame Jahr mit deinem Vater nicht gewesen wäre, lägen wir jetzt nicht hier nebeneinander.«

»Was hättest du dann aus deinem Leben gemacht?«, wollte sie wissen. »Auslandseinsätze, Sex für Geld, immer öfter Alkohol und wahrscheinlich noch risikoreichere Einsätze, damit das Leben einen Sinn bekommt und die Gefühlsleere füllt. Irgendwann hätte es vielleicht in den Nachrichten geheißen, dass der Traumatherapeut Wagner bei einem Einsatz im Kriegsgebiet ums Leben gekommen sei«, stellte er fest. Seine Worte machten sie betroffen. »Aber hast du nicht schon den Anfang einer Beziehung geschaffen, indem du Burna zu dir nahmst?«, hakte sie nach. »Ja, durch Burna war ich bereit, Verantwortung für ein Lebewesen zu übernehmen. Burna sieht in mir ihren Versorger, aber es gibt zwischen uns nicht diese Nähe, wie ich sie von dem Hund meiner Oma kenne, der richtig zur Familie gehörte.«

Theresa war dicht an ihn herangerutscht. »Hast du Angst, dass wir unsere Beziehung nicht hinbekommen?«, fragte sie. »In den ersten fünfzehn Jahren meines Lebens hatte ich zwar eine eiskalte Mutter, aber meine anderen Beziehungen waren okay, danach folgten vierzehn Jahre, in denen ich mehr oder weniger alleine war, bis dein Vater kam. Ich hoffe, dass wir beide es zusammen schaffen, aber ich brauche auch deinen Vater als Kompass in meinem Leben. Hoffentlich bekommen wir morgen eine Mail mit besseren Nachrichten.« – »Was hättest du denn gemacht, wenn mein Vater gegen unsere Beziehung gewesen wäre?« – »Ich glaube nicht, dass er sich nicht hätte überzeugen lassen. Er hat gespürt, wie wichtig du mir bist und wozu ich bereit bin, gerade in der Zeit deiner Inhaftierung. Sicher hätte ich für unsere Beziehung gekämpft. Trotzdem tut es gut, seinen Segen bekommen zu haben.«

In dieser Nacht träumte Robert wieder schlecht. Er sah seinen Bruder vor sich, der sich betrunken hatte und ihm Vorwürfe machte, ihn nicht im Internat beschützt zu haben. Sie befanden sich beide in einem dunklen Raum, der ihm schon häufiger im Traum erschienen war. Er spürte, dass noch jemand da war, den er nicht erkennen konnte, der ihm aber Angst einflößte. Er versuchte zu schreien und wachte davon auf. »Ist etwas passiert?«, fragte Theresa schlaftrunken. Er nahm ihre Hand und sagte leise: »Lass uns weiterschlafen. Es war nur ein schlechter Traum.«

Nach dem Frühstück am nächsten Tag übergab Robert das Hunde-halsband an Josefa, die es gleich zum Schuhmacher bringen wollte. Dann begleitete er Theresa zur Krankenstation und ging mit seiner Hündin direkt weiter zur psychologischen Beratungsstelle im selben Gebäude. Im Flur wurde er schon von einem Hilfesuchenden er-wartet. Robert schloss sein Büro auf, worauf es sich Burna, wie sonst auch, sofort auf ihrer alten Decke hinter einem Regal bequem machte.

In der Mittagspause fuhr Robert mit Theresa und seiner Hündin los, um das Halsband abzuholen. Der kleine Laden des Schuhmachers lag in einer Seitenstraße, auf der einige Kinder spielten. Schon beim Aussteigen bemerkte Robert einen schwarzen Straßenhund, der zwi-schen den Abfällen auf dem gegenüberliegenden Grundstück nach Essensresten suchte. Schnell betrat er mit Burna den Laden, um sie abzulenken.

Im Innern des Geschäfts roch es intensiv nach Leder. Die Hündin reagierte nervös, als sie das Halsband anprobieren sollte, und ließ es auch nur zu, weil Robert es ihr anlegte. Der Schuhmacher hatte gut gearbeitet und musste lediglich den Verschluss anpassen, indem er ein weiteres Loch in das Leder stanzte. Bei dem hämmernden Geräusch fing Burna gleich laut zu kläffen an. Robert hatte Mühe, seine Hündin wieder zu beruhigen. Er legte ihr schnell das Halsband samt Leine an und bat Theresa, sich mit Burna schon ins Auto zu setzen, weil er noch bezahlen musste.

Als Theresa mit dem verängstigten Tier vor den Laden trat, kam der Straßenhund auf sie zugelaufen. Sofort bellte Burna aggressiv los, fletschte ihre Zähne und zog mit einem heftigen Ruck an der Leine. Theresa stolperte und stürzte zu Boden, versuchte aber krampfhaft, die Schlaufe der Leine festzuhalten, die um ihr Handgelenk gewickelt war. Robert eilte aus dem Laden und rief Theresa zu: »Lass die Leine los, lass sie einfach laufen, sonst reagiert sie noch panischer!« Dann versuchte er, den schwarzen Rüden zu vertreiben, indem er mit seiner Lederjacke nach ihm schlug, was durchaus Wirkung zeigte. Als der Straßenhund verschwunden war, pfiff er nach Burna und half Theresa beim Aufstehen.

Mit Roberts Unterstützung setzte sich Theresa in den Wagen, den sie direkt vor dem Laden geparkt hatten. Nun kam auch Burna angelaufen und sprang auf die Rückbank. »Wir sollten gleich zu Dr. Alecos in die Praxis fahren«, schlug Robert vor. »Auf der Krankenstation wird er nun nicht mehr sein.« Theresa spürte zwar das Brennen in ihrem Knöchel und stellte auch fest, dass sie einige Schürfwunden am rechten Unterarm und am Knie hatte, fand es aber etwas übertrieben. »Lass uns zurück zur Krankenstation fahren, ich kann dort meine Schürfwunden selbst versorgen. Außerdem muss ich nachher noch drei Impfungen vornehmen.«

Nach ihrem Dienst war ihr rechter Fuß bereits angeschwollen, sodass sie sich von Robert doch zu Dr. Alecos fahren ließ. Amüsiert stellte der Arzt fest: »Señora Höferl, ich finde es ja sehr angenehm, mit Ihnen morgens zusammenzuarbeiten, aber Ihre häufigen Praxisbesuche am Nachmittag beunruhigen mich schon etwas«, worauf Robert nur erwiderte: »Mich auch.« Die Untersuchung ergab eine Verstauchung am Fuß, der nun mit einer Bandage gestützt werden musste. Ausdrücklich ermahnte Dr. Alecos seine Patientin: »Den Fuß unbedingt schonen, kühlen und hoch lagern.« Als Theresa ihn um zwei Ampullen Schmerzmittel bat, fragte er sie mit väterlicher Strenge: »Habe ich mich eben nicht deutlich genug ausgedrückt?« – »Nur für den Fall, dass ich heute Nacht Schmerzen habe«, erklärte Theresa schnell. »Intramuskulär geht es nicht so auf den Magen.« Dr. Alecos gab ihr eine Ampulle, sagte aber: »Wenn Sie morgen im Dienst nicht mehr humpeln oder ihre Gehhilfe benutzen müssen, schicke ich Sie gleich wieder nach Hause.« Mit Blick auf Robert fügte er hinzu: »Ich kenne schließlich meine unvernünftigen Kollegen.«

Im Auto jammerte Theresa: »Ich habe die ganze Sache vergeigt. Was schreiben wir denn nun meinen Eltern? Und hoffentlich kann ich mit dem Fuß überhaupt arbeiten.« Robert warf einen strengen Blick zu seiner Hündin, die geduldig auf der Rückbank des Fahrzeugs gewartet hatte, und sagte: »Dafür muss Burna nun die Verantwortung übernehmen, schließlich hat sie dich zu Fall gebracht. Und Tessa, ich kann deinen Eltern alles erklären, aber bitte, gehe jetzt kein Risiko für diesen Job ein.«

Als sie den Wagen in der Einfahrt des Grundstücks geparkt hatten, kam eine junge Frau in engen Fransenshorts und knappem Oberteil auf sie zu. Burna begann sofort zu kläffen, worauf die Frau erschrocken stehen blieb und auf Französisch fragte: »Beißt diese Töle?« Robert, der neben Spanisch auch sehr gut Englisch und Französisch sprach, antwortete: »Wenn sie sich von Fremden bedrängt fühlt, kann ich das nicht ausschließen.« Dann leinte er die Hündin an und half Theresa aus dem Fahrzeug.

»Oh, mon dieu, was ist denn passiert?«, rief die Frau mit schriller Stimme, als sie Theresas Krücken bemerkte. Nun eilte auch ein Mann herbei, auf den die Beschreibung der Haushälterin gut passte, und blieb in sicherer Entfernung zur Hündin stehen. Er stellte sich als Dr. Fridou vor, der neue Arzt der Krankenstation. Deutlich angespannt bat Robert die neuen Hausbewohner: »Können wir uns vielleicht für morgen zum Kennenlernen verabreden, zum gemeinsamen Abendessen oder so? Es passt gerade nicht bei uns.« Ohne ihre Reaktion abzuwarten, ging er mit Theresa und Burna zum Eingang der von ihnen bewohnten Gebäudehälfte. Kaum hatte er die Wohnungstür geschlossen, stellte er fest: »Die ist ja noch schlimmer, als ich befürchtet habe. Ich wette mit dir, sie war bestimmt auch der Scheidungsgrund.«

Theresa setzte sich sofort an den PC, während Robert das Abendessen von Josefa holte. Als er zurückkam, verkündete er gut gelaunt: »Ich habe die Wette gewonnen!« – »Welche Wette?«, fragte Theresa erstaunt, die gerade dabei war, ihre Mails zu checken. »Josefa hat mir gerade erzählt, dass die Freundin von Dr. Fridou gerne mit männlichen Wesen flirtet. Claudette, so heißt sie, hat sich nämlich heute mit Josefa unterhalten und ihr dabei verraten, dass die Ehefrau von Dr. Fridou wohl wegen ihr die Scheidung eingereicht hat. Die drei Kinder leben nun bei ihrer Mutter.«

»Na, dann braucht er diesen lukrativen Job ja dringend, um seinen Unterhaltsverpflichtungen nachkommen zu können«, bemerkte Theresa. Sie blickte wieder auf ihr Laptop und las laut vor: »Hallo, ihr zwei. Ich hoffe, es geht euch gut. Vati hatte heute seine MRT-Untersuchung, die ergeben hat, dass die Bauchspeicheldrüse zwar entzündet ist, aber zum Glück keinen Tumor aufweist. Jetzt sollen weitere Untersuchungen klären, woher die Entzündung kommt. Viele Grüße Mutti.« Robert blickte sie erleichtert an. »Das Schlimmste kann es jetzt doch nicht mehr sein, oder?« – »Ja, aber mit dieser Drüse ist wirklich nicht zu spaßen. Komm, lass uns erst einmal essen, bevor wir antworten«, schlug Theresa vor. »Ich habe schon seit Stunden Hunger.«

Hunger hatte Burna auch, worauf Robert ihren Futternapf füllte und ihn auf die Terrasse stellte. Er wich nicht von ihrer Seite, bis sie aufgefressen hatte, und rief sie dann gleich ins Haus. Erstaunt erkundigte sich Theresa: »Hast du Angst, Burna könnte unsere neuen Nachbarn belästigen?« – »Nein, eher umgekehrt. Claudette hat sich Josefa gegenüber als Hundehasserin bezeichnet. Nicht dass sie unserer Burna noch etwas antut.«

Beim gemeinsamen Essen stellte Robert nachdenklich fest: »Wenn Burna so weitermacht, sehe ich sie schon in Wien mit einem Maulkorb herumlaufen. Ich befürchte, dass sie immer aggressiver wird. Die Szene heute mit der Leine und dem anderen Hund war nicht so toll.« – »Ich habe mich ja auch nicht gerade clever angestellt«, versuchte Theresa die Hündin zu verteidigen. Robert aß schweigend weiter. Theresa sah ihm an, dass er mit diesem Thema noch nicht durch war. Obwohl auch sie befürchtete, dass es mit Burna schwierig werden könnte, wollte sie Robert keinesfalls von seinem Vorhaben abbringen, die Hündin nach Wien mitzunehmen. »Was würdest du denn in meiner Situation machen?«, wollte er von ihr wissen. »Das Tier so ruhig wie möglich halten. Der lange Flug wird für sie der Hammer sein. Ich muss mich genau beim Tierarzt erkundigen, wie viel Beruhigungsmittel ich ihr spritzen kann, und dann muss sie erst einmal in ihrer neuen Heimat ankommen. Aber an die Leine sollte sie sich schon gewöhnen. In Wien können wir sie nicht einfach laufen lassen, nur weil sie panisch auf andere Hunde reagiert«, gab Theresa zu bedenken.

Robert räumte noch den Tisch ab, bevor er mit Burna spazieren ging, während Theresa mit ihrem verstauchten Fuß auf dem Sofa lag und eine Mail an ihre Mutter schrieb: »Das mit Vati hört sich doch gut an. Vielleicht hatte er ja nur einen Infekt. Die Arbeit in der offenen Sprechstunde macht mir Spaß, auch wenn ich im Moment etwas gehandikapt bin. Burna hat mich zu Fall gebracht und mein Fuß steckt jetzt in einer Bandage. Alles Gute für euch.«

In ihrem Postfach fand sie eine Mail von ihrem Rechtsanwalt. Er schrieb, dass Victors Eltern der Schadensersatzforderung zugestimmt hatten und es nun nur noch um die Höhe ging. Als Robert zurückkam, fragte sie ihn gleich: »Was meinst du, wie viel Schadenersatz ich von Victor fordern sollte? Seine Eltern zeigen sich meinem Anwalt gegenüber zahlungswillig.« Robert überlegte nicht lange und schlug vor: »50.000 Euro, ansonsten klagen wir, und natürlich die Übernahme deiner gesamten Unkosten.« – »Kann es sein, dass du ganz schön ausgebufft und geschäftstüchtig bist?«, stellte sie mit einer gewissen Anerkennung fest. »Mag sein. Ich weiß aber auch, was dir dein Leben wert sein sollte.« Er setzte sich zu ihr und betrachtete sie, während sie ihrem Rechtsanwalt die Forderung mailte. Dann erkundigte er sich: »Wird es mit deinem Fuß heute Nacht gehen oder hast du große Schmerzen?« – »Nein, das Kühlen tut mir gut. Ich denke, es geht«, sagte sie voller Zuversicht.

Am nächsten Morgen war er vor ihr aufgestanden, um Burna zu versorgen. Er wollte gerade mit der Hündin rausgehen, als er bemerkte, dass er seinen Hosengürtel nach dem Duschen vergessen hatte. Theresa war noch nicht fertig im Badezimmer, weshalb er an die Tür klopfte. »Tessa, gibst du mir bitte meinen Gürtel? Er liegt auf der Fensterbank.« Als sie die Tür öffnete, strömte ihm ein stechender Geruch entgegen, der ihn sofort misstrauisch machte. Er betrat das Bad. »Tessa, was wird das hier?«, fragte er streng. Sie machte sich gar nicht erst die Mühe, eine Ausrede zu finden. Offensichtlich war sie gerade dabei, ihren Fuß mit Schmerzinjektionen zu bearbeiten, nachdem sie die Stelle zuvor mit Alkohol gereinigt hatte.

Fast trotzig erklärte sie ihm: »Das ist nur eine kleine örtliche Betäubung, direkt unter die Haut. Ich brauche dafür eine halbe Ampulle, mehr nicht.« – »Und wofür machst du das? Sind deine Schmerzen so heftig?«, bohrte er weiter. »Damit der Fuß besser durchhält«, antwortete sie knapp. »Damit du ihn mehr belasten kannst, als der Schmerz es zulässt? Willst du das damit erreichen, Tessa?« – »Mit Kühlen betäube ich auch den Schmerz«, wandte sie ein, worauf Robert direkter wurde: »Mit dem Kühlelement hast du deinen Fuß hochgelegt und geschont. Tessa, ich möchte nicht, dass du für diesen Job ein Risiko eingehst, und ich möchte auch keine Heimlichkeiten zwischen uns, und zwar niemals. Können wir uns darauf verständigen?« Sein Blick wirkte so streng, dass Theresa einlenkte: »Ja, aber spiele hier nicht meinen Vati.«

Auf der Krankenstation erkundigte sich Dr. Alecos sofort bei seiner jungen Kollegin: »Na, wie geht es denn dem Fuß?« Robert, der seine Freundin in die Behandlungsräume begleitet hatte, kam ihr mit der

Antwort zuvor: »Señora Höferl hat heute gleich einmal ausprobiert, wie gut das Schmerzmittel funktioniert. Für die Sprechstunde ist sie sicherlich gut gedopt.« Dr. Alecos betrachtete sich den verstauchten Fuß und zeigte dann mit der Hand in Richtung Sprechzimmer. »Der wird jetzt da auf den Hocker gelegt und gut gekühlt. Wenn es in der Sprechstunde nicht geht, ist für heute Schluss.« Robert, der hierauf zustimmend nickte, sagte zum Abschied: »Also, wenn etwas ist, ich bin über Handy zu erreichen. Jetzt fahre ich erst einmal in die Geschäftsstelle.«

Theresa war froh, als ihr Dienst nach sechs Stunden zu Ende war. Robert brachte sie nach Hause, fuhr aber gleich wieder los und nahm auch Burna mit, weil Theresa sich ausruhen sollte. Kaum war er gegangen, klopfte die Freundin von Dr. Fridou an der Terassentür. Theresa hatte sich aufs Sofa gelegt und regte sich zuerst nicht, doch Claudette entdeckte sie sofort, als sie durch das Fenster sah. Wenig begeistert humpelte Theresa zur Tür und öffnete sie einen Spalt. Claudette plauderte gleich lebhaft los, während Theresa nur Bruchstücke verstand, weshalb sie sehr bestimmt sagte: »Ich spreche nur wenig Französisch und möchte mich noch hinlegen. Sie kommen ja mit Dr. Fridou heute Abend zum Essen.« Die junge Frau sah sie erstaunt an, verabschiedete sich dann aber überschwänglich mit den Worten: »Dann bis heute Abend um sieben Uhr, ich freue mich.«

Theresa legte sich nun lieber aufs Bett und stellte bei ihrem Handy die Weckfunktion ein. Sie war schnell eingeschlafen und träumte von Robert, den sie auf einem großen Platz stehen sah. Sie wollte zu ihm laufen, was ihr aber nicht gelang. Von diesem Traum beunruhigt, wurde sie wach und stand auf, um sich für die abendliche Verabredung umzuziehen.

Als Robert nach Hause kam, fragte er nach dem Begrüßungskuss: »Hast du dich für mich so schön gemacht?« – »Nicht nur. Diese Französin war vorhin schon hier und ich hatte eben einen blöden Traum, von dem ich aufgewacht bin. Danach wollte ich mich für heute Abend einfach schick machen, damit ich nicht wie ein Nachtfalter aussehe.« – »Mist, das Essen habe ich völlig vergessen! Ich dusche noch schnell. Erzählst du mir dann von deinem Traum?« Während er sich ein frisches Hemd anzog, berichtete ihm Theresa, was sie geträumt hatte. Er hörte ihr aufmerksam zu und sagte dann nachdenklich: »Genauso ist es. Es sind all die Jahre der Verunsicherung, die noch zwischen uns stehen.« Er nahm sie in den Arm und machte ihr Hoffnung: »Das kriegen wir aber hin. Wir brauchen nur ein gemeinsames Ziel.« – »Und was soll das sein?« – »Unser gemeinsames Leben, das wir in Wien beginnen wollen.«

Gut gelaunt holte er das Essen von Josefa, die ihm gleich gereizt zuraunte: »Die Neue hat hier nur Sonderwünsche. Ich bin doch kein Hotel!« Nachdem Robert mit Theresa den Tisch gedeckt und eine Flasche Wein aus dem zurückgelassenen Bestand von Dr. Höferl ausgesucht hatte, traf der Besuch ein. Claudette küsste Theresa zur Begrüßung rechts und links auf die Wange. Als sie es auch bei Robert versuchte, stellte er gleich ablehnend klar: »Bei uns reicht man sich nur höflich die Hand und so möchte ich das auch beibehalten.« Dann bat er seine Gäste zu Tisch und forderte Burna auf, sich auf ihre Decke zu legen.

Dr. Fridou, der am nächsten Tag mit seinem Dienst beginnen wollte, fragte interessiert nach Einzelheiten, die Krankenstation betreffend. Er zeigte sich erfreut, dass Theresa ihn noch für drei Wochen unterstützen würde, während Claudette sehr bald gelangweilt anmerkte: »Müsst ihr denn nur über die Arbeit sprechen? Hier gibt es doch bestimmt schönere Dinge zu tun.« – »Den Menschen zu helfen, ist etwas sehr Schönes und auch Wertvolles. Suchen Sie sich doch hier auch eine sinnvolle Tätigkeit«, schlug Robert vor. Claudette sah ihn erstaunt an und kicherte dann, bevor sie ihm freundschaftlich ihre Hand auf den Unterarm legte. »Oh, du bist so süß, Robert. Du redest ja wie ein keuscher Priester. Seid ihr etwa gar kein Paar?« Robert hatte ihr seinen Unterarm entzogen und sprach nun direkter: »Wir können sehr wohl Dienst und Privatleben trennen, was gerade dann wichtig ist, wenn man zusammenarbeitet. Und heute haben wir unseren neuen Kollegen zu einem Arbeitsessen eingeladen, zum Kennenlernen.«

Claudette ließ nicht locker und fragte nun Theresa: »Wie lange bist du denn schon mit diesem strengen Herrn zusammen? Ihr wirkt fast so wie ein altes Ehepaar, aber so alt seid ihr ja noch gar nicht.« Theresa blickte gequält zu Robert und dann wieder zu ihrem neugierigen Gast, bevor sie antwortete: »Wir kennen uns gut, aber unser Privatleben ist heute nicht das Thema.« – »Oh, là, là, sind die hier geheimnisvoll!

Habt ihr etwa eine Affäre? Das wäre doch richtig spannend!«, bemerkte Claudette, worauf Dr. Fridou sie ermahnte, nicht zu neugierig zu sein. »Ich muss mal zur Toilette, wo ist das denn bei euch?«, fragte sie dann und stand auf. Im selben Moment begann Burna zu kläffen, worauf Claudette erschrocken stehen blieb. Robert ließ Burna in den Garten und sagte zu Claudette: »Können Sie bitte Ihre Toilette benutzen? Wir haben hier keine für Gäste.«

Als sie nach zehn Minuten wieder zurückkam, hatte sie eine Tüte Trüffel in der Hand. Sie hielt diese in Burnas Richtung, die wieder auf ihrer Decke lag, und lockte die Hündin: »Guck mal, etwas Süßes mit Alkohol zum Gut-Schlafen.« Robert fuhr sie sofort schroff an: »Burna kriegt weder Alkohol noch Schokolade. Geben Sie mir die Tüte!« Claudette ignorierte ihn, öffnete die Verpackung und schob sich genüsslich einen Trüffel zwischen ihre grellrot geschminkten Lippen. Dann schwärmte sie: »Ganz vorzüglich. Und wie viele braucht der Hund davon?« Robert stand auf und sagte sehr bestimmt zu Dr. Fridou: »Wir sollten hier abbrechen. Die dienstlichen Dinge besprechen wir dann morgen.«

Es war kein Zufall, dass Claudette beim Weggehen die Trüffeltüte fallen ließ, woraufhin der Inhalt durch das Wohnzimmer rollte. Während Robert schnell seine Hündin in den Schlafraum brachte, verabschiedete Theresa ihre Gäste deutlich verärgert und verschloss die Terassentür. Dann zog sie die Vorhänge zu, was sie hier noch nie getan hatten. Robert suchte bereits den ganzen Raum nach den Schokotrüffeln mit Champagnerfüllung ab und warf sie gleich in den Mülleimer. Mit jedem Trüffel, den er fand, verspürte er eine größere Abneigung gegen diese Frau. Kurz darauf betrat er den Schlafraum, wo Theresa versuchte, Burna mit einem Hundekeks bei Laune zu halten. Ziemlich aufgebracht verkündete er: »Burna kann hier nicht bleiben.« – »Willst du sie heute Abend noch wegbringen?« – »Nein, aber morgen nach der Arbeit sollten wir zu meiner Hütte fahren und dort bis zu unserer Abreise wohnen. Mit dieser Frau halte ich es nicht länger auf einem Grundstück aus.«

Theresa mochte Claudette auch nicht, wunderte sich aber schon, warum Robert als Fachmann für schwierige Persönlichkeiten so aus der Fassung geriet. »Erinnert dich Claudette an jemanden?«, hakte sie nach. Robert blickte sie erstaunt an und sagte nach kurzem

Überlegen: »Nein, dich etwa?« – »Ja, irgendwie hat sie etwas von deiner Mutter. Die war allerdings nicht so ordinär gekleidet, sondern eher wie eine aufgedonnerte Dame. Aber wenn sie in der Praxis auftauchte oder bei uns, sollte auch immer alles nach ihren Wünschen ablaufen.« Robert hatte sich auf die Bettkante gesetzt. Während er Burna kraulte, dachte er einen Moment über Theresas Vergleich nach. »Ich habe meine Mutter ja hauptsächlich im Umgang mit uns Kindern erlebt«, sagte er dann. »Uns gegenüber gab sie sich stets als kühle, unnahbare Person, die schnell zu schreien anfing, der oft die Hand ausrutschte und die ansonsten ganz viel Zeit für sich brauchte. Deshalb habe ich es vielleicht nicht gleich bemerkt. Aber du hast recht, Claudette hat wirklich eine ähnliche Art.«

In der Nacht schlief Robert wieder sehr unruhig. Er träumte von der Beerdigung seines Vaters. Während sich seine Mutter von dem Autohändler trösten ließ, wurden ihre Söhne zu einem großen dunklen Haus gefahren. Er wachte an der Stelle auf, als sich das große Tor hinter ihnen schloss, und stellte erleichtert fest, dass es bereits dämmerte. Theresa lag schlafend neben ihm. Sie hatte wegen der schwülen Luft ihr Nachthemd ausgezogen und sich mit einem Laken zugedeckt. Mit ihren langen dunklen Haaren sah sie so friedlich aus, weshalb er sie einfach nur betrachtete.

Als sie sich dann im Schlaf umdrehte, verrutschte das Laken und entblößte ihren Oberkörper. Erst wollte Robert sie wieder zudecken, verspürte dann aber den Wunsch, sie zu berühren. Theresa öffnete ihre Augen. »Müssen wir schon aufstehen?«, fragte sie müde. »Nein, du kannst noch zwei Stunden schlafen.« – »Und du? Was machst du in dieser Zeit?« – »Ich sehe dir dabei zu und streichele dich«, sagte er mit einem Selbstbewusstsein, das Theresa kurz zum Staunen brachte. Sie kuschelte sich an ihn und murmelte: »Dann halte mich ganz fest, damit ich mich geborgen fühle.«

Während sie schlafend in seinem Arm lag, atmete er den Duft ihrer Haare ein. Nach einer Weile hielt er es nicht mehr aus. Vorsichtig zog er seinen Arm unter ihrem Hals weg und stand leise auf, um ins Bad zu gehen. Als er nach einiger Zeit zurückkam und sich wieder neben sie legte, wachte Theresa erneut auf und fragte erstaunt: »Kannst du nicht schlafen?« – »Jetzt vielleicht schon. Aber ich bin nun einmal kein keuscher Mönch.« – »Wieso? Habe ich gerade etwas verpasst?«, erkundigte sie sich noch ziemlich müde. »Selfmade-Sex für Einsame ist nicht wirklich spannend. Komm, lass uns weiterschlafen.«

Beim gemeinsamen Frühstück wirkte Robert unausgeschlafen, weswegen sie ihn auf die letzte Nacht ansprach: »Was war denn los mit dir? – »Alles ganz normal. Erst habe ich von meiner unterkühlten Mutter und ihrem Liebhaber auf der Beerdigung meines Vaters geträumt und dann hätte ich gerne mit dir geschlafen, was ich aber noch nicht darf«, antwortete er betont gelassen. »In zwei Tagen sind die Laborergebnisse da, und auch sonst kannst du mich ruhig wecken«, versuchte sie ihm Hoffnung zu machen.

In der Mittagspause bat Robert Dr. Fridou zu einer Unterredung in sein Büro und kam dort gleich zur Sache: »Der Vorfall gestern Abend mit Ihrer Geliebten war absolut inakzeptabel. Wir werden bis zu unserer Abreise woanders wohnen. Und ich kann Ihnen nur raten, Josefa nicht auch noch zu verärgern. Wir sind hier diejenigen, die Zeitverträge haben. Wir sind Fremde, ja Gastarbeiter in diesem Land. Das sollten wir nicht vergessen und den Menschen hier mit Respekt und Höflichkeit begegnen.« Dr. Fridou, dem die Sache offensichtlich peinlich war, zeigte sich sofort einsichtig, aber er wirkte auch merkwürdig hilflos. »Ja, natürlich«, antwortete er, »ich werde mit Claudette reden. Leider ist sie in manchen Dingen sehr speziell.« Robert wollte das nicht akzeptieren und erinnerte ihn: »Soweit ich weiß, sind Sie es, der hier einen Job zu verlieren hat, und nicht Ihre spezielle Begleiterin.«

Nach diesem Gespräch fuhr er mit Theresa und Burna direkt nach Hause. Als sie zu ihrem Seitenflügel gingen, hörten sie aus einem geöffneten Fenster des anderen Gebäudeteils eindeutig lustvolle Geräusche, worauf Burna zu kläffen begann. Robert schloss kopfschüttelnd die Wohnungstür auf. »Ich weiß ja nicht, wen sie da im Bett gerade bearbeitet. Dr. Fridou kann es jedenfalls nicht sein; unser Nachbar hat in diesem Moment eine Unterredung mit der Geschäftsleitung.«

Sie waren gerade am Zusammenpacken ihrer Sachen, da klopfte es an der Terrassentür und Burna fing sofort wieder an zu bellen. »Oh nee«, meinte Robert genervt und beruhigte die Hündin, bevor er die Tür öffnete. Draußen stand Claudette, völlig verschwitzt, mit zerzausten Haaren und verrutschtem Make-up. Schroff fragte er sie: »Na, müssen Sie einmal eine Pause einlegen oder was ist der Grund Ihres Besuchs?« – »Sei doch kein Spielverderber«, entgegnete Claudette ungerührt und wollte sich an ihm vorbei in den Wohnraum drängen, worauf Robert ihr den Weg versperrte und energisch »Stopp« sagte. »Wir haben keine Zeit und wollen auch keine mit Ihnen verbringen. Verstanden?«, fuhr er sie an. Während Claudette sich zum Weggehen umdrehte, hob sie ihre linke Hand mit ausgestrecktem Mittelfinger, worauf Robert rasch die Tür verschloss und den Vorhang zuzog. »Und für diese Schlampe hat Dr. Fridou nun seine Ehefrau und die Kinder verlassen«, meinte er kopfschüttelnd.

VII

Nachdem sie mit Packen fertig waren, verstaute Robert seinen großen Koffer, zwei Reisetaschen und die Gitarre im Wagen. Von Josefa erhielten sie das Essen für den heutigen Abend zum Warmmachen und einige Vorräte. Bevor Robert den Motor startete, machte Josefa ihrem Ärger über die neue Hausbewohnerin Luft: »Wenn die so weitermacht, schleppt sie uns noch Geschlechtskrankheiten an. Das vorhin war ein Taxifahrer, der sie wohl hergebracht hatte.«

Mit Burna auf der Rückbank fuhren sie los. Unterwegs übersetzte Robert die Worte der Haushälterin, worauf Theresa seufzend feststellte: »Oh nee, in was für einen schlechten Film bin ich hier nur geraten?« Robert sah sie kurz von der Seite an und hielt gleich dagegen: »Komm, im Vergleich zu deinem Horrortrip in den USA ist dies doch wohl ein harmloses Schmierentheater.« – »Ja, du hast recht. Das war wirklich nicht zu toppen und ich bin ehrlich gesagt überrascht, wie gut ich wieder mit medizinischem Alkohol umgehen kann, dank deiner guten Betreuung.«

Die Hütte, die Robert von Josefas ältestem Sohn Toro angemietet hatte, lag außerhalb der Stadt auf einem Grundstück, das dessen Familie schon seit Generationen landwirtschaftlich nutzte. Auf der hügeligen Graslandschaft, umgeben von Büschen und kleineren Ackerflächen, weideten Ziegen und Schafe. Während das Haupthaus, das Toro mit seiner Familie bewohnte, gut mit dem Wagen erreichbar war, musste man zur Hütte zu Fuß gehen. Als sie das Auto auf dem Hof parkten, kam Toro aus dem Haus, um sie zu begrüßen. Er erklärte sich sofort bereit, gemeinsam mit seinem Sohn das Gepäck zur Hütte zu bringen, damit Robert Theresa beim Gehen unterstützen konnte. Burna hatte derweil Toros Hund entdeckt. Zusammen jagten sie in großen Kreisen über das Gelände, weswegen die Hühner voller Panik die Flucht ergriffen. Robert erfuhr von Toro, dass der junge Rüde Jalos nun kastriert sei und sich jetzt nicht mehr tagelang herumtreiben würde.

Die Holzhütte hatte einen Steinsockel und bestand aus einem großen Raum mit Holzofen und einem kleinen Waschraum mit einer Toilette, unter der ein Eimer stand. Theresas Vater war viele Male mit Robert hier gewesen und hatte dieses Leben scherzhaft als »Wild-West-Romantik« bezeichnet, wofür sich seine Tochter jedoch weniger begeistern konnte. Ziemlich frustriert fragte sie: »Haben wir hier nur das merkwürdige Plumpsklo?«, worauf Robert sie zu beruhigen versuchte: »Du, das geht schon. Ich leere den Eimer auch öfters aus.«

Nachdem Robert ihr Gepäck hinter dem Vorhang verstaut hatte, wo ein schlichtes, aber breites Holzbett und eine Kommode Platz fanden, forderte er Theresa auf, sich erst einmal auf das alte Sofa zu setzen, das hinter dem wuchtigen Tisch mit drei Stühlen stand. Theresa tat es und sah hierbei nicht gerade entspannt aus. »Und? Hältst du es hier drei Wochen mit mir aus?«, wollte Robert von ihr wissen. »Du weißt schon, was das bedeutet? Kannst du hier eigentlich kochen und Wäsche waschen?«, fragte sie zurück. Robert antwortete ziemlich gelassen: »Nö, in den letzten Jahren haben das die Hausangestellten für mich erledigt, die von der Hilfsorganisation beschäftigt werden. Als Student war ich meistens in der Mensa essen, aber meine Wäsche habe ich damals selbst gewaschen. Wir hatten im Wohnheim einen Wäschetrockner, da musste man nicht viel bügeln.«

»Haben wir jetzt aber alles nicht«, stellte seine Freundin nüchtern fest. »Wie? Meinst du, wir kriegen das hier nicht hin?«, reagierte Robert nun doch etwas verunsichert. Bislang hatte er sich immer nur für ein paar Tage in der Hütte aufgehalten. Jedes Mal gab ihm Josefa ausreichend Essen mit, und frische Wäsche auch. »Wir sollten Josefa bitten, weiterhin für uns zu waschen und uns mit Lebensmitteln zu versorgen, die wir dann nach dem Dienst bei ihr abholen«, schlug er vor. »Aber in Wien musst du diese Dinge ganz schnell lernen, vom Einkaufen übers Essenkochen bis hin zum Bügeln und Blumengießen«, forderte Theresa ihn auf. Robert hatte sich ihr gegenüber an den Tisch gesetzt und erkundigte sich kleinlaut: »Eine Haushälterin ist für uns nicht drin, oder?« – »Nein, am Anfang wohl kaum. Ich fände es auch etwas lächerlich«, sagte Theresa bestimmt. »Wieso lächerlich?« – »Zwei junge, gesunde Menschen kriegen ihren Alltag nicht hin? Ich bin doch nicht so eine, die deshalb noch bei ihren Eltern wohnen muss«, verteidigte sie ihren Standpunkt.

Er blickte sie einen Moment nachdenklich an, bevor er fragte: »Was hältst du eigentlich von Psychologen?« – »Wie? Ganz allgemein?« – »Ja.« Theresa dachte kurz nach, bevor sie gestand: »Freiwillig würde ich nie zu einem Psychologen gehen, aber auch nicht zum Zahnarzt.« – »Und wenn du einen Mann auf einer Feier kennenlernst, ihn ganz nett findest und du dann erfährst, dass er Psychologe ist?«, bohrte Robert weiter. »Das würde ich furchtbar finden. So ein Seelenklempner …«, brach es aus ihr heraus. Als sie Roberts entgeisterten Gesichtsausdruck sah, erschrak sie.

»Du stehst nicht zu meinem Beruf. Psychologen scheinen dir eher unangenehm zu sein«, stellte Robert fest. »Doch, ich stehe zu dem, was du machst, und ich finde es auch gut, wie du Probleme angehst und auf schwierige Menschen zugehen kannst. Die Arbeit von Krankenhauspsychologen ist auch äußerst wichtig, aber ich habe nun einmal ein Problem damit, wenn …«, sie verstummte und sah ihn hilflos an. »Womit hast du ein Problem?«, fragte er sie ruhig. »Wenn eine gelangweilte Frau, die sich von ihrem Ehemann vernachlässigt fühlt, zum Therapeuten rennt und ihm mit ihren Luxusproblemen die Ohren volljault«, versuchte sie sich zu erklären. »Es gibt viele Berufszweige, in denen Eliten bedient werden. Manche Chirurgen machen ein Vermögen mit der angeblichen Verschönerung von reichen Menschen. Und einige Gynäkologen verdienen ihr Geld mit der Befruchtung von Frauen, die es vom Alter her lieber lassen sollten«, stellte er fest. »Und was hast du gegen Psychologen als Menschen?«, wollte er von ihr wissen.

Theresa holte tief Luft, bevor sie sagte: »Ich habe häufig gehört, dass viele Psychologie studieren, weil sie selbst Probleme haben.« Erstaunlich gelassen stellte Robert fest: »Stimmt nicht immer, aber bei mir schon.« Dann stand er auf und ging vors Haus zu Burna, die immer noch mit Jalos spielte. Er setzte sich auf einen Stein und schaute den beiden zu. Nach einer Weile drängte sich bei ihm die Frage auf, ob er sich wirklich in Theresa verliebt hatte oder ob es seine langjährige Sehnsucht nach Geborgenheit war, die ihn dazu verleitet hatte, diese komplizierte Beziehung zu beginnen.

Bilder aus früheren Zeiten kamen ihm in Erinnerung und nach einer Weile war er sich sicher. Ohne ihre gemeinsame Kindheit wäre dieser enge Kontakt undenkbar gewesen. Sie war die einzige Person in seinem Leben, zu der er tiefes Vertrauen hatte, und er spürte eine große Sehnsucht nach ihrer Liebe und Nähe, trotz all dieser Probleme und Altlasten. Theresa war noch eine Weile, ziemlich betroffen von ihrem letzten Gespräch, auf dem Sofa sitzen geblieben. Als er nicht zurückkam, stand sie mit einem beklemmenden Gefühl auf und humpelte zur Hüttentür. Es war wieder da, das ambivalente Gefühl von tiefer Vertrautheit und verletzender Abweisung. Sie beobachtete Robert einen Moment dabei, wie er vor sich hin starrte, und zog sich dann wieder in die Hütte zurück.

Als er schließlich den Raum betrat, fragte sie: »Soll ich schon den Tisch decken?«, worauf er nur stumm nickte. Beim Aufstehen verspürte sie einen Schmerz in ihrem Fuß und musste sich am Tisch festhalten. »Lass uns das zusammen machen. Dann siehst du wenigstens, was ich schon alles kann«, schlug er versöhnlich vor. Robert zeigte ihr, wie man den Ofen anzündete, um das Essen aufzuwärmen, und deckte mit ihr den Tisch. Als sie sich später gegenübersaßen, wollte Theresa von ihm wissen: »Wenn du mich ohne unsere gemeinsame Vergangenheit auf einer Feier kennengelernt hättest, was wäre dann geschehen?«

Robert sah sie herausfordernd an, bevor er antwortete: »Zu attraktiv, zu selbstbewusst, nicht mein Fall; und außerdem wollte ich keine feste Beziehung.« – »Jetzt sind wir quitt, oder?«, stellte sie fast erleichtert fest und schob dann nach: »Ich hätte dich als viel zu unterkühlt und von oben herab empfunden, also auch nicht mein Typ.« Robert setzte wieder dieses überlegen wirkende Lächeln auf. »Mal gut, dass wir beide unseren Kindheitsjoker haben, sonst hätte es wohl nie mit uns geklappt.«

Er blickte sie aufmerksam an. »Merkt man mir eigentlich meine Psychomacke gleich an?« – »Wenn man deinen Kindheitshintergrund nicht kennt, wirkst du ziemlich cool und überlegen.« – »Und wenn man alles von mir weiß?«, bohrte er weiter. »Dann bist du verdammt anstrengend und fast wie ein Wackelbild. Alles, was vorher so cool war, kippt in eine völlige Verletzbarkeit ab. Und deine Zugewandtheit verwandelt sich in totale Abschottung«, bemühte sie sich, ihm eine differenzierte Antwort auf seine Frage zu geben. »Danke für deine Offenheit«, sagte er. »Ich möchte nach dem Essen noch einmal raus zu den Hunden und darüber nachdenken. Ist das für dich okay?« Theresa nickte.

Es dämmerte schon, als er zu ihr zurückkam. Sie wuschen zusammen das Geschirr ab und wollten dann zu Bett gehen. Theresa hatte Probleme damit, sich in der dunklen Hütte sicher zu fühlen. Sie war noch nie ein Campingfan gewesen. Burna wollte unbedingt bei Jalos bleiben und fiel als Wachhund deshalb aus. Außerdem gab es keinen Strom und darüber hinaus ein Funkloch für ihr Handy. Robert hatte zum Glück eine Taschenlampe in der Hütte, sodass sie nach dem letzten Toilettengang das Bett finden konnte.

Es war stockdunkel, als sie schließlich auf der dünnen Matratze nebeneinander lagen, zugedeckt mit zwei derben Wolldecken. Nach kurzem Schweigen fragte sie: »Betest du noch mit mir?« – »Vielleicht solltest du lieber das Gebet sprechen.« – »Nein, bitte sprich du es für uns.« Er nahm ihre Hände und bat im Gebet für eine glückliche gemeinsame Zukunft, für Vertrauen und Hoffnung und dass alle Wunden verheilen mögen. Als er geendet hatte, kuschelte sie sich in seinen Arm. »Das war richtig schön. Nimmst du mich in der Nacht mit zur Toilette, wenn du gehst?« – »Ja. Aber behalte dein Nachthemd an. So viel nackte Haut neben mir bin ich nicht gewohnt«, war seine Bedingung. Sie lagen schon eine Weile nebeneinander, jeder in seine Decke gerollt, als er sie plötzlich fragte: »Bin ich dir manchmal zu anstrengend?« – »Nein, aber ziemlich anspruchsvoll. Wenn ich es auch hin und wieder sein darf, ist das schon okay«, murmelte sie schläfrig.

In der Nacht wurde sie wach und wusste zuerst nicht, wo sie sich befand. Dann hörte sie seine Atemgeräusche neben sich und tastete sich zur Seite, bis sie seinen Arm berührte. Mit gedämpfter Stimme fragte sie: »Robert, wo ist denn die Taschenlampe? Ich muss mal.« Verschlafen wollte er wissen: »Ist was passiert?« – »Noch nicht, aber ich muss dringend zum Klo.« Als er die Taschenlampe vor dem Bett gefunden hatte, schaltete er sie an und setzte sich auf. »Wir ziehen das jetzt zusammen durch?«, erkundigte er sich müde. »Ja, du kommst mit zur Waschraumtür und gibst mir dann die Taschenlampe, damit ich das Klo finde«, schlug Theresa vor, während sie aus dem Bett kletterte.

Im Waschraum vermisste sie Papier und fragte ihn durch die Tür hindurch: »Die Toilettenrolle ist leer. Hast du noch eine neue?« – »Nein, ich habe sonst nicht so viel davon verbraucht. Ich kann dir zum Abwischen eine alte Zeitung geben.« – »Oh nee, danke«, lehnte sie ab. Kurz darauf kam sie heraus und bemerkte frustriert: »Da ist ja Campen komfortabler. Können wir uns morgen überhaupt waschen?« – »Ja, mit kaltem Wasser in einer Schüssel. Das hat dein Vater auch immer so gemacht.« – »Robert, wenn die drei Wochen rum sind, habe ich dir jeden Tag mehrfach meine Liebe bewiesen. In der Freizeit ist es ja in Ordnung, wie wir gerade hausen, aber nicht, wenn ich morgen sauber und ordentlich vor meinen Patienten erscheinen muss«, sagte sie bestimmt.

Robert begleitete sie im Schein der Taschenlampe bis zum Bett und ging dann selbst in den Waschraum. Als er zurückkam, wollte Theresa von ihm wissen: »Hast du mit meinem Vater hier zusammen im Bett geschlafen?« »Er hätte sicher nichts dagegen gehabt, aber ich habe auf dem Sofa übernachtet, das ist auch ganz bequem«, antwortete er und seinem Tonfall war zu entnehmen, dass er stolz darauf war, eine derart enge Beziehung zu seinem Patenonkel zu haben. Theresa war an ihn herangerutscht und hakte nach: »Das Jahr mit Vati hat dir gutgetan, stimmt's?« – »Ja. Und langsam legt sich meine Panik davor, ich könnte auch ihn durch eine tödliche Krankheit verlieren.«

Am nächsten Morgen beschlossen sie, Burna tagsüber auf dem Grundstück zu lassen, da sie sich offensichtlich gut mit Jalos verstand. Toro war damit einverstanden. Da er mittags selbst in die Stadt musste, schlug er vor, Theresa nach ihrem Dienst abzuholen, mit ihr einen Abstecher zu seiner Mutter zu machen und sie danach zur Hütte zu bringen. Robert war es ganz recht, da er am Nachmittag noch zwei Betreuungsgespräche hatte und deshalb später zurückkommen würde.

Auf der Fahrt in die Stadt hatte Theresa schon genaue Vorstellungen davon, welche Reinigungsmittel sie von Josefa mitnehmen wollte, um ihre Behausung einmal gründlich zu putzen. Robert versuchte ihren Tatendrang zu bremsen. »Tessa, diese Hütte wurde in den letzten drei Jahren nie von einer Frau bewohnt, geputzt wurde somit äußerst selten. Fast alles ist dort aus Holz und in drei Wochen gebe ich sie an Toro zurück. Was willst du also groß reinigen?« – »Heißt das, dass das Bettzeug auch so alt ist?«, fragte Theresa nun doch etwas besorgt. »Die Kopfkissen habe ich alle drei Monate frisch bezogen und Handtücher habe ich immer von der Unterkunft mitgebracht. Die Wolldecken, ja, die gibt es schon von Anfang an«, gab Robert zu. »Dann sollte uns Dr. Alecos vielleicht bald auf Ungeziefer unter-suchen«, schlug Theresa leicht angeekelt vor.

Robert parkte den Wagen vor der Krankenstation und bemerkte gereizt: »Nun übertreibe aber nicht mit deinem Hygieneprogramm. Jetzt geht wohl die Kinderärztin mit dir durch. Dein Vater hat es jedenfalls ganz gelassen gesehen. Außerdem kannst du nicht einfach chemische Reinigungsmittel in die Umwelt kippen.« – »Ja, für ein Wochenende mag das ja alles gehen, aber länger? Und was soll ich nächste Woche machen, wenn ich meine Regel bekomme?« – »Tessa, ich weiß es nicht. So etwas habe ich nämlich nicht. Sag mir einfach, was du dafür brauchst, und wir werden eine Lösung finden.« Damit beendete er das Gespräch und stieg aus.

Wie vereinbart, holte Toro sie um drei Uhr ab und fuhr mit ihr zu seiner Mutter. Erst jetzt merkte Theresa, wie kompliziert die Ver-ständigung zwischen ihnen war. Toro konnte nur wenig Englisch, genauso wie Josefa, und sie selbst sprach fast kein Spanisch. Nach-dem sie noch schnell geduscht hatte, war sie froh, dass sie wenigstens saubere Bettwäsche, Putzmittel und Toilettenpapier mitnehmen konnte. Essensvorräte hatte Toro schon in den Wagen gestellt.

Wieder zurück auf dem Hof, begrüßte Burna ihr Frauchen nur kurz, wollte aber nicht mit ihr mitkommen. Toro half Theresa, die Sachen in die Hütte zu bringen, sodass sie voller Tatendrang gleich mit dem Bett beginnen konnte. Sie bezog die Kissen und die Wolldecken und wechselte das Laken aus. Dann nahm sie den alten Besen von der über-dachten Terrasse und fegte, mit einer Hand auf ihre Krücke gestützt, den Steinboden in der Hütte. Obwohl ihr Fuß von der körperlichen Anstrengung bereits schmerzte, wischte sie auch noch die Möbel feucht ab und die Kochecke.

Mit Blick auf die Uhr stellte sie fest, dass Robert bald kommen würde. Sie warf deshalb, wie er es ihr gestern gezeigt hatte, Reisig und kleine Holzscheite in den Ofen, um Feuer zu machen, damit sie später das Essen von Josefa aufwärmen könnten. Als das Holz brannte, ging sie mit Eimer und Putzzeug in den Waschraum und begann dort sauberzumachen. Sie hatte das kleine Fenster geöffnet, weshalb sie den Qualm nicht gleich roch, der unter der Tür hervorkam. Als sie ihn schließlich wahrnahm, riss sie voller Panik die Tür zum Wohnraum auf, der bereits voller Rauch war.

Theresa schloss sofort wieder die Tür und überlegte, ob sie durch das kleine Fenster des Waschraums klettern sollte. Sie nahm hiervon aber Abstand, da sie feststellte, dass sich die Vergitterung nicht öffnen ließ. Hastig feuchtete sie ihr Handtuch an, holte noch einmal tief Luft und wollte dann, auf ihre Krücke gestützt, durch den verqualmten Wohnraum humpeln. Der Rauch breitete sich vom Ofen her immer stärker aus. Mit dem Tuch vor Mund und Nase gelangte sie zur Hüttentür, während ihre Augen vom Qualm brannten. Da die Eingangstür nur angelehnt war, konnte sie diese aufstoßen, übersah dann aber die Stufe vor der Tür und stolperte nach draußen. Im Fallen schlug sie mit dem Kopf an den Pfosten der Überdachung und blieb benommen liegen.

Burna kam angelaufen und kläffte sie energisch an, wobei Jalos sie lautstark unterstützte. Theresa öffnete die Augen. Auf allen vieren versuchte sie nun, von der Tür wegzukriechen, aus der noch immer Qualm entwich. Sie musste heftig husten, als sie neben der Hütte liegen blieb und ihr schwarz vor Augen wurde. Das Gebell der Hunde drang bis zum Haupthaus hinüber, weshalb Toro mit seinem Sohn Shilo losging, um einmal nachzuschauen. Schon auf dem halben Weg zur Hütte nahmen die beiden den Rauchgeruch wahr und liefen schneller. Als sie bei Theresa ankamen, rief Toro mehrmals ihren Namen, aber außer einem Stöhnen bekam sie keinen Ton heraus. Toro schickte seinen Sohn zum Haupthaus zurück, um Hilfe zu holen.

Der Junge redete gerade hektisch auf seine Mutter und den alten Landarbeiter ein, der ebenfalls auf dem Hof wohnte, als Robert auf das Grundstück fuhr. Er verstand zwar nicht, was Shilo sagte, ahnte aber sofort, dass etwas Schlimmes geschehen sein musste. Beim Aussteigen rief er ihnen zu: »Ist etwas passiert?« Shilo erzählte ihm aufgeregt, dass Theresa vor der Hütte liegen würde und es dort gebrannt hätte. Ohne ein weiteres Wort lief er zur Hütte und sah dort, wie Toro, über Theresa gebeugt, am Boden saß. Er klopfte ihr immer wieder mit den Fingern gegen die Wangen und sprach sie mit ihrem Namen an.

Robert kniete sich nun zu ihr herunter und fragte: »Tessa, kannst du mich hören?« Theresa wirkte zwar benommen, konnte aber ihre Augen öffnen. Auf ihrer Stirn bildete sich eine große Beule und sie hatte mehrere blutige Schürfwunden an den Händen, Armen und Beinen. »Ja«, sagte sie kaum hörbar. »Ich bringe dich jetzt zu Dr. Alecos«, entschied Robert, worauf Toro ihm gleich seine Unterstützung zusagte. Zu zweit schafften sie es, Theresa auf die Beine zu stellen. Diese murmelte vor sich hin: »Der Arzt denkt doch, ich bin zu bräsig für dieses Leben hier.« – »Ich erkläre ihm das schon. Du bist eben noch ein wenig unerfahren«, versuchte Robert sie zu beruhigen.

Auf der Fahrt fragte er genauer nach, was eigentlich geschehen war, worauf Theresa merkwürdig gelassen aufzählte: »Ich habe unser Bett frisch bezogen und die Stube gefegt. Dann habe ich den Ofen angemacht und war gerade im Waschraum, als es anfing zu qualmen. Heute putze ich aber nicht mehr weiter. Mein Schädel tut verdammt weh.« Robert schüttelte nur den Kopf. »Das ist auch gut so. Die Sonne hatte wohl den Schornstein zu stark erhitzt, dann zieht der Ofen nicht richtig und fängt an zu qualmen«, stellte er fest. »Hast du mir das gestern auch gesagt? Daran kann ich mich gar nicht erinnern.« – »Nicht ganz so. Ich habe gesagt, dass man am Anfang genau darauf achten soll, ob der Schornstein genug zieht.«

Dr. Alecos war noch bei einem Hausbesuch, weshalb sie einige Zeit im Wartezimmer saßen. Robert überlegte, ob er mit Theresa ins Krankenhaus fahren sollte, worauf diese sofort protestierte: »Nein, auf keinen Fall! Bringe mich bitte wieder nach Hause.« – »Wir haben kein Zuhause. Die Hütte ist völlig verqualmt und in unserer Unterkunft lebt diese Durchgeknallte«, antwortete er frustriert. Theresa griff mit ihrer blutverschmierten Hand nach seinem Unterarm und flehte ihn an: »Robert, bitte versprich mir, dass du mich nicht allein im Krankenhaus lässt. Ich spreche kein Spanisch.«

Er blickte sie für einen Moment schweigend an, bevor er fragte: »Warum nur ist es so schwer, das Versprechen einzuhalten, das ich deinem Vater gegeben habe, dass ich gut auf dich aufpasse? Du siehst immer ramponierter aus. Nein, ich lasse dich natürlich nicht allein in einem Krankenhaus, aber versprich mir, dass du nie wieder so eine Aktion startest.« – »Ich habe nur unsere verdreckte Hütte gereinigt. Das war keine Aktion«, widersprach sie ihm und fuhr dann fort: »Außerdem habe ich es ganz alleine geschafft, aus dieser verqualmten Hütte herauszukommen. Was sagt der Psychologe dazu?« Robert konnte nichts darauf erwidern, weil Dr. Alecos den Raum betrat.

Im Sprechzimmer schilderte Robert kurz, was geschehen war, bevor der Arzt mit der Untersuchung begann. Er säuberte ihre Wunden und verband sie. Auf Englisch fragte er seine Patientin, ob sie als Kind auch so oft zum Arzt musste, worauf Theresa gleich klarstellte: »Mein Vater ist Arzt. Da wurde immer alles am Küchentisch verbunden.« – »Also sind Sie eher ein wildes Mädchen gewesen?«, forschte er weiter. »Das Wildeste, was ich gemacht habe, war Reiten. Und das habe ich gut überstanden«, klärte ihn Theresa auf.

Dr. Alecos behandelte die stattliche Beule an ihrem Kopf mit einem Kühlkissen und horchte dann ihre Lunge ab. Ihre Atmung bereitete ihm allerdings Sorgen. Theresa konnte nicht tief durchatmen, ohne einen Hustenanfall zu bekommen. Auf Spanisch schlug er Robert vor, Theresa für eine Nacht ins Krankenhaus einzuweisen, zumal dort auch ihre Atmung besser überwacht werden könne. Robert äußerte jedoch Bedenken aufgrund ihrer Verständigungsprobleme. Schließlich einigten sie sich darauf, dass Theresa im Behandlungszimmer noch an die Sauerstoffflasche angeschlossen werden sollte. Danach wollte der Arzt entscheiden, was weiter zu tun sei.

Als Robert dann mit Theresa alleine war, gingen ihm die Nerven durch. Der Schlauch in ihrer Nase erinnerte ihn zu sehr an seinen Vater kurz vor seinem Krebstod. Robert versuchte, ruhig durchzuatmen, doch irgendwann gelang es ihm nicht mehr. Er stand auf und trat ans Fenster. Theresa hörte ihn leise schluchzen und fragte: »Wollen wir reden?« Er drehte sich zu ihr um und wischte sich die Tränen aus dem Gesicht. »Tessa, die Angst um dich macht mich noch wahnsinnig. Kannst du nicht einmal …« – »Was? Langweilig werden?«, ergänzte sie und streckte ihm ihre bepflasterte Hand entgegen. Robert setzte sich auf den Stuhl neben ihrer Liege. Während er ihre Hand hielt, wurde er allmählich ruhiger. Nach einer Weile erklärte er: »Sorry, aber dieser Beatmungsschlauch. Es ist so wie damals bei meinem Vater. Das war gerade einfach zu viel für mich.«

Eine Stunde später kam Dr. Alecos zurück, um nach seiner Patientin zu sehen. »Sie können heute in der Junggesellenbude meines Neffen im Nachbarhaus übernachten«, verkündete er. »Sancho schläft diese Nacht bei mir auf dem Sofa. Und wenn etwas ist, geben Sie mir sofort Bescheid. Die Flasche brauche ich erst morgen zurück.« Gemeinsam mit Sancho brachten sie Theresa samt Sauerstoffflasche in die Wohnung hinüber. Diese bestand, neben einem kleinen Bad, aus einem großen Zimmer, das der junge Mann sehr kreativ mit Decken, Wandbehängen und Musikinstrumenten dekoriert hatte. Anerkennend meinte Robert zu Sancho: »Es ist sehr schön hier. Spielen Sie denn diese Instrumente auch?« Sancho gestand, dass er gerne Musiker werden würde, seine Eltern aber dagegen seien. »Das wäre bei meinen Eltern bestimmt genauso gewesen«, stellte Robert fest. Während sich Theresa im Bad für die Nacht vorbereitete, übergab Robert dem jungen Mann einen großzügigen Geldbetrag, den dieser zuerst nicht annehmen wollte. »Bitte, Sie helfen uns unheimlich, indem Sie uns hier übernachten lassen«, sagte Robert nachdrücklich. »Sonst hätte meine Freundin ins Krankenhaus gemusst, und sie spricht kein Spanisch. Ich möchte mich hierdurch erkenntlich zeigen.«

Theresa hatte sich bereits den Nasenschlauch angelegt, als Robert zu ihr ins Bett kam und sofort das Licht löschte. Sie rutschte nahe an ihn heran und hielt ihm den Schlauch vors Gesicht. »Komm, jetzt versöhn dich mit diesem Ding; schließlich müssen wir die ganze Nacht mit ihm verbringen«, forderte sie ihn auf. »Ach, Tessa, du mit deinen Schocktherapien«, sagte er ziemlich geschafft. »Bis zum Geburtstag deines Vaters war mein Leben recht übersichtlich. Ich hatte meinen Job, meinen Patenonkel, meine Hündin und eine feste Bleibe. Und jetzt herrscht nur noch Chaos und Panik.« – »Wieso? Aber doch nicht durch mich!«, entrüstete sie sich. »Es hat aber schon auch mit dir zu tun. Dein Ex ist plötzlich schwul und fackelt sein Krankenzimmer ab, worauf sie dich in einen Ami-Knast stecken. Kaum bist du wieder frei, prügelst du dich mit deinem Bruder, verknackst dir hier den Fuß, und statt dich zu schonen, holst du dir auch noch eine Rauchvergiftung. Guck dich doch einmal an, sieht so eine junge hübsche Frau aus?«, entgegnete er müde. Seine Worte verfehlten ihre Wirkung nicht. »Jetzt rede nicht wie Oma Stina. Bis zu unserem Abflug sehe ich wieder tipptopp aus«, maulte sie.

Als er hierzu schwieg, fuhr sie fort: »Dein Leben sah auch nur nach außen hin so perfekt aus, aber im Inneren herrschte Chaos. Und jetzt ist es eben umgekehrt«, gab sie zu bedenken. »Und warum fühlt sich das alles nicht nach Ruhe und Geborgenheit an, sondern nach Verunsicherung und Panik?«, fragte er. »Weil es die Erstverschlimmerung im Verlauf deines Heilungsprozesses ist!« – »Aha, das habe ich noch gar nicht so gesehen«, bemerkte er, während er vorsichtig ihr Haar streichelte. Nach einer Weile schlug er vor: »Kann nicht alles ein bisschen ruhiger und harmloser bei uns ablaufen? Dr. Alecos ist auch schon der Meinung, du bist ein wenig wild.« – »Ach, was der so sagt, das war mir bislang noch gar nicht aufgefallen«, murmelte sie und schlief dann ein.

In der Nacht träumte Robert von seinem Vater, der mit dem Sauerstoffschlauch in der Nase auf seinem Krankenbett lag. Plötzlich streifte er den Schlauch ab und reichte ihn wortlos an seinen Sohn, bevor er aufstand und das Zimmer verließ. Robert wachte auf und dachte über seinen Traum nach, bevor er im Dunkeln nach dem Schalter der Lampe fingerte. Vom Licht aufgeweckt, fragte Theresa schläfrig: »Müssen wir schon aufstehen?« – »Willst du nicht jetzt schon zur Toilette gehen und dann noch ein Glas Wasser trinken?«, schlug er vor. »Oh Mann, du bist ja eine richtig strenge Nachtwache«, stöhnte sie. Als sie sich wieder zu ihm ins Bett legte, meinte Theresa: »Du kannst morgen dem Doc sagen, dass seine wilde Patientin ganz nach Vorschrift getrunken hat.« Robert strich ihr übers Haar. »Hast du Kopfschmerzen? Deine Beule an der Stirn wird langsam farbig.« – »Die kann ich überschminken. Nein, Kopfschmerzen habe ich nicht, ich bin nur müde.« Vorsichtig legte ihr Robert wieder den Sauerstoffschlauch an und küsste ihre Nasenspitze, bevor er das Licht löschte.

Am nächsten Morgen erklärte Dr. Alecos, dass es ihm lieber wäre, wenn seine Patientin einen Tag aussetzen würde, was aber keineswegs im Sinne von Theresa war. Als sie ihn dann noch fragte, ob er die Laborergebnisse heute erfahren würde, sah Dr. Alecos Robert amüsiert an und sagte zu ihm auf Spanisch: »Ich rufe Sie an, wenn ich mehr weiß. Jetzt braucht die Señora aber erst einmal ein bisschen Ruhe; sie setzt sich selbst zu sehr unter Druck.«

Während der anschließenden Fahrt zur Hütte empörte sich Theresa: »Sag einmal, warum hat der Doc vorhin nicht auf meine Frage geantwortet?« – »Weil er davon ausgeht, dass wir noch keusch und züchtig in unserer Beziehung leben. Gestern hatte er erst Bedenken, uns das Zimmer seines Neffen mit nur einem Bett anzubieten«, erklärte ihr Robert. »Und? Gefällt es dir, dass er uns so sieht, oder hast du es klargestellt?« – »Nein, warum? Würdest du gerne klarstellen, dass du den Test auch haben wolltest, weil dein Ex-Freund schwul geworden ist?« – »Nein, Robert, das ist ganz anders gewesen«, stellte sie gleich richtig. »Von Victor habe ich nach meiner Ankunft in Amerika noch nicht einmal einen Begrüßungskuss bekommen. Und zuvor habe ich mich für das Gesundheitszeugnis komplett durchchecken lassen. Diesen Test hier habe ich nur deinetwegen gemacht, falls ich mich bei dir angesteckt haben sollte.«

Als Robert schwieg und angestrengt auf die Fahrbahn blickte, fuhr sie fort: »Aber das hast du schon früher so gut gekonnt. Ich sehe ihn direkt vor mir, diesen hochgewachsenen Jungen mit den guten Manieren und seinem perfekten Haarschnitt: langes Deckhaar, König-Ludwig-Tolle und leicht angestuft. Genauso trägst du es heute noch. Die einzige Veränderung ist dein sehr gepflegter Bart«, stichelte sie. Er sah sie von der Seite an. »Was willst du mir jetzt damit sagen?« – »Dass du gerne so tust, als wärst du etwas Besonderes, aber beim Sex bist du genauso wie alle Männer.«

Robert hielt den Wagen an, umklammerte mit beiden Händen das Lenkrad und nickte dreimal. Jedes Mal senkte er den Kopf so tief, dass seine Stirn das Lenkrad berührte. Dann sagte er: »Tessa, du müsstest einmal selbst hören, was du so von dir gibst. Du hast eben in einer Art geredet, als säßen wir in einer Selbsthilfegruppe und du würdest meine Geschichte kommentieren.« – »Wieso? Ich dachte immer, Rückmeldungen unterstützen die Selbstfindung«, entgegnete sie ungerührt. »Ja, erstes Semester Psychologiestudium«, gab er ihr recht.

Dann blickte er sie herausfordernd an. »Was ist eigentlich mit deinen kleinen Spleens? Das Aufsammeln der Regenwürmer vom Gehweg nach einem heftigen Regen? Das Sprechen mit dem großen Walnussbaum bei euch im Garten?« – »Das mache ich immer noch. Warum auch nicht? Es ist ein Teil von mir. Stört dich das?« Robert lächelte milde. »Nein, so bist du halt, und ich liebe dich auch genau so, du verrückte Nudel.« Dann beugte er sich zu ihr hinüber und küsste ihre Nasenspitze. »Und das ist auch das Gute an unserer Beziehung«, fuhr er fort. »Wir sind gleich mittendrin. Kein schüchternes Kennenlernen, keine unnötigen Höflichkeiten, wie außergewöhnlich toll ich doch im Bett sei und so weiter. Nein, ich bin halt so wie alle, genau wie Victor und dieser andere Typ. Allerdings sind drei Sexualpartner wohl kaum repräsentativ.« – »Nein, so war es auch nicht gemeint, sondern im Hinblick auf eure sexuelle Aktivität. Zurückhaltung kann ich bei dir nicht gerade erkennen«, stellte sie fest.

Robert ließ den Motor wieder an und fuhr los. »Das ist verdammt unfair«, beschwerte er sich. »Ich nehme mich schon eine Woche zurück, oder hattest du den Eindruck, ich würde dich bedrängen?« – »Nein, aber du hast mir ja selbst gesagt, dass ich im Moment mit meinen vielen Pflastern und Schrammen nicht gerade reizvoll aussehe.« – »Wenn die Ergebnisse in Ordnung sind, wird mich nichts mehr davon abhalten. Stell dich schon mal auf eine spannende Zeit ein«, prophezeite er ihr mit einem verschmitzten Lächeln. »Hoffentlich hält das altersschwache Bett diese Belastung aus. Es knackt schon sehr verdächtig bei jeder Bewegung«, bemerkte sie.

Auf dem Grundstück angekommen, wunderten sie sich, dass die Hunde nicht zu sehen waren. Auch nach dem üblichen Pfiff ihres Herrchens ließ Burna sich nicht blicken. Beunruhigt gingen sie zur Hütte, deren Tür weit offen stand. Toro hatte inzwischen gut gelüftet, sodass es im Innern nur noch wenig nach Ofen roch. Auch ihre Bekleidung hatte den Qualm in der Hütte gut überstanden. So konnten sie sich problemlos umziehen, um dann zur Krankenstation aufzubrechen. Bevor sie ins Auto stiegen, klopfte Robert an die Tür des Haupthauses und erkundigte sich nach Burna. Toros Ehefrau erklärte ihm, dass die Hunde mit dem alten Schäfer und seiner Herde ein Stück weiter zum Hügel gezogen seien. Er habe dort eine Hütte, wo sie auch übernachten würden. Sie wollten erst morgen wieder zurück sein. Auf der anschließenden Fahrt bemerkte Robert: »Die junge Dame wird langsam flügge. Na, immerhin haben wir dann eine sturmfreie Bude.«

Nach einer Weile fiel ihm ein: »Hast du für heute Abend etwas eingepackt?« – »Nein, brauchen wir nicht. Ab morgen brauche ich aber etwas anderes, und das sollten wir zusammen besorgen.« – »Ich frage nachher die Stationsschwester«, schlug Robert vor. »Maria hat bestimmt so etwas.« – »Hoffentlich reicht dein Spanisch dafür aus«, amüsierte sich Theresa. »Übrigens: Unsere Verhütungsmittel habe ich vor dem Abflug in Wien alleine gekauft. Als Frau wirst du im Drogeriemarkt ziemlich komisch angeschaut, wenn du solche Mengen besorgst. Die dachten wohl, ich mache das gewerbsmäßig.« – »Hätte dir Benedikt nicht dabei helfen können oder geht ihr euch noch immer aus dem Weg?« – »Ist das dein Ernst? Mein Bruder hätte sich nur über mich lustig gemacht oder uns Pfefferspray auf die Kondome gesprüht. Außerdem reden wir seit unserem Streit nicht mehr miteinander«, klärte ihn Theresa auf. Robert holte tief Luft.

»Oh, das klingt ja nach einer richtigen Familienkrise. Aber danke, dass du mir das Pfefferspray erspart hast.«

Im Büro angekommen, las er als Erstes seine Mails durch. Sein Patenonkel hatte ihm geschrieben, dass er froh sei, nun wieder zu Hause zu sein. Er müsse zwar weiterhin Diät essen, sei aber ansonsten zuversichtlich, dass das Medikament bald anschlagen würde und er auch wieder stundenweise in seiner Praxis arbeiten könne. Abschließend erkundigte er sich, ob bei ihnen alles in Ordnung sei. Robert zögerte einen Moment, bevor er antwortete: »Lieber Alfons, das hört sich doch schon viel besser an und hat Zukunft. Wir sind seit zwei Tagen in der Hütte, weil dein Nachfolger eine nervige Freundin mitgebracht hat, die absolut keine Hunde mag. Tessas Fuß wird langsam besser, aber dafür hat sie nun eine Beule am Kopf und etliche Schrammen an den Armen und Beinen, weil sie in der Hütte wie wild geputzt und dabei den Ofen vergessen hat. Die Nacht über hat sie von Dr. Alecos Sauerstoff bekommen, weil er eine leichte Rauchvergiftung nicht ausschließen konnte. Es ist aber alles wieder im grünen Bereich. Macht es weiterhin gut und bis bald. Robert.« Die Mailanfrage von Benedikt, wie es mit der »Tessazicke« laufen würde, beantwortete er nur kurz: »Gut. Deine Schwester ist eine tolle Frau. Du kannst stolz auf sie sein. Gruß Robert.«

Danach suchte er im Netz nach Infos und passenden spanischen Begriffen, um sich auf das Gespräch mit der Stationsschwester vorzubereiten, bis Dr. Alecos bei ihm anrief und ihm verkündete: »Alles in Ordnung bei Ihnen und Ihrer Freundin. Sie können jetzt ohne Bedenken eine Familie gründen. Vielleicht wird dann die Señora auch etwas ruhiger.« Robert atmete vor Erleichterung tief durch und bedankte sich bei ihm. Zum Schluss des Telefonates erkundigte er sich noch nach den Produkten, welche Tessa benötigte, worauf ihm Dr. Alecos riet: »Das hat doch Schwester Maria alles auf der Station. Gegen eine Spende gibt sie bestimmt etwas raus.« Beflügelt von der guten Nachricht ging Robert hinüber zur Krankenstation. Theresa war gerade dabei, ein kleines Mädchen zu verbinden, als er an sie herantrat und ihr ins Ohr flüsterte: »Alles in Ordnung mit den Werten.« Theresa strahlte ihn an. »Na, dann kann ja nichts mehr schiefgehen.«

Gleich darauf ging er zu Schwester Maria, die er wegen ihrer schrulligen und harschen Art nicht sonderlich mochte. Höflich fragte er sie nach Tampons für seine Freundin und betonte auch gleich, dass er dafür einen Schein in die Spendenkasse legen würde. Mit strengem Gesichtsausdruck wollte die Stationsschwester von ihm wissen, ob Señora Höferl noch Jungfrau sei. Er kannte diesen Begriff im Spanischen nicht und fragte deshalb ratlos: »Was bedeutet das?« – »Ob sie schon Sex hatte!«, sagte Schwester Maria noch eine Spur schroffer. Robert kam sich vor wie im Internat bei der Zimmerkontrolle. »Ja, hatte sie schon einmal«, beeilte er sich zu sagen, um die Sache zu beschleunigen.

Schwester Maria war noch nicht zufrieden und fragte ihn als Nächstes, ob seine Freundin schon einmal entbunden hätte, was er wieder nicht verstand. Maria verlor langsam die Geduld. »Hat Ihre Freundin schon ein Kind?«, wurde sie konkret. »Nein«, antwortete Robert und versuchte ruhig zu bleiben. Die resolute Schwester drehte sich um, nahm aus dem Materialschrank eine kleine Schachtel und reichte sie ihm mit strenger Miene. »Aber nicht zum Verhüten, oder kennen Sie das Wort auch nicht?« Robert nahm das Päckchen an sich und fragte höflich: »Wo steht denn die Spendenkasse?« Seine Hände waren schon etwas fahrig, als er einen Geldschein aus seinem Portemonnaie zog und ihn in die Kasse legte, die Maria ihm entgegenhielt. »Danke und schönen Tag noch«, sagte er hastig und verließ den Raum.

In seinem Büro musste er erst einmal durchatmen. Er fluchte leise: »Mann, war das peinlich!« Dann öffnete er die Verpackung und betrachtete neugierig den Inhalt. Es klopfte an der Tür und kurz darauf betrat Dr. Fridou den Raum. »Kann ich stören? Ich habe ein Problem.« Hektisch ließ Robert die Packung in der Schreibtischschublade verschwinden, räusperte sich und sagte: »Ein Geschenk für meine Freundin.« – »Hat Ihre Freundin Geburtstag?«, erkundigte sich sein Besucher. »Nein, einfach nur so«, antwortete Robert knapp und bot ihm einen Sitzplatz vor seinem Schreibtisch an.

Dr. Fridou sprach ihn auf die Verletzungen von Theresa an und wollte wissen, wie diese denn entstanden seien. Robert reagierte gereizt: »Das ist jetzt aber nicht Ihr Problem, sondern eher das unsere, oder?« Mit erstauntem Blick sagte Dr. Fridou: »Ja, Sie haben recht. Das geht mich eigentlich nichts an.« Dann kam er zu seinem eigentlichen Thema. Er berichtete ausführlich von den Problemen mit seiner Freundin, die früher Tänzerin war, jedoch seit einem Unfall nicht mehr arbeiten könne. Außerdem würde er sich von ihr erpresst fühlen. Ständig habe sie Männergeschichten und würde mit Suizid drohen. »Warum sucht sie sich nicht eine neue Aufgabe, wenn Tanzen nicht mehr infrage kommt?«, schlug Robert vor. »Können Sie denn nicht einmal mit ihr reden?«, bat ihn Dr. Fridou. »Nein, sie würde sofort wieder mit ihren Machtspielchen beginnen. Das wäre nur Zeit- und Kraftverschwendung«, entgegnete ihm Robert bestimmt. »Telefonieren Sie doch einmal mit Dr. Alecos. Er weiß, welche Projekte hier laufen. Vielleicht kann Claudette ja eine Tanzgruppe für Mädchen anbieten?«, fiel Robert spontan ein und ergänzte dann: »Auf jeden Fall muss ihr klar werden, dass Sie sich nicht erpressen lassen.« Etwas ratlos fragte Dr. Filou: »Können Sie mir hierzu vielleicht ein paar Tipps geben bis zu Ihrer Abreise?« – »Ja, aber nicht jetzt. Ich habe gleich ein Beratungsgespräch«, beendete Robert die Unterhaltung.

Am späten Nachmittag kam Theresa zu ihm ins Büro und fragte ihn gleich: »Bist du fertig? Wollen wir los?« – »Ja. Was möchtest du denn heute zu Abend essen? Ich habe Lust, einmal mit dir zu kochen vor unserem speziellen Date.« Sie sah ihn erstaunt an und schlug vor: »Bring mich in ein Geschäft, dann sehen wir schon, was es Leckeres gibt.« Im Fahrzeug legte er ihr die kleine Schachtel in den Schoß und sagte: »Das ist für dich. Ich hoffe, es ist alles okay.« Als er kurz darauf vor dem Lebensmittelgeschäft drei Straßen weiter einparkte, hatte Theresa die Verpackung bereits geöffnet und bemerkte lachend: »Danke, wo hast du das denn her?« – »Von Schwester Maria, und das war Folter pur. Sie wollte wissen, ob du noch Jungfrau bist oder schon entbunden hast. Ich kannte aber all diese Begriffe nicht und so wurde sie immer ungeduldiger. Zum Schluss sagte sie noch, dass dies nicht zum Verhüten wäre.« Theresa sah ihn mitfühlend an. »Oh, mein armer Schatz; das war ja furchtbar. Deshalb hat sie mich vorhin so komisch angeschaut und auch gefragt, ob ich noch Verbandszeug bräuchte. Franco hat es für mich übersetzt und ich habe es dann verneint.« – »Wieso Verbandszeug?«, wurde nun Robert hellhörig. »Wegen meiner Pflaster an den Händen und Armen. Aber davon hat uns Dr. Alecos genug mitgegeben. Alles in Ordnung«, versicherte ihm Theresa.

Im Laden entschieden sie sich für einen Bohneneintopf mit Gemüse und frischem Brot als Abendessen, außerdem für ein Reisgericht, das sie sich dann morgen kochen wollten. Danach fuhren sie direkt zur Hütte und Theresa freute sich diesmal sogar darauf. Gemeinsam bereiteten sie das Essen zu, wobei Robert das Gemüse zerkleinerte, den Tisch deckte und die Gläser füllte. Als sie dann am Tisch saßen, bemerkte er stolz: »Das ist unser erstes gemeinsam gekochtes Essen. Schmeckt doch gut, oder?« Theresa gab ihm recht und machte ihm Mut: »Wir fangen erst einmal mit den einfachen Sachen an, um zu üben. Später zeigt uns Oma Stina dann die richtig schweren.« – »Und die wären?« – »Zum Beispiel eine Sahnetorte«, schwärmte sie.

Als es draußen dämmerte, ging Theresa in den Waschraum. Sie seifte ihren Körper gründlich ab, um den Schweiß des schwülen Tages loszuwerden. Danach wollte sie ihre Pflaster wechseln, brauchte dann aber doch Roberts Unterstützung, dem dies nicht gerade leichtfiel. Beim Betrachten ihrer nässenden Schürfwunden bemerkte er: »Nee, Arzt wäre nichts für mich.« – »Ich weiß. Kannst du dich noch daran erinnern, dass du einmal mit dem Rad gestürzt bist und am Knie geblutet hast, aber nicht hoch in die Praxis wolltest?«, fragte sie ihn. »Ja, da war ich vierzehn Jahre alt und mir war die Sache ziemlich peinlich. Du hast Verbandszeug geholt, mein Knie gesäubert und mir ein Pflaster daraufgeklebt. Danach durfte ich mich in deinem Baumhaus ausruhen, wo sonst nie einer hinaufdurfte. Dort hattest du ein buntes Glas mit Himbeerbonbons stehen. Isst du die heute noch?«

Theresa humpelte mit einer Krücke zu ihrem Rucksack und durchwühlte ihn, bis sie schließlich eine bemalte Dose fand, die sie ihm reichte: »Fünf sind noch drin. Ich esse nicht mehr so viele davon, wegen der Zähne, aber manchmal muss es einfach sein, so ein Goody aus der Kindheit.« Roberts Augen wurden feucht, als er sich einen Himbeerbonbon nahm und daran roch, bevor er ihn sich in den Mund schob. Dann griff er nach seinem Pyjama und ging damit in den Waschraum.

Als er zurückkam, lag Theresa schon im Halbdunkel der Schlafnische auf ihrer Betthälfte und wartete auf ihn. Robert warf sich schwungvoll neben sie, worauf es unter ihnen krachte und sie samt Matratze auf dem Fußboden landeten. Theresa schrie vor Schreck auf und Robert, der den Halt verloren hatte, stieß heftig mit der Nase an das Kopfende des Bettes. Nach dem ersten Schreck musste Theresa lachen, während Robert fluchte: »Scheiße, jetzt auch das noch!« Sie bemerkte erst, dass er sich verletzt hatte, als er sich das Blut von der Nase wischte. Erschrocken forderte sie ihn auf: »Komm, leg dich schnell hin, ich hole ein Tuch und etwas zum Kühlen.« – »Tessa, wir haben hier keinen Kühlschrank und das Wasser ist lau«, erinnerte er sie und kletterte aus der Umzäunung, die vom Bettrahmen übriggeblieben war. Theresa folgte ihm und untersuchte seine Nase, die zum Glück nicht gebrochen war.

Es dauerte einige Zeit, bis sein Nasenbluten endlich aufhörte. Draußen war es inzwischen so dunkel geworden, dass kein Licht mehr durch die Fenster fiel. Robert knipste die Taschenlampe an. Gemeinsam zogen sie die Matratze samt Kissen und Decken vor das Bett. »Komm, leg dich am besten gleich hin«, forderte Theresa ihn auf. Robert empörte sich: »Auch wenn ich jetzt völlig Scheiße aussehe, heißt das wohl nicht, dass du mich für unsere Liebesnacht sperrst?« – »Nein«, antwortete sie gelassen, »aber mit geänderten Positionen.«

Sie löschte die Taschenlampe und setzte sich neben ihn. In der Dunkelheit konnte sie ihn nur noch schemenhaft erkennen. Er streichelte sie und streifte ihr den Träger des Nachthemdes von der Schulter, während er versöhnlich feststellte: »Dann kann ich mich heute ja richtig von dir verwöhnen lassen; übrigens lag ich noch nie unten.« Als sie ihn küsste, schmeckte sie die Blutreste in seinem Bart, und während sie sich liebten, spürte sie einen brennenden Schmerz in ihrem verletzten Knie, den sie aber ignorierte.

Sie lag noch eine Weile schweigend in seinem Arm, bis Robert fragte: »Ist das ganz sicher, dass wir heute nicht verhüten mussten?« – »Ja, obwohl es natürlich immer hormonelle Schwankungen geben kann. Falls ich falsch lag, hast du dreimal Windelwechseln bei mir gut, und zwar mit voller Füllung«, antwortete sie gelassen. Robert brauchte einen Moment, bevor er antworten konnte: »Auf dem Rückflug habe ich darüber nachgedacht, was in der Ehe meiner Eltern schiefgelaufen ist. Früher hatte ich immer den Eindruck, dass sie Getriebene sind, anstatt ihr gemeinsames Leben zu gestalten und auch genießen zu können. Ich möchte es besser machen und in der richtigen Reihenfolge leben.« – »Und ein Kind würde diese Reihenfolge jetzt durcheinanderbringen?« – »Ich würde mich auf keinen Fall dagegen entscheiden, aber es wäre nicht schlecht, wenn wir noch ein bisschen Zeit für den Aufbau unseres gemeinsamen Lebens hätten«, erklärte er.

Theresa hatte sich aufgesetzt und knipste die Taschenlampe an, weil sie in den Waschraum gehen wollte. Im Lichtkegel der Lampe konnte sie erkennen, dass das Pflaster auf ihrem Knie durchgeblutet war. Robert erschrak. »Das muss dir doch eben wehgetan haben!« – »Ja, am Knie, aber sonst war es verdammt gut.« Sie wusch sich und versorgte ihre Wunde, bevor sie zu ihm zurückkam und sich wieder neben ihn legte. »Ich glaube, dass die Ehe deiner Eltern gescheitert ist, weil nur einer von beiden etwas gegeben hat. Dein Vater hat sich immer abgehetzt, um die Bedürfnisse deiner Mutter zu erfüllen, während sie nur genommen hat.« – »Das klingt hart, was du da gerade sagst, aber es stimmt wohl«, gab Robert ihr recht.

Am nächsten Tag bat er Toro um Werkzeug, worauf dieser erstaunt nachfragte: »Willst du jetzt noch etwas umbauen? Ich denke du ziehst bald aus?« – »Das alte Bett ist nun einmal nicht für zwei Personen gedacht; es ist zusammengebrochen.« Toro musste schmunzeln. »Vielleicht war ja auch zu viel Bewegung der Grund?«, mutmaßte er. Kurz darauf erschien er in der Hütte mit seiner Werkzeugkiste. Er begrüßte Theresa, die gerade das Bettzeug im Laken einrollte, und begann dann gemeinsam mit Robert das Bett zu reparieren. Als Theresa in den Waschraum ging, fragte Toro mit gedämpfter Stimme: »War es gestern für deine Freundin das erste Mal?« Robert sah ihn irritiert an. »Nein, wie kommst du darauf?« – »Das Blut dort im Laken.« Robert war so viel Privatheit nicht gewohnt und antwortete deshalb nur knapp: »Tessas Knie hatte wieder geblutet.«

VIII

Die letzten Tage bis zu ihrer Abreise beobachtete Robert seine Hündin sehr genau, besonders an den Abenden verbrachte er viel Zeit mit ihr, um für sich eine klare Entscheidung treffen zu können. Es fiel ihm unglaublich schwer, doch in Absprache mit Theresa beschloss er, Burna bei Toro zu lassen und als Hundepate für ihren Unterhalt zu sorgen. Er wollte ihr den anstrengenden Flug und das Leben in der Großstadt ersparen. Toro versprach, ihn immer über den Zustand der Hündin auf dem Laufenden zu halten, was Robert etwas beruhigte.

Als der endgültige Abschied nahte, war Burna nervös und wollte sich nicht mehr von ihm streicheln lassen. Sie knurrte Theresa sogar an, als sie der Hündin beim Heraustragen der Reisetasche zu nahe kam. Theresa, die Roberts Enttäuschung bemerkte, versuchte ihn zu trösten: »Burna ist die ganze Situation unheimlich. Sie spürt die Veränderung, aber sie wird sich hier gut aufgehoben fühlen.« Robert wischte sich hastig eine Träne aus dem Gesicht. »Ja, dann lass uns jetzt schnell aufbrechen, damit sie wieder zur Ruhe kommt.«

Nachdem sie das Gepäck aufgeladen hatten, brachte sie Toro in seinem kleinen Lieferwagen zum Flughafen. Robert saß auf dem Beifahrersitz und unterhielt sich während der Fahrt auf Spanisch mit ihm. Schweigend blickte Theresa derweil aus dem Fenster und hatte plötzlich Angst vor ihrem gemeinsamen Leben in Wien mit all den neuen Herausforderungen. Während des Fluges gab sich Robert ausgesprochen wortkarg. Er sah blass und angespannt aus. Schließlich versuchte er ein wenig zu schlafen, während Theresa unkonzentriert in dem Buch weiterlas, mit dem sie die letzten Tage vor ihrer Rückreise begonnen hatte.

Pauline holte sie am Flughafen ab und erzählte ihnen gleich, dass Alfons gerne mitgekommen wäre, aber noch eine Untersuchung beim Internisten habe, und dass es ihm ansonsten schon wieder besser gehe. Voller Optimismus verriet sie: »Er will sogar wieder voll in seiner Praxis arbeiten, bis er siebzig ist. Aber das wird er euch noch selber sagen.« Nachdem sie ihre Sachen in die Gästewohnung gebracht hatten, setzte sich Robert erschöpft aufs Bett. »Kann ich mich erst einmal hinlegen? Es geht mir nicht so gut.« Verdutzt blickte Theresa ihn an. »Soll ich dir vom Essen etwas hochbringen? Meine Mutter wollte doch für uns kochen.« Sein Gesichtsausdruck wirkte gequält. »Du, ich möchte nicht unhöflich sein.« – »Vielleicht möchte mein Vater ja mit dir hier oben essen, dann könntet ihr in aller Ruhe miteinander reden?«, schlug Theresa vor und merkte gleich, dass dies ganz in Roberts Sinne wäre.

Dr. Höferl war sofort einverstanden, erkundigte sich aber bei seiner Tochter, ob etwas vorgefallen sei. »Nein, es ist der Trennungsschmerz von Burna und der Kulturschock«, raunte sie ihm zu, als er mit dem Tablett die Wohnung verließ. Die Begrüßung der beiden Männer fiel herzlich aus. Nachdem Dr. Höferl das Essen auf den Tisch gestellt hatte, nahm er seinen Patensohn in den Arm und sagte glücklich: »Gut, dass du jetzt hier bist. Ich bin wieder ganz gesund und wir holen alles nach, was bislang nicht ging.«

Beim gemeinsamen Essen wollte Dr. Höferl wissen, ob es mit ihm und Theresa gut laufen würde. Robert zögerte einen Moment, bevor er sorgsam formulierte: »Ohne unsere gemeinsame Kindheit, die für mich Vertrauen bedeutet, hätte ich mich nicht auf diese Beziehung eingelassen. Und trotzdem, manchmal sind es gerade die Erinnerungen aus dieser Zeit, die so unendlich schmerzhaft sind.« Er beschrieb das Gefühl, das in ihm hochkam, als er einen Himbeerbonbon von Theresa bekam, und als sie den Beatmungsschlauch benötigte.

Dr. Höferl blickte ihn besorgt an. »Ähnliches wirst du hier noch öfter erleben. Es wäre gut, du könntest dann auch mit einem Fachmann über all diese Dinge sprechen. Bislang bestand dein Leben ja aus einer Flucht vor deinen Emotionen.« – »Glaubst du, meine Beziehung zu Tessa hält das aus? Ich möchte nicht, dass sie mit mir jetzt einen weiteren Beziehungsversager bekommt, nach all dem, was sie mit Victor erleben musste.« – »Meinst du nicht, dass durch eure Beziehung auch bei Tessa alte Wunden heilen könnten? Sie hat darunter gelitten, dass man dich gegen deinen Willen ins Internat gesteckt hat. Jahrelang hat sie auf ein Lebenszeichen von dir gehofft.«

Sie waren noch immer in ihr Gespräch vertieft, als Theresa nach zwei Stunden zurückkam. »Soll ich heute lieber unten schlafen, dann könnt ihr in Ruhe reden?«, bot sie an. Robert blickte von ihr zu seinem Patenonkel und entschied dann: »Nein, Tessa, ich möchte die erste Nacht nach meiner Rückkehr mit dir verbringen. Ohne dich wäre ich schließlich nicht hier.« Nachdem sich Dr. Höferl verabschiedet hatte, legten sie sich auf ihr neues Bett, das Theresas Eltern anstelle der Polsterliege aufgestellt hatten. »Ich möchte meinen Onkel Ferdinand fragen, ob er mit mir die wunden Punkte aus meiner Kindheit aufarbeiten kann, was hältst du davon?«, fragte er sie. »Und einen Kollegen willst du hier lieber nicht fragen?« – »Nein, Ferdinand kennt meine ganze Geschichte. Von seiner Unterstützung verspreche ich mir mehr, als wenn ich mir hier einen Kollegen suchen würde.«

Die kommende Woche war geprägt von den neuen beruflichen Herausforderungen. Robert nahm seine Arbeit bei den Notfallseelsorgern auf und für Tessa begann das praktische Jahr im Kinderkrankenhaus. Am Mittwochabend stand Benedikt unerwartet vor ihrer Wohnungstür. Tessa hatte sich bereits im Schlafzimmer hingelegt, um sich ein wenig auszuruhen. Robert, der ihm geöffnet hatte, ließ ihn eintreten, gab sich aber deutlich wortkarg. Er war nicht in der Stimmung für ein Gespräch mit Theresas Bruder.

Erstaunt erkundigte sich Benedikt: »Was ist denn los? Hast du gerade Beziehungsstress oder was?« – »Nein, ich habe nur einen anstrengenden Arbeitstag in meiner neuen Stelle hinter mir«, erklärte Robert mit einem leichten Anflug von Überheblichkeit in der Stimme. Er wusste, dass Benedikt diesen Unterton hasste, weil er sich dann immer unterlegen fühlte, zumal Robert häufig auch der schnellere Denker war. Enttäuscht ging Benedikt wieder Richtung Tür. »Dann scheint dein Job ja eine richtige Spaßbremse zu sein. Gib einmal Nachricht, wenn du Lust auf einen richtig geilen Männerabend hast.« – »Sag mal, bist du nicht verheiratet und hast ein Kind, oder bringe ich da etwas durcheinander?«, fragte Robert provozierend. »Ja. Aber ich bin auch kein depperter Hampelmann, der sich sein Restleben von seiner Frau bestimmen lässt. So etwas ist bei mir noch immer drin«, gab ihm Benedikt aufgebracht zur Antwort, bevor er laut die Wohnungstür schloss.

Theresa, die so spät nicht mehr auf Besuch eingestellt war, kam nun doch aus dem Schlafzimmer. Von den lauten Worten ihres Bruders und dem Zuschlagen der Tür alarmiert, erkundigte sie sich bei Robert: »Was ist los? Habt ihr Beziehungsstress?« – »Dasselbe hat mich dein Bruder auch gefragt, weil ich nicht begeistert davon war, dass er hier plötzlich vor der Tür stand. Er vermutete aber, ich hätte Stress mit dir. Komm, wir machen uns noch schnell einen Kaiserschmarrn«, schlug er vor und ging in die Küche.

Beim gemeinsamen Essen erkundigte sich Robert: »Wie lief eigentlich das Liebesleben deines Bruders bislang ab?« – »Weiß ich nicht, ich war nicht dabei und möchte es auch niemals sein«, antwortete Theresa. »Warum fragst du?« Robert gab ihr darauf keine Antwort, wollte aber noch mehr über die Frauen wissen, die Benedikt bislang hatte. Theresa erinnerte sich, dass es eine etwas pummelige Schulfreundin gab, danach wohl drei kurzlebige Liebschaften während des Studiums und seit vier Jahren seine jetzige Frau, die Julia. Theresa hielt einen Moment inne und ergänzte: »Meine Oma Stina sagt immer, dass Julia viel zu gut für ihn sei.«

Schweigend betrachtete Robert sekundenlang ihr Gesicht, bevor er nachfragte: »Gab es nicht einen Vergewaltigungsfall auf der Abifeier von Benedikt?« – »Ja, woher weißt du das?« – »Das ist jetzt sehr vertraulich: War dein Bruder irgendwie in die Ermittlungen involviert?« Obwohl Theresa die Situation langsam unheimlich fand, erzählte sie ihm, dass Benedikt damals von der Polizei verhört wurde, nachdem eine Klassenkameradin unter Einfluss von K.-o.-Tropfen von mehreren Jungs auf der Feier vergewaltigt worden war. »Und? War Benedikt dabei?«, hakte Robert nach. »Nein, er war angeblich zu besoffen, um überhaupt noch Sex zu haben. Traust du ihm zu, dass er da mitgemacht haben könnte?«, wurde Theresa nun misstrauisch. »Traust du es ihm zu?«, fragte Robert zurück. Mit gequältem Gesichtsausdruck sagte sie: »Mein Vater war damals sehr erleichtert, dass Benedikt so sturzbetrunken war, und man konnte ihm nichts nachweisen, zumal das Opfer einen Filmriss hatte. Robert, warum fragst du das alles? Du weißt doch mehr, oder? Sag es mir bitte.«

Sie gingen gemeinsam ins Wohnzimmer und setzten sich aufs Sofa, bevor Robert zu erzählen begann: »Vor ungefähr sieben Jahren, als ich an der Uni in Berlin studierte, bekam ich plötzlich eine Mail von Benedikt. Er hat wohl über mich recherchiert und herausbekommen, dass ich in der Fachschaft aktiv war. Wir mailten uns dann unregelmäßig über mehrere Monate, bis Benedikt vorschlug, einmal nach Berlin kommen zu wollen, um mich zu treffen. Ich wohnte damals in einem kleinen Apartment des Studentenwohnheims, konnte ihn aber für zwei Nächte in einer WG von Kommilitonen unterbringen.«

Theresa war fassungslos. »Davon hat er nie etwas gesagt. Er hat nur einmal kurz erwähnt, dass er dich zufällig auf einer Tagung in Berlin getroffen hätte, ihr euch aber ziemlich fremd geworden seid und du ins Ausland wolltest.« – »Die letzten beiden Dinge stimmten ja auch; es war schon deutlich, dass unsere Welten nicht mehr zusammenpassten. Danach haben wir uns vielleicht noch zwei- oder dreimal pro Jahr gemailt«, stellte Robert nachdenklich fest. »Und was wollte nun mein Bruder von dir in Berlin?«, erkundigte sich Theresa voller Neugier. »Benedikt fragte mich ausführlich über die Wirkung von K.-o.-Tropfen aus und wollte wissen, ob sich die Opfer irgendwann an etwas erinnern könnten. Er gab vor, sich für einen guten Freund erkundigen zu wollen, der in Schwierigkeiten steckte.« – »Du hast ihm aber nicht geglaubt, oder?«, mutmaßte Theresa.

»Nein. Ich hatte ihm anfangs nur allgemeine Dinge zur Wirkung gesagt, hatte dann aber plötzlich den Ehrgeiz, mehr von ihm zu erfahren. In unserem Mailverkehr und an seinem ersten Besuchstag hatte es mich genervt, wie schnell er über meine Zeit im Internat hinweggegangen war. Er wollte auch nicht erklären, warum es keinen Kontakt mehr zwischen uns gab. Benedikt ist wirklich aalglatt und mit sehr wenig Empathie ausgestattet. Er weiß genau, was er sagen muss, damit an ihm nichts kleben bleibt.« – »Aber wieso kommst du heute gerade darauf?«, wunderte sich Theresa.

Robert erzählte ihr, dass Benedikt ihm soeben einen ›geilen Männerabend‹ vorgeschlagen habe. »Es ist nur eine Vermutung, Tessa, aber vielleicht holt sich Benedikt dadurch Selbstbestätigung, indem er seine Sexualität auf eine bestimmte Art und Weise auslebt«, meinte Robert und fragte dann: »Kennst du das Opfer?« – »Nur flüchtig, von der Schule, sie war ja eine Klassenkameradin meines Bruders. Ihre Mutter ist Musikerin beim Wiener Orchester und sie selbst hat auch gut Geige gespielt. Ein zartes, dunkelhaariges Mädchen, das mehr für die schönen Künste gelebt hat und kein Interesse an Schulliebschaften zeigte«, erinnerte sich Theresa. »Das hat sie für die Täter vermutlich interessant gemacht. Was ist aus ihr geworden?«

»Gloria, so heißt sie, hat die Stadt nach dem Vorfall verlassen. Aber ihre Tante singt zusammen mit meiner Mutter im Chor und von ihr haben wir erfahren, dass Gloria diese Tat nie überwunden hat. Sie war damals noch Jungfrau, wollte sich für ihren Traummann bis zur Hochzeit aufsparen und fühlte sich danach unendlich beschmutzt. Die Täter wurden nie gefasst, es gab keine Verurteilung oder Entschädigung. Gloria ging nach Belgien und studierte dort Musik, ritzte sich aber immer wieder die Arme und Beine auf, obwohl sie eine Therapie begonnen hatte. Dann hatte sie einen schweren Unfall und nun arbeitet sie als Lehrerin an einer Musikschule, obwohl sie einmal wie ihre Mutter werden wollte.«

»Weiß Benedikt von Glorias Leidensweg?«, fragte Robert sofort. Theresa überlegte kurz. »Ja, Glorias Tante kam einmal am Geburtstag meiner Mutter vorbei, nachmittags zum Gratulieren. Beim Abendessen im familiären Kreis erzählte Mutti von Glorias Schicksal, worauf Benedikt nur meinte, dass so etwas auf Feiern wohl öfter passieren würde; man dürfe sein Getränk halt nicht einfach stehen lassen, wenn man aufs Klo geht.« – »Klingt ja irgendwie nach Täterwissen«, mutmaßte Robert. »Mein Vater hat auf Benedikts Kommentar sehr heftig reagiert. Er sagte, dass er diese Aussage widerlich finde und gar nicht wissen wolle, warum sich Benedikt auf der Abifeier so besoffen hat.«

Robert schwieg einen Moment, bevor er feststellte: »Ich glaube nicht, dass dein Bruder wollte, dass ich nach Wien zurückkomme.« – »Das wollte er bei mir auch nicht. Konkurrenz belebt nun einmal das Familiengeschäft und jetzt muss er sich viel mehr anstrengen, als selbsternannter Platzhirsch«, bemerkte Theresa ungerührt. »Dein Vater betrachtet seinen Sohn wohl eher kritisch, oder habe ich da etwas falsch verstanden?« – »Doch, das stimmt schon«, antwortete Theresa, »aber Benedikt hat für eine nette Schwiegertochter gesorgt und meinen Eltern das erste Enkelkind beschert. Das gibt wieder Pluspunkte.«

In den nächsten Tagen stellte sich heraus, dass ihre neuen Jobs zeitintensiver waren als zuvor von ihnen gedacht. So hatten sie nur zwei gemeinsame Wochenenden im Monat und die Abende zu zweit waren ebenfalls sehr begrenzt. Nach der ersten Ernüchterung entdeckte

Robert die positiven Seiten an der Situation. Er schätzte es, in der kleinen Wohnung auch einmal allein sein zu können, und genoss es auch, Wien in aller Ruhe zu erkunden. Oft suchte er die Orte seiner Kindheit auf und achtete auf seine Gefühle, wenn Erinnerungen in ihm hochkamen, die er dann einmal im Monat mit seinem Onkel Ferdinand besprach. Sie trafen sich jeweils an den Wochenenden, wenn Theresa zum Krankenhausdienst eingeteilt war.

Der Onkel arbeitete als Therapeut zwei Autostunden von Wien entfernt, in einer Kleinstadt, die gerne von Touristen besucht wurde. Seine Ehefrau Marlene war die Schwester von Roberts Vater. Früher hatte sie zusammen mit Oma Gesa das Hotel bewirtschaftet, welches sich schon seit Generationen in Familienbesitz befand. Nach Gesas Tod führte Marlene es alleine weiter und hoffte, dass ihre Tochter Merle einmal aus Florida zurückkäme, wo ihr Freund eine Surfschule betrieb, um in den Hotelbetrieb einzusteigen.

Für den Onkel war Robert schon immer wie ein Sohn gewesen und es war wohl auch sein Verdienst, dass Robert einen psychologischen Beruf gewählt hatte, nachdem er den Arztberuf, vermittelt über seinen Vater, eher als familienfeindlich wahrgenommen hatte. Seine Tante Marlene war eine freundliche Frau, strahlte aber stets eine geschäftsmäßige Hektik aus, weshalb die beiden Männer es vorzogen, die gemeinsame Zeit in Roberts Ferienhaus zu verbringen. Robert hatte das Häuschen aus dem Nachlass seines Vaters übernommen und war damit einverstanden, dass die Tante es zeitweise an Feriengäste vermietete.

Auch wenn sich Robert in seinem neuen Leben immer sicherer fühlte und nun zwei nette Kollegen hatte, mit denen er sich manchmal zum Joggen verabredete, spürte er doch, dass sein gegenwärtiger Zustand nur ein vorübergehender sein würde. Er wollte sich weiterentwickeln, wusste aber noch nicht wohin. Als er mit Ferdinand darüber sprach, fragte ihn dieser: »Und was ist mit Tessa? Was will sie?« – »Tessa fährt im Moment in ihrem Job auf Sicht und ist ständig mit neuen Situationen konfrontiert. Sie ist froh, wenn sie diese Zeit bald hinter sich hat und sich dann ein stabiles Berufsleben aufbauen kann.« – »Schwierige Phase. Glaubst du, eure Beziehung hält all diese Veränderungen aus?« Robert hielt kurz inne, bevor er wissen wollte: »Was glaubst du? Kriegen wir das hin? Du weißt doch in meinem Leben recht gut Bescheid.«

»Tessa hat viel in deinem Leben bewegt, und dafür war es auch höchste Zeit. Jetzt müsst ihr aber langsam vom Krisenmodus auf Normalbetrieb umschalten. Weißt du, ich brauche meinen eigenverantwortlichen Job, das Fotografieren als Hobby, meinen Garten und meine Wanderkumpels, um nicht vom hektischen Hotelbetrieb zermahlen zu werden. Marlene braucht es, immer busy zu sein, und trotzdem haben wir eine erfüllte Beziehung und nehmen uns hierfür auch Zeit. Die richtige Dosis zwischen Nähe und Distanz ist wichtig, und diesen stabilen Rahmen für eine Beziehung müsst ihr euch nun schaffen. Übrigens würde ich Tessa gerne einmal kennenlernen«, schlug der Onkel vor.

Am Abend fragte Robert Theresa, ob sie nicht ihr nächstes gemeinsames Wochenende im Ferienhaus verbringen wollten; bei der Gelegenheit könnten sie auch die Familie seines Onkels besuchen. Theresa war sofort damit einverstanden. Sie erinnerte sich gut an Roberts verstorbene Großmutter, die sie einmal bei einer größeren Familienfeier kennengelernt hatte und die ihr als sympathische Person mit Durchsetzungsvermögen im Gedächtnis geblieben war. Auf der Feier hatte Roberts Mutter, die keineswegs eine gute Gastgeberin war, nicht mitbekommen, dass einige Gäste nichts mehr zu trinken hatten. Deshalb übernahm die resolute Großmutter wie selbstverständlich das Nachfüllen der Gläser, worauf Roberts Mutter sie bissig darauf hinwies, dass dies ihre Sache wäre. »Und was hat Oma Gesa dann gesagt?«, erkundigte sich Robert amüsiert. »Dass sich deine Mutter dann auch um ihre Aufgaben und um ihre Gäste kümmern solle. Und das hat sie sehr ruhig, aber auch sehr bestimmt gesagt.«

Die Fahrt zum Ferienhäuschen war für Theresa wie eine Expedition in einen Bereich von Roberts Welt, den sie bislang noch nicht kannte. Es war jener Teil seines Lebens, der über all die Jahre unversehrt geblieben war. Auch wenn es die Großmutter nicht mehr gab, so hatte sie ihm doch etwas hinterlassen, was ihm Halt und Orientierung schenkte. Die Einrichtung des Hauses war keineswegs modern, aber sehr gemütlich und bestand überwiegend aus Holz, weshalb Theresa schon beim Eintreten bemerkte: »So ganz entfernt erinnert es an deine Hütte in Kolumbien.« – »Ja, deshalb hatte ich sie auch von Toro gemietet. Burna hätte sich hier bestimmt wohlgefühlt.« – »Hier auf jeden Fall, aber in Wien wohl kaum, und sie hat jetzt einen vierbeinigen Freund, der genauso wild ist wie sie«, gab sie zu bedenken.

Das Wochenende verbrachten sie entspannt mit Wandern und viel Schlaf. Am Sonntagnachmittag, vor ihrer Rückfahrt nach Wien, besuchten sie Roberts Familie. Zu seinem Bedauern hatte die Tante ein offizielles Kennenlern-Kaffeetrinken vorbereitet, mit viel Kuchen und Ambiente, aber wenig Gelassenheit. An Ferdinand schien dies alles abzuperlen. Ruhig und ausgesprochen locker saß er im Hemd mit offenem Kragenknopf am Esstisch und fragte Theresa: »Wollen wir uns nicht duzen? Das passt doch besser zur Familie, oder?«

Theresa hatte nichts dagegen. Auf seine nächste Frage, wie sie den Rückzugsort von Robert finden würde, antwortete sie: »Das Häuschen ist sehr ruhig und gemütlich, ganz anders als in Wien.« Mit einem kurzen Blick zu ihrem Freund fuhr sie fort: »Und vielleicht kann es für Robert der Ort sein, an dem sich alles in seinem Leben neu sortiert und geerdet wird.« Robert hatte ein wenig Probleme mit dieser geballten Aufmerksamkeit auf seine Person und schlug Theresa vor: »Einfach mal raus aus dem Berufsalltag und der Großstadthektik würde dir auch guttun. Vielleicht können wir öfter zusammen ins Häuschen fahren?«

Der Onkel nutzte die Gelegenheit des Kennenlernens, um einmal nachzuforschen, was sich Theresa für ihre berufliche Zukunft gedacht hatte. Wie sich nun herausstellte, hatte auch sie inzwischen den Eindruck gewonnen, dass Familie und Arztberuf nicht optimal zusammenpassten, auch nicht, wenn man im Krankenhaus arbeitete. Zwar überlegte sie, als Kinderärztin in die Praxis ihres Vaters einzusteigen, aber aufgrund der Arbeitsbedingungen war sie noch nicht restlos überzeugt.

Auf der Rückfahrt nach Wien erkundigte sich Robert: »Könntest du dir vorstellen, nach deiner Ausbildung mit mir zu meiner Familie zu ziehen?« – »Ins Haus von Ferdinand und Marlene? War da nicht noch die Wohnung deiner Großmutter frei?«, fragte Theresa nach. Robert, der den Wagen lenkte, blickte kurz zu ihr rüber und merkte sofort, dass sie nicht gerade begeistert aussah. »Ich weiß es nicht«, sagte er unschlüssig. »Ich versuche gerade herauszufinden, was ich eigentlich möchte, und das ist gar nicht so einfach.« – »Willst du denn uns noch? Oder hast du da auch Zweifel?«, fragte sie beunruhigt. »Ich weiß nur drei Dinge sehr genau, und ansonsten herrscht in meinem Kopf viel Ungewissheit und Nebel.« – »Und die wären?« – »Dass ich mit dir zusammen sein will und eine eigene Familie haben möchte. Und dass ich die Nähe zu meinen Familienangehörigen brauche, genauso wie zu deinen. Alles andere ist ziemlich vage. Beruflich kann ich mir vorstellen, durch eine Zusatzausbildung eine Qualifikation als Kinder- und Jugendtherapeut zu erwerben.« Theresa stellte erleichtert fest: »Dann sieht es ja bei dir fast so aus wie bei mir, nur dass ich noch eine berufliche Betätigung suche, die unserem Kinderwunsch auch Raum lässt.«

IX

Julias anstehender Geburtstagsfeier wollten sie sich nicht entziehen, obwohl sie den Kontakt zu Benedikt aufs Nötigste reduziert hatten und ihn nur noch bei Familientreffen sahen. Theresas Eltern hatten sich bereit erklärt, den kleinen Max über Nacht zu betreuen, sodass Julia die Feier zu ihrem dreißigsten Geburtstag bei sich zu Hause ausrichten konnte.

Im Vorfeld hatte sich Theresa nach Julias Geschenkewunsch erkundigt und dann auch gleich die ihr genannte Gesichtspflegeserie besorgt. Am Abend der Feier hatte sie jedoch Mühe, zeitig aus dem Krankenhaus zu kommen. Hastig zog sie sich um und band ihre langen Haare lässig mit einer Haarspange zusammen, die ihr Robert noch vor dem Rückflug geschenkt hatte. Etwas verspätet machten sie sich auf den Weg. Benedikt, der ihnen die Tür geöffnet hatte, bemerkte gleich bissig: »Braucht ihr wieder besonders viel Aufmerksamkeit, oder warum kommt ihr so spät?«, worauf seine Schwester nur entgegnete: »Richtig. Wo ist denn das Geburtstagskind?«

Julia freute sich über ihr Kommen und nahm beide in den Arm, bevor sie ihnen die anderen Gäste vorstellte, die sich schon im Wohnzimmer und auf dem Balkon mit Essen und Getränken versorgt hatten. Robert wurde gleich auf einen rundlichen, stämmigen Gast aufmerksam, der sich lautstark mit zwei Frauen unterhielt, die einige Male über seine Witze kicherten. Julia stellte ihnen diesen Mann als ihren Cousin Simon vor. Simon, der Robert geflissentlich ignorierte, wandte sich sofort an Theresa: »Bist du nicht die kleine schnuckelige Tessa von meinem Freund Benedikt? Ich bin mal mit ihm in eine Klasse gegangen und du hast einmal so geweint, als ich dir deine leckeren Himbeerbonbons weggenascht habe.« Er brach in schallendes Lachen aus, worauf Theresa sagte: »Simon, so etwas vergisst man nicht. Aber gib dir keine Mühe, heute habe ich sie nicht dabei.«

Im Esszimmer packte Julia ihr Geschenk aus, hierbei raunte sie Theresa und Robert zu: »Ich bin wieder schwanger. Habe ich gestern erst erfahren.« – »Ich dachte, ihr wolltet noch ein wenig warten?«, erkundigte sich Theresa. Julias Augen begannen zu leuchten. »Ja, wollten wir auch. Aber dein Bruder ist halt manchmal etwas ungestüm, wenn er gefeiert hat. Hoffentlich wird es wieder ein Junge. Dann hätten wir einen Max und einen Moritz. Das ist doch ein tolles Geburtstagsgeschenk, oder?« Weil Julia vor Glück strahlte, sagte Theresa nichts weiter dazu. Robert sah sie an und hatte dabei einen Gesichtsausdruck, als würde er den Notausgang suchen. Um ihn abzulenken, zog Theresa ihn zu einem Pärchen, das sie bereits auf der Hochzeit ihres Bruders kennengelernt und dann bei der Taufe von Max wiedergesehen hatte. Die zwei wirkten auf sie immer recht vernünftig.

Die beiden Männer kamen gut miteinander ins Gespräch, zumal Serge jahrelang als Entwicklungshelfer im Ausland gearbeitet hatte. Theresa unterhielt sich derweil mit seiner Ehefrau Kerstin über deren Kinder. Nach einer Stunde wollte sich Theresa noch etwas Salat aus der Küche holen. Auf dem Weg dorthin musste sie an Simon vorbei, der sich gerade Wein nachschenkte, obwohl er keineswegs mehr nüchtern aussah. Sie versuchte ihn zu ignorieren und füllte ihr Schälchen mit Bulgursalat. Plötzlich umfasste sie jemand von hinten und zog sie fest an sich. Theresa schrie auf und schüttete vor Schreck den Salat über ihre Bluse. Es war Simon, der ihr seinen Bart in den Nacken drückte und sein Gesicht an ihrem Hals rieb. Während er ihre Haarspange öffnete, lallte er: »Hey, du kleine Tessa. Du riechst so schön nach Himbeere.« Theresa riss sich los und wollte gerade die Küche verlassen, als ihr Bruder plötzlich vor ihr stand. Nach einem kurzen Blick auf Simon sagte er zu Theresa: »Komm, jetzt halte hier mal den Ball schön flach. Es ist immerhin die Feier von Julia.«

Mit offenen Haaren, die Bluse vom Salat bekleckert und ziemlich aufgelöst, kam sie zurück zu Robert. Er blickte sie irritiert an. »Wer war das? Der dicke Typ, der dich schon die ganze Zeit über im Visier hat?«, fragte er aufgebracht. Theresa sagte mit Tränen in den Augen: »Es ist nichts weiter geschehen als grabschen. Ich möchte jetzt gehen. Bitte komm!« Sie verabschiedeten sich hastig von Serge und Kerstin und danach von Julia, die sie verwundert anschaute. Theresa sagte zu ihr: »Wenn dein Cousin meine silberne Haarspange wieder herausrücken könnte, wäre es sehr schön. Sie ist nämlich ein Geschenk von Robert.«

Kaum hatten sie die Wohnungstür erreicht, kam Benedikt auf sie zu. Er war gerade mit einem gefüllten Teller aus der Küche gekommen. Sichtlich gereizt stellte er fest: »Tessa, jetzt mach hier keinen Zwergenaufstand. Die Leute gucken schon komisch. Es war nur ein Spaß.« Robert trat dicht an ihn heran und blickte ihn scharf an, bevor er mit gedämpfter Stimme fragte: »So wie damals mit den K.-o.-Tropfen auf der Abifeier? War das dein Freund? Oder wart ihr es vielleicht alle beide und noch ein paar mehr?« Benedikt sah ihn einen Moment fassungslos an, bevor sich seine Gesichtsfarbe ins Rötliche verfärbte. Dann drückte er ihm mit voller Wucht seinen Teller mit Nackensteak und Sauce an das Jackett und schrie ihn an: »Bist du jetzt völlig deppert? Raus hier, bevor ich mich vergesse, du Psycho! Und glaube ja nicht, dass du dich als Kuckucksei in unserem Familiennest breitmachen kannst. Das werde ich zu verhindern wissen!«

Theresa hatte bereits die Tür geöffnet und zog Robert am Arm ins Treppenhaus. Schweigend eilten sie zu ihrem Wagen, wo Robert die Beifahrertür für seine Freundin aufhielt. Als er dann auf dem Fahrersitz saß, umfasste er mit beiden Händen das Lenkrad und lehnte sich nach vorne, bis seine Stirn den Kunststoffbezug berührte. Er versuchte sich zu beruhigen, bevor er sich wieder aufsetzte und schließlich fragte: »War das eben ein verdammt schlechter Film?« – »Nein, das war mein Bruder«, sagte Theresa ungerührt.

Zu Hause hatte Pauline ihr frühes Eintreffen bemerkt. Sie hatte noch einmal nach der herzkranken Großmutter gesehen, nachdem sie Max endlich im Reisebett zum Schlafen gebracht hatte. Irritiert wollte sie wissen: »Habt ihr euch auf der Geburtstagsfeier mit Essen beschmissen? Macht man das heute so?« – »Nein, aber Benedikt und sein Freund Simon sind ausfallend geworden. Morgen dann mehr. Für heute haben wir genug«, versuchte Theresa die Unterhaltung abzukürzen.

Am nächsten Vormittag klingelte Julia bei ihnen an der Wohnungstür. Sie sah verweint aus und bat Robert, der ihr geöffnet hatte, sie hereinzulassen. Im Wohnzimmer gab sie Theresa die Haarspange zurück. »Es tut mir so leid«, sagte sie. »Benedikt und Simon schaukeln sich mit ihrem Machogehabe manchmal richtig hoch, erst recht, wenn sie getrunken haben. Sie meinen es aber nicht so. Es ist alles nur Spaß.« Theresa dachte an das Baby, das in Julias Bauch heranwuchs, sagte dann aber trotzdem: »Julia, für mich war das kein Spaß mehr. Simon hat mich an sich gepresst und seinen schwitzigen und bekleckerten Bart an meinem Hals gerieben. Ich fand das einfach nur widerlich, so wie damals, als er mir beim Einsteigen in den Bus von hinten unter den Rock gegriffen hat.« Ein wenig unbeholfen meinte Julia: »Ich rede noch einmal mit ihnen. Es wäre schön, wenn ihr euch wieder vertragen könntet. Unsere Familie hält doch immer so gut zusammen.«

Nun mischte sich Robert in die Unterhaltung ein. »Hat dich Benedikt geschickt?« – »Nein, der schläft noch. Gestern auf den ganzen Ärger hat er ziemlich viel getrunken. Ich möchte ihm nachher gerne sagen, dass alles wieder gut ist. Robert, vielleicht kannst du ja der Patenonkel von dem kleinen Moritz werden?«, versuchte Julia die Gemüter zu beruhigen. Theresa hatte Mitleid mit ihr und schlug vor: »Hole erst einmal deinen Max. Der wartet bestimmt schon auf dich.« Als sie wieder allein waren, stellte Robert zynisch fest: »So etwas nennt man Familie. Das hatte ich fast vergessen. Willkommen im alten Wahnsinn.«

Um 13 Uhr fand das gemeinsame Mittagessen bei ihren Eltern statt. Es war beiden klar, dass eine Familienaussprache dringend erforderlich war. Zu ihrem Erstaunen saß die Großmutter nicht mit am Tisch. Wie sie von Dr. Höferl erfuhren, machte der alten Dame das Wasser im Körper sehr zu schaffen, genauso wie die von ihm verordnete Entwässerungstherapie, sodass sie lieber nicht aufstehen wollte. Pauline hatte gerade das Essen auf den Tisch gestellt, als Dr. Höferl direkt fragte: »Was war denn gestern los? Und was läuft zwischen Benedikt und euch eigentlich?« Robert sah betreten zu Theresa, sodass diese das Wort ergriff: »Simon hat sich gestern wieder mit Alkohol abgefüllt und mich dann in der Küche bedrängt. Er hat mich betatscht und an sich gedrückt. Benedikt muss das mitbekommen haben und wollte, dass ich darüber hinweggehe, weil es ja nur Spaß gewesen sei. Und den Rest kann euch vielleicht Robert erzählen.«

Robert blickte angespannt in die Runde, bevor er von seinem Treffen mit Benedikt in Berlin berichtete. Dann kam er auf dessen Einladung zum ›geilen Männerabend‹ zu sprechen und beschrieb, wie er gestern auf die Anspielung mit den K.-o.-Tropfen reagiert hatte. Pauline saß blass am Tisch, während Dr. Höferl betroffen schwieg.

Schließlich fragte er: »Glaubst du, er war es, Robert?« – »Ich weiß es nicht. Sein Verhalten macht ihn schon verdächtig. Sein Machogehabe, die Verknüpfung von Alkohol und Sexualität, auch sein mangelndes Mitgefühl mit dem Opfer. Ob der Fall jemals aufgeklärt wird, ist fraglich. Benedikt ist vorgewarnt und wird alles für seine Verteidigung einsetzen. Aber die Verbindung zu Simon kann ihm noch einmal gefährlich werden. Die schaukeln sich gegenseitig hoch.«

Dr. Höferl stellte nachdenklich fest: »So ähnlich hatte ich es damals auch gesehen. Mein Sohn war völlig betrunken und hatte behauptet, er sei es nicht gewesen. Trotzdem hatte ich meine Zweifel. Musste nicht auch für mich als Vater der Grundsatz gelten: Im Zweifelsfall für den Angeklagten, wenn ihm die Tat nicht nachgewiesen werden kann?« Pauline fügte hinzu: »Und es hätte auch einen Riesenskandal gegeben, für die ganze Familie.« Nun wurde Dr. Höferl energisch; abrupt stand er auf und formulierte scharf: »Ja, es hätte einen Riesenskandal gegeben und ich hätte vermutlich meine Praxis hier schließen können. Aber es hätte auch einen Riesenskandal gegeben, wenn ich einen Sexualtäter gedeckt hätte, was ich im Inneren meines Herzens zutiefst ablehne.« Er ging ein paar Schritte vor dem Esszimmertisch hin und her, bevor er sich wieder den anderen zuwandte. »Aber der eigentliche Supergau in dieser Familie ist bereits eingetreten: Ich kann meinem eigenen Sohn nicht mehr trauen. Stattdessen bewerte ich alles, was er sagt und tut, um herauszufinden, wozu er fähig ist. Sollte er es tatsächlich gewesen sein, kann er offenbar mit dieser Schuld leben, kümmert sich nicht um das Opfer und macht uns allen etwas vor.«

»Und erzieht seine Söhne zu kleinen Machos, die sich später auch nehmen werden, was sie wollen«, ergänzte Theresa seine finsteren Gedanken, worauf ihre Mutter einwandte: »Bis jetzt hat er ja nur den kleinen Max, und ihn können wir sicher noch positiv beeinflussen.« Robert blickte fragend zu Theresa, die ihm auffordernd zunickte. »Julia ist wieder schwanger und hofft auf einen zweiten Sohn, der dann Moritz heißen soll«, klärte er ihre Eltern auf. Nach einem fassungslosen Blick und einem Kopfschütteln stellte Dr. Höferl fest: »Was aus Max und Moritz geworden ist, wissen wir ja zur Genüge aus der Geschichte von Wilhelm Busch. Ich dachte, sie wollten noch warten; schließlich hat Julia schon zugesagt, wieder stundenweise bei uns im Praxislabor zu arbeiten.« – »Daraus wird jetzt anscheinend nichts. Mein Bruder war wohl nach einer Feier sehr potent und auch besoffen, Julia sieht hierin offenbar einen Liebesbeweis«, kommentierte Theresa das Verhalten ihrer Schwägerin.

»Wenn der kleine Max nicht wäre, hätten wir schon so manches Mal gesagt, sie sollen ihr Ding machen und uns in Ruhe lassen. Aber der Kleine tut uns manchmal einfach leid und er ist schließlich unser Enkelsohn«, bemerkte Dr. Höferl. Pauline, der dieses Gespräch sichtlich zusetzte, bemühte sich um Schadensbegrenzung. »Julia ist keine schlechte Mutter und nimmt sich viel Zeit für den Kleinen, aber Benedikt will so weiterleben, als hätte er keine Familie, und verhält sich Max gegenüber sehr rücksichtslos. Vieles, was bei ihnen zu Hause abläuft, ist nicht mehr kindgerecht und Julia setzt ihrem Mann keine Grenzen.«

Bevor Theresa und Robert nach oben gingen, statteten sie Oma Stina noch einen Besuch ab. Die Oma lag blass und kraftlos in ihrem Bett. Theresa bemerkte gleich ihre Kurzatmigkeit und die dunklen Schatten um ihre tiefliegenden Augen, sodass sie Mühe hatte, ihre Besorgtheit zu überspielen. Sie setzte sich an den Bettrand und Robert zog sich einen Stuhl heran. Mit leiser Stimme fragte die alte Dame: »Wollt ihr nicht bald heiraten? Ich würde das so gerne noch erleben.«

Während Theresa versuchte, ihre Gefühle zu unterdrücken, erklärte Robert: »Oma Stina, wir werden bald heiraten, das verspreche ich dir. Jetzt musst du aber erst einmal wieder auf die Beine kommen, sonst wird die Feier für dich zu anstrengend.« Theresas Augen füllten sich mit Tränen. Sie stand auf und ging in die Wohnung ihrer Eltern zurück, um mit ihnen über den Zustand ihrer Großmutter zu sprechen. »Muss sie nicht ins Krankenhaus?«, fragte sie ihren Vater. »Ich habe Angst, dass sie es nicht schafft.« – »Oma hat ausdrücklich verfügt, dass sie das nicht möchte«, erklärte er ihr. »Sie möchte hier in ihrem Bett sterben. Im Krankenhaus würde man auch nicht mehr tun können, um das Wasser aus ihrem Körper zu bekommen. Aber sie wird nicht mehr lange leben, dafür ist ihr Herz zu schwach.«

Mit ihren Eltern besprach Theresa, dass sie sich von nun an abwechseln würden, da die Oma nicht alleine in der Wohnung bleiben sollte. Als sie wieder zu ihr zurückging, saß Robert noch immer auf dem Stuhl vor dem Bett und ihre Großmutter hatte die Augen geschlossen. Theresa beugte sich zu ihr herunter, um ihr auf die Stirn zu küssen und ihr noch einmal über die Haare zu streichen. Die Oma öffnete kurz ihre Augen und ein Lächeln huschte über ihr Gesicht.

Betreten gingen sie zurück in ihre Wohnung. Robert nahm sein verschmutztes Sakko von der Couch und warf es in die Ecke. »Scheiße«, fluchte er und ließ sich aufs Sofa fallen, »ich habe es extra für diese Feier gekauft und jetzt fliegt uns hier der ganze Mist um die Ohren!« Theresa setzte sich zu ihm und stellte fest: »Das ist aber nicht unser Mist. Wir sollten jetzt lieber meine Eltern unterstützen, weil es meiner Oma nicht gut geht. Sie hat erklärt, dass sie in ihren eigenen vier Wänden sterben möchte.« Sie besprachen, dass Pauline und ihr Vater die Großmutter tagsüber versorgen würden, während sie die Eltern nachts entlasten könnten, indem sie neben dem Schlafzimmer der alten Dame das Gästezimmer bezögen. Theresa hatte schon öfter während der Semesterferien darin gewohnt.

In den nächsten Tagen erholte sich die Großmutter zwar ein wenig, weil die Entwässerung ihrem Herzen wieder Raum gegeben hatte, sie war aber weiterhin zu schwach, um aufzustehen. Am Tag versorgte sie Pauline gemeinsam mit einer Pflegerin. Wenn Theresa nicht gerade Nachtdienst hatte, schliefen Robert und Theresa im Gästezimmer neben der Oma, mit angelehnter Tür, weshalb Robert schon mutmaßte: »Hoffentlich kriegt unser Liebesleben hierdurch keinen Schaden.« Theresa kuschelte sich an ihn und flüsterte ihm zu: »Wenn wir Kinder haben, müssen wir uns sowieso etwas einfallen lassen. Das ging bei Burna ja auch.«

Ende November hatte Robert bereits mit seiner Zusatzausbildung begonnen und parallel seine Stundenzahl auf eine halbe Stelle reduziert. Er arbeitete jetzt nur noch als Ausbilder und bot Supervisionen für die Unfallseelsorger an. Ihm gefiel diese Kombination und er hoffte, so in seinem Beruf bessere Perspektiven zu bekommen. Mit Hilfe von Theresa konnte er sich erfolgreich an ihrer Klinik für den praktischen Teil seiner Ausbildung bewerben. Ab April würde er dort halbtags beginnen, sodass sie dann fast zeitgleich ihre Ausbildungen zum Abschluss bringen würden.

Robert war an diesem tristen Freitagabend schon mit seinem Laptop nach unten gegangen, um Pauline abzulösen, weil es der Großmutter wieder schlechter ging. Dr. Höferl saß noch bei seiner Mutter und sagte beim Aufstehen zu Robert: »Ich komme nachher noch einmal. Wenn etwas ist, drücke einfach die Sprechanlage.« Im fahlen Licht der Nachttischlampe betrachtete Robert das Gesicht der alten Dame. Auch wenn er kein Mediziner war, so hatte er den Eindruck, dass Oma Stina nicht nur sehr eingefallen aussah, sondern auch anders roch. Obwohl er eigentlich auf dem Laptop seine Fortbildung vorbereiten wollte, setzte er sich in den Sessel am Fenster. Dort hatte die Großmutter immer gerne gesessen, um in den Garten hinauszusehen.

Er aber blickte auf die Zudecke der Kranken, die sich bei jedem Atemzug leicht anhob, und dann auf die Uhr, in der Hoffnung, dass seine Freundin bald käme. Einmal schaute der fette Kater Mozart ins Zimmer, machte aber sofort wieder kehrt, obwohl er sonst gerne an Oma Stinas Fußende lag. Endlich vernahm Robert, wie die Wohnungstür aufgeschlossen wurde. Es war Theresa, die sich erst gründlich die Hände wusch und dann zu ihnen ins Schlafzimmer kam. Sie blickte von ihrer Oma zu Robert und sagte dann leise: »Jetzt wird es ernst. Möchtest du lieber nicht dabei sein?« – »Was meinst du, wie lange so etwas dauert?«, erkundigte sich Robert in seiner Unerfahrenheit. »Ein paar Stunden oder wenige Tage, aber wir müssen jetzt mit unseren Kräften gut haushalten.«

Robert bot ihr an, das Abendbrot zuzubereiten, weil Theresa seit dem Mittagessen in der Kantine nichts mehr zu sich genommen hatte. Wie von ihm erwartet, wollte sie im Zimmer ihrer Oma essen, wogegen er lieber in der Küche blieb, weil er einige Probleme mit der ganzen Situation hatte. Später kamen Dr. Höferl und Pauline noch einmal herein und besprachen die Einzelheiten mit ihrer Tochter. Man einigte sich darauf, dass Theresa bis Mitternacht wachen sollte und ihr Vater danach. Als er ging, strich er seiner Tochter über die Schulter. »Dann bis nachher. Du erreichst mich immer über den Pieper.«

Robert wollte seiner Freundin in diesen schweren Stunden eine Hilfe sein, musste aber feststellen, dass er erleichtert war, als sie ihn aufforderte, schon ins Bett zu gehen. Als er noch zögerte, versprach sie: »Ich rufe dich, wenn ich dich brauche.« Theresa nahm sich eine Kanne Tee und einen Becher mit ins Zimmer, wie sie es von den langen Nächten im Krankenhaus kannte, und ein paar alte Zeitungen, die sie aber nicht wirklich interessierten. Sie brauchte diese gewohnte

Routine, um Ruhe zu bewahren. Während ihre Großmutter mit geschlossenen Augen im Bett lag und nur manchmal seufzte, dachte Theresa an die vielen gemeinsamen Stunden mit ihr. Es machte sie traurig, dass sie ihr den Wunsch, eine prächtige Hochzeit mit Robert zu feiern, nicht mehr erfüllen konnte.

Gegen 23 Uhr stand Theresa auf, streichelte vorsichtig die Hand ihrer Großmutter und küsste ihre Stirn, bevor sie den Raum verließ, um ins Badezimmer zu gehen. Beim Anblick ihres blassen Spiegelbildes erschrak sie, sodass sie sich kaltes Wasser über ihre Unterarme laufen ließ, um ihren Kreislauf wieder in Schwung zu bringen. Nachdem sie sich die Arme abgetrocknet hatte, ging sie ins Zimmer zurück. Sie hatte sich gerade wieder in den Sessel gesetzt, als sie den geöffneten Mund der alten Dame bemerkte und dass sie nicht mehr atmete. Theresa sprang auf und tastete den Hals der Großmutter ab, fand aber keinen Puls. Panisch rief sie, so laut sie konnte: »Robert, komm schnell!«, und drückte den Pieper, bevor sie begann, die alte Frau wiederzubeleben. Robert stand zuerst im Raum, kurz darauf kam ihr Vater, der sie sofort zur Seite zog und eindringlich sagte: »Tessa, sie stirbt. Akzeptiere das bitte. Du tust ihr hiermit keinen Gefallen mehr.« Theresa liefen die Tränen über die Wangen, fassungslos stammelte sie: »Ich war gerade im Bad. Ich war nicht bei ihr. Vielleicht wollte sie noch etwas sagen oder ich hätte ihr helfen können.«

Dr. Höferl nahm seine Tochter in den Arm und blickte auf seine Mutter, die tot im Bett lag und von den Wiederbelebungsversuchen Theresas ein wenig zerzaust aussah. Dann setzte er sich an den Bettrand und strich seiner Mutter die Haare glatt. Ihr Gesichtsausdruck wirkte friedvoll. Ruhig sagte er zu Theresa, die sich an Roberts Arm festhielt: »Schau, sie ist friedlich eingeschlafen, wie sie es sich gewünscht hatte. Der Sterbeprozess hat schon am Morgen begonnen, du hättest ihn nicht mehr aufhalten können. Wir müssen als Ärzte lernen, wann man loslassen muss, damit eine Behandlung für den Sterbenden nicht zur Quälerei wird.«

Theresa verabschiedete sich noch von ihrer Großmutter und betete an ihrem Bett, während Robert das Fenster öffnete. Nun erschien auch Pauline im Zimmer, weil ihr Ehemann nicht zurückgekommen war. Während Dr. Höferl telefonierte, schickte sie ihre Tochter und Robert nach oben, weil es noch dauern könne mit der Totenbeschau, dem Ausstellen des Totenscheins und dem Beerdigungsunternehmen. Theresa sträubte sich, doch ihre Mutter meinte: »Jetzt komm erst einmal zur Ruhe und schlafe ein wenig, wenn es geht. Du kannst Oma dann noch beim Bestatter sehen, wenn er sie zurechtgemacht hat.«

Oben in ihrer Wohnung fühlte sich Theresa kalt und leer. Sie wusch sich gründlich die Hände und zog sich ihr Nachthemd an, bevor sie sich unter ihrer Zudecke verkroch. Robert, der beruflich schon viele Angehörige nach einem Todesfall betreut hatte, war einen Moment irritiert von der Wucht des Gefühls, auf dieser Erde zurückgelassen zu werden. Wieder kam der heftige Schmerz in ihm hoch wie nach dem Tod seines Vaters. Er hatte unten in Jeans und T-Shirt auf dem Gästebett gelegen, für den Notfall, und zog sich nun für die Nacht um. Als er sich neben Theresa legte und ihr über die Haare strich, schmiegte sie sich an ihn und fing an zu weinen. Als sie sich etwas beruhigt hatte, wollte sie von ihm wissen: »Glaubst du, ich habe Schuld, weil ich gerade im Bad war?« – »Nein, du hast doch nicht gewusst, dass sie gleich sterben würde. Sie wollte bestimmt, dass du nicht dabei bist«, versuchte sie Robert zu beruhigen.

Theresa setzte sich abrupt im Bett auf und fragte ihn betroffen: »Warum sollte sie das nicht gewollt haben? Sie hat sich doch immer gefreut, wenn wir abends noch Zeit mit ihr verbracht haben, und wirkte auch beruhigt, dass wir im Zimmer neben ihr schliefen.« Robert hatte sich ebenfalls aufgesetzt und strich ihr über den Rücken, bevor er ihr erklärte: »Ich kenne ein paar Seelsorger, die schon viele Menschen auf ihrem letzten Weg begleitet haben. Sie meinen, einiges spreche dafür, dass Sterbende selbst bestimmen, wann und in welcher Gesellschaft sie gehen. Manche warten ab, bis ihre nahen Angehörigen den Raum verlassen haben; vermutlich wäre es sonst für beide Seiten zu schwer.«

Sie blickte ihn erst ungläubig an, bevor sie murmelte: »Das habe ich im ganzen Medizinstudium nicht gehört.« – »Richtig, weil eure Ausbildung darauf abzielt, das Leben so lange wie möglich im Körper zu halten, auch wenn es der Person nicht mehr guttut, wie es dein Vater vorhin meinte.« Seine Worte hatten Theresa nachdenklich gestimmt und sie wollte noch mehr hierüber erfahren, auch, ob er für die Seele der Großmutter vorhin das Fenster geöffnet habe. »Ja, das habe ich so gelernt, damit sie in den Himmel aufsteigen kann«, erklärte Robert. »Was wird jetzt eigentlich aus Mozart? Der Kater wirkte ziemlich verstört. Vorhin hat er, bis du gerufen hast, an meinem Fußende gelegen.« – »Den übernehmen meine Eltern. Er war schon öfter bei ihnen, wenn meine Omi zur Kur war oder Verwandte besucht hat.«

Sie waren gerade eingeschlafen, als es an der Wohnungstür klingelte. Sie schreckten hoch. »Ich gehe schon«, meinte Robert und stand auf. Draußen stand Benedikt mit Roberts Laptop in der Hand. »Ich muss mal mit meiner Schwester reden, und zwar sofort!« Mit diesen Worten übergab er Robert den Laptop und drängelte sich an ihm vorbei, um ins Schlafzimmer zu gelangen. Theresa setzte sich müde im Bett auf und fragte erstaunt: »Benedikt, was willst du denn hier?« Ihr Bruder wirkte angriffslustig. »Stina war auch meine Großmutter! Und jetzt ist sie tot, weil du während der Krankenwache Besseres zu tun hattest, obwohl du dafür eingeteilt warst!« Robert kam ins Zimmer und unterbrach gleich die Unterhaltung. »Erst mal möchte ich meinen Stick haben, der in meinem Laptop steckte«, er hielt ihm die offene Hand entgegen. »Oh, hat unser selbstherrlicher Psychologe etwa ein paar Geheimnisse?«, versuchte Benedikt ihn zu provozieren. »Nackte Frauen oder einen saftigen Porno, mit allem Drum und Dran?«

»Du kriegst gleich eine Anzeige wegen Datenklau. Los, gib den Stick her«, forderte ihn Robert nachdrücklich auf. Benedikt griff in seine Hosentasche und warf ihm den Stick entgegen, der daraufhin klackernd zu Boden fiel. Dann bemerkte er: »Früher warst du im Fangen auch besser.« Inzwischen war Theresa aufgestanden. Sie zog sich ihren Bademantel über und forderte ihren Bruder auf: »Wenn du noch etwas besprechen willst, dann komm mit uns ins Wohnzimmer. Was den Tod von Oma betrifft, dauerte der Sterbevorgang mehrere Stunden. Das kann auch ihr Kardiologe bestätigen, der sie am Nachmittag noch untersucht und die Behandlung mit Papa abgestimmt hat. Selbst wenn ich in dieser Sterbeminute im Zimmer gewesen wäre und nicht kurz auf der Toilette, hätte ich nichts Lebensverlängerndes für sie tun können«, rechtfertigte sie ihr Handeln. »Gratuliere, du hast deine Verteidigung ja perfekt einstudiert«, lästerte Benedikt.

Im Wohnzimmer bot ihm keiner einen Platz an. Benedikt kam sofort zur Sache. »Auch wenn ihr euch in Omas Wohnung schon so gut eingelebt habt, werden Julia und ich dort einziehen.« – »Warum?«, fragte Theresa verblüfft. »Weil wir noch ein Kind bekommen und unsere Wohnung zu klein ist. Ich könnte dann gut im Homeoffice arbeiten und Julia wieder ein paar Stunden in der Praxis, mit ganz kurzem Weg«, unterbreitete Benedikt selbstbewusst seine Zukunftspläne. Theresa blickte kurz zu Robert, der wie versteinert wirkte. Dann sagte sie: »Du, das kläre bitte mit unseren Eltern. Soweit ich weiß, ist Papa der Alleinerbe dieses Haus, er ist ja ihr einziges Kind. Ich werde mich da nicht einmischen. Übrigens haben wir nur wegen der Betreuung von Oma in letzter Zeit häufiger in ihrer Wohnung geschlafen.«

Ihr Bruder schien etwas irritiert, dass von ihr so wenig Gegenwehr kam, und wagte sich dann weiter vor. »Kannst du nicht ein gutes Wort für uns einlegen? Ihr dürft ja dann auch hier wohnen bleiben.« – »Benedikt, du bist total großzügig, aber jetzt muss ich erst einmal ausschlafen«, erwiderte Theresa und schob ihren Bruder in den Flur, wo sie gleich die Wohnungstür öffnete. Während Benedikt an ihr vorbei ins Treppenhaus ging, ergänzte sie: »Übrigens haben Robert und ich unseren Mietvertrag mit Vati abgeschlossen und nicht mit dir. Grüße Julia von mir«, und schloss die Tür hinter ihm.

Als sie ins Wohnzimmer zurückkam, blickte Robert sie fassungslos an. »Was war denn das eben? Ist der völlig irre? Ich dachte immer, ich habe hauptsächlich deshalb Psychologie studiert, um meine Kindheit aufzuarbeiten, und jetzt das.« Theresa nahm ihn in den Arm und sagte: »Nein, mein großer Held. Du kannst dein Studium auch dafür gebrauchen, um mich vor meinem übergriffigen Bruder zu beschützen. Komm, lass uns bitte wieder ins Bett gehen, ich kann langsam nicht mehr.«

Während Theresa sofort einschlief, lag Robert noch eine Stunde lang grübelnd neben ihr und ließ seine Beziehung zu Benedikt Revue passieren. Ihn erschreckte die skrupellose und respektlose Art dieses Mannes und er durchforschte seine Kindheitserinnerungen nach ersten Anzeichen hierfür. Er hätte an diesem Samstag noch länger geschlafen, wenn nicht Theresa, gegen acht Uhr, plötzlich im Schlaf zu weinen begonnen hätte. Robert war von ihrem Schluchzen wach geworden und berührte ihren Arm, um sie aus ihrem Albtraum zu holen.

Während sie Robert erzählte, was sie gerade geträumt hatte, konnte sie sich wieder etwas beruhigen. In ihrem Traum lag sie entspannt in der Badewanne ihrer Großmutter, so wie sie es als Kind immer getan hatte, wenn ihre Eltern abends bei einem Termin waren. Plötzlich betrat ihre Großmutter im Nachthemd den Raum, um ihr zu sagen, dass sie gehen müsse. Theresa rief ihr zu: »Warte, du hast doch noch dein Nachthemd an«, aber die alte Dame drehte sich wortlos mit ernstem Gesichtsausdruck um und verschwand im Garten. Theresa lief ihr hinterher und versuchte sie einzuholen, was ihr aber nicht gelang. Als sie dann nackt und klitschnass auf dem Rasen stand, konnte sie ihre Großmutter nirgends sehen und fing an zu weinen.

Robert legte seinen Arm um sie. »Siehst du, jetzt hat sich deine Oma doch noch von dir verabschiedet.« – »Und warum als ich in der Wanne lag? Und wieso bin ich ihr nackt hinterhergelaufen?«, fragte Theresa irritiert. »Ich bin kein Experte für Traumdeutung, aber ich denke, du fühltest dich in der Wanne geborgen, als sie sich von dir verabschiedete. Du wolltest den Abschied aber nicht akzeptieren, deshalb bist du nackt, also ungeschützt, losgelaufen, um sie zu suchen, was dir nicht gelang. Der Traum zeigt auch an, dass du jetzt für dich sorgen musst, denn so nackt und nass kannst du unmöglich auf dem Rasen stehen bleiben.«

Als sie später, ziemlich verkatert von dieser Nacht, am Frühstückstisch saßen, erzählte Robert von seinen Grübeleien vor dem Einschlafen. Ihn belastete der schlechte Umgangston mit Benedikt sehr, er hatte aber noch keinen Plan, hieran etwas zu verbessern. Schließlich sagte er: »Weißt du eigentlich, dass ich beinahe der Blutsbruder von Benedikt geworden wäre?« – »Wieso beinahe? Hast du es dir dann noch schnell anders überlegt?«, fragte sie erstaunt. »Wir waren zwölf Jahre alt, als Benedikt auf einer Radtour plötzlich auf diese Idee kam«, erzählte Robert schmunzelnd. »Na ja, er holte sein Klappmesser aus der Hosentasche, womit wir uns ritzen wollten. Aber sein Messer war so schmutzig, dass ich kalte Füße bekam. Als Arztsohn hatte ich die Hygieneregeln natürlich schon vor dem Kindergarten gelernt, und damit wollte ich mir dann doch nicht in die Haut schneiden.«

»Und später habt ihr es nicht nachgeholt, zum Beispiel mit einem netten sterilen Skalpell von deinem Papa?«, bohrte Theresa neugierig nach. »Nein, dann habe ich ihm mein Rad für eine Verabredung ausgeliehen, weil seines einen Platten hatte, und er gab es mir mit einer kaputten Gangschaltung zurück. Da war ich richtig sauer. Eigentlich hat er sich schon damals nie für sein Handeln verantwortlich gefühlt.«

Gegen Mittag gingen sie nach unten, zu Theresas Eltern. Der Leichnam der Großmutter war bereits abgeholt worden. Pauline räumte noch in dem Schlafzimmer der Verstorbenen auf, während sich ihr Ehemann aufs Sofa gelegt hatte, um ein wenig zur Ruhe zu kommen. Es war so merkwürdig still in der Wohnung von Oma Stina, die gerne das Radio anhatte, und auch Mozart wirkte ruhiger als sonst. Theresa sammelte gerade mit Robert ihre Sachen im Bad und Gästezimmer zusammen, um alles wieder nach oben zu bringen, als ihr Vater sie um ein Gespräch in seinem Arbeitszimmer bat.

Dort kam er auch direkt zur Sache. »Benedikt hat vor einer Stunde angerufen, weil er hier einziehen und seine alte Wohnung kündigen möchte. Er kommt nachher vorbei, um mit mir darüber zu sprechen.« Robert blickte seinen Patenonkel musternd an, bevor er fragte: »Und was wollt ihr, du und Pauline?« – »Wir hatten nie damit gerechnet, dass er auf diese Idee kommen würde, mit uns wieder unter einem Dach zu leben. Er wollte immer seine Eigenständigkeit. Jetzt bekommt er wohl Angst vor der Verantwortung für zwei Kinder, und seine Firma läuft auch nicht mehr so gut, weswegen Julia bald wieder arbeiten soll«, erklärte Dr. Höferl mit einem nachdenklichen Gesichtsausdruck. »Und was wollt ihr?«, hakte Robert noch einmal nach. »Pauline und ich fürchten nun, den Brei auslöffeln zu müssen, weil sich Benedikt übernommen hat. Ein einfaches Miteinander wird es mit ihm nicht geben. Er wird von uns erwarten, dass wir uns häufiger um die Kinder kümmern. Wir haben aber auch Angst um unsere Enkel.«

Theresa schlug vor: »Bitte, rede mit ihm über deine Befürchtungen und zeige ihm die Grenzen auf. Erkläre ihm, dass ihr nicht ständig die Kinder übernehmen werdet. Robert und ich können oben noch einige Zeit wohnen, auch wenn es ziemlich beengt ist; vielleicht könnt ihr mit Benedikt ja einen befristeten Mietvertrag abschließen.« Ihr Vater wollte seine Entscheidung erst dann fällen, wenn er mit seinem Sohn gesprochen hatte. Es war ihm anzusehen, dass ihm vor der Unterredung graute, auch wenn ihm bewusst war, dass klare Worte schon längst überfällig waren.

X

Am Nachmittag zeigte sich sehr schnell, dass Benedikts Pläne keineswegs aufgingen. Dr. Höferl sprach ihn gleich auf die baulichen Besonderheiten des Hauses an: »Du weißt selbst, dass unsere Wohnung mit der von Oma verbunden ist, und das soll auch so bleiben. Der Garten wird gemeinsam genutzt. Bislang ging das immer gut, in gegenseitiger Rücksichtnahme.« Sein Sohn hatte sich offenbar schon Gedanken gemacht, wie man den Durchbruch verschließen könnte. Außerdem wollte er für die Kinder eine Sprechanlage zu den Großeltern verlegen, damit das Babysitting unkomplizierter wäre. Auch für den großen Garten hatte er seine Vorstellungen. Er wollte ihn unterteilen, um dort einen Spielplatz mit Rutsche, Schaukel und Sandkiste entstehen zu lassen.

Dr. Höferl sah zu seiner Ehefrau und schüttelte dann den Kopf. »Benedikt, so nicht. Wir werden dich und deine Familie nicht im Stich lassen, aber wir werden unser Leben nicht an eurem ausrichten. Du kannst mit deiner Familie im Januar für sechzehn Monate in die Wohnung einziehen, aber nur in vier Zimmer. Bauliche Veränderungen wird es weder im Garten noch in der Wohnung geben und eine Sandkiste kannst du unter dem Kirschbaum aufstellen.« Benedikt blickte seine Eltern fassungslos an und fragte gereizt: »Was soll das alles?« – »Ich glaube nicht, dass wir dir Rechenschaft für unsere Pläne und unser Leben ablegen müssen. Umgekehrt legst du ja auch Wert darauf, uns deines nicht offenlegen zu müssen. Gib uns Bescheid, ob du diese Bedingungen akzeptierst. Die monatliche Miete würde kalt 600 Euro betragen.«

Am nächsten Tag nahm die Familie im Beerdigungsinstitut Abschied von Oma Stina, die vier Tage später beigesetzt werden sollte. Während die Familie Höferl damit beschäftigt war, alle Formalitäten zu erledigen und die Einladungen auf den Weg zu bringen, kümmerte sich Robert um den Kater, der in ihm offenbar seine neue Bezugsperson gefunden hatte. Am Abend vor der Beisetzung saß er mit Theresa und ihren Eltern zusammen, um den nächsten Tag abzustimmen. Dr. Höferl sprach hierbei ein Thema an, das ihn offenbar beschäftigte: »Es ist ja nun morgen das erste Mal, dass euch die ganze Familie als Paar erleben wird. Soll ich hierzu eine Erklärung abgeben?« Robert blickte kurz zu Theresa und sagte dann: »Ich habe Oma Stina versprochen, dass ich Tessa heiraten werde, und hieran hat sich auch nichts geändert. Ich brauche aber noch etwas Zeit, nicht wegen Tessa, sondern wegen meines Familienmülls.«

Als er später mit Theresa allein war, erinnerte sie ihn an etwas Wesentliches: »Weißt du eigentlich, dass du mir noch nie einen Heiratsantrag gemacht hast?« – »Ja, weiß ich. Das werde ich auf jeden Fall tun, allerdings erst, wenn ich mir über den Zeitablauf sicher bin.« Theresa blickte ihn verständnislos an. »Robert, ich wollte unsere Hochzeit mit dir zusammen planen, und jetzt machst du daraus dein eigenes Ding und ich darf gerade mal die Rolle der Braut übernehmen.« – »Es ist doch eine gute Rolle, oder?«, fragte er provozierend. »Die Rolle einer Partnerin ist aber besser. Seit wir zusammen sind, haben wir alle wichtigen Dinge gemeinsam entschieden, und das waren viele. Warum machst du jetzt aus unserer Eheschließung deine Privatangelegenheit?«

Aufgewühlt ging er im Zimmer auf und ab, während er ihr erklärte: »Ich treffe mich regelmäßig mit meinem Onkel, um meine Kindheit aufzuarbeiten. Weißt du, das alles tut verdammt weh. Und immer ist die Ursache für diesen Seelenschmerz die verkorkste Ehe meiner Eltern.« Theresa hätte ihn gerne in den Arm genommen, zögerte aber und blickte ihn nur schweigend an, worauf Robert verunsichert fragte: »Willst du mich denn überhaupt heiraten, mit all meinen Macken?« – »Ja, aber als Mann und nicht als Therapiefall. Dafür ist dein Onkel Ferdinand da.« Mit diesen Worten verließ sie den Raum und kam sich plötzlich unheimlich hart vor. Doch sie mochte diese Vermischung der Rollen nicht, sondern wünschte sich mehr Halt in ihrer Beziehung. Obwohl sie manchmal glaubte, dass sie beide auf einem guten Weg waren und schon vieles zusammen geschafft hatten, kamen immer wieder Zweifel auf, ob sie auch ein gemeinsames Familienleben meistern könnten. Sie fürchtete, dass die dunklen Schatten aus seiner Kindheit irgendwann zu mächtig werden könnten.

Es dauerte eine Weile, bis Robert zu ihr in die Küche kam, wo sie das Abendessen vorbereitete. Er stand erst etwas unschlüssig am Türrahmen und fragte sie dann, ob er ihr helfen könne, worauf ihn Theresa bat, den Tisch zu decken. Beim Essen erzählte er ihr von den letzten Gesprächen mit seinem Onkel und dass er immer mehr den Wunsch verspüren würde, seine Mutter zu besuchen. Theresa reagierte erstaunt: »Was willst du denn mit ihr besprechen?« – »Ich will wissen, ob sie zu ihrer Vergangenheit stehen kann. Ob es Dinge gibt, die sie inzwischen bereut, oder ob sie mir ihr Handeln erklären kann«, erläuterte er ihr seinen Plan. »Und ich will auch endlich wissen, was mit meinem Halbbruder Stefan ist.« – »Wann willst du denn Kontakt zu ihr aufnehmen?«, erkundigte sich Theresa. »Gleich im neuen Jahr. Ich brauche noch ein Wochenende mit Ferdinand. Würdest du mit zu meiner Mutter kommen?« – »Warum?«, fragte sie erstaunt. »Weil du inzwischen die Person bist, die mir in meinem Leben am Nächsten steht. Dieses Treffen wird für mich nicht einfach sein. Außerdem möchte ich dich ihr als meine zukünftige Ehefrau vorstellen.« Obwohl Theresa keine große Lust verspürte, dieser Frau zu begegnen, die sie immer als kalt und egoistisch erlebt hatte, wollte sie es für Robert tun.

Die Trauerfeier ließ Verwandte zusammentreffen, die sich nur zu besonderen Anlässen zu Gesicht bekamen, weshalb fast ein wenig Wiedersehensfreude aufkam. Während der Beisetzung liefen aber doch etliche Tränen, besonders bei Theresa. Erst als der Sarg in die Erde hinabgelassen wurde, konnte sie ihre Großmutter loslassen und wurde dadurch etwas ruhiger. Robert war die ganze Zeit nicht von ihrer Seite gewichen und hatte oft ihre Hand gehalten, unter den neugierigen Blicken der Verwandtschaft. Beim anschließenden gemeinsamen Kaffeetrinken nutzte Dr. Höferl die Gelegenheit, um Robert als Theresas zukünftigen Ehemann vorzustellen. Er beendete seine Ansprache, indem er mit einem wohlwollenden Blick auf Robert sagte: »Und ich freue mich, meinen Patensohn nun auch zum Schwiegersohn zu bekommen. In Kolumbien waren wir auf jeden Fall ein ziemlich gutes Team.«

Während Robert noch etwas angespannt wirkte, aber aufgrund der freundlichen Worte lächelte, blickte Benedikt finster drein. Später ließ er es sich nicht nehmen, auf die Frage eines Gastes, ob Stina denn ruhig eingeschlafen sei, sofort mit der Bemerkung zu antworten: »Das können wir leider nicht sagen. Tessa hatte Krankenwache und war gerade im Bad beschäftigt.« Robert reagierte prompt: »Tessa war kurz zur Toilette gegangen und ich lag wach im Zimmer daneben. Weder Tessa noch ich hatten etwas Besorgniserregendes wahrgenommen«, worauf Dr. Höferl den Schluss zog: »Wir gehen also davon aus, dass sie ruhig eingeschlafen ist. Ihr Gesichtsausdruck wirkte jedenfalls ausgesprochen entspannt.«

Gegen Abend verabschiedete sich die geladene Verwandtschaft nach und nach; einige von ihnen äußerten sogar die Hoffnung, dass der nächste Anlass für eine Familienzusammenkunft die Heirat von Theresa und Robert sein möge. Bevor Benedikt mit Julia aufbrach, erkundigte er sich bei seinem Vater: »Bleibt es morgen bei dem Notartermin um 17 Uhr?« Als Dr. Höferl dies bejahte, fragte Benedikt rundheraus: »Und den fetten Kater, nehmt ihr den oder kommt der weg?« Dr. Höferl wusste zwar, dass sein Sohn den Hauskater nicht gerade mochte und seine Schwiegertochter Julia eine Katzenallergie hatte, aber dennoch ärgerte ihn diese Frage. Kühl antwortete er: »Mozart bleibt bei uns und hat Zugang zu beiden Wohnungen.« Benedikt wandte sich verärgert mit den Worten ab: »Ihr spinnt doch. Wenn wir dort einziehen, ist der aber weg.« – »Wenn ...«, rief sein Vater ihm hinterher.

Zur Abwicklung des Verlassenschaftsverfahrens vor dem Notar erschienen Dr. Höferl mit Ehefrau und Tochter sowie Benedikt, der direkt von der Arbeit kam und mit einer leichten Verspätung eintraf. Die Verstorbene hatte ihren beiden Enkelkindern jeweils 50.000 Euro vermacht und ihre Schwiegertochter Pauline erhielt ebenfalls 50.000 Euro als Dank für die liebevolle Versorgung. Dr. Höferl bekam das Haus und noch knapp 100.000 Euro Sparguthaben sowie einige Goldmünzen und ihren Schmuck, der auch einiges wert war.

Benedikt schien sehr zufrieden zu sein und teilte seinen Eltern bei der Verabschiedung mit: »Davon kaufe ich mir ein Cabrio.« Als Pauline ihn daran erinnerte, dass dies aber kein Familienauto sei, tat er ihren Hinweis mit den Worten ab: »Jetzt muss ich mir auch einmal etwas gönnen. Ist sowieso eher für die Dienstfahrten gedacht, mit der Familienkutsche fährt dann Julia.« Das Kopfschütteln seines Vaters ignorierte er und verkündete stattdessen: »Übrigens ziehen wir doch nicht in Omas Wohnung ein. Ist uns zu altmodisch. Und eine WG mit Mozart geht gar nicht, der würde bei uns wohl ganz schnell im Topf landen. Vielleicht hat ja euer toller Schwiegersohn in spe Lust auf eine Kater-WG.«

Dr. Höferl wirkte sichtlich erleichtert. Auf der Rückfahrt machte er seiner Tochter den Vorschlag: »Willst du nicht mit Robert in die Wohnung unten einziehen? Mozart hat euch ohnehin schon ins Herz geschlossen.« Theresa zögerte. »Später vielleicht. Jetzt fühlt sich alles noch so frisch an, wie die verlassene Welt von Oma Stina.« Ihre Mutter hatte sofort Verständnis für diesen Gedanken. »Ihr müsst ja nichts überstürzen. Und wenn ihr es dann wollt, richtet euch so ein, wie ihr es braucht.« Am Abend telefonierte Theresa mit Robert, der am Nachmittag zum Ferienhaus gefahren war, wo er das Wochenende mit seinem Onkel verbringen wollte. Als sie ihm von ihrer Erbschaft und dem Verhalten ihres Bruders berichtete, stellte Robert nur fest: »Vielleicht ist es auch besser so. Obwohl, für seine Kinder tut es mir schon leid.«

Weil Theresa an diesem Wochenende Dienst im Krankenhaus hatte, war sie nicht zu Hause, als Robert zurückkam. Mit seinem Patenonkel sprach er über das geerbte Haus und merkte schnell, dass dieser damit nicht nur glücklich war. So erfuhr Robert, dass Dr. Höferl schon vor Jahren die erste Etage und die von ihm bewohnte Erdgeschosswohnung gekauft hatte, damit seine Mutter mit dem Erlös einige wichtige Reparaturen und Modernisierungsarbeiten am Haus vornehmen lassen konnte. »Stehen denn nun wieder derartige Investitionen an?«, erkundigte sich Robert. »Na ja, die Fenster im Dachgeschoss und die Isolierung wären fällig. Auch die Heizung hat schon viele Winter hinter sich gebracht und ist bestimmt nicht gerade umweltfreundlich«, zählte Dr. Höferl die anstehenden Erneuerungen auf. Robert schwieg einen Moment, bevor er nachfragte: »Wenn ich dir die Wohnung von Oma Stina abkaufen würde, was würdest du denn dafür haben wollen?« Dr. Höferl blickte ihn erstaunt an und fragte dann zurück: »Sprichst du gerade vom Erbe deines Vaters?«

Als Robert dies bejahte, schauten sie im Internet nach, wie der unsanierte Altbauwohnraum in dieser Wohngegend bewertet wurde, und kamen auf einen unteren Betrag von 270.000 Euro, den Dr. Höferl zuzüglich der Nebenkosten des Erwerbs auf 300.000 Euro hochrechnete. Robert stellte nach einem kurzen Schweigen fest:

»Ein stolzer Preis, aber vielleicht besser, als das Geld bei der Bank mit schlechtem Zinssatz zu lassen.« Sein Patenonkel konnte sich den Wohnungsverkauf gut vorstellen, wollte aber von ihm wissen: »Und was sagt Tessa dazu?« – »Sie weiß davon noch nichts; das war eben ziemlich spontan«, gab ihm Robert die knappe Auskunft.

Eine Stunde später kam Theresa müde vom Dienst nach Hause. Sie hätte sich am liebsten gleich schlafen gelegt, zumal ihr die ganze letzte Woche stark zugesetzt hatte, war dann aber dankbar für das von Robert schon vorbereitete Abendessen. Als sie am Tisch saßen, erkundigte sie sich: »War am Wochenende alles gut bei dir?« Er blickte sie merkwürdig an. »Ja, so weit alles gut«, antwortete er und fuhr dann fort: »Ich habe vorhin mit deinem Vater gesprochen. Er wäre bereit, mir die Wohnung von Oma Stina als Eigentumswohnung zu verkaufen. Was hältst du davon?« Sie schaute ihn ungläubig an und wollte dann ziemlich gereizt von ihm wissen: »Hast du jetzt zu viel Geld oder machst gerne Schulden, so wie Benedikt?« – »Nein, ich würde sie vom Erbteil meines Vaters kaufen, den er nicht mehr antreten konnte. Nach dem Tod meiner Oma habe ich seinen Anteil ausgezahlt bekommen. Meine Tante führt ja das Hotel weiter.« Schweigend aß Theresa weiter, bis sie schließlich sagte: »Es ist mir egal, ob du die Wohnung kaufst. Mein Vater hätte sie uns bestimmt auch vermietet, wenn wir dort unten hätten einziehen wollen.« – »Möchtest du das nicht?«, erkundigte sich Robert verwundert. »Wir schlafen doch ohnehin häufig dort, damit Mozart wieder ruhiger wird«, gab er zu bedenken.

Theresa stand auf und verschwand im Bad, um sich fürs Schlafengehen fertig zu machen. Ohne ihn weiter zu beachten, ging sie danach ins Schlafzimmer und legte sich ins Bett. Nach einer Weile kam Robert zu ihr und fragte sie direkt: »Was macht dich denn nun so wütend?« – »Deine ständigen Alleingänge. Partnerschaft sieht für mich anders aus. Welches Ereignis aus deiner Blackbox treibt dich denn jetzt wieder an?«, fragte sie ihn zynisch. Er hatte sich auf den Korbsessel am Bett gesetzt und brauchte einen Moment, um ihre Frage beantworten zu können. »Ich wollte niemals, dass sich eine Frau nur deshalb für mich interessiert, weil ich Geld auf dem Konto habe, so wie es meine Mutter offenbar bei ihren beiden Ehemännern getan hat«, gab er schließlich zu und ergänzte dann: »Und die Idee vom

Wohnungskauf kam ganz spontan, nachdem mir dein Vater erzählt hatte, was für Modernisierungsarbeiten am Haus anstehen würden.«

Theresa vergaß für einen Moment ihre Müdigkeit. Sie setzte sich abrupt auf und entgegnete heftig: »Wie edel, Robert, dass du meinen Vater unterstützen willst. Und zu deinem Frauenproblem: Ich bin nicht so eine Sorte Frau, die immer auf der Suche nach einem neuen teuren Fummel oder Schmuckstück ist. Ich dachte, du hast Psychologie studiert, um Menschen besser zu verstehen. Bei Frauen versagen anscheinend deine Kenntnisse komplett.« Sie bemerkte seinen verdutzten Blick, legte sich aber wieder hin und sagte, während sie sich die Zudecke bis ans Kinn zog: »Mozart wartet bestimmt schon auf dich. Grüße ihn schön von mir.«

Robert stand auf und verließ den Raum. Er wusste, dass sie recht hatte, und kam sich ihr gegenüber ungerecht vor. Es dauerte eine Viertelstunde, bis er sich entschloss, zu ihr zurückzugehen. Versöhnlich setzte er sich auf den Bettrand und strich ihr über die Haare. »Wir können ja auch die Wohnung zusammen kaufen.« Theresa drehte sich zu ihm um. »Robert, ich habe nicht die Mittel dazu. Mich hat Geld bislang recht wenig interessiert, auch das von Victors Familie nicht. Ich habe nur die 50.000 Euro von Oma Stina und das Schmerzensgeld von Victors Eltern, das man auch ›Schweigegeld‹ nennen könnte. Ich habe noch nicht einmal einen eigenen Hausstand, sondern nur ein paar persönliche Dinge. Im Vergleich zu dir bin ich eine ziemlich schlechte Partie.« – »Dann gib doch einfach einen symbolischen Euro dazu und du kümmerst dich dann um die Einrichtung. Ich habe so etwas auch noch nie gemacht, da ich bislang immer möbliert gewohnt habe.«

Theresa fühlte sich nicht fit genug für derartige Besprechungen. »Du, Robby, ich bin zu müde und war gerade am Einschlafen. Gehe doch einfach nach unten zu Mozart; ihr zwei könnt schon mal anfangen, Einrichtungspläne für unsere gemeinsame WG zu schmieden.« Robert blickte sie erstaunt an. »Du hast mich gerade Robby genannt; so wie früher«, sagte er emotional sehr berührt. »Wenn wir jetzt wieder auf dem Sofa meiner Oma zusammen Kekse essen, ist das vielleicht auch angebracht«, gab sie müde zurück und rollte sich dann auf die Seite, um zu schlafen.

Robert war ziemlich aufgewühlt. Mit seinem Rucksack ging er nach unten zu dem schwarzen Kater, der schon auf ihn gewartet zu haben schien. Eine Zeitlang spielte er mit ihm und warf ihm seine Fellmaus zu, die jedes Mal ein Quieken von sich gab, wenn Mozart sie fing. Danach sah er sich das erste Mal genauer in der Wohnung um und überlegte, wie man die einzelnen Räume gut nutzen könnte. Er holte sich Schreibblock und Stift aus seinem Rucksack und zeichnete den Grundriss der Wohnung auf, nachdem er zuvor die Zimmer fürs grobe Vermessen abgeschritten hatte. Es war schon kurz vor Mitternacht, als er seine Einrichtungsskizzen zur Seite legte und mit Mozart zum Schlafen ins Gästezimmer ging.

Er träumte in dieser Nacht, dass er mit Theresa in dieser Wohnung wohnte und sie schon ein Kind hatten. Zufrieden blickte er durchs Fenster auf die Rhododendronbüsche im Garten, als es an der Tür klingelte. Draußen stand seine Mutter mit dem Direktor des Internats, der ihn aufforderte, seinen Koffer zu holen und mitzukommen. Robert schrie im Traum auf und wurde wach. Sein Puls raste und seine Haut war feucht vom Angstschweiß. Robert schaute auf die Uhr, die halb fünf in der Frühe anzeigte. Während er versuchte, tief und gleichmäßig zu atmen, um sich zu beruhigen, hatte er plötzlich das unbändige Verlangen, mit Theresa zu sprechen. Er nahm sein Handy und schrieb ihr eine SMS: »Habe schlecht geträumt, kriege kaum noch Luft. Kannst du kommen?« Es dauerte drei Minuten, bis sie antwortete: »Ja. Ich komme gleich.«

Robert stand mit blassem Gesicht in der Diele, als sie kurz darauf, nur den Bademantel über das Nachthemd gezogen, in der Wohnung erschien. Er zog sie fest in seinen Arm und begann zu weinen. Es dauerte etwas, bis er in der Lage war, mit ihr ins Gästezimmer zu gehen. Auf dem französischen Bett, das der Kater am Fußende schon zur Hälfte einnahm, erzählte er ihr von seinem Traum. Theresa war erschüttert und wollte gleich wissen: »Hast du wieder vermehrt Albträume, seitdem du zurück in Wien bist?« Nachdenklich antwortete Robert: »Für mich waren die Auslandseinsätze auch eine Flucht vor schmerzhaften Erinnerungen. Manche konnte ich auch zulassen, aber hier kommen sie manchmal so ungebremst und massiv. Und ja, die Albträume haben auch zugenommen.« Sie rückte an ihn heran, obwohl der Kater sie schon sehr störte. Als Robert begann, sie zu küssen und ihr den Bademantel abzustreifen, dauerte es nicht mehr lange, bis Mozart fluchtartig das Bett verließ und sich auf seinen Sessel im Wohnzimmer legte.

Am Vormittag hatten beide frei. Robert besorgte frische Semmeln und sie konnten nicht nur ausgedehnt frühstücken, sondern nahmen sich auch die Zeit, seine Einrichtungsideen der letzten Nacht durchzusprechen. Die Zimmeraufteilung mit Wohn- und Esszimmer wollten sie so lassen, wobei Theresa noch mit einer Schreibecke vor dem Esszimmerfenster liebäugelte, mit Blick auf den Garten. Robert war etwas enttäuscht, weil sich seine Idee von einem gemeinsamen Arbeitszimmer nun nicht mehr umsetzen ließ. »Und was machen wir dann aus dem ehemaligen Schlafzimmer deiner Oma?«, fragte er. »Du könntest dir doch in dem Raum deinen Rückzugsort einrichten. Oben brauchst du doch auch einen Platz für dich, nur ist dort alles ziemlich eng«, war ihr Vorschlag.

Beim gemeinsamen Mittagessen mit Theresas Eltern hatten sie schon konkrete Pläne, die sie ihnen überzeugend präsentierten. Theresa wollte mit ihrem Erbanteil in den Wohnungskauf einsteigen, legte aber auch Wert darauf, dass dies vertraglich festgehalten würde. Da sie anfangs noch nicht alle Zimmer benötigten, könnten sie im ersten Jahr zwei der Räume und den Wintergarten als Aufbewahrungsort für die Möbel und Sachen der Großmutter nutzen. Erleichtert von dieser Lösung stellte Pauline fest: »Da ihr die Wohnung kaufen werdet, können wir euren Einzug auch gut gegenüber Benedikt und Julia begründen«, worauf ihr Ehemann erwiderte: »Denen muss ich gar nichts erklären. Wenn Max nicht wäre, würde ich ganz anders auftreten.«

XI

Die Wochen vor Weihnachten nutzten Robert und Theresa, um mit der Einrichtung ihrer neuen Wohnung zu beginnen. Zuerst sollte das bisherige Gästezimmer gestrichen und neu eingerichtet werden. Den Maler, den sie hierfür beauftragen wollten, kannten die Höferls schon lange, sodass sie nicht immer vor Ort zu sein brauchten, sondern ihn Pauline nur in die Wohnung lassen musste. Mozart litt in dieser Zeit, weil er drüben bei den Höferls bleiben musste und ihm auch die Terrasse in den Wintermonaten zu ungemütlich war. Obwohl Robert und Theresa durch all das ziemlich eingespannt waren, freuten sie sich über die Einladung von Kerstin und Serge, einmal zu ihnen zum Abendessen zu kommen. Bei der Gelegenheit lernten sie auch die beiden Kinder des Paares kennen. Die Sprösslinge drehten vor dem Schlafengehen erst so richtig auf, was offenbar daran lag, dass Besuch da war. Für Theresa gehörte der Umgang mit Kindern zum Berufsalltag, während Robert hierin kaum Erfahrung hatte. Doch er genoss die Zeit mit ihnen, fühlte sich wohl im Kreise dieser Familie und versuchte sich vorzustellen, wie es wohl wäre, wenn sie selbst Kinder hätten.

Zum vierten Advent lud Robert Theresa ins Kino ein. Es war weniger der historische Liebesfilm, der beide an diesem Abend so glücklich stimmte, als die Erinnerung an einen Wunsch, den sie noch in Kolumbien entwickelt hatten und den sie nun endlich, viele Wochen nach ihrer Rückkehr, umsetzen konnten. Für Robert war es darüber hinaus eine Premiere, weil er noch nie mit einer Frau im Kino war und so nutzte er auch die Gelegenheit, im Halbdunkel des Kinosaals, Theresas Hand zu halten und sie zu küssen.

Die anschließenden Weihnachtsfeiertage verliefen nach dem vorangegangenen Todesfall zwar besinnlich, aber leider nicht besonders friedvoll. Benedikt war am ersten Feiertag mit seiner Familie gekommen und ahnte nichts von den neuen Entwicklungen. Eigentlich wollten er und Julia in der Wohnung von Oma Stina nachschauen, welche Gegenstände sie noch gebrauchen könnten, doch Dr. Höferl informierte sie beim Essen knapp über den Stand der Dinge. »Robert und Tessa renovieren dort gerade. Sie kaufen die Wohnung.« Benedikt schaute seine Eltern erstaunt an, bevor er zynisch nachfragte: »Hat der Kuckuck etwa eine große Erbschaft gemacht?« – »Die Wagners waren schon immer eine sehr vermögende Familie«, erklärte ihm sein Vater. »Deshalb konnten wir damals auch die Praxisgründung realisieren.« Benedikt verzog verächtlich das Gesicht. »Dann pass einmal auf, dass es hier nicht zu einer Übernahme deines gesamten Familienbesitzes kommt.«

Direkt nach Weihnachten musste Theresa wieder im Krankenhaus arbeiten und Robert fuhr für drei Tage zu seinem Onkel und seiner Tante. Zeitgleich war auch seine Cousine aus Florida mit ihrem Freund zu Besuch, was für interessanten Gesprächsstoff sorgte. Allerdings blieb es Robert auch nicht verborgen, dass die Tante für den Lebensstil ihrer Tochter nur wenig übrig hatte. Als er abends mit Theresa telefonierte, wirkte die sehr erschöpft. Robert machte sich Sorgen um sie, zumal er wusste, dass sie momentan allein im Haus war, da ihre Eltern zu Paulines Schwester nach Bayern gefahren waren. Am zweiten Abend fragte er sie: »Soll ich morgen schon früher zurückkommen?«, worauf Theresa aber abwehrte: »Nein, mit dem dicken Mozart kriege ich das schon hin. Ich freue mich darauf, wenn bald unser neues Bett geliefert wird und wir dann mehr Platz auf der Matratze haben.«

Am nächsten Arbeitstag ging es ihr noch schlechter. Sie fühlte sich nicht nur matt und verspürte ein Kratzen im Hals, sondern stellte auch vor der Visite fest, dass sie Flecken an den Händen hatte und ihre Fußsohlen sich hart anfühlten. Entsetzt informierte sie sofort den Stationsarzt, der nach einer kurzen Untersuchung zu dem Ergebnis kam: »Das ist die Hand-Mund-Fuß-Erkrankung. Die ist ansteckend. Also bleiben Sie erst einmal zu Hause.« Am häuslichen Computer informierte sich Theresa ausführlich über diese ihr unbekannte Kinderkrankheit. Dann rief sie Robert an und teilte ihm mit: »Du, kannst du nachher etwas zum Essen mitbringen? Ich bin für zwei Wochen in Quarantäne.« Als Robert beunruhigt fragte: »Was hast du denn?«, erklärte sie ihm: »Die Hand-Mund-Fuß-Erkrankung, das ist ein Ableger der Maul- und Klauenseuche; kann man wohl öfter bekommen, ist aber nicht lebensbedrohlich für uns. Du musst nachher aber Abstand zu mir halten.«

Theresa hatte sich mittags aufs Bett gelegt, während der Kater auf seinem Lieblingssessel unter der Palme mit Blick auf den Garten schlief. Sie hatte noch das Oberlicht des Fensters im Badezimmer geöffnet, weil Mozart zuvor auf seinem Katzenklo war, und dämmerte nun im Halbschlaf vor sich hin, bis sie schließlich einschlief. Sie träumte, dass ihre Oma Stina zu ihr ans Bett trat, mit dem Katzenkorb in der Hand. Die Oma sah keineswegs krank aus und übergab ihr wortlos den Korb mit Mozart, bevor sie das Zimmer wieder verließ. Theresa wollte erst hinter ihr herrufen: »Omi, bleib hier!«; ihr wurde dann aber im Traum bewusst, dass die Großmutter nicht mehr auf dieser Erde weilte, nachdem diese hinter einem weißen, wehenden Vorgang verschwunden war.

Nachdem sie aufgewacht war, verspürte Theresa eine unendliche Traurigkeit in sich. Sie begann heftig zu weinen. Als sie sich wieder etwas beruhigt hatte, stand sie auf und ging ins Bad. Schon beim Verschließen des Oberlichtes merkte sie, dass sie Probleme mit ihrem Kreislauf hatte. Für einen kurzen Moment wurde ihr schwindelig, worauf sie sich kaltes Wasser über ihre Unterarme laufen ließ. Theresa hob gerade wieder den Kopf und sah in den Spiegel, als sie plötzlich eine dunkle Männergestalt mit Mütze am Spiegelrand erblickte, die gerade die Wohnung betrat. Erschrocken drehte sie sich um, zog die Badezimmertür zu und verschloss sie hastig. Mit rasendem Puls wollte sie sich auf den Hocker neben dem Waschschrank setzen, rutschte dann aber aus und fiel auf den Vorleger vor der nostalgischen Badewanne.

Von den Geräuschen im Inneren des Badezimmers beunruhigt, klopfte Robert an die Tür und versuchte sie zu öffnen. Besorgt fragte er: »Tessa, was ist mit dir?« Da nichts geschah, zog er mit fahrigen Fingern ein Geldstück aus seinem Portemonnaie und öffnete damit den Drehverschluss der Tür. Als er eintrat, lag Theresa am Boden. Mit verweintem Gesicht und noch etwas benommen versuchte sie gerade aufzustehen. Beunruhigt von der ganzen Situation half Robert ihr auf die Beine und brachte sie ins Bett zurück. Aufgeregt sagte er: »Du, ich hole jetzt den Notarzt. Du musst unbedingt ins Krankenhaus«, und wollte schon zu seinem Handy greifen, doch Theresa hielt seinen Arm fest. »Wenn du das machst, siehst du mich zwei Wochen nicht mehr. Ich liege hier in Quarantäne und du trägst keine Schutzkleidung und hast dich vielleicht schon vor zwei Tagen angesteckt.«

Robert sah sie ungläubig an und starrte dann auf seine Hände, um sich zu vergewissern, dass er keine Flecken hatte. Er bat sie, wenigstens ihren Vater anrufen zu dürfen, womit sie einverstanden war. »Aber nimm vorher deine neue Mütze ab. Du siehst ja aus wie ein Einbrecher auf Beutetour«, forderte sie ihn auf. Er zog sich hastig seine Mütze vom Kopf, die ein Weihnachtsgeschenk seiner Tante war, und wählte die Handynummer seines Patenonkels. Etwas durcheinander schilderte er ihm, was geschehen war, worauf Dr. Höferl ihn unterbrach: »Gib mir mal die Tessa.« Nach einem kurzen Austausch medizinischer Details sagte Dr. Höferl, er werde in seiner Praxis anrufen und die angestellte Ärztin bitten, bei ihr einen Hausbesuch zu machen.

Frau Dr. Straza kam um 19 Uhr zu ihnen. Sie war eine energische Person, die aus Tirol stammte und seit drei Jahren in der Praxis ihres Vaters arbeitete. Da sie drei erwachsene Kinder hatte, kannte sie diese Krankheit gut. Robert, den Theresa aus Quarantänegründen aus dem Schlafzimmer verbannt hatte, öffnete ihr die Tür. Er wollte ihr gerade berichten, was geschehen war, als sie ihn unterbrach: »Alfons hat mir schon alles gesagt. Wo ist denn Tessa?« Theresa wurde wach, als Dr. Straza das Schlafzimmer betrat. Sie hatte das Essen von Roberts Tante noch nicht angerührt und auch aus dem Glas mit Wasser nur wenig getrunken. Nachdem die Ärztin Theresa untersucht hatte, fragte sie mit Blick auf das Trinkglas: »Ist das dein erstes?« – »Nein, ich habe heute schon einen Becher Kaffee getrunken und dann noch ein Glas Wasser«, gab Theresa kleinlaut zu. »Tessa, auch wenn dein Hals brennt, musst du ausreichend trinken, sonst kippst du uns wieder um«, mahnte Dr. Straza.

Dann ging sie zu Robert ins Esszimmer und fragte ihn: »Haben Sie auch schon Symptome?« – »Nein«, antwortete dieser etwas erstaunt, worauf ihn die Ärztin bat, seinen Mund zu öffnen, damit sie vorsichtshalber einmal in seinen Hals schauen könne. Robert musste sich hierfür auf den Esszimmerstuhl setzen und sie wurde tatsächlich fündig. »Hier sind zwei Stellen an Ihrer Zunge. Haben Sie das gar nicht bemerkt? Das muss doch wehtun«, erkundigte sie sich. Robert überlegte kurz und erklärte dann: »Ich habe vorhin bei meiner

Tante selbstgemachte Zitronenlimonade getrunken. Da hat es an der Zunge gebrannt. Ich dachte, das käme von der Säure.« Die Ärztin besah sich seine Hände und Füße, die noch keine Flecken aufwiesen, und bestimmte dann: »So dürfen Sie nicht arbeiten und auch nicht rausgehen. Ich schreibe Sie jetzt ebenfalls krank.« Da Robert sie nur fassungslos ansah, fuhr sie fort: »Es ist nichts Lebensbedrohliches. Bleiben Sie jetzt bei Tessa und morgen kommt Dr. Höferl zurück. Haben Sie genug Verpflegung im Haus?« Als Robert dies bejahte, notierte sie ihm ihre Handynummer für den Notfall und verabschiedete sich.

Kaum war sie gegangen, betrat Robert das Schlafzimmer und fragte Theresa: »Hast du das eben gehört?« – »Nicht alles. Hast du es jetzt auch?« Er nickte betreten, worauf sie ihn lächelnd aufforderte: »Dann komm, mein Schatz. Leg dich zu mir, wir pflegen uns gegenseitig gesund.« Robert telefonierte noch mit seinem Arbeitgeber und kam dann ihrer Aufforderung nach. Kaum lag er neben ihr, sprang Mozart zu ihnen aufs Bett. »Kann der das auch kriegen?«, fragte Robert besorgt. »Bei Tieren ist das doch tödlich oder?« – »Ich weiß nicht. Der tödliche Verlauf betrifft wohl eher Huftiere. Wenn ja, haben wir ihn bestimmt schon angesteckt. Frisst und trinkt er denn normal?«, erkundigte sich Theresa. Robert hatte nichts Auffälliges festgestellt und ihm vorhin auch Hartfutter nachgefüllt, weil das Schälchen fast leer war. Er knipste das Licht an, um sich den Kater einmal genauer zu betrachten. Unterdessen erzählte ihm Theresa von ihrem Traum. Als sie geendet hatte, sagte Robert erleichtert: »Dann ist es ja gut, dass es auch in ihrem Sinne ist, wenn Mozart bei uns bleibt.« – »Wir bleiben ja wohl eher bei ihm«, korrigierte ihn seine Freundin.

Am nächsten Tag kamen die Höferls gegen Mittag nach Hause. Robert hatte nun auch schon Ausschlag an den Händen und leichtes Fieber, aber am schlimmsten empfand er die Stellen in seinem Mund, die jedes Essen und Trinken zu einer Qual machten. Gegen die schlechte Stimmung im Doppelbett schlug Pauline vor, dass sie einen Fernseher mit DVD-Funktion im Schlafzimmer aufstellen könne. In dem Punkt waren sich beide Erkrankte jedoch einig, sie wollten stattdessen lieber Musik hören und ein paar Zeitschriften lesen.

Beim Abendessen mit Joghurt und Brei stellte Robert fest, dass er seit seiner Kindheit nicht mehr krank gewesen war, und begann sofort zu schwärmen: »Wenn ich früher krank war, hat sich immer meine Oma Gesa um mich gekümmert. Sie kam dafür extra angereist. Das fand ich schön, weil sie mir alles kochte, worauf ich Hunger hatte, und mir viele Geschichten erzählte oder vorlas«, schwelgte er in seinen Erinnerungen. »Das kann ich auch machen. Aber vielleicht erst morgen«, schlug Theresa vor, die froh war, noch etwas im Bett bleiben zu können. Erst am späten Abend drohte die Stimmung zu kippen, als Robert sich beschwerte: »Ich kann nicht schlafen. Wenn ich den ganzen Tag hier liege, komme ich völlig aus dem Rhythmus.« – »Was für ein Rhythmus?«, wollte Theresa von ihm wissen. »Tag und Nacht macht doch gar keinen Unterschied mehr. Und wenn ich die ganze Zeit hier verbringen muss, freue ich mich nicht mehr auf mein Bett«, maulte er weiter. »Morgen kommt unser neues Bett; dann kannst du dich darauf freuen«, versuchte sie ihm Hoffnung zu machen. »Ja, toll. Vielleicht wollte ich es ganz anders mit dir einweihen und nicht mit Flecken und Halsschmerzen«, gab er sich unversöhnlich.

»Gut, dass ich später die Kinder kriege und nicht du«, stellte Theresa amüsiert fest. »Wieso?«, fragte er. »Weil du sonst die ganze Zeit rumjammern würdest.« Mit verstellter Leidensstimme fuhr sie fort: »Oh, mir ist so schlecht. Und mein Rücken, der tut so weh.« Als Robert hierauf schwieg, machte sie das Licht an und musterte ihn. Er lag mit ernstem Gesicht auf dem Rücken und starrte an die Decke, weshalb Theresa ihn in die Seite stupste und nachfragte: »Ist etwas mit dir?« Er drehte sich zu ihr und fing an, sie auszukitzeln, während er feststellte: »Weißt du eigentlich, dass du manchmal so richtig fies sein kannst?« Theresa versuchte seinen Angriff abzuwehren und schlug vor: »Okay, dann bekommst du unsere Kinder.« Robert schaute sie einen Augenblick lang ernst an, bevor er bemerkte: »Es klingt merkwürdig, aber genau das würde ich verdammt gerne tun.« – »Warum?«, wollte sie erstaunt von ihm wissen. »Dir ist schon klar, dass du Wasseransammlungen bekommen könntest und die Geburt auch nicht ganz ohne ist?« Unbeirrt erklärte ihr Robert: »Ich möchte einfach wissen, wie eine Frau gestrickt sein muss, wenn sie nach so einem intensiven Zusammensein keine feste mütterliche Bindung aufbauen kann. So wie meine Mutter.« Es war wieder einer dieser Momente, in denen Theresa tiefes Mitgefühl für seinen Kindheitsschmerz empfand. Sie rutschte an ihn heran und schmiegte sich an ihn, während er ihre Haare streichelte. Mehr wagten sie nicht, zumal sie Küssen schon durch Näseln ersetzt hatten.

Nach einer Weile erkundigte sich Robert: »Glaubst du, ich bin ein Weichei?« – »Nein, warum?« – »Weil du mir Kinderkriegen nicht zutraust.« Sie begann zu philosophieren: »Ihr Männer geht mit eurem Körper einfach anders um. Die Hauptsache ist, dass er funktioniert, und bei manchen wird er auch zum Statussymbol, fast so wie ein Auto. Mit Geduld und Natürlichkeit hat dies in meinen Augen wenig zu tun. Es ist schon richtig, wenn wir weiterhin die Kinder kriegen.« Robert ließ ihre Worte auf sich wirken, bevor er murmelte: »Interessante Ansicht.« Dann schlug er vor: »Wollen wir nicht aufstehen und uns doch einen Film im Wohnzimmer ansehen? Ich kann jetzt wirklich nicht schlafen.« Bis kurz vor Mitternacht lagen sie blass auf ihrer neuen Sitzgarnitur vor dem laufenden Fernseher. Theresa bekam von den beiden Filmen nicht allzu viel mit, weil sie immer wieder einschlief. Es war nicht nur die Erschöpfung wegen der Krankheit, sondern sie merkte langsam, wie sie sich ein Stück entspannen konnte. Sie genoss es, so dicht neben Robert zu liegen und ein paar Tage keine Dienste im Krankenhaus zu haben.

Am nächsten Morgen hieß es früh aufstehen. Während Pauline die Möbelanlieferung managte, machten sich Robert und Theresa, von ihrer Krankheit noch geschwächt, erst an den Abbau ihres alten Bettes und danach an den Aufbau des neuen. Als sie schließlich vor ihrem ersten gemeinsamen Bett standen, bat Robert sie ziemlich erschöpft: »Jetzt lass uns bitte nur noch die Laken aufziehen und dann ab ins Bett. Bei mir geht heute nicht mehr viel.« Theresa stimmte zu, ihr bereitete aber Sorge, wie kraftlos sie beide waren. Das Bett war nicht nur schön und sehr bequem, es passte auch gut zu der übrigen Einrichtung ihres renovierten Schlafzimmers. Nur Mozart schien es nicht zu mögen. Er kam kurz herein, sprang dann aber wieder auf seinen Lieblingssessel, worauf Robert feststellte: »Dann eben nicht. Zwei Männer und eine Frau im Bett kann auf Dauer sowieso nicht gut gehen.«

An den folgenden Krankheitstagen fühlten sie sich zwar noch immer angeschlagen, versuchten aber wenigstens, ihrem Tagesablauf eine gewisse Struktur zu geben. Pauline versorgte sie weiterhin gut mit Essen, während Dr. Höferl die medizinische Betreuung übernahm. Sie nutzten diese Auszeit aber auch, um gemeinsam mit ihren Eltern abzustimmen, was sie aus dem Nachlass der Oma übernehmen würden. Um einen Streit zwischen den Geschwistern zu vermeiden, durfte sich auch Benedikt Gegenstände aussuchen. Probleme gab es nur bei einem nostalgischen Spiegel, der gut in die Diele passte, und einer Pendeluhr, auf die Benedikt dann aber doch verzichtete, weil er als Ausgleich hierfür die edle Bettwäsche der Oma bekam, auf die Julia ein Auge geworfen hatte, und den wuchtigen Ledersessel mit Hocker, den er in sein Büro stellen wollte.

Mit sicherem Abstand zu den beiden Kranken verabschiedete sich Benedikt von ihnen und stellte beim Weggehen noch fest: »Ihr habt ja hier schon richtig gut abgesahnt. Fast wie die Made im Speck. Aber jetzt wildert nicht noch in unserem Bekanntenkreis, sonst gibt es richtig böses Blut.« Robert wusste gleich, worauf er anspielte, und konterte: »Ich wusste gar nicht, dass Kerstin und Serge zu deinen Leibeigenen gehören«, worauf ihm Benedikt den Mittelfinger zeigte.

An diesem Abend sprachen Theresa und er wieder einmal über sein Verhältnis zu Benedikt, der nur vier Monate jünger war als Robert. Sie spielten schon vor ihrer Kindergartenzeit zusammen, immer wenn Oma Stina stundenweise auf ihn und Benedikt aufgepasst hatte. Meist war dies der Fall, wenn Roberts Mutter einen Massagetermin hatte oder zum Frisör ging. Pauline hatte in dieser Zeit die Abrechnung für die Praxis erledigt. Später gingen die beiden Jungs zusammen in den Kindergarten und danach zur Schule, immer in der Gewissheit, dass die Familie ihre Freundschaft gutheißen und auch fördern würde. Erst auf dem Gymnasium entwickelten sie unterschiedliche Vorlieben. Benedikt war eher der Fußballtyp und konnte ziemlich derb und ruppig sein; Robert dagegen las gerne spannende Bücher, spielte Klavier und nur bis zur siebten Klasse Fußball. Theresa hatte ihm nachdenklich zugehört. »Meinst du, ihr hättet euch ohne den Familienhintergrund niemals miteinander angefreundet?«, fragte sie.

»Vielleicht. Es gab Zeiten, da spielten wir hier bei deinen Eltern oder deiner Oma richtig gut miteinander. Nur wenn er mit den anderen Jungs zusammen war, musste er sich ständig in den Vordergrund drängen und konnte richtig unangenehm werden. Manchmal hat mich sein Verhalten angewidert und wir haben auch immer öfter gestritten«, erinnerte sich Robert. »Fühlst du dich denn jetzt mit der ganzen Situation wohl?«, hakte Theresa nach. Er blickte sich im Zimmer um und stellte dann zufrieden fest: »Unsere Wohnung gefällt mir immer besser, die Nähe zu deinen Eltern ist angenehm und den Kater mag ich auch. Du bist meine Prinzessin und ich freue mich auf meinen Praxisteil bei dir in der Klinik. Eigentlich bin ich ganz zufrieden und versuche, deinem Bruder nicht viel Raum in meinem Leben zu geben.«

»Ich finde es auch schwierig, wie Benedikt sich momentan uns gegenüber benimmt«, meinte Theresa, worauf Robert erst nach einem kurzen Schweigen einging. »Mich stört nicht nur sein jetziges Verhalten. Ich glaube, dass mich Benedikt damals bewusst aus der Gemeinschaft ausgestoßen hat, die mir nach dem Tod meines Vaters hätte Halt und Geborgenheit geben können, auch als ich schon in Berlin war. Die Krankheit und der Tod meines Vaters hatten ihn doch gar nicht wirklich interessiert.« – »Aber deine Mutter hat doch jeden Kontakt zwischen meiner Familie und dir unterbunden. Mein Vater hat versucht, dir zu schreiben. Einmal habe ich sogar ein gemaltes Bild beigelegt. Von deiner Mutter kam die Post mit dem Hinweis zurück, dass du erst einmal zur Ruhe kommen müsstest und dich dort einleben solltest«, gab Theresa zu bedenken. »Was war denn auf dem Bild? Hast du es noch?«, wollte Robert gleich von ihr wissen.

Sie überlegte einen Moment und stöberte dann in einer mit Blumen verzierten Pappkiste, die im Regal bei ihrer Schreibecke stand. Hierin befanden sich nicht nur Fotos aus ihrer Kindheit, sondern auch gemalte Bilder von ihr. Ziemlich weit unten fand sie eine in Briefformat gefaltete Zeichnung, die ihr Baumhaus im Garten darstellen sollte. Darauf stand geschrieben: »Für Robby als Andenken.« Ein gepresster Zweig Vergissmeinnicht lag bei. Roberts Augen wurden feucht, als er das Bild betrachtete. Er schüttelte immer wieder den Kopf und sagte nur: »Scheiße. Ich hasse diese Frau.« Als er sich wieder etwas beruhigt hatte, erzählte er Theresa: »Ich kann Benedikts Reaktion von damals einfach nicht verstehen. Dein Bruder hat so getan, als wäre mein Weggang ins Internat eine völlig normale Sache gewesen und als hätte man sich daraufhin einfach aus den Augen verloren.« Wütend fuhr er fort: »Warum hat er euch nicht erzählt, dass er mich in Berlin besucht hat? Und wieso hat er später versucht, meine Kontaktaufnahme zu verhindern? Als die Hilfsorganisation vor zwei

Jahren auf der Suche nach einem Arzt war, habe ich per Mail eine Anfrage an Benedikt geschickt, weil ich hoffte, dass Alfons vielleicht jemanden wüsste. Dein Bruder hat sofort abweisend reagiert und geantwortet, dass euer Vater zu beschäftigt sei. Mein Onkel hatte dann deinen Vater angesprochen, worauf sich dieser sofort bei mir gemeldet hatte. Benedikt wollte mich doch gar nicht mehr in eurem Leben haben.«

Betroffen entgegnete Theresa: »Ja, es sieht fast so aus. Ich hoffe, dass er nichts mit der Vergewaltigung zu tun hatte, sonst könnte es noch richtig stressig werden.« – »Wir müssen ihm deutliche Grenzen setzen und ihn auf Abstand halten. Mein Vertrauen zu ihm ist ziemlich ramponiert. Immer wenn ich ihn treffe, fühlt es sich gar nicht nach netter Verwandtschaft an«, stellte Robert ernüchtert fest. »So geht es uns mit ihm schon seit Jahren. Willkommen im Club«, bekräftigte sie seinen Eindruck. Zusammen schauten sie ihre Fotos aus der Erinnerungskiste an, auf denen Theresa zum Teil als junges Mädchen und später als Studentin zu sehen war. Robert war neugierig und konnte sich gut auf Theresas früheres Leben einlassen, stellte zum Schluss aber fest: »Schade eigentlich, ich hätte damals auch gerne Zeit mit dir verbracht.« Er beließ es dann aber bei dieser Bemerkung. Unten in der Kiste befand sich noch ein Foto vom Kindergeburtstag ihres Bruders. Hierauf waren Robert und Theresa zu sehen, wie sie Luftballons mit Gesichtern bemalten. Robert betrachtete sich dieses Foto einige Momente und fragte dann: »Kann ich mir hiervon eine Kopie machen? Ich würde es gerne mit deinem Bild zusammen einrahmen und in mein Zimmer hängen.«

Es war das letzte Wochenende vor ihrem Dienstbeginn. Robert und Theresa hatten ihre Quarantänezeit gut genutzt, um ihre Wohnung weiter einzurichten. Auch konnten sie gemeinsam mit ihren Eltern Hausrat und Kleidungsstücke der Verstorbenen aussortieren, um dies an Interessierte abzugeben, damit nur wenig weggeschmissen werden musste. Theresa fühlte sich inzwischen wieder so fit, dass sie es kaum erwarten konnte, ihre häusliche Isolation endlich zu verlassen. Sie sagte zu Robert: »Ich muss hier raus«, worauf er schmunzelnd fragte: »Und dafür gehst du jetzt freiwillig wieder in die Klinik?« – »Nicht nur das, ich möchte mit dir richtig ausgehen«, stellte sie sich vor.

Als sie am Samstagabend eine CD mit Discomusik aus ihrer

Studienzeit fand, schob sie diese gleich in den CD-Player. Robert kannte die Songs zwar, war aber nie ein begeisterter Discogänger gewesen. Als Theresa übermütig versuchte, ihn zum Tanzen in der Diele zu motivieren, sträubte er sich und erklärte abwehrend: »Du, Tanzen ist nicht so mein Ding. Bei uns im Internat war es nicht gerade angesagt und als Student bin ich später lieber zum Fechten gegangen. Das fand ich ziemlich cool und fühlte mich dabei irgendwie unverwundbar.« Sie schaute ihn enttäuscht an und fragte: »Auch nicht mit mir, nur ein wenig?« Robert nahm sie in den Arm und schwofte mit ihr im Takt. Es gefiel ihm gut. Danach wagte er auch ein paar kompliziertere Tanzschritte und stellte fest, dass er langsam Gefallen daran fand. Am Ende der CD schlug Theresa vor: »Wollen wir nicht nächstes Wochenende in eine Disco für Erwachsene, bevor wir Eltern werden? So als letzte große Sause?« Seine Begeisterung hielt sich in Grenzen. Erst als sie ihm versprach, sofort wieder mit ihm zu gehen, wenn er es als unangenehm empfinden würde, stimmte er schließlich zu.

Ihre erste Arbeitswoche nach der Quarantäne gestaltete sich anstrengender als gedacht. Beide merkten schnell, dass sich fit zu sein in den eigenen vier Wänden anders anfühlt als in der Berufswelt. Robert kam aufgrund seiner reduzierten Stundenzahl besser damit klar als Theresa, die in dieser Woche Frühdienst hatte. Trotzdem ließen sie es sich nicht nehmen, am Samstag in die Disco zu gehen. Sie fuhren mit ihrem betagten Kombi hin, den sie Pauline günstig abgekauft hatten. »Ich habe in den letzten Tagen ein paarmal in der Diele das Hotten geübt, als du nicht da warst«, beichtete Robert während der Fahrt. Theresa war beeindruckt. »Du konntest es doch schon vorher ganz gut. Willst du heute einen Wettbewerb gewinnen?« – »Nein, ich möchte nur mit dir tanzen, mehr nicht«, stellte er schnell klar.

Bei der Parkplatzsuche fiel ihnen ein Cabrio auf, das in der nächsten Seitenstraße stand. Robert stellte amüsiert fest: »Wenn Benedikt diesen Schlitten sieht, will er bestimmt auch so einen haben.« Die Disco war gut besucht, es war immerhin schon nach 22 Uhr. Robert sah sich interessiert um. Dann nahm er Theresa beherzt an die Hand und ging mit ihr zur Tanzfläche. Er hatte sogar Spaß daran, mit ihr zu tanzen, und war auch schon etwas verschwitzt, als sein Blick plötzlich an Theresa vorbei auf ein Pärchen fiel, das an der Bar stand. Der

Mann war sichtlich bestrebt, mit der Frau zu flirten. Er befingerte ihre Haare und ihren Arm, während sie kicherte und sich manchmal auch wegdrehte.

Robert blieb wie erstarrt auf der Tanzfläche stehen, worauf Theresa einen Schritt auf ihn zuging und ihn dann beunruhigt fragte: »Was ist denn? Hast du ein Ungeheuer gesehen?« Er zeigte in Richtung der Bar und nun sah sie es auch. »Das ist doch mein Bruder, aber nicht mit seiner Frau. Komm, lass uns hingehen.« Energisch ging sie los, während Robert noch zögerte, ihr dann aber folgte. Benedikt stand mit dem Rücken zu ihnen und schmiegte sich an die modisch gekleidete Frau, die einen blondgefärbten Kurzhaarschnitt und auffällige Ohrringe trug. Theresa tippte ihrem Bruder von hinten auf die Schulter und erkundigte sich gleich: »Hallo, Benedikt, habt ihr heute keinen Babysitter bekommen, weshalb Julia nicht mitkonnte?«

Ihr Bruder drehte sich schwerfällig zu ihr um; er schien nicht mehr ganz nüchtern zu sein. Völlig überrascht wollte er wissen: »Was macht ihr denn hier?« Seine Schwester blieb hartnäckig. Sie musterte die blonde Frau und fragte: »Willst du uns nicht vorstellen?« Als von ihrem Bruder nichts kam, übernahm Theresa es selbst, indem sie seiner Begleiterin erklärte: »Ich bin die kleine Schwester von Benedikt und das ist mein Verlobter. Eigentlich ist es ganz gut in unserer Familie geregelt, wer auf meinen kleinen Neffen aufpasst, damit mein Bruder und meine Schwägerin auch einmal zusammen ausgehen können, bevor das zweite Baby kommt.« Die junge Frau blickte ungläubig von Theresa zu ihrem Bruder. Dann ging sie auf Benedikt zu, hob die Hand und schlug ihm heftig ins Gesicht. »Du Arsch!«, schrie sie ihn an. »Verheirateter Papa und machst hier groß auf verliebten Geschäftsmann mit Sportwagen. Du kannst mich mal!« Sie drehte sich um und ging. Robert griff Benedikt unter den Arm. »Komm, wir bringen dich nach Hause«, schlug er vor. Dieser aber entriss ihm seinen Arm und wollte gerade laut werden, als ein anderer Gast ihn aufforderte: »Komm, Alter, pack ein. Du bringst heute eh nichts mehr.«

Gemeinsam mit Robert und seiner Schwester verließ er das Lokal und schwankte dann mit unsicherem Schritt auf das Cabrio zu. Robert winkte ab. »Ach. Benedikt, träum weiter. Einen Sportwagen kannst du dir später mal erlauben, wenn deine Kinder erwachsen sind.« Zu seinem Erstaunen öffnete Benedikt die Wagentür und wollte sich hinters Lenkrad setzen, worauf Robert energisch wurde. »Wenn du jetzt losfährst, rufe ich die Polizei.« Widerwillig lenkte Benedikt ein. Sie einigten sich schließlich darauf, dass Robert den Sportwagen fuhr und Theresa ihnen mit dem Kombi folgte. Nachdem sich Robert kurz mit dem Wagen vertraut gemacht hatte, fuhren sie los. Mit schwerer Zunge drohte ihm Benedikt: »Wenn du hier eine Schramme reinmachst, sind wir getrennte Leute, und zwar für immer und ewig«, worauf Robert nur erwiderte: »Das sind wir bereits. Und nicht erst seit gestern.« Danach herrschte eisiges Schweigen.

Vor dem Wohnhaus von Benedikt stellte Theresa den Kombi ab und stieg aus. Sie sah, wie ihr Bruder eine Reisetasche von der Rückbank des Cabrios nahm und dann wütend zu ihr kam. Dort trat er mit voller Wucht gegen den Reifen ihres Wagens und brüllte sie an: »Du blöde Kuh, bist du völlig deppert? Misch dich nicht noch einmal in mein Leben ein. Und wehe, du verpetzt mich auch noch!« Ungerührt nahm Theresa zur Kenntnis, dass ihm offenbar nach dieser Aktion der Fuß wehtat. Sie trat an ihn heran und sagte selbstbewusst: »Ich mache genau das, was ich für richtig halte. Du bist mir einfach zu windig. Gute Nacht.« Sie setzte sich in den Kombi und beobachtete zusammen mit Robert, wie Benedikt zum Hauseingang humpelte. »Warst du schon immer seine Aufpasserin?«, fragte Robert. Theresa überlegte kurz: »Ja, manchmal. Zum Beispiel, als er einen größeren Schein aus der Haushaltsgeld-Dose meiner Oma nehmen wollte. Aber sag mal, wie war die Fahrt im Sportwagen?« – »Ein perfektes Auto für Angeber, die ein wenig rundlich und speckig daherkommen. Wäre mir zu unbequem und passt auch nicht in unsere Welt«, stellte Robert ohne jeden Neid fest und fuhr los.

Am nächsten Morgen rief Pauline gegen sieben Uhr auf dem Handy ihrer Tochter an. Mit aufgeregter Stimme sagte sie: »Kannst du einmal rüberkommen? Julia liegt mit Blutungen im Krankenhaus und der kleine Max ist hier bei uns.« Theresa zog sich schnell etwas über. Robert war nun auch wach geworden und fragte verschlafen: »Ist etwas passiert?« Sie erzählte es ihm knapp und verließ dann rasch die Wohnung. Ihre Mutter öffnete ihr mit blassem Gesicht die Tür und bat sie herein. Max saß derweil mit seinem Opa am Küchentisch und frühstückte mit ihm. Als Theresa zu ihnen kam, stand ihr Vater auf und sagte: »Ich muss einmal mit dir sprechen«, worauf er sie ins

Wohnzimmer schob und die Tür schloss. »Julia hat heute Nacht um zwei Uhr weinend bei mir angerufen, weil sie Unterleibsschmerzen und Blutungen bekommen hat«, berichtete er ihr. »Ich bin direkt zu ihr gefahren und habe nach der Untersuchung entschieden, dass sie in die Frauenklinik muss. Als der Krankenwagen kam, habe ich Max mitgenommen.« – »Und wo war Benedikt?«, wollte Theresa irritiert von ihm wissen. Ihr Vater konnte sich nur mit Mühe be-herrschen. »Der Kerl lag betrunken im Bett. Seinetwegen hat sie ja die Blutungen bekommen, weil er in seiner ruppigen Art noch auf sie drauf musste«, schimpfte er.

Es klingelte an der Tür. Kurz darauf kam Robert ins Wohnzimmer, Pauline hatte ihn hereingelassen. Als er von Theresa erfuhr, was ge-schehen war, erzählte er ihrem Vater ohne Umschweife von letzter Nacht. Dr. Höferl blickte ihn ernst an. »Hat sich Benedikt vielleicht etwas eingeworfen?« Robert stutzte im ersten Moment, bevor er nach-fragte: »Meinst du jetzt eine Partydroge oder die blaue Pille für seine Potenz?« – »Von mir aus beides«, reagierte Dr. Höferl gereizt. »Er wirkte ungewöhnlich aufgedreht und schien auch ziemlich geil auf die Frau in der Disco zu sein. Nachher verhielt er sich uns gegenüber aggres-siv, aber ich dachte nicht, dass Julia deswegen in Gefahr sein könnte«, gab Robert zerknirscht zu. Theresa stand ihm sofort bei: »Wenn wir ihn nicht nach Hause gebracht hätten, wäre er so betrunken Auto gefahren und es wäre dann womöglich noch Schlimmeres passiert.« Sie einigten sich darauf, dass Pauline in die Klinik zu ihrer Schwiegertochter fahren solle, während Theresa auf Max aufpassen wollte. Ihr Vater und Robert machten sich gleich auf den Weg zu Benedikt.

Als sie kurz darauf vor seiner Tür standen, wirkte Benedikt sehr benommen und auch überrascht. Kaum waren sie eingetreten, kam Dr. Höferl zur Sache: »Was sollte das eigentlich letzte Nacht? Drehst du jetzt völlig ab? Du kannst von Glück reden, wenn Julia keine Fehl-geburt erleidet.« Benedikt rieb sich die Stirn und legte sich dann zurück aufs Sofa, wo er den Rest der Nacht verbracht hatte. Sein Vater forderte ihn ungeduldig auf: »Ich will eine Antwort von dir, und zwar sofort!« Benedikts Blick war immer noch nicht klar; mühsam formulierte er: »Man kann doch wohl mal mit seiner Frau schlafen, wenn man nach einem Geschäftsessen nach Hause kommt.«

Robert hatte sich ihm gegenüber in den Sessel gesetzt und sagte nun ziemlich bestimmt: »Benedikt, das war gestern kein Geschäfts-essen und du hast auch nicht nur mit Julia geschlafen. Sie hat Ver-letzungen.« Als hierauf keine Reaktion von ihm folgte, wurde Dr. Höferl noch deutlicher: »Benedikt, wenn sich Julia jetzt von dir trennen will, werden wir sie hierbei unterstützen. Von mir kannst du für dein falsches Leben keine Hilfe mehr erwarten.« Benedikt versuchte sich aufzusetzen, was ihm aber erst beim zweiten Anlauf gelang, und murmelte dann: »Kann ich wissen, dass diese Pille so abgeht?« – »Was für eine Pille?«, hakte sein Vater sofort nach. »Die Superblaue. Ich musste doch irgendwo damit hin, wenn die Blöd-männer mich schon nach Hause bringen.«

»Ich wusste nicht, dass du sie in deinem Alter schon nötig hast«, sagte sein Vater trocken und fügte hinzu: »Max bleibt erst einmal bei uns.« Kopfschüttelnd wandte er sich von ihm ab und ging zur Wohn-zimmertür. Robert war ebenfalls aufgestanden. »Hast du dich eigent-lich einmal gefragt, warum dein Sohn so missraten ist? Was du denn alles falsch gemacht hast?«, rief Benedikt provozierend. Dr. Höferl drehte sich zu ihm um und sah ihn sekundenlang an, bevor er betont ruhig entgegnete: »Sag mir doch, was ich alles falsch gemacht habe.« – »Du hast mich ausgetauscht, gegen den da«, und zeigte in Roberts Richtung. »Der war doch immer der Bessere. Als Oma Stina damals mit verweinten Augen gesagt hat, dass er fürs Internat abgeholt wird, konnte ich es gar nicht abwarten. Ich war so froh! Endlich war er weg aus meinem Leben. Und jetzt ist er zurück und meine blöde Schwester hat sich auch noch in ihn verknallt!«, empörte sich Benedikt.

Robert war sprachlos und schockiert, obwohl er es schon geahnt hatte. Es gab Bilder in seiner Erinnerung, die ihm immer wie falsch angelegte Puzzleteilchen erschienen waren, und nun fügten sie sich plötzlich zu einem Bild zusammen. Zwei ungleiche Jungen, die, weil ihre Familien es so wollten, sich jahrelang als Freunde versuchten und sich nun voller Abneigung gegenüberstanden. Dr. Höferl reagierte barsch auf die Worte seines Sohnes: »Komm, lass uns gehen, der sucht doch nur einen Sündenbock für seinen Mist.« Er griff Robert am Arm und zog ihn mit sich in den Flur hinaus. Im Auto atmete er einmal tief durch und erkundigte sich dann: »Kannst du das nach-vollziehen? Habe ich dich manchmal vorgezogen?«

Robert rief sich einzelne Situationen ins Gedächtnis, in denen sich sein Patenonkel sehr um ihn bemüht hatte, insbesondere als sein Vater schon schwer krank war und auch nach dessen Tod. Ihm hatte diese Zuwendung damals gutgetan, aber Benedikt hatte damit offenbar nach wie vor ein Problem. Auf der gesamten Rückfahrt unterhielten sie sich darüber. Dr. Höferl ließ sich jedoch keineswegs in seiner Meinung beirren, in der damaligen Situation genau richtig gehandelt zu haben. Beim Einparken bekräftigte er seinen Standpunkt, indem er sagte: »Selbst wenn Benedikt als kleiner Bub vielleicht mal eifersüchtig war, jetzt als Erwachsener muss er doch alle Seiten betrachten und nicht nur sein Ego.«

Theresa hatte Max mit in ihre Wohnung genommen und spielte dort mit ihm und Mozart Fellmäuschen-Fangen. Ihre Mutter hatte zwischendurch nur kurz per SMS mitgeteilt, dass es Julia schon besser gehen würde und sie noch drei Tage in der Klinik bleiben müsse. Als Pauline nach Hause kam, erklärte sie, dass Julia nach dem Krankenhausaufenthalt vorerst zu ihren Eltern ziehen wolle, gemeinsam mit Max, um Abstand von Benedikt und dieser Nacht zu bekommen. »Weiß sie, dass er eigentlich mit einer anderen Frau die Nacht verbringen wollte?«, fragte Theresa. Müde erwiderte ihre Mutter: »Sie hatte das fremde Parfüm an ihm gerochen, als er Sex von ihr forderte. Und als sie nicht mitmachen wollte, ist er massiv geworden. Er hat seine eigene Frau vergewaltigt.«

Max blieb bis zum Mittagessen bei Robert und Theresa. Robert schaute mit ihm die Kinderbücher an, die seine Großeltern damals besorgt hatten, um ihrem Enkel daraus vorzulesen. Er hatte sie aus dem Ferienhaus mitgebracht und bewahrte sie nun in der alten Spielkiste aus Holz auf, die damals immer bei Oma Stina in der Diele gestanden hatte. Theresa bemerkte, dass Robert seit seiner Rückkehr bedrückt wirkte. Als Max gerade damit beschäftigt war, Holzbausteine übereinander zu stapeln, setzte sie sich zu ihm und erkundigte sich: »War etwas mit Benedikt, was ihr mir noch nicht gesagt habt?« – »Dein Bruder hat vorhin seine Hassgefühle mir gegenüber offenbart. Es hat mich nicht wirklich überrascht, aber doch irgendwie betroffen gemacht«, antwortete Robert. »Wie sind denn deine Gefühle ihm gegenüber gewesen? Wolltest du ihn damals gerne zum Freund haben?« – »Das klingt jetzt vielleicht merkwürdig, aber ich wollte die Zugehörigkeit zu deiner Familie, die mir so stark und perfekt vorkam. Ich glaubte immer, dies ginge nur über eine Freundschaft zu Benedikt. Ohne diesen Zusammenhang hätte er mich wohl gar nicht interessiert. Erst während der schweren Erkrankung meines Vaters hätte ich ihn als Freund gebraucht, aber er wich meinen Sorgen ständig aus. Als dein Vater dann zu mir nach Kolumbien kam, wusste ich, dass ich auch ohne ihn Kontakt zu den Familienmitgliedern haben könnte, die mir wichtig waren«, versuchte Robert ihre Frage zu beantworten.

Gegen Mittag erhielt Robert eine SMS. Er war gerade dabei, zusammen mit Max das Spielzeug aufzuräumen. Benedikt schrieb ihm: »Du Kuckucksei, verschwinde endlich aus meinem Leben und aus meiner Familie. Du bringst uns nur Unglück.« Wortlos reichte Robert sein Handy an Theresa weiter, nachdem er die Nachricht gelesen hatte. Diese sagte betroffen: »Wir müssen gleich mit meinen Eltern darüber sprechen.« Beim gemeinsamen Mittagessen war es dann auch Theresa, die die SMS ansprach. Ihre Eltern reagierten empört auf die hasserfüllten Worte ihres Sohnes. Dr. Höferl wollte ihn nach dem Essen anrufen, zumal sie noch Kleidung für Max und Julia benötigten. Robert verhielt sich indes äußerst schweigsam, was Pauline auffiel. »Robert, wir sind froh, dass du bei uns bist und bald offiziell ein Teil unserer Familie sein wirst«, sagte sie, worauf ihr Ehemann ergänzte: »Natürlich. Auf das niedrige Niveau von Benedikt will ich mich gar nicht begeben.«

Während Pauline ihren Enkel zum Mittagsschlaf hinlegte, rief Dr. Höferl bei seinem Sohn an und teilte ihm harsch mit: »Julia wird, nach der Vergewaltigung durch dich, mit Max zu ihren Eltern fahren, sobald sie aus dem Krankenhaus entlassen wird. Bring uns ein paar Anziehsachen für die beiden vorbei. Und was deine SMS an Robert betrifft: Versuche doch erst einmal, selbst ein anständiger Mensch zu werden, anstatt deine Frau und dein ungeborenes Kind in Gefahr zu bringen und Robert zu denunzieren.« Benedikt reagierte wütend: »Das soll mir Julia selber sagen. Ich fahre jetzt bei ihr vorbei.«

Theresa und Robert waren wieder in ihre Wohnung gegangen und hatten sich nach all dem Stress auf ihr Bett gelegt. Noch immer fiel Robert das Reden schwer. Theresa, die sich in seinen Arm gekuschelt hatte, ahnte, was in ihm vorging. Etwas provozierend fragte sie ihn: »Befürchtest du nun, dass Benedikt recht haben könnte mit seiner

Behauptung über dich?« Diese Frage tat Robert weh und er konnte deshalb nicht sofort antworten. Als Theresa sich aufsetzte und ihn erwartungsvoll ansah, sagte er ruhig, aber bestimmt: »Nein, ganz und gar nicht. Trotzdem hätte ich mir mehr Harmonie in dieser Familie gewünscht. Unterstellungen und Intrigen waren die Handlungsweisen meiner Mutter.« Er blickte sie ernst an und fragte: »Bin ich für dein Leben eigentlich ein Gewinn oder nur die Chance, einen wunden Punkt in deiner Kindheit ausheilen zu lassen?« Theresa schmiegte sich wieder an ihn, bevor sie ihm erklärte: »Du bist beides für mich, und das ist auch gut so. Ich möchte jetzt nur noch den Besuch bei deiner Mutter hinter mich bringen und mich dann ungestört auf ein Leben mit dir ohne diese Psychoaltlasten konzentrieren.« Robert drückte sein Gesicht in ihre langen Haare, denen der Duft ihres Parfüms anhaftete, und atmete tief ein. Dann begann er sie zu streicheln und versicherte ihr: »Ja, das will ich auch.«

Sie lagen schlafend in ihrem Bett, als es an der Wohnungstür klingelte. Erst nach dem zweiten Läuten stand Robert auf, um zu öffnen. Draußen stand sein Patenonkel, der sichtlich aufgebracht um ein Gespräch bat. »Was hat denn mein Bruder nun schon wieder angestellt?« Mit diesen Worten kam Theresa zu ihnen ins Wohnzimmer und setzte sich aufs Sofa. Ihr Vater berichtete, dass Benedikt in Julias Krankenzimmer ausfallend geworden sei, worauf ein Arzt ihm Stationsverbot erteilt habe. Danach sei er zu ihnen gekommen und habe sehr aggressiv versucht, Max aus der Wohnung zu holen, was Pauline aber verhindern konnte, indem sie mit dem Jungen in den Garten gelaufen und auf das Baumhaus geklettert sei. »Die Anziehsachen hat er nicht mitgebracht. Er meinte, dass sich Julia die schon selber holen solle«, teilte er ziemlich frustriert mit.

Theresa überlegte mit ihrem Vater, ob sie morgen, wenn Benedikt arbeiten würde, die Kleidung aus der Wohnung holen sollten. »Kann Julia nicht ihre Eltern bitten, sich darum zu kümmern?«, schlug Robert vor. »Sie wollten doch morgen hierherkommen. Wenn sie ihn nach den Sachen fragen, kann er vielleicht besser damit umgehen. Momentan wittert er hinter allem, was wir tun, ein Komplott gegen ihn.« Dr. Höferl schrieb gleich eine SMS an seine Schwiegertochter. »Hallo, Julia, Benedikt war vorhin nach dem Krankenhausbesuch zu aufgebracht, um die Sachen von Max und dir zu bringen. Können sich morgen deine Eltern darum kümmern, damit er sich erst einmal etwas beruhigen kann?« Die Antwort ließ nicht lange auf sich warten. »Das habe ich mir auch schon überlegt, ich werde sie fragen. Danke, dass sie morgen bei euch schlafen können und dass ihr Max zu euch genommen habt«, schrieb Julia zurück.

Nachdem ihr Vater gegangen war, blieb Theresa amüsiert auf dem Sofa sitzen. Robert, der gerade den Futternapf von Mozart aufgefüllt hatte, kam aus der Küche zurück und fragte sie erstaunt: »Habe ich hier etwas falsch verstanden oder gibt es an diesem ganzen Drama doch noch etwas Lustiges?« – »Ja, mein Baumhaus. Stell dir einmal Pauline und Max darin vor, die sich vor Benedikt verstecken. Meine alte Festung gegen das Unheil in dieser Welt.« Robert setzte sich zu ihr aufs Sofa und fragte interessiert: »Ist da immer noch alles so wie damals?« Theresa musste zugeben, dass sie es schon drei Jahre lang nicht mehr erklommen hatte, schlug dann aber vor: »Wollen wir nicht morgen dort oben frühstücken? Das wird bestimmt heimelig.« Robert warf einen Blick zum Fenster. »Tessa, schau mal raus. Es ist Januar und verdammt feucht. Heimelig sieht für mich anders aus.« Sie ließ nicht locker und machte den Vorschlag: »Also, morgen erst Frühstück im Bett und dann Besichtigung vom Baumhaus und Erinnerungen auffrischen.« Hiermit konnte sich Robert einverstanden erklären.

XII

Das Baumhaus war zwar schon in die Jahre gekommen und brauchte dringend einen neuen Außenanstrich, war aber im Innenbereich noch gut erhalten, auch wenn es dort ein wenig muffig roch, so wie in einer Gartenlaube nach einem langen Winter. Theresa machte sich sofort daran, die beiden kleinen Butzenfenster zu öffnen, und schüttelte die Decken und Kissen aus, während Robert amüsiert feststellte: »Als wir noch kleiner waren, wirkte hier alles viel größer.« Trotzdem passten sie noch nebeneinander auf die Matratze, wie sie gleich darauf feststellen konnten. Robert sah sich interessiert um und entdeckte dabei das Bonbonglas im kleinen Regal mit dem Puppengeschirr. Begeistert reichte er ihr das Glas, an dessen Boden tatsächlich noch drei Himbeerbonbons klebten, und sagte: »Die drei hast du wohl irgendwann vergessen.« – »Nein, die sollten immer meine letzte Reserve sein, sehen aber nicht mehr so ganz frisch aus«, gab sie etwas zerknirscht zu. Sie schwiegen eine Weile, weil ihnen bewusst wurde, dass dieses Baumhaus für sie nur noch ein Ort der Erinnerungen bleiben konnte. Theresa versuchte ihre Gedanken nach einem Seufzer in Worte zu fassen. »Ich glaube, wir sind hier inzwischen rausgewachsen, aber vielleicht können wir es später für unsere Kinder herrichten«, was sich Robert auch gut vorstellen konnte.

Vom Eintreffen der Gäste bekamen sie nicht viel mit, weil Julias Eltern nur ihr Gepäck bei den Höferls abstellten, kurz ihren Enkel begrüßten und dann zum Krankenhaus fuhren. Bei ihrem Besuch erfuhren sie, dass Julia am nächsten Vormittag entlassen werden sollte und noch Anziehsachen benötigte. Per SMS hatte Julia ihrem Ehemann das Eintreffen ihrer Eltern angekündigt und ihn aufgefordert, die Kleidungsstücke für Max und sie schon in die Koffer zu packen. Toni, der Vater von Julia, war ein stämmiger Handwerker, der sich mit seiner Tischlerei selbstständig gemacht hatte und keine Hemmungen zeigte, gegenüber seinem Schwiegersohn resolut aufzutreten. Benedikt überreichte ihm wortkarg und mit blassem Gesicht die Gepäckstücke vor dem Haus. Als Toni diese in seinem Lieferwagen verstaut hatte, fiel sein Blick auf den Sportwagen. Abfällig stellte er fest: »Ist das deine Welt, von der du jetzt träumst?« Benedikt versuchte zu beschwichtigen: »Toni, der ist nur für Geschäftsfahrten.« – »Pah, was sind das denn für Geschäfte? Das ist doch nur etwas für Angeber und Halsabschneider.« Bevor sein Schwiegersohn noch etwas erwidern konnte, stieg er in sein Fahrzeug und fuhr los.

Am späten Nachmittag bekam Robert einen Anruf von Benedikt. Kleinlaut bat er um ein Gespräch, worauf Robert stichelte: »Seit wann unterhältst du dich denn mit Kuckuckseiern?« – »Ich war sauer, ja, aber ich habe im Moment ziemlich viel Stress. Julia will, dass ich eine Therapie mache, kennst du da jemanden?« Robert stutzte einen Moment, bevor er nachfragte: »Was für eine Therapie? Wollt ihr da als Paar hingehen oder willst du wegen deiner Alkoholprobleme und deines Sexuallebens eine Therapie machen?« Gereizt entgegnete Benedikt: »Ich will gar keine, Julia will es, sonst kommt sie nicht zurück. Kannst du mir nicht ein paar Termine besorgen und dann ist es gut?« Robert hatte keine Lust, ihm zu erklären, wie wichtig Eigenmotivation für eine erfolgreiche Therapie sei, und riet ihm deshalb, zu einer Beratungsstelle zu gehen, mit der er schon mehrfach dienstlich zu tun hatte.

Danach verspürte Robert den dringenden Wunsch, seine Mutter anzurufen, um ein Treffen mit ihr zu vereinbaren. Theresa reagierte skeptisch. »Während du telefonierst, mache ich uns was Leckeres zu essen. Aber grüße sie nicht von mir«, sagte sie und verschwand in der Küche. Seit dem Studium hatte Robert kein einziges Mal mit seiner Mutter telefoniert und auf seine Karten, mit knappen Standardtexten, bekam er nur dreimal eine Antwort von ihr. Als seine Postanschrift hatte er die Adresse seines Onkels angegeben. Es ging in ihren kurzen Briefen meist um sie selbst, dass sie Eheprobleme habe, eine Krebsoperation am Unterleib überstehen musste und einen Umzug vorbereitete.

Nachdem Robert die aktuelle Telefonnummer seiner Mutter herausgesucht hatte, holte er noch einmal tief Luft, bevor er wählte. Es dauerte eine Weile, bis sie sich meldete. Ihre Stimme klang rau, wie die einer starken Raucherin. »Hier ist Robert«, sagte er. »Ich arbeite jetzt in Wien und wollte dich einmal besuchen. Ist das möglich?«

Seine Mutter brauchte einen Moment. Erstaunt stellte sie fest: »Robert? Ich habe deine Stimme gar nicht erkannt. Manchmal rufen ja auch Gauner an und geben sich für andere aus.« – »Stimmt, aber ich kann mich bei meinem Besuch ausweisen«, beruhigte Robert sie und fuhr dann fort: »Ich werde demnächst heiraten und möchte dir meine Verlobte vorstellen. Wann passt es dir denn?« Er spürte, dass es seiner Mutter schwerfiel, diesem Treffen zuzustimmen. Schließlich sagte sie: »Ja, dann stell sie mir einmal vor, damit ich sie nicht erst auf der Hochzeitsfeier kennenlerne.« Dieser Satz löste in Robert eine negative Gefühlslawine aus, die er nur mühsam händeln konnte. Rasch sprach er mit ihr den Besuchstermin Ende Januar ab und vergewisserte sich, ob ihre letzte Anschrift noch aktuell sei. Danach beendete er abrupt das Telefonat. Laut schimpfte er: »Denkt die blöde Kuh etwa, ich lade sie ein? Nach all dem, was geschehen ist?«

Theresa stand im Türrahmen zur Küche und antwortete ungerührt: »Klar. Schließlich willst du ihr deine Verlobte vorstellen. Und was du ihr hauptsächlich vorwirfst, ist doch, dass sie dir als Kind all das verweigert hat, was du dir von ihr gewünscht hast. Alles andere ist doch nur eine Folge davon.« Robert blickte sie für einen Moment fassungslos an, bevor er murmelte: »Danke für deine Richtigstellung der Tatsachen, und trotzdem lade ich sie nicht ein.« Während er ihr beim Tischdecken half und die Getränke einschenkte, schwieg er zwar, aber Theresa sah ihm seine schlechte Laune deutlich an. Erst als sie den Gemüseauflauf auf den Tisch stellte, platzte es aus ihm heraus: »Sie tut so, als sei sie im Recht, als habe sie alles richtig gemacht. Ich verstehe diese Verblendung einfach nicht.« – »Was möchtest du denn von ihr? Dass sie dich um Verzeihung bittet, weil sie eine verdammt schlechte Mutter war?«

Robert stocherte lustlos im Essen herum und gab zu: »Ja, vielleicht auch das. Weißt du, ich bin verdammt wütend. Jahrelang bin ich ihr aus dem Weg gegangen und habe den Kontakt auf ein Minimum reduziert. Und sie? Sie bemüht sich nicht einmal ansatzweise um eine Beziehung zu ihrem Sohn. Diese Frau merkt wirklich überhaupt nichts.« Theresa konnte es nicht mehr mit ansehen, wie er mit ihrem Auflauf umging, und sagte deshalb bestimmt: »Wenn er dir nicht schmeckt, lass ihn einfach stehen, anstatt mein Essen zu zerpflücken. Außerdem möchte ich nicht zum Blitzableiter deiner Wut werden.«

Robert hielt inne und schaute sie betreten an. »Es tut mir leid. Dein Auflauf schmeckt gut.« – »Robby, was willst du eigentlich von deiner Mutter? Da ist doch etwas. Du wünschst dir nicht nur, dass sie ihr Handeln bereut, oder?«, hakte sie nach. Schweigend aß er seinen Teller leer. Erst nach dem letzten Bissen hatte er die Antwort: »Ich möchte endlich von ihr wissen, was mit Stefan geschehen ist. Gut, wir waren nie ein Dreamteam, aber er ist mein jüngerer Bruder oder zumindest Halbbruder.«

Den Rest des Tages verbrachten sie mit ersten Planungen für die Hochzeit, wobei Robert wie gehetzt wirkte. Im Internet informierte er sich über die notwendigen Formalitäten und den Ablauf der standesamtlichen Trauung. Vor der Eheschließung wollte er unbedingt noch den Wohnungskauf über die Bühne bringen, was zu terminlichen Herausforderungen führte. Von seiner mangelnden Romantik irritiert, ermahnte ihn Theresa: »Du, wir melden uns hier nicht zu einer Uniprüfung an. Ich möchte mich dabei wohlfühlen und nicht Termine abreißen.« – »Ich dachte, wir wollten die standesamtliche Trauung nur im kleinen Kreis belassen und später die kirchliche Hochzeit zusammen mit der Taufe unseres ersten Kindes größer feiern«, war sein Einwand. »Richtig, aber geht es jetzt trotzdem ein bisschen netter?«, beharrte seine Freundin auf ihrem Standpunkt.

Robert war zu gereizt, um alternative Ideen zu entwickeln, und forderte sie deshalb auf, ihre Wünsche zu äußern. Versöhnlich schlug sie vor: »Nach dem Wohnungskauf treffen wir uns zu einem gemütlichen Essen mit meinen Eltern. Ein paar Tage später heiraten wir, feiern die Eheschließung im kleinen Kreis und gönnen uns danach zwei Übernachtungen in einem gemütlichen Hotel in den Bergen, aber nicht bei deiner Tante, sondern anonym.« Als Robert zögerte, fragte sie enttäuscht: »Geht es dir wirklich um unsere Hochzeit oder willst du nur immer alles anders machen als deine Eltern?« – »Beides«, war seine knappe Auskunft. Theresa sprang auf und lief aufgebracht vor der Sitzgruppe hin und her. Schließlich blieb sie vor seinem Sessel stehen und stellte energisch fest: »Du, so geht das nicht. Es gibt sicher Dinge, die deine Eltern unternommen haben und die ich ebenfalls schön finde.«

»So? Findest du das verlogene Eheleben meiner Eltern toll, den Liebhaber meiner Mutter und das Kind von ihm? Willst du so etwas auch? Ich nicht«, entgegnete er erregt. »Sag mal, merkst du es eigentlich nicht? Nur weil deine Eltern diese unsägliche Beziehung geführt haben, war nicht gleich der Apfelstrudel schlecht, den es sonntags vielleicht bei euch gab, oder das Theaterstück, was sie zusammen besucht haben. Wenn ich als Ärztin so denken würde wie du, müsste ich jeden Patienten gleich aufgeben, nur weil er eine Krankheit hat. Ich versuche ihn aber zu heilen und die guten Dinge zu verstärken«, sagte sie ziemlich bestimmt. Robert rieb sich die Schläfen. »Mein Kopf dröhnt. Wollen wir nicht einfach einmal um den Block gehen?« Der Spaziergang tat ihnen gut. Nach zwanzig Minuten an der frischen Luft wirkte Robert schon gelassener. »Wie würdest du mich denn heiraten wollen, ohne die Familie im Hintergrund?«, erkundigte sich Theresa bei ihm. »Auf einer einsamen Insel. Aber das geht nicht, weil solche Eheschließungen hier nicht anerkannt werden. Das habe ich schon abgeklärt«, gab er zu und zog sie in seinen Arm. »Dein Vorschlag klingt aber auch gut. Es wird schön werden, das verspreche ich dir, selbst wenn du den Lieblingskuchen meiner Mutter bestellen würdest.« – »Was ist denn der Lieblingskuchen deiner Mutter?« – »Ein ziemlich süßer Schmandkuchen mit Eierlikör.« – »Oh nee!«, war die spontane Reaktion von Theresa.

Am nächsten Tag verließ Julia mit Max und ihren Eltern Wien. Sie wusste noch nicht, wie es in ihrer Ehe weitergehen könnte, und wollte sich vorerst auf ihre Schwangerschaft konzentrieren. Pauline, die sonst recht robust war, fühlte sich müde, als sie die Wohnung nach dem Besuch aufräumte. Sie war froh, ihre eigenen Kinder groß bekommen zu haben, was neben ihrem Einsatz in der Praxis ihres Ehemannes nicht immer einfach war. Und nun die unstabile Familiensituation ihres Sohnes, der sich ständig in neue Probleme verstrickte. Das alles belastete sie sehr. Nach Dienstschluss schaute ihre Tochter bei ihr vorbei. Pauline fragte sie besorgt: »Meinst du, Benedikt kommt alleine klar?« – »Ich weiß es nicht. Aber ihn nun täglich zum Essen einzuladen und seine Wäsche zu waschen, ist doch auch keine Lösung«, gab Theresa zu bedenken. Sie einigten sich schließlich darauf, dass sie Kerstin und Serge bitten wollte, nach Benedikt zu schauen. Theresa hoffte auch, dass die beiden einen positiven Einfluss auf ihren Bruder ausüben könnten.

Theresa wollte gerade wieder gehen, als ihr Vater aus der Praxis kam.

Er musste heute keine Hausbesuche übernehmen und hoffte auf einen Abend ohne Familienstress. Theresa nutzte die Gelegenheit, um ihren Eltern von ihren Hochzeitsplänen zu erzählen, worauf ihr Vater nur sagte: »Wenn ihr meint«, und ihre Mutter nachfragte: »Kann Robert dann leichter mit der ganzen Situation umgehen?« – »Ja, und er hat jetzt auch eingesehen, dass wir nicht alles genau umgekehrt machen müssen, als es seine Eltern getan haben. Ich muss als Braut kein schwarzes Kleid tragen und ihn auch nicht über die Schwelle heben«, scherzte Theresa.

Robert wollte an diesem Abend noch eine Schulung vorbereiten. Er saß in seinem Arbeitszimmer, als auf seinem Handy eine SMS einging. Sie war von Toro, der ihm mitteilte, dass Burna nach einer Beißerei mit einem streunenden Rüden verschwunden sei. Vorher habe sie noch versucht, Jalos zu helfen, der zuerst von dem Rüden angegriffen worden war und nun mit Verletzungen beim Tierarzt liegen würde. Diese Nachricht beunruhigte Robert, zumal er sich seit seiner Ankunft in Wien nie sicher war, ob seine Entscheidung, Burna zurückzulassen, tatsächlich richtig war. Er schrieb zurück, dass er die Tierarztkosten für Jalos übernehmen würde und Toro bitte nach Burna suchen möge. Auch wollte er weiter auf dem Laufenden gehalten werden.

Obwohl er hörte, wie Theresa in der Küche hantierte, ging er nicht zu ihr, sondern blieb an seinem Schreibtisch sitzen. Nach dem ersten Schock verspürte er nur noch Angst und Hilflosigkeit. Erst als er sich den Handyfilm ansah, den er von Burna und Theresa aufgenommen hatte, liefen ihm die Tränen über das Gesicht. Theresa betrat sein Zimmer, da er auf ihre Frage, was er zum Abendessen trinken wolle, nicht geantwortet hatte. Hastig wischte er sich die Tränen weg. »Ist etwas passiert?«, wollte sie erstaunt wissen. »Burna ist verschwunden, nach einer Beißerei mit einem herumstreunenden Rüden. Jalos hat es schlimm erwischt, der Tierarzt flickt ihn gerade wieder zusammen; ob er durchkommt, weiß man nicht.«

Theresa kam zu ihm und kraulte ihm den Nacken. »Burna ist bestimmt gegangen, weil ihr Freund nicht mehr da ist.« – »Und ist jetzt wieder völlig auf sich gestellt«, ergänzte Robert bitter. »Wir hätten sie doch mitnehmen sollen. Ich fühle mich wie ein Verräter, der sie abgeschoben hat, so wie mich damals meine Mutter.« Theresa sah dies anders: »Glaubst du, sie hätte sich in diesem Leben hier wohlgefühlt?«, fragte sie zweifelnd. »Nein, aber vielleicht hätten wir ein Leben gefunden, das für uns alle gut gewesen wäre. Ich habe Toro geschrieben, dass er uns sofort informieren soll, wenn Burna wieder auftaucht.«

Nach dem Essen, das ausgesprochen wortkarg verlief, setzte er sich wieder in sein Zimmer und recherchierte im Netz nach Tierhöfen in der Nähe von Wien. Theresa hatte eine Idee: »Falls Jalos es nicht schafft und Burna zurückkommt, könnte Toro sich doch einen neuen jungen Hund anschaffen. Dann hätte Burna wieder einen Gefährten.« – »Macht ihr das im Krankenhaus auch so, dass ihr den trauernden Angehörigen ratet, sich sofort Ersatz für den Verstorbenen zu beschaffen? Wann lernt ihr Mediziner endlich, dass Lebewesen einzigartig sind und deshalb auch nicht austauschbar?«, entgegnete er ihr wütend und bat sie dann: »Lass mich bitte allein.«

Theresa spürte, dass bei Robert etwas am Aufbrechen war, was ihr Angst machte. Sie ging in die Küche und begann dort aufzuräumen, während ihr die Tränen über die Wangen liefen. Sie bemerkte nicht gleich, dass Robert im Türrahmen stand. »Wir sollten gemeinsam entscheiden, wie wir Burna helfen können«, schlug er vor. Erstaunt blickte sie ihn an und versuchte sich zu erklären: »Ich habe Angst um unsere Beziehung und vor den dunklen Schatten aus deiner Kindheit. Robert, ich kann langsam nicht mehr.« Erschrocken über ihre Reaktion, ging er auf sie zu und nahm sie in den Arm. Während sie weinte, strich er ihr immer wieder über die Haare. »Tessa, entschuldige bitte. Ich hatte eben auch Angst, Burna könnte plötzlich zwischen uns stehen. Ich möchte zusammen mit dir eine Lösung finden, die für alle gut ist«, versuchte er sie zu beruhigen.

Später, im Wohnzimmer, sprach er über sein ungutes Gefühl, das er schon seit seiner Rückkehr hatte. »In Kolumbien war Burna das einzige Lebewesen, das nur mir nahestand. Sie war so etwas wie meine Familie in der Fremde. Verstehst du das?« Als sie nickte, fuhr er fort: »Bei unserer Abreise wirkte alles so vernünftig. Burna hatte den kleinen Rüden Jalos gefunden, ein schönes Leben auf dem Hof, so glaubte ich zumindest, und ich hatte dich und konnte endlich heimkehren. Das sagte mir mein Kopf. Aber in meinem Bauch rumorte immer das miese Gefühl, dass ich eine Seelenverwandte zurückgelassen habe, in einem für sie unsicheren Land. Burna hat so viele Verletzungen erlitten, genau wie ich.«

»Hat Toro schon geantwortet?«, fragte Theresa etwas hilflos nach. »Ja, er will noch die Gegend abfahren und die Nachbarn informieren.« Robert nahm ihre Hand und bat sie: »Tessa, bitte gib mir die Chance, eine gute Lösung zu finden. Wir müssen unser Leben nicht komplett verändern, aber ich bitte dich, gib Burna einen Platz darin«, sagte er eindringlich. Sie hatte noch immer keine Vorstellung davon, wie ein Leben mit Burna in Wien aussehen könnte, trotzdem war sie bereit, Robert zu unterstützen.

In dieser Nacht lag Robert lange wach, bevor er in einen unruhigen Schlaf fiel. Er sah Burna in seinem Traum. Sie war schwer verletzt und versuchte, zu ihm zu gelangen. Dabei rutschte sie immer wieder einen Hügel hinab, bis sie schließlich mit einem jämmerlichen Winseln unten liegen blieb. Schweißgebadet schreckte er hoch und fingerte nach seinem Handy, um nachzusehen, ob Toro schon geschrieben hatte. Theresa wurde ebenfalls wach, als ihm das Handy vors Bett fiel, und erkundigte sich gleich: »Gibt es Neuigkeiten?« – »Nein, aber Burna wollte im Traum zu mir und sie war stark verwundet. Ich möchte sie holen, wenn sie gefunden wird«, sagte er und ging dann ins Bad.

Er saß erst eine Weile auf dem Wannenrand und dachte nach, was er tun könne, bevor er sich entschloss, in sein Arbeitszimmer zu gehen. Auf dem Gästesofa sah er sich noch einmal das Video von Burna an, als Mozart zu ihm kam und es sich neben ihm gemütlich machte. Robert überlegte, wie er sein Zimmer so umgestalten könnte, dass beide Tiere darin ihren Platz fänden. Als er nicht ins Schlafzimmer zurückkehrte, stand Theresa besorgt auf, um nach ihm zu sehen. Robert war gerade dabei, die Wände auszumessen, sodass sie ihn erstaunt fragte: »Willst du dein Zimmer umbauen?« – »Ja, ich werde Mozart ein Baumhaus über meinem Schreibtisch zimmern. Eines für Katzen. Der Raum ist ja hoch genug und dann hätte er einen Rückzugsort. Wie reagiert er eigentlich auf Hunde?«, erkundigte er sich. »Die Freundin meiner Oma hat einen Mops, den er aber nie ernst genommen hat«, erinnerte sich Theresa und fragte dann, ob die Nacht für ihn schon vorbei sei. Mit Blick auf die Uhr, die kurz nach Mitternacht anzeigte, schlug er vor: »Geh du ruhig wieder schlafen. Ich höre noch ein bisschen Musik und lege mich dann mit Mozart hier aufs Sofa.«

Am nächsten Mittag erhielt Robert von Toro die Nachricht, dass Jalos verstorben sei und er die Nachbarn um Hilfe gebeten habe, nach Burna Ausschau zu halten. Robert musste danach ein Fortbildungsseminar für Ersthelfer in einem größeren Betrieb abhalten und hatte Mühe, sich darauf zu konzentrieren. Es ging um Besonnenheit im Notfall, etwas, das er gerade selbst nicht hatte. Später lief er durch die Straßen und beobachtete Hundebesitzer mit ihren Vierbeinern. Es war nicht das, was er sich für Burna wünschte, ein Leben zwischen fahrenden Autos und zahlreichen Menschen, aber er glaubte auch daran, dass der Garten, die Grünanlagen und das Ferienhäuschen eine Entschädigung für das Stadtleben sein könnten. Theresa war schon da, als er schließlich nach Hause kam, und blickte ihn besorgt an, während er seine Jacke an die Garderobe hängte. »Ich musste erst einmal raus und durch die Stadt laufen«, erklärte er. »Jalos ist tot und von Burna gibt es noch keine Spur.« Sie schmiegte sich an ihn. »Ich habe vorhin mit meinen Eltern gesprochen. Sie würden Mozart zu sich nehmen, falls er sich nicht mit Burna vertragen sollte.« Robert war diesbezüglich zuversichtlich. »Burna ist zwar kein Mops, aber sie kennt Katzen und hat keine Probleme mit ihnen. Und für Mozart baue ich am Wochenende sein Baumhaus.«

Erst am nächsten Tag erhielt Robert die Gewissheit, dass Burna noch lebte. Toro berichtete ihm, dass ein Nachbar sie mit vereiterten Wunden und Fieber völlig erschöpft in seinem Stall gefunden habe, und sie jetzt beim Tierarzt sei. Außer sich vor Freude schrieb Robert: »Ich werde kommen. Lass Burna bitte beim Tierarzt; ich regele alles mit ihm. Bis bald, Robert.« Dann rief er bei Theresa an, die noch im Krankenhaus war, und teilte ihr nach der frohen Botschaft mit, dass er ein Kurzvisum beantragen würde und sich nach Nachtflügen erkundigen wolle. Voller Tatendrang kam Robert am Nachmittag von der Arbeit nach Hause, wo ihm Theresa nach dem Begrüßungskuss eine Bedingung stellte »Du holst sie, das ist okay, aber ich möchte ihr das Körbchen einrichten.« Als er damit einverstanden war, zog sie aus ihrem Rucksack eine Hundeleine mit Bauchgeschirr hervor und fragte ihn: »Was hältst du davon? Dann tun ihr die Narben am Hals nicht so weh.«

Robert war gerührt von ihrem Einsatz und lud sie spontan zum Italiener ein. Dort erzählte er ihr, wie er sich seine berufliche Zukunft vorstellte. Er wollte weiterhin halbtags Supervisionen und Fortbildungen für Seelsorger und Notfallhelfer anbieten. Beides könnte er gut von zu Hause aus vorbereiten. Erstaunt erkundigte sich Theresa: »Und Therapiesitzungen entfallen jetzt komplett?« – »Nein, aber nur noch zehn Stunden pro Woche habe ich hierfür eingeplant. Insgesamt würden wir gut über die Runden kommen. Schließlich müssen wir nach dem Wohnungskauf keine Miete mehr zahlen«, meinte er voller Optimismus. »Und dann übernimmst du den Haushalt und ich arbeite nach meinem Abschluss oben in der Praxis?«, hakte sie nach. Robert lachte. »Ja! Ich mache den Haushalt mit Hund, Katze und Kindern und warte auf dich, mein Schatz.« Theresa schaute etwas ungläubig. Nach anfänglicher Skepsis gefiel ihr die Idee aber ausgesprochen gut, auch wenn sie noch eine Änderung beantragte. »Ich werde dann aber nur eine Zwei-Drittel-Stelle haben wollen, weil ich auch Zeit mit euch verbringen möchte. So kommen wir doch trotzdem gut hin, oder?« Als er ihr zustimmte, ergänzte sie: »Und ein bisschen Unterstützung beim Kochen und Einkaufen kannst du sicher auch gut gebrauchen.« – »Stimmt. Da bin ich noch nicht top«, räumte er etwas zerknirscht ein.

Robert fühlte sich an diesem Abend das erste Mal richtig angekommen in seiner Welt. Er hatte Pläne und wusste endlich, was er wollte. Alles passte zusammen und ließ sich auch gut mit Theresas Vorstellungen vereinbaren. Er wollte nun die notwendigen Schritte in die Wege leiten, für den Wohnungskauf, die Hochzeit und das Abholen von Burna. Vorher musste er jedoch den Besuch bei seiner Mutter hinter sich bringen, dem er mit gemischten Gefühlen entgegensah.

Am nächsten Tag telefonierte er mit dem Tierarzt und erfuhr, wie es um Burna wirklich stand. Sie war schlecht ernährt und hatte Verletzungen, die teilweise vereitert waren. Für die Ausreise fehlte ihr auch noch eine Auffrischimpfung. Robert verhandelte mit ihm, dass er die Hündin verarzten und die Impfung nachholen möge. Auch sollte Burna beim Tierarzt in Quarantäne bleiben, damit dies dann in ihren Papieren vermerkt werden könne. Obwohl Robert am liebsten sofort Toro angerufen hätte, um ihn zur Rede zu stellen, tat er es nicht. Er wollte die ganze Sache nicht unnötig gefährden. Am Abend, als Theresa heimkam, stellte er empört fest: »Toro hat monatelang das Geld für Burna abgegriffen und auch für Tierarztkosten, die nie angefallen sind. Und ich dachte, er sei mein Freund.« – »Toro kann sich vielleicht nicht vorstellen, dass man so viel Geld für ein Tier ausgibt. Du warst weit weg und er hatte eine sichere Einnahmequelle«, bemerkte sie nachdenklich.

Am Wochenende hämmerte und bohrte Robert in der Wohnung, um das Baumhaus für den Kater zu bauen, während Mozart ihn misstrauisch beäugte und lieber seine Ruhe gehabt hätte. Als es am Sonntag endlich fertig war, hatte Robert Mühe, den rundlichen Kater dazu zu bewegen, seinen Hochsitz überhaupt einmal auszuprobieren. Er setzte ihn hinauf und gab ihm dort zur Belohnung sein Lieblingsfutter. Nach dem Fressen betrachtete Mozart neugierig die Welt von oben und merkte auch, dass es dort schön warm war. Er wäre auch dort noch geblieben, wenn nicht das Klingeln an der Haustür ihn aufgeschreckt hätte. Schnell lief er über den Steg, den ihm Robert gebaut hatte, um dann im Schlafzimmer zu verschwinden.

Robert öffnete die Tür und war erstaunt, dass Benedikt draußen stand. »Kann ich dich sprechen oder störe ich deinen Bautrieb?«, fragte er und wollte, ohne eine Antwort abzuwarten, die Diele betreten. Robert versperrte ihm den Weg. »Worum geht's?« Benedikt blickte ihn irritiert an. »Das ist jetzt nicht dein Ernst, oder? Wir sind bald eine Familie!« – »Ach ja? Dann benimm dich auch so. Was willst du?« – »Ich will mit dir über Familienprobleme sprechen, und zwar nicht hier im Treppenhaus«, sagte Benedikt gereizt. »Komm, du warst eben bei deinen Eltern und hattest bereits da dein Familiensorgengespräch. Wir waren nicht verabredet. Tessa hat dieses Wochenende Dienst und ich habe hier noch zu tun«, stellte Robert klar. Benedikt schüttelte den Kopf. »Du bist und bleibst ein ganz arroganter Arsch. Oma Stina würde sich im Grabe umdrehen, wenn sie mit ansehen müsste, wie du dich hier aufführst. Es war nämlich einmal ihre Wohnung, falls du das schon vergessen haben solltest, du mieser Kuckuck.« Erregt drehte er sich um und ging, während Robert rasch die Wohnungstür hinter ihm schloss.

Robert musste erst einmal durchatmen, bevor er seinen Patenonkel anrufen konnte, um ihm von dem Vorfall zu berichten. »Benedikt möchte sich jetzt gerne als völlig überforderter Ehemann und Vater darstellen, der dringend die Unterstützung der gesamten Familie benötigt. Wir haben ihm gesagt, was wir zukünftig leisten können, aber jetzt ist er einmal dran. Vielleicht wollte er auch nur nachsehen, woran du gerade zimmerst«, versuchte er Robert zu beruhigen.

Als Theresa vom Dienst heimkam, war sie zu müde, um sich noch Gedanken über ihren Bruder zu machen. »Der Tag war ziemlich anstrengend, weil ein Arzt ausgefallen ist«, erzählte sie erschöpft. Enttäuscht erkundigte sich Robert: »Wirst du dann immer so sein, wenn du von der Arbeit nach Hause kommst und ich hier alles geregelt habe?« Sie lenkte ein: »Nein, komm, zeige mir dein Baumhaus für Mozart. Ich habe aber einfach keinen Bock mehr auf die Tour von meinem Bruder.« Mozart ließ sich tatsächlich mit Leckerlis auf das Katzenpodest locken und schnurrte dann genüsslich auf seinem Hochsitz, während sich Theresa unter ihm aufs Gästesofa legte. Von dort aus betrachtet sah der Kater noch wuchtiger aus als sonst, weshalb sie mit mulmigem Gefühl feststellte: »Wenn der jetzt auf mich drauf springt, fange ich an zu schreien. Der wirkt ja wie ein Panther.« – »Nein, das macht Mozart nicht. Dafür ist er viel zu fett und bequem«, beruhigte sie Robert.

Zum Erstaunen von Theresa hatte Robert einen Nachtflug gebucht, der direkt nach dem Treffen mit seiner Mutter starten sollte. Als sie ihn darauf aufmerksam machte, stellte er klar: »Das war Absicht. Dann mache ich mir wenigstens nicht mehr so viele Gedanken um diese Frau. Aber zeitlich schaffen wir es gut.« Es war Theresa, die noch eine Pralinenschachtel für den Besuch besorgt hatte, weil ihr Ehemann ständig an Burna dachte. So auch während der Fahrt zu seiner Mutter. Erst als das Navi ihm mitteilte, dass er seinen Zielort erreicht hatte, stellte er erstaunt fest: »Was? In so einem schmucklosen Wohnkomplex wohnt die jetzt?«

Sie gingen zum Hauseingang, wo Robert vergeblich den Klingelknopf mit dem Namen Strasser suchte. Etwas hilflos blickte er Theresa an. »Vielleicht hat sie nach ihrer Scheidung im letzten Jahr ihren Mädchennamen wieder angenommen«, mutmaßte diese. »Wie hat sie sich denn am Telefon gemeldet?« – »Mit Hallo«, antwortete er frustriert und suchte dann nach dem Namen Tönnert. Er fand ihn und klingelte dort. Über die Gegensprechanlage hörte er die Stimme seiner Mutter, die sich wieder mit »Hallo« meldete, worauf er im Fahrstuhl lästerte: »Kennt die eigentlich noch ihren Nachnamen, wenn die sich immer nur mit ›Hallo‹ meldet?« – »Bei so vielen Namensänderungen kann man schon einmal durcheinanderkommen«, fand Theresa.

Bereits vor dem Klingeln an der Wohnungstür suchte Robert seinen Ausweis heraus und zeigte ihn dann auch tatsächlich vor, als seine Mutter die Tür nur einen Spalt öffnete. Nachdem sie die Sicherheitskette ausgehängt hatte, sah sie ihn musternd an. »Ich hätte dich wirklich nicht erkannt, auch wenn du etwas Ähnlichkeit mit deinem Vater hast; aber nur ein wenig.« Mit Blick auf Theresa fragte sie: »Und wer sind Sie? Irgendwie kommen Sie mir bekannt vor.« Robert stellte ihr seine zukünftige Ehefrau mit Namen vor, worauf sie beide hereingelassen wurden. Während seine Mutter die Wohnungstür schloss, überlegte sie laut: »Theresa Höferl? So hieß doch die Tochter von deinem Patenonkel, weißt du noch?«

Robert hängte seine Jacke an den Haken der Garderobe und belehrte sie gereizt: »Mutter, Tessa ist die Tochter von meinem Patenonkel.« Erst herrschte sekundenlang ein betretenes Schweigen, bis Frau Tönnert ihren Besuch ins Wohnzimmer bat, wo sie schon den Kaffeetisch gedeckt hatte. Nachdem sich Robert und Theresa gesetzt hatten, packte Frau Tönnert das Geschenk aus, was ihr Theresa überreicht hatte. Sie sagte: »Das ist aber lieb von euch. Die esse ich doch so gerne; dass ihr das noch wisst.« – »Pauline wusste es noch«, stellte ihr Sohn sofort klar, worauf seine Mutter mit unsicheren Schritten in die Küche ging, um den Kaffee zu holen.

Sie sah müde und eingefallen aus, was auch ihr Make-up nicht verbergen konnte. Ihre blondgefärbten Haare trug sie wie früher und ihre rotlackierten Fingernägel waren offenbar noch immer ihr Markenzeichen. Im Stehen goss sie ihren Gästen Kaffee ein und beugte sich dann über den Tisch, um den Schmandkuchen zu servieren. Robert nahm den Duft ihres Parfüms wahr und musste schlucken. Es roch wie damals, intensiv blumig. Kaum hatte sich seine Mutter auch an den Tisch gesetzt, griff sie gleich nach ihrem silbernen Zigarettenetui und öffnete es. Noch bevor sie eine Zigarette herausnehmen konnte, bat Robert sie: »Du, wir sind Nichtraucher. Geht es auch einmal ohne?« Frau Tönnert legte ohne Widerspruch das Etui zur Seite und blickte dann Theresa forschend an. »Sind Sie nicht mit dem Unternehmersohn Victor Känzer verlobt?«, erkundigte sie sich. »Das stand so in der Zeitung. Sie sind wirklich ein schönes Paar.«

Während Robert nach Fassung rang, antwortete Theresa: »Richtig, wir waren verlobt, haben uns aber getrennt, nachdem ich Robert nach all den Jahren wiedergetroffen habe. Da war halt noch sehr viel zwischen uns und jetzt wollen wir heiraten.« Frau Tönnert blickte ungläubig. »Ihr wart doch noch Kinder, was sollte denn da sein?«, fragte sie voller Unverständnis und fuhr dann fort: »Dafür wirft man doch nicht so eine gute Partie weg.« Diesmal war es Robert, der hierauf antwortete: »Heißt das jetzt, ich bin keine gute Partie und unsere Beziehung ist nicht mehr als eine verklärte Sandkistenfreundschaft?« – »Ich weiß ja nicht, was du mit deinem Erbe gemacht hast, aber euer Auto sieht nicht so aus, als würde es euch gut gehen«, entgegnete seine Mutter ungerührt und fuhr dann fort: »Wahrscheinlich haben sie es mit dir auch so gemacht wie nach dem Tod deines Großvaters. Dein Vater kriegte eine kleine monatliche Gewinnbeteiligung und das Vermögen blieb im Familienbetrieb.«

Robert kämpfte mit sich. Um wieder etwas runterzukommen, blickte er sich im Zimmer um, worauf er feststellte: »Mutter, ja, wir tragen keinen auffälligen Schmuck, fahren keine teuren Autos, dafür haben wir bald eine Eigentumswohnung. Und was uns auch wichtig ist: Jeder von uns hat einen guten Beruf. Das reicht uns. Aber deshalb bin ich nicht hier.« – »So? Was willst du dann?«, erkundigte sich seine Mutter. »Ich möchte die Anschrift von Stefan bekommen. Er ist schließlich mein Halbbruder. Ich möchte ihn besuchen.« – »Willst du den auch zu deiner Hochzeit einladen? Da wird er gar nicht hingehen können«, gab ihm seine Mutter zur Antwort. »Warum kann er nicht kommen?«, hakte Robert nach.

Seine Mutter griff wieder zu den Zigaretten und zündete diesmal auch eine an, bevor sie sehr angespannt sagte: »Stefan ist im Heim; wegen der alten Sache.« – »Welche Sache meinst du?« Seine Mutter schwieg. »Ich möchte trotzdem seine Anschrift haben«, blieb Robert hartnäckig. »Es wird dir nicht gelingen, immer deine Kinder wegzusperren, wie es dir gerade passt. Du wirst bald viele Fragen beantworten müssen, auch was die Post von meinem Patenonkel an mich betrifft«, versuchte er den Druck zu erhöhen. Wie erwartet fühlte sie sich in die Enge getrieben. Erregt kreischte sie: »Und wo warst du, als ich dich brauchte? Willst du einmal meinen entstellten Körper sehen, von der Krebsoperation?«

Robert betrachtete sie einen Moment, von ihren Worten überrascht, und rechtfertigte sich dann: »Ich habe dir damals angeboten,
Ferdinand um Hilfe zu bitten. Er hätte dich unterstützt, aber du hast
ja zurückgeschrieben, du bräuchtest keine Hilfe von ihm.« – »Ferdinand, dieser Seelenquacksalber; von dir hätte ich mir Mitgefühl
gewünscht«, entgegnete sie abfällig. Robert war aufgestanden, um
ein Fenster zu öffnen und frische Luft in das Zimmer zu lassen, das
auch schon vorher stark nach kaltem Rauch roch. Als er sich wieder an
den Tisch setzte, teilte er seiner Mutter mit: »Wie du weißt, bin ich
auch Psychologe. Das wäre dann wohl kaum etwas für dich gewesen.
Wo kann ich also Stefan finden?«

»Da musst du erst meinen Ex fragen, der regelt alles«, antwortete ihm seine Mutter ausweichend. Robert musste noch mehrfach
nachfragen, bis sie mit der Information herausrückte, dass Stefan zwei
Selbstmordversuche hinter sich habe und dass es nach dem letzten zu
einer Gehirnschädigung gekommen sei, worauf er nun in einer betreuten Einrichtung leben müsse. Während Theresa kerzengerade und
sprachlos auf ihrem Stuhl saß, schlug Robert plötzlich mit der Faust
auf den Tisch, dass das Geschirr von der Erschütterung klirrte. Außer
sich vor Wut, fragte er: »Und das erfahre ich erst jetzt? In deinen
Briefen gab es immer nur dich! Du lebst hier in deinem Luxus und
für deinen Sohn ist es vorbei mit einem selbstbestimmten Leben?«,
worauf seine Mutter erst zusammenzuckte und dann bemerkte: »Du
bist wie dein Vater.«

Robert war fassungslos. Sein Blick fiel auf den ausgestopften Dackel,
der in der Sofaecke lag. »Ist das dort der geile Rudi, der sich immer
über jeden Fuß hergemacht hat, um ihn zu besteigen?«, fragte er.
Seine Mutter blickte gerührt, mit weinerlicher Stimme erklärte sie:
»Ja, das Rudilein war der Einzige, der immer zu mir gehalten hat,
auch als der Bodo schon das junge Ding hatte, mit der er jetzt verheiratet ist.« Robert stand auf und nahm den Teddy, der ebenfalls
auf dem Sofa saß, in die Hand. »Das ist doch meiner«, stellte er
fest. »Den hätte ich gerne.« Als seine Mutter nicht widersprach, erkundigte er sich, wo er Bodo finden könne, worauf ihm seine Mutter
mit spitzen Fingern eine Visitenkarte reichte, die neben dem Telefon
steckte. Sein Stiefvater schien tatsächlich noch das Autohaus zu be-
treiben, zumindest laut dieser Karte.

»Hast du noch ein Foto von Stefan?«, erkundigte sich Robert, dem nicht entgangen war, dass sich im Wohnzimmer kein einziges Familienbild befand. Seine Mutter wehrte gleich ab: »Kann sein. Ein älteres, aber da müsste ich erst suchen.« Auch Theresa war inzwischen aufgestanden. Sie hatte weder ihre Tasse ausgetrunken noch den Kuchen gegessen und war einfach nur froh, nun aufbrechen zu können. Gemeinsam mit Robert ging sie in den Flur, wo sie hörten, wie Frau Tönnert ihnen nachrief: »Die Einladung zur Hochzeit schicke aber rechtzeitig, damit ich mich darauf einstellen kann.« – »Ich glaube aber nicht, dass wir uns auf dich einstellen können«, waren die letzten Worte ihres Sohnes, bevor er mit Theresa die Wohnung verließ.

Robert sah blass aus, als sie vor der Fahrstuhltür standen und auf den Aufzug warteten. Plötzlich griff er ihre Hand und sagte: »Komm, lass uns die Treppe nehmen. Ich kriege keine Luft mehr.« Im Auto blickte er erst auf die Uhr und dann Theresa an, bevor er vorschlug: »Fahren wir jetzt gleich zum Flughafen und essen da noch zusammen?« Obwohl sie immer noch das Gefühl hatte, keinen Bissen herunterzubekommen, stimmte sie zu, damit Robert wenigstens nicht mit leerem Magen losfliegen musste. Auf der Fahrt dorthin bat Robert sie, in seiner Abwesenheit schon einmal im Internet zu überprüfen, ob Bodo Strasser tatsächlich noch in der Autobranche tätig war und ob die Anschrift mitsamt Telefonnummer noch stimmte.

Im Lokal auf dem Flughafengelände herrschte reger Betrieb, weshalb es ihnen schwerfiel, noch einen ruhigen Moment miteinander zu verbringen. Als sie beide etwas nervös vor ihren Tellern saßen, wollte Robert von ihr wissen: »Warum hast du vor meiner Mutter so getan, als hättest du Victor für mich verlassen?« – »Ich wollte ihr gegenüber zum Ausdruck bringen, dass sie mit ihrem Verhalten die Beziehung zwischen dir und mir behindert hat«, verteidigte sich Theresa. »Und hättest du Victor meinetwegen verlassen?«, hakte er nach. Sie überlegte kurz. »Du warst damals bei unserem Wiedersehen so unnahbar und auch abweisend. Ich dachte, du hättest kein Interesse an mir.« – »Und wenn ich mich dir gleich offenbart hätte? Wärst du dann bei mir geblieben?«, fragte er. Theresa brauchte einen Moment und war sich dann ziemlich sicher: »Okay, die Beziehung zu Victor war keineswegs eng und harmonisch. Hättest du dich offenbart, hätte ich eine Auszeit in der Beziehung zu ihm genommen und auch eine

Bedenkzeit gebraucht. Unter dem Strich hätte ich mich dann für dich entschieden, weil da viel mehr ist.«

Ihre Worte taten Robert gut. Er hatte selbst keine Antwort darauf, warum ihm die Einschätzung seiner Mutter, er wäre eine schlechtere Partie für Theresa, so nachhaltig verletzt hatte. Nach einem kurzen Schweigen gab er diese Frage an Theresa weiter. »Deine Mutter wiegt alles in Geld und Erfolg auf, das ist ihr Maßstab im Leben«, versuchte sie ihm seine Zweifel zu nehmen. »Und hättest du nicht lieber einen erfolgreichen Ehemann, über den auch mal etwas in der Zeitung steht?«, gab er zu bedenken. »Nein, ich fand es früher eher belastend, die Tochter von Dr. Höferl zu sein, der in unserer Gegend als Hausarzt sehr bekannt war. Ich möchte nicht immer die Erwartungen anderer Menschen erfüllen müssen. Es ist mir wichtig, mit dir gemeinsam einen Weg zu finden, wie wir Ehe und Familie mit unseren Berufen gut hinbekommen.«

Die letzten Minuten in der Flughafenhalle erschienen ihnen unerträglich. Robert hatte den Arm um ihre Schultern gelegt und drückte sie schweigend an sich, während Theresa ihren Herzschlag spürte, als die Durchsage kam, dass die Passagiere weiter aufrücken sollten. Robert drückte ihr seinen Teddy in die Hand und küsste sie kurz auf den Mund. »Pass bitte auf dich auf«, bat sie ihn, bevor Robert in den für sie gesperrten Bereich aufrückte. Danach spürte sie Panik in sich aufsteigen, während sie ihm hinterhersah.

Auf der Fahrt nach Hause überlegte sie, ob sie bei ihren Eltern im Gästezimmer Unterschlupf suchen oder sich in ihrem Bett mit seinem Pyjama verkriechen sollte. Sie entschied sich dann für einen Besuch bei ihren Eltern und berichtete ihnen von dem Treffen mit Frau Tönnert. Ihr Vater erinnerte sich an alte Zeiten, als er diesen Namen hörte. »Ach ja, das fesche Fräulein Tönnert aus der Buchhandlung. Hat sich dann gleich einen Arzt geschnappt und gut ausgesorgt.« Immer noch emotional berührt erzählte Theresa, wie sie das Zusammentreffen mit ihrer zukünftigen Schwiegermutter erlebt hatte, worauf ihr Vater amüsiert den Kopf schüttelte. »Und, wollt ihr sie jetzt noch einladen?« – »Nö, aber Robert möchte seinen Bruder besuchen. Frau Tönnert hat ihm nur die Visitenkarte ihres Ex-Mannes gegeben. Kennt ihr jemanden, der uns weiterhelfen könnte, falls dieser Bodo mauert?« Es war ihre Mutter, die vorschlug: »Schreibt ihm doch einfach eine

Mail und bittet um die Anschrift von Stefan, weil ihr bald heiraten wollt. Die E-Mail-Adresse steht doch auf der Karte.« Theresa fand diese Idee gut und wollte sie Robert vorschlagen.

XIII

Robert war es anfangs tatsächlich gelungen, sich im Flugzeug zu entspannen und vor sich hin zu dösen. Für kurze Momente schlief er sogar ein, bis ihn die Enge seines Sitzes daran erinnerte, wo er sich befand. Je näher er jedoch Kolumbien kam, umso ungeduldiger wurde er. Er wollte zu Burna und hoffte, dass sie ihm seine Entscheidung, sie damals zurückzulassen, verzeihen konnte.

Am Flughafen wurde er von Toro abgeholt, so wie sie es vereinbart hatten. Nach einer distanzierten Begrüßung bat Robert ihn gleich: »Fährst du mich jetzt bitte zu Burna?« Toro reagierte enttäuscht, weil er diesen Tag eigentlich mit Robert verbringen wollte und seine Frau ein gemeinsames Essen vorbereitet hatte, aber Robert blieb dabei. Er wollte nicht noch länger darauf warten, seine Hündin endlich wiederzusehen. Auf der Fahrt zur Tierarztpraxis schickte er Theresa eine SMS, dass er gut angekommen sei und sich nun auf dem Weg zu Burna befinde, worauf die Antwort kam: »Kraule sie von mir.«

Als sie auf das Grundstück des Tierarztes fuhren, merkte Robert, wie angespannt er war. Nach einer kurzen Begrüßung wollte er vom Arzt gleich wissen: »Wie geht es ihr? Ist sie heute Nacht transportfähig?« – »Schauen Sie selbst, es wird höchste Zeit, dass sie hier rauskommt«, bekam er zur Antwort. Was Robert dann sah, als der durch zwei Lukenfenster belüftete Verschlag geöffnet wurde, machte ihn sprachlos. Vor ihm lag ein völlig apathisches Tier im Stroh, das ihn mit müden Augen ansah. Erschüttert von ihrem Anblick, kniete er sich zu ihr nieder und strich ihr vorsichtig über den Kopf, während er leise zu ihr sprach und hierbei immer wieder ihren Namen nannte. Die Hündin quiemte leise, ließ aber seine Berührung zu. »Ist sie überhaupt in der Verfassung, dass sie den Flug übersteht? Und werde ich sie durch die Kontrollen bekommen?«, fragte Robert zweifelnd. Der Arzt nickte und versuchte ihn zu beruhigen: »Die Papiere sind in Ordnung, komplett geimpft ist sie jetzt auch. Sie bekommt vorher eine Beruhigungsspritze und alles andere müssen Sie dann machen«, antwortete dieser und verabschiedete sich, weil er noch weitere Patienten zu versorgen hatte.

Toro hatte sich bislang im Hintergrund gehalten. Er stand am Gatter des Türrahmens und erkundigte sich erstaunt: »Willst du sie etwa mitnehmen?« – »Ja, das habe ich bereits mit dem Tierarzt besprochen, nachdem er mich darüber informiert hat, in welch schlechter Verfassung sie ist. Ich weiß nicht, was hier tatsächlich abgelaufen ist, aber das Geld von mir hast du weder für ausreichende Ernährung noch für tierärztliche Versorgung ausgegeben. Und deinen Jalos hat der Tierarzt hier auch nicht behandelt.« Das ungläubige Staunen von Toro schlug in Aggression um. Er verteidigte sich: »Du weißt doch gar nicht, was hier läuft, spielst den gütigen Helfer und lebst selbst im Luxus. Burna passte doch gar nicht in deine neue Welt, genauso wenig wie Nuri mit dem Kind, das sie von dir bekommt.« Robert traute seinen Ohren nicht. Gereizt entgegnete er: »Was für ein Kind? Glaubst du etwa an Windbefruchtung? In welchem Monat soll sie denn sein?« – »Im sechsten. Es ist wohl passiert, kurz bevor du weggegangen bist.« Kopfschüttelnd erwiderte Robert: »Ja, träumt nur weiter. Ich hatte zu dem Zeitpunkt mit Nuri keinen Sex, warum auch? Weißt du, bei uns gibt es Labore, die anhand von Haarproben feststellen können, wer der Vater eines Kindes ist. Das kannst du ihr ausrichten. Und jetzt fahr lieber, ich komme hier schon alleine klar.«

Ohne eine Reaktion von Toro abzuwarten, drehte Robert sich um und ging wieder zu seiner Hündin. Er setzte sich zu ihr ins Stroh und holte die getrockneten Fleischstreifen aus seinem Rucksack, die er ihr schon einmal aus Wien mitgebracht hatte und die sie damals auf Anhieb mochte. Die Hündin schnupperte zwar daran, fraß aber nicht, obwohl sie Interesse zu haben schien. Robert legte das getrocknete Fleisch vor ihr ab und setzte sich dann etwas weiter weg. Es dauerte einen Moment, bis sie begann, daran zu lecken und es dann zu fressen. Unterdessen betrachtete Robert Burnas Körper. Sie hatte nicht nur einige frische Wunden, sondern auch eine längere am Hinterlauf, die schon etwas älter sein musste.

Als der Tierarzt wieder nach ihnen sah, sprach er ihn auf die Verletzung an. Dieser erzählte ihm, dass Toro ihm gesagt habe, die Verletzung käme von einem Weidezaun. Er fuhr mit dem Finger über die Narbe und erklärte: »Sie ist wohl nicht genäht worden, deshalb die Verwachsungen. War aber zum Glück nicht so tief.« Dann gab er Robert die Papiere und erklärte ihm, dass er die Auffrischimpfung erst gestern vorgenommen habe, weil Burna vorher noch zu schwach gewesen sei. Verunsichert von der gesamten Situation bat Robert den Arzt: »Können Sie uns nachher zum Flughafen bringen? Ich bezahle Ihnen das natürlich alles.« Als dieser zusagte, schrieb Robert Theresa eine SMS: »Burna geht es nicht gut. Kannst du in Wien einen Tierarzt besorgen?« Kurz darauf erhielt er die Nachricht: »Wir nehmen den von Mozart, der macht auch Hausbesuche. Haltet durch. Ich liebe euch.« Es waren ihre mitfühlenden und verbindlichen Worte, die plötzlich seine Einstellung zu diesem Land hier veränderten. Die Menschen in Kolumbien, denen er bislang vertraut hatte, schienen ihn hintergangen zu haben, um mit seinem Vertrauen Geschäfte zu machen.

Er setzte sich wieder ins Stroh, gab etwas von der Vitaminpaste auf seine Hand, die Theresa für ihn besorgt hatte, und hielt sie Burna hin. Vorsichtig schleckte sie die klebrige Masse von seinen Fingern und stand danach auf, um an die Wasserschüssel zu gelangen. Ihr Gang wirkte unsicher und man konnte deutlich ihre Rippen erkennen. Nach dem Trinken kam sie zu ihm und beschnupperte ihn ausgiebig. Während sie noch einen Hundekeks verspeiste, legte er ihr das Geschirr der Leine an. Erst zuckte sie etwas zurück, als sie die Gurte auf ihrem Fell spürte, dann war aber ihr Hunger auf den Keks größer als ihre Abneigung gegen ihre neue Leine. Es war die Helferin des Tierarztes, die sich später bei Robert erkundigte, ob er etwas zu essen und zu trinken bräuchte. Dankbar willigte er ein, worauf sie ihm eine Schüssel mit Bohneneintopf und Brot brachte und einen Krug mit Wasser. Er nahm Burna an ihrer neuen Leine mit vor den Schuppen und setzte sich dort zum Essen auf die Bank. Erst betrachtete ihn die Hündin neugierig, legte sich dann aber zu seinen Füßen und beobachtete ihre Umgebung.

Pünktlich zur verabredeten Zeit kam der Tierarzt mit der Transportbox, die er mit einer Fließunterlage auslegte. Dann forderte er Robert auf, Burna dazu zu bewegen, in die Box zu gehen, was ihm mit Hilfe eines Hundekuchens und zwei Trockenfleischstreifen schließlich gelang. Gemeinsam trugen sie die Box zum Transporter und hoben sie auf die Ladefläche. Burna reagierte sofort panisch, sodass sich der Arzt entschied, ihr schon jetzt ein leichtes Beruhigungsmittel zu geben.

Am Flughafen war Robert froh, dass sein Begleiter alles für den Hundetransport regelte. Er hatte plötzlich Angst, als er sich wieder von Burna trennen musste, und betete, dieser Flug möge für alle gut verlaufen. Nachdem der Tierarzt alles Erforderliche veranlasst hatte, versuchte er Robert Mut zuzusprechen: »Burna wird auf dem Flug sicher keine Randale machen, dazu ist sie noch viel zu schwach.« – »Und wird sie auch stabil genug sein, um den Stress zu überstehen?«, fragte Robert besorgt. »Die Hündin ist von ihrer Art her sehr robust. Was die schon alles überstanden hat. Die schafft das schon«, antwortete er und ließ sich großzügig für seine Dienste entlohnen. Nachdem sich Robert noch einmal bei ihm bedankt hatte, wünschte ihm der Tierarzt alles Gute und bat ihn, seiner zukünftigen Frau, die er noch gut in Erinnerung hatte, einen Gruß auszurichten.

Robert musste sich nun in die Warteschlange für seinen Flieger einreihen. Obwohl zahlreiche Reisende hier anstanden, fühlte er sich merkwürdig einsam und fast so hilflos wie ein Kind. Reflexartig zog er sein Handy aus der Jackentasche und schrieb Theresa: »Wir sind gleich im Flieger. Bis bald.« Ungeduldig wartete er auf ihre Antwort. »Freue mich. Hole euch ab. Liebe dich.« Erst im Flugzeug wurde ihm bewusst, dass er sich vom Einzelgänger, der immer alles mit sich selbst ausmachte, langsam zu einem Beziehungsmenschen entwickelte. Er spürte aber auch, dass ihn dies zugleich verwundbarer machte, indem er sich um seine Liebsten sorgte und Verlustängste hatte. Um sich etwas abzulenken, sah er sich ohne echtes Interesse die angebotenen Filme an. Trotzdem wurde er immer ruheloser, je näher er seiner Heimat kam. Robert war so angespannt, dass sich seine Muskeln verkrampften. Als er dann endlich nach der Landung aufstehen konnte, fühlte sich sein Körper steif an und er schmerzte.

Im Flughafen erkundigte er sich gleich nach der Abwicklung der Frachtgüter und betonte ausdrücklich, dass er seine Hündin abholen wollte. Per SMS teilte er Theresa mit, wo er Burna in Empfang nehmen würde. Die Minuten, bis man ihm die Transportkiste heraushob, kamen ihm endlos vor. Besorgt blickte er in die Box hinein, während ein Flughafenmitarbeiter die Papiere durchsah. Burna lag zusammengekauert auf ihrer Vliesunterlage und zitterte stark. »Warum war das

Tier denn in Quarantäne?«, fragte der Kontrolleur. »Weil sie sich verletzt hatte, musste sie beim Tierarzt bleiben, und dann erschien es uns sinnvoll, sie bis zum Abflug in der Praxis zu lassen, damit sie hier nicht in Quarantäne muss«, versuchte Robert ihm zu erklären. »Ich weiß aber nicht, ob das so geht«, antwortete der Mitarbeiter und fuhr dann fort: »Sie muss auf jeden Fall vom Tierarzt untersucht werden.« – »Ja, natürlich, das wird auch heute noch geschehen«, beeilte sich Robert zu sagen und war dann froh, dass er die Box auf den Wagen stellen und zum verabredeten Treffpunkt schieben konnte.

Theresa erwartete ihn schon. Sie küsste ihn erst und schaute dann in die Box auf das Häufchen Elend. »Oh nee, du kleine Maus«, sagte sie nur und schob ihr ein Hunde-Goodie durch das Gitter. Am Auto überlegten sie erst, ob sie Burna gleich aus der Transportbox befreien sollten, sodass sie neben Robert auf der Rückbank sitzen könnte. Sie ließen es dann aber, weil es auf dem Flughafengelände zu laut und hektisch zuging. Zu Hause angekommen, trugen sie Burna zuerst in den Garten und öffneten dort die Tür der Box, doch die Hündin machte keine Anstalten, herauszukommen. Kurzentschlossen ging Theresa in die Küche und füllte den neuen Hundenapf, den sie dann einen halben Meter vor der Box abstellte. Robert bemerkte amüsiert: »Oh, du hast ihr ja auch einen Fressnapf gekauft.« – »Ja, und noch einiges mehr. Aber dazu später«, sagte sie nicht ohne Stolz.

Burna schnupperte erst und verließ dann endlich ihre Box, um sich über ihr Futter herzumachen. Der Anblick der Hündin trieb Theresa Tränen in die Augen. Betroffen stellte sie fest: »Die sieht ja schlimm aus. Du hast das richtige Gespür gehabt, dass sie dich dringend braucht.« Robert hatte seinen Arm um ihre Schultern gelegt und stellte klar: »Sie braucht uns beide; das sagt mir auch mein Gefühl.« Während Burna fraß, entfernte sich Robert ein wenig von seiner Hündin und wartete auf der Terrasse ab, was sie nun tun würde. Theresa war derweil schon ins Haus gegangen, um nach Mozart zu sehen, der im Wohnzimmer auf seinem Sessel saß und neugierig die Hündin im Garten beobachtete. Nachdem sich Burna entleert hatte, rief Robert sie ins Haus. Etwas zögernd folgte sie ihm. Er hatte keinen genauen Plan, wie er Hund und Katze am besten zusammenführen könnte, und beobachtete erst einmal, was geschehen würde. Als Burna ins Wohnzimmer trottete, ging alles ganz schnell. Mozart betrachtete die neue Mitbewohnerin voller Argwohn. Er machte einen Buckel und unterstrich seine Haltung mit einem langgezogenen Fauchen, bevor er sich auf seinen Hochsitz zurückzog. Burna, die zuerst zusammengezuckt war, stand nun mit hängenden Ohren und Schwanz im Wohnraum und beäugte ihre Umgebung. »Auch gut«, kommentierte Robert die Situation.

Nun konnte es Theresa nicht mehr erwarten, ihm ihre Anschaffungen für Burna zu präsentieren. Der neue Fress- und der Trinknapf sollten in der Küche stehen. Im Wohnzimmer, mit Blick auf den Garten, hatte ein großer Hundekorb mit Decke Platz gefunden und im Schlafzimmer, vor Roberts Bettseite, hatte Theresa einen Reisekorb für Hunde aufgestellt. Robert zeigte sich beeindruckt. Er wollte Burna gleich zum Probeliegen überreden und lockte sie mit einem Hundebiskuit. Als die Hündin das Leckerli aus dem Reisekörbchen schnappen wollte, forderte ihr Herrchen sie auf, sich hinzulegen, was sie dann eher zaghaft tat.

Robert begann sich auszuziehen. Da Theresa ihn erstaunt ansah, erklärte er: »Du, ich will erst mal duschen. Ich habe 48 Stunden weder Wasser noch Seife gesehen. Vor dem Rückflug habe ich noch schnell meine Ersatzkleidung angezogen und mein Deo benutzt, damit ich nicht völlig nach Stall stinke.« Theresa schnupperte an ihm und bemerkte: »Ein wenig streng riechst du schon. In vier Stunden kommt der Tierarzt.« Nach dem Duschen aß Robert noch schnell ein Toastbrot und kam dann ins Schlafzimmer zurück, um nach Burna zu sehen. Theresa war bei ihr geblieben und gewann allmählich ihr Vertrauen. Sie durfte sich der Hündin schon vorsichtig nähern und sie streicheln. Müde von der Reise, legte sich Robert ins Bett: »Gönnt ihr beide mir noch drei Stunden Schlaf? Davon hatte ich in den letzten Tagen nicht gerade viel.«

Theresa zog die Vorhänge zu und wollte gerade das Schlafzimmer verlassen, als Robert sagte: »Übrigens stimmte deine Vermutung, dass Toro und seine Familie nicht nachvollziehen können, warum wir für eine Hündin von der Straße so viel Geld ausgeben. Für die Menschen sind wir die Reichen in einer anderen Welt. Er hätte Burna wohl gerne behalten, um uns weiter melken zu können, und Nuri hat sich ihnen offenbar angeschlossen.« – »Wieso Nuri? Was hat sie denn mit Burna zu tun?«, wollte Theresa wissen. »Nuri scheint zu behaupten, ich sei der Vater ihres ungeborenen Kindes. So sagte es zumindest Toro, nachdem ich ihm mitgeteilt hatte, dass ich Burna mitnehmen werde.« Theresa, der die ganze Situation mit Nuri nie ganz geheuer war, fragte ihn: »Und? Was sagst du dazu?« Robert setzte sich auf und streckte ihr seinen Arm entgegen. Er wartete, bis sie sich neben ihn auf den Bettrand gesetzt hatte. »Ich habe immer selbst verhütet und seit unserem Wiedersehen keinen Sex mehr mit ihr gehabt«, stellte er klar. »Ihr ungeborenes Kind, sechster Schwangerschaftsmonat, kann also nicht von mir sein. Ich habe Toro gesagt, er möge ihr das ausrichten und auch, dass es hier Untersuchungsmethoden gäbe, die eine Vaterschaft nachweisen können.«

»Und das ist jetzt alles?«, hakte sie etwas irritiert nach. Robert sah sie sekundenlang an, bevor er erklärte: »Jetzt, wo wir alle beisammen sind, möchte ich ein Kind mit dir.« Theresa stand auf und erwiderte: »In ein paar Wochen sind wir ein Ehepaar und danach kannst du mich zur Mutter deiner Kinder machen. Jetzt schlafe aber erst einmal.« – »Nein, Tessa, ich meine es ernst. Ich will nicht bis zur Hochzeit warten. Ich werde dich heiraten und ich möchte nicht mehr verhüten«, stellte er klar. »Robert, was ist denn auf dem Flug mit dir passiert? Hattest du nicht immer Angst davor, eine Schwangere heiraten zu müssen, so wie dein Vater?« – »Richtig, aber das war ein Denkfehler. Mein Vater hatte sich damals noch nicht für meine Mutter entschieden, als sie schwanger wurde. Er hat sie aus Anstand geheiratet. Ich aber will dich heiraten und auch Kinder mit dir haben. Das ist ein gravierender Unterschied. Darauf kommt man, wenn man stundenlang im Flieger über den Wolken eingeklemmt ist.« – »Aha. Aber schlafe trotzdem erst einmal«, riet sie ihm, bevor sie das Schlafzimmer verließ.

Im Wohnzimmer brauchte sie einen Moment, um die Neuigkeiten zu verarbeiten. Sie legte sich aufs Sofa und blickte in den Garten, der mit dem düsteren Februarwetter die passende Kulisse für all diejenigen bot, die auf bessere Zeiten hofften. Dann rief sie bei ihrer Mutter an und informierte sie über Burnas Eintreffen, worauf Pauline vorschlug, dass sie nach dem Tierarztbesuch noch kurz bei ihnen vorbeischauen könnten. Während Robert schlief, nutzte Burna die Gelegenheit, um aus ihrem Körbchen zu steigen und interessiert ihre Umgebung zu beschnuppern. Nachdem sie alles im Schlafzimmer inspiziert hatte, wagte sie sich in den Flur. Theresa konnte sie vom Sofa aus gut beobachten. Die Hündin ging von Zimmer zu Zimmer, um alles zu erkunden. Lediglich Roberts Büro ließ sie aus, weil ihr der fauchende Mozart gleich zu verstehen gab, dass dies sein Reich sei.

Der kurze Schlaf tat Robert keineswegs gut. Völlig fertig erschien er nach drei Stunden im Wohnraum und murmelte nur: »Ich brauche einen Kaffee.« Theresa fand die Idee gar nicht gut. »Dann kannst du nachher nicht mehr schlafen.« Er nahm sie in den Arm und flüsterte ihr ins Ohr: »Dann machen wir eben Babys.« – »Ich habe heute frei bekommen, weil ich für morgen eine Doppelschicht übernommen habe«, erinnerte ihn Theresa. »Trinke doch einfach den Tee aus der Thermoskanne und wir brechen hier nichts übers Knie«, war ihr Vorschlag. Mit einem Becher Tee kam Robert zurück und setzte sich zu ihr aufs Sofa. »Weißt du, die ganze Aktion mit Burna war ein einziger Wahnsinn, aber hoffentlich auch der richtige Weg. Ich will zukünftig auch nicht mehr vor meinen Ängsten weglaufen, dadurch werden sie nur größer. Kannst du dir nicht ein paar Tage freinehmen und wir fahren mit Burna in das Ferienhäuschen?« Theresa spürte, dass ihnen eine kurze Stadtflucht guttun würde, und versprach ihm, gleich morgen auf der Station nachzufragen.

Eine Weile beobachteten sie Burna, die zwar noch auf der Suche nach einer ruhigen Ecke war, aber zumindest nicht mehr ängstlich wirkte. Dies änderte sich schlagartig, als der stämmige Tierarzt Dr. Kaunert eintraf und Burna untersuchen wollte. Robert hatte Mühe, seine Hündin festzuhalten und beruhigend auf sie einzuwirken. Nach der Untersuchung und dem Einsetzen des Mikrochips nahm Dr. Kaunert am Esszimmertisch Platz und studierte die Unterlagen von seinem Kollegen aus Kolumbien. Sie waren in englischer Sprache verfasst. Danach stellte Dr. Kaunert fest: »Ihre Kleine hat ja schon ganz schön was durchgemacht. Hier steht, dass sie vor acht Tagen unterernährt, mit Biss- und weiteren entzündlichen Verletzungen zum Arzt gebracht wurde. Neben der Behandlung der Wunden hat er mit ihr auch sofort eine Wurmkur gemacht und sie von anderen Parasiten befreit.«

Robert erklärte ihm: »Wir haben meinem vermeintlich guten Freund genügend Geld zur Verfügung gestellt, um Burna optimal versorgen zu können. Auf der Fahrt zum Flughafen habe ich vom Tierarzt erfahren, dass Burna wohl zum Schluss als Hütehund eingesetzt worden war, aber so geht man doch nicht mit Tieren um.« – »Das sagen Sie. Aber viele Menschen sehen das anders, auch in der westlichen Welt. Da gibt es die Kuscheltiere, die vom Luxus ihrer Besitzer fast erstickt werden, und dann die Nutztiere, die ausgebeutet werden, um möglichst viel Gewinn abzuwerfen«, entgegnete Dr. Kaunert, während er aufstand, um seine Sachen zusammenzupacken.

Von Burna war nichts mehr zu sehen. Theresa suchte bereits die Räume nach ihr ab und schaute hierbei auch unter das Bett. Noch kniend zwischen Kommode und Doppelbett, fiel ihr Blick auf die Transportbox, die sie in einer Ecke im Flur abgestellt hatte. Vorsichtig schaute sie hinein und erblickte dort die Hündin, zusammengekauert und leise vor sich hin fiepend. Als sie hörte, wie Robert den Tierarzt verabschiedete, ging sie zu ihnen und sagte: »Burna sitzt verängstigt in ihrer Transportbox. Aber sonst scheint alles in Ordnung mit ihr zu sein.« – »Ja, geben Sie ihr hier ein gutes Zuhause. Mit dem dicken Mozart wird sie sich auch noch anfreunden. Der ist für jeden Spaß zu haben«, war sich der Tierarzt sicher.

Nachdem Dr. Kaunert gegangen war, hatte Robert nur einen Wunsch: »Jetzt schnell eine Aufbackpizza und dann ins Bett.« Die Pizzen waren noch im Ofen, als die Höferls an der Wohnungstür klingelten. Sie hielten sich aber nicht lange bei ihnen auf, weil sie sahen, wie verängstigt die Hündin war; auch wollten sie Roberts Erholungsschlaf nicht unnötig verkürzen. Pauline machte zum Schluss noch den Vorschlag, dass sie ja die Verbindungstür zwischen den Wohnungen öffnen könnten, wenn sie beide außer Haus gingen. Da Pauline die Abrechnungen und die Buchhaltung der Praxis im Homeoffice erledigte, könne sie ein Auge auf die Hündin haben. Robert war für diesen Vorschlag dankbar, weil er schnell einsehen musste, dass er Burna nicht, wie in alten Zeiten, überall mit hinnehmen konnte, geschweige denn mit in die Stadt. Dafür hatten ihr die letzten Wochen zu sehr zugesetzt. Man einigte sich in der Familie darauf, sie erst einmal in der Wohnung zu belassen, mit Zugang zum Garten.

Vor dem Zubettgehen öffnete Robert die Terrassentür, um seine Hündin nach draußen zu locken. Der Kater, dessen aktive Phase nun begann, fauchte Burna derweil aus der Küche heraus an, wo er gerade fressen wollte. Theresa stellte sich sofort zwischen die beiden Tiere. Um erst gar keine Rivalitäten ums Futter entstehen zu lassen, nahm sie Mozarts Fress- und Trinknapf und platzierte diese auf dem oberen Regalbrett in Roberts Büro. Den Ort konnte Mozart gut von seinem Hochsitz aus erreichen. Nur Robert war von dieser Veränderung wenig begeistert. »Das Futter stinkt ja wie ein ganzer Zooladen«, beschwerte er sich. »Aber versprich mir, jetzt nicht noch sein Katzenklo hier aufzustellen, sonst ziehe ich aus meinem eigenen Zimmer aus.« Die Nacht verbrachte Burna in ihrer Box, und es verlief alles insgesamt ruhig.

Robert hatte sich für den nächsten Tag freigenommen. Er nutzte Paulines Angebot, um kurz außer Haus zu gehen und die Hündin anzumelden. Als er wieder zurückkam, verkündete Pauline begeistert: »Burna war schon in unserer Wohnung und hat ein gekochtes Ei gefressen. Ich glaube, sie taut langsam auf.« Nachdem die Hündin noch einmal draußen war, nahm Robert sie mit zu sich in die Wohnung. Mozart hatte sie schon vom Sessel aus im Garten beobachtet und blieb dort auch liegen, als sie durch die Tür kam. Ohne dem Kater Beachtung zu schenken, lief Burna geradewegs in die Küche. Ihr Herrchen ging ihr hinterher und beeilte sich, ihren Napf zu füllen. Mit großem Hunger machte sich die Hündin über ihr Dosenfutter her, worauf Mozart, vom Geruch angelockt, auch in die Küche kam. Der Kater wagte sich bis auf zwei Meter an sie heran, worauf Burna zu knurren begann. Als er hierauf nicht reagierte, versuchte sie sich auf ihn zu stürzen, was Robert gerade noch verhindern konnte, indem er sich zwischen die Tiere stellte. Mozart flüchtete in Roberts Büro. Er wollte so schnell wie möglich auf seinen Hochsitz kommen und riss hierbei die Zimmerpflanze um, die auf der Ecke der breiten Schreibplatte stand und nun auf dem Parkettfußboden landete. Der Übertopf zerbrach mit einem dumpfen Knall und Robert fluchte: »Mist! Jetzt noch ein schreiendes Baby und ich bin reif für die Nervenheilanstalt.«

Während er die Scherben beseitigte, hatte sich Burna schon in ihre Transportbox gelegt und döste vor sich hin. Da wieder Ruhe eingekehrt war, setzte sich Robert an den PC, um die von Theresa recherchierten Daten zu seinem ehemaligen Stiefvater im Netz aufzurufen. Bodo Strasser war tatsächlich noch in seinem Laden tätig und so wählte Robert kurzentschlossen dessen Geschäftsanschluss. Es meldete sich eine Mitarbeiterin. Robert bat sie, ihn mit Herrn Strasser zu verbinden, und ergänzte noch: »Es ist sehr dringend.« – »Worum geht es denn?«, wollte die Frauenstimme am anderen Ende wissen. »Es ist privat«, beeilte sich Robert zu sagen und hörte dann nur noch die Walzermusik der Warteschleife.

Es dauerte einen Moment, bis sich eine kräftige Männerstimme meldete. »Strasser, was kann ich für Sie tun?« Robert erkannte die Stimme sofort. Sie erinnerte ihn an den Tag, als er mit seinem Bruder ins Internat gefahren wurde. Vorne im Auto saßen seine Mutter und dieser Bodo, der drei Stunden lang unentwegt redete. Robert fand die Stimme genauso unangenehm wie damals. Er begann zu sprechen: »Hier ist Robert Wagner. Sie waren früher einmal mein Stiefvater. Es geht um Stefan. Ich werde demnächst heiraten und möchte ihn zu meiner Hochzeit einladen. Haben Sie seine Anschrift?«

Es herrschte sekundenlanges Schweigen, bis die unangenehme Stimme sich räusperte und dann sagte: »Das geht wohl nicht. Stefan ist in einer betreuten Einrichtung.« Robert blieb hartnäckig. »Kann ich ihn denn wenigstens einmal besuchen?« – »Stefan ist behindert. Er hat am Anfang öfter nach dir gefragt; in der letzten Zeit aber gar nicht mehr. Hast dich ja im Familienleben ziemlich rar gemacht.« – »Was ist denn passiert, dass er behindert ist?«, versuchte Robert herauszubekommen. Herr Strasser räusperte sich noch einmal, bevor er erklärte: »Stefan hatte zweimal versucht sich umzubringen. Die Sache im Internat hat ihm übel zugesetzt; aber wem sag ich das? Beim letzten Versuch hat er Hirnblutungen bekommen, er ist auf einem Auge fast blind und halbseitig gelähmt. So wie nach einem Schlaganfall eben, danach ist man auch nicht mehr fit und arbeitstauglich.« Obwohl es Robert unheimlich naheging, was dieser derbe Mann gerade gesagt hatte, bat er noch einmal um die Anschrift von Stefan.

Diesmal war Herr Strasser gar nicht mehr so abgeneigt. »Dann kannst du ihn vielleicht auch mal an den Feiertagen zu dir nehmen. Meine neue Frau, die Franzi, hat immer ein wenig Probleme damit, auch jetzt, wo unsere Tochter Amelie da ist. Sie hat Angst, dass er der Kleinen etwas antun könnte. Man hört ja öfters, dass die Opfer später selbst einmal übergriffig werden können. Hast du keine Probleme mit deiner Vergangenheit? Du warst doch auch da im Internat.« Mühsam um Beherrschung bemüht, antwortete Robert: »Die sexuellen Belästigungen betrafen, soweit ich recherchieren konnte, nur jüngere Schüler, die in einem anderen Haus wohnten als wir älteren. Aber dieses Internat war generell kein Ort, an dem Kinder Geborgenheit finden konnten. Wo kann ich Stefan denn erreichen?« Endlich gab ihm Herr Strasser die Anschrift samt Telefonnummer durch. Robert bedankte sich bei ihm und sagte abschließend: »Wir werden sehen, was ich übernehmen kann. Erst einmal geht es mir nur um eine Kontaktaufnahme.«

Nach diesem Gespräch fühlte er sich, als hätte ihn jemand in Jauche getunkt, besudelt von den Machenschaften aus seiner Kindheit. Er überlegte erst, Friedrich anzurufen, entschied sich aber dagegen. Er wollte seine Probleme endlich ohne die Unterstützung seines Onkels lösen, zumal Theresa kürzlich schon nachgefragt hatte, wie lange ein Psychologe denn noch Teil ihrer Beziehung sein müsse. Er rief die Webseite der betreuten Einrichtung im Netz auf und las sich die Informationen durch. Dann wählte er die Telefonnummer des Haupthauses und fragte nach Stefan Strasser. Es dauerte einen Moment, bis er in die Wohngruppe 7 vermittelt wurde. Dort erkundigte sich eine Mitarbeiterin, ob sein Anruf mit Strasser senior abgestimmt worden sei. Robert erklärte ihr: »Von Herrn Strasser senior habe ich gerade die Telefonnummer erhalten. Ich bin der Halbbruder von Stefan.« Kurz darauf hörte er eine männliche Person im Hintergrund rufen: »Holt mal den Stefan. Sein Bruder ist am Telefon.« Robert spürte sein Herz pochen. Er versuchte, die Geräusche am anderen Ende zu interpretieren. Dann vernahm er ein Rumpeln und jemand sagte ungeduldig: »Da kommst du mit dem Rollstuhl nicht rum, das weißt du doch.«

Es dauerte noch einen Moment, bis sich eine männliche Stimme meldete. »Hallo. Wer ist denn da?« – »Stefan, hier ist Robert. Wie geht es dir?« Es folgte ein fast unerträgliches Schweigen. »Warum meldest du dich erst jetzt?«, fragte Stefan nach einer Weile. »Ich war im Ausland. Bin vor alldem hier weggelaufen«, versuchte Robert sich zu erklären. Wieder herrschte Schweigen, bis Stefan mit müder Stimme sagte: »Das wollte ich auch, ist aber ziemlich schiefgegangen und jetzt geht das alles nicht mehr.« Robert musste schlucken. Mühsam fragte er: »Darf ich dich einmal besuchen kommen? So in zwei Wochen?« Sein Bruder war damit einverstanden und sie einigten sich darauf, dass Robert ihm den genauen Termin noch durchgeben würde.

Als das Gespräch beendet war, schossen ihm die Tränen in die Augen. Er warf sich aufs Sofa und weinte mit einer Heftigkeit, die er noch nie bei sich erlebt hatte. Er brauchte einige Zeit, um sich wieder zu beruhigen. Eine halbe Stunde später traf Theresa ein, die bei seinem Anblick erschrak. »Robert? Ist etwas passiert?« – »Nein, es waren nur wieder die dunklen Schatten aus der Kindheit.« Dann erzählte er ihr von den beiden Telefonaten, die er heute geführt hatte. Während Theresa ihm zuhörte, kam Burna mit eingezogenem Schwanz zu ihnen ins Wohnzimmer. »Was hat sie denn?«, erkundigte sich Theresa und kraulte die Hündin. »Sie wollte mich wohl zwischendurch trösten, als ich so heftig geheult habe, aber ich habe auf ihr Anstupsen nicht reagiert«, erklärte ihr Robert. »Und Mozart? Geht es ihm wenigstens gut? Er kam gar nicht, um mich zu begrüßen«, wunderte sich Theresa. »Burna hat ihn attackiert, als sie fressen wollte, und das hat ihn wohl nachhaltig beeindruckt. Vielleicht sollten wir noch einmal über die Rollenverteilung sprechen«, schlug Robert vor und erzählte ihr dann von dem zerschlagenen Übertopf, der noch von Oma Stina stammte.

Theresa wehrte gleich ab: »Nee, nee, so nicht. Ich habe für das kommende Wochenende drei freie Tage ausgehandelt, damit wir ins Ferienhäuschen fahren können. Bis du Vater wirst, musst du diese Rasselbande hier erzogen haben, damit alles ganz prima läuft. Du darfst in Familiensachen nicht so zimperlich sein«, empfahl sie ihm und ging dann in die Küche, um das Essen vorzubereiten. Während sie kochte, ließ sich Mozart blicken. Burna kläffte ihn aber sofort an, worauf er wieder in Roberts Büro verschwand. Noch genervt vom Vorfall am Mittag, wurde Robert streng: »Burna, aus! Komm hierher.« Mit eingezogenem Schwanz verschwand die Hündin in ihrer Transportkiste, weil sie sich dort am sichersten fühlte.

Beim Abendessen kam Theresa noch einmal auf Stefan zu sprechen: »Es ist eigentlich furchtbar, wie viele gruselige Details immer noch an die Oberfläche schwappen und wie unmenschlich deine Mutter und dieser Bodo damit umgehen. Hast du hierüber einmal mit Ferdinand gesprochen?« – »Ich möchte meine Bedarfstherapie bei ihm beenden. Er hat immer gesagt, dass ich selbst über das nötige Know-how verfüge, um meine belastenden Kindheitserinnerungen aufarbeiten zu können und das möchte ich jetzt ohne seine Unterstützung auch versuchen.« – »Und du meinst, das klappt?« – »Ja, schon. Ich schätze weiterhin seinen Rat als Onkel, aber ansonsten möchte ich ihn aus meinem Ehe- und Familienleben heraushalten. Glaubst du nicht, dass wir es zusammen schaffen können?« Theresa zögerte noch. »Doch. Mir gefällt die Idee, aber ich will nicht, dass du meinetwegen etwas aufgibst, was du vielleicht noch brauchst.« Robert blickte sie ernst an, bevor er ungläubig den Kopf schüttelte und sie fragte: »Glaubst du etwa, dass ich ein kaputtes Psychowrack bin, das niemals von der Psychologencouch loskommt?« – »Nein«, beteuerte sie, konnte aber nicht weitersprechen, da er plötzlich mit der Faust auf den Tisch schlug und sie aufforderte: »Dann sag mir doch endlich einmal die Wahrheit! Was glaubst du, was ich bin?«

Theresa griff nach seiner Hand, die immer noch geballt neben seinem Teller auf der Tischplatte lag, und erwiderte ruhig: »Du brauchst keine Faust in unserer Beziehung und hoffentlich auch nie bei unseren Kindern.« Als seine Hand sich etwas entspannte, fuhr sie fort: »Ich konnte mir anfangs nicht vorstellen, welche dunklen Schatten deine Kindheit auf unser jetziges Leben wirft. Es ist schon belastend, mit anzusehen, wie du dich da durchkämpfst, und ich bewundere deinen Mut, all diese Probleme jetzt anzugehen. Aber manchmal kommt es mir so vor, als wollten wir gemeinsam einen blühenden Garten inmitten einer steinigen Landschaft errichten. Und das ist verdammt schwer. Trotzdem möchte ich dich heiraten und mit dir eine Familie gründen.« Er sah müde aus, als er feststellte: »Kürzlich hatte ich noch den Eindruck, ich sei gut in meinem neuen Leben angekommen. Und heute führe ich zwei Telefonate und meine Gelassenheit löst sich sofort in Luft auf. Meinst du, wir kriegen eine Beziehung auf Augenhöhe hin?« – »Ja. Wie du an Benedikt siehst, hat meine Familie auch einige Probleme, aber ich denke, wir können es schaffen«, versuchte sie optimistisch zu bleiben. Er wirkte schon deutlich entspannter, als er vorschlug: »Ich lasse noch einmal Burna in den Garten und danach würde ich mit dir gerne schlafen gehen.« Als sie nickte, fügte er hinzu: »Habe übrigens fürs Wochenende keine Besamungsstopper besorgt.« – »Na, dann schauen wir einmal, was passiert«, war ihr knapper Kommentar.

Der nächste Tag war der Härtetest für den Alltag mit Hund und Katze. Während sich Theresa früh verabschiedete, versorgte Robert erst die beiden Tiere und verließ danach ebenfalls die Wohnung, um seine Termine wahrzunehmen. Zwischendurch rief er bei Pauline an und erkundigte sich, ob alles in Ordnung sei, worauf er die Antwort bekam: »Für Burna habe ich das Reisekörbchen rübergeholt. Sie schläft nun unter dem Schreibtisch. Mozart liegt bei euch im Sessel. Ich kann also in aller Ruhe die Abrechnungen machen.« Um halb drei kam Robert wieder zurück und wollte seine Hündin abholen. Burna spielte gerade im Garten mit Dr. Höferl, der noch Mittagspause hatte. Die Hündin nahm Robert kaum wahr, als er auf die Terrasse trat. Sie war gerade dabei, einen Tennisball zu apportieren, den ihr Spielgefährte immer wieder auf die Rasenfläche warf. Dies hatte er in Kolumbien öfter mit ihr gespielt, allerdings mit einem Ast. Dr. Höferl ging auf Robert zu. »Burna ist schon richtig gut hier angekommen«, stellte er zufrieden fest. »Sie verträgt sich aber nicht mit Mozart«, wandte Robert ein. »Je selbstbewusster sie wird, umso stärker versucht sie den Kater einzuschüchtern.«

Dr. Höferl wollte dieses Problem einmal mit seiner Ehefrau besprechen und schnitt dann ein ganz anderes Thema an. Er fragte Robert, ob er einen seiner Patienten therapieren würde, der einen schweren Motorradunfall gehabt hatte und mit seinen Ängsten nicht gut umgehen könne. Robert erkundigte sich nach Einzelheiten zu dem jungen Mann und sagte schließlich zu, mit der Behandlung zu beginnen, sobald er die Zulassung als Therapeut erhalten werde. Sie vereinbarten, dass Robert hierfür den kleinen Besprechungsraum der Praxis nutzen könne. Theresa reagierte erstaunt, als er ihr am Abend von seinem ersten Privatpatienten erzählte, fand aber die Idee gut, zumal sie sich schon länger gewünscht hatte, Robert würde als Therapeut in die Praxis ihres Vaters einsteigen. Um ihn hierin zu bestärken, sagte sie: »Siehst du, wenn sich erst einmal herumspricht, wie du Burna wieder hinbekommen hast, bist du bald ein gefragter Psychologe.« – »Für traumatisierte Haustiere oder was?« – »Für alle verletzten Seelen, mein großer Held«, schwärmte sie und schmiegte sich an ihn.

Nach dem Abendessen wollten sie sich die Nachrichten im Wohnzimmer anschauen. Robert hatte sich schon aufs Sofa vor dem Fernseher gesetzt und Mozart sprang wie so häufig auf seinen Schoß, während Theresa noch mit Burna in der Küche war. Doch kaum hatte sie die Küchentür geöffnet, stürmte Burna ins Wohnzimmer, erblickte den Kater bei ihrem Herrchen und wollte sofort nach ihm schnappen. Fast zeitgleich brüllten Robert und Theresa: »Burna, nein!«, wobei Robert noch versuchte, die Hündin abzuwehren. Mozart sprang voller Panik auf seinen Lieblingssessel. Erst als er sah, dass die Hündin ihm nicht folgte, verschwand er in Roberts Büro.

Theresa verschloss sofort die Tür zum Arbeitszimmer und ging dann zu Robert, der sich beim Versuch, die Hündin festzuhalten, an der Hand verletzt hatte. Während sie sich die Wunde ansah, stellte er frustriert fest: »So geht das nicht. Burna macht hier richtig Jagd auf Mozart. Hat die Langeweile oder was?« Theresa holte den Verbandskasten, um seinen blutenden Finger zu versorgen. Während sie die Wunde säuberte, mutmaßte sie: »Ihre anfängliche Angst ist verflogen und allmählich fällt ihr hier die Decke auf den Kopf. Schließlich war Burna noch nie so lange in einer Wohnung eingesperrt. Ihren Frust lässt sie jetzt wohl an dem Dicken aus.«

Robert wollte seine Hündin nach diesem Vorfall eigentlich in ihr Körbchen schicken, während Burna aber lieber ihre Transportbox aufsuchte. »Ich habe heute deinem Vater schon gesagt, dass es zwischen Burna und Mozart nicht so gut läuft. Er will mit Pauline darüber sprechen. Oma Stina wäre bestimmt traurig, wenn sie sehen würde, wie ihr Kater bei uns leiden muss«, stellte Robert enttäuscht fest. Theresa wollte keine Entscheidung übers Knie brechen und bat ihn: »Lass uns einmal sehen, wie ihr das Wochenende im Ferienhäuschen bekommt. Ich könnte mich von keinem der Tiere trennen.«

XIV

Burna hatte sich seit ihrer Ankunft in Wien nur auf dem Grundstück aufgehalten. Sie reagierte aufgeregt, als Robert sie am Freitag, während es draußen noch dämmerte, mit einem Leckerli in die Transportbox lockte und diese dann verschloss. Gemeinsam mit Theresa hob er die Box ins Auto und sie fuhren los. Anfangs gab die Hündin hohe Fieplaute von sich, bis sie merkte, dass nichts Schlimmes geschah und sie damit auch keinen Erfolg hatte. Robert, der den Wagen lenkte, stellte erleichtert fest: »Noch länger hätte ich mir das nicht anhören können. Dieser Ton tut ja richtig weh im Kopf.« – »Sag das bloß nicht so laut, sonst fängt sie wieder an«, raunte ihm Theresa zu und versuchte sich ein wenig zu entspannen.

Am Ferienhäuschen angekommen, hoben sie als Erstes die Transportbox aus dem Wagen und brachten sie ins Haus. Robert öffnete sie und forderte seine Hündin auf: »Burna, komm.« Doch erst ein Hundekuchen konnte sie überzeugen, herauszukommen und sich in ihrer neuen Umgebung umzusehen. Damit ihr Stresssumpf auch im Garten landete, leinte Robert sie an und ging mit ihr hinter das Haus. Burna schnüffelte sehr ausgiebig, während Robert den Holzzaun nach möglichen Schlupflöchern absuchte. Sein Kontrollgang wurde von dem Mischlingsrüden des Nachbarn bemerkt, der neugierig zu ihnen an den Zaun kam. Burna beschnupperte das schwarze Wollknäuel ausführlich und begann dann zu jaulen. Sie ließ sich vom Zaun auch nicht mehr weglocken, sodass Robert ohne sie hineinging, um Theresa beim Auspacken zu helfen. »Burna hat einen neuen Freund«, erklärte er ihr gleich. »Etwa den Pudelmischling vom Nachbarn? Der ist doch mehr zum Knuddeln als zum Spielen«, amüsierte sich Theresa.

Nachdem sie ausgepackt hatten, ging Robert wieder in den Garten. Am Zaun stand der Nachbar, der mit Burna offenbar schon Kontakt aufgenommen hatte. Erfreut sagte er zu Robert: »Das ist ja eine Überraschung. Haben Sie jetzt auch einen Hund?« Über den Gartenzaun hinweg erklärte Robert ihm die Situation, worauf Herr Plaschke gleich vorschlug: »Kann Burna denn nicht mal zu uns kommen? Sie versteht sich doch gut mit dem Wolly.« Obwohl Robert Hunger hatte und mit Theresa gleich essen wollte, erklärte er sich bereit, mit seiner Hündin aufs Nachbargrundstück zu gehen. Frau Plaschke öffnete ihnen und bat sie gleich in den Garten, wo auch deren Werkstatt stand, in der sie Holzarbeiten für Weihnachtsmärkte fertigten. Wolly kam sofort angerannt und beschnupperte ausgiebig seine vierbeinige Besucherin. Dann lief er mit ihr durch den Garten.

Herr Plaschke freute sich: »Hier gibt es nicht sehr viele Hunde, so abgelegen wie wir wohnen. Der Wolly vermisst das schon und die beiden mögen sich doch.« Robert spürte zwar auch, dass Wolly besser zu Burna passte als der fette Mozart, blieb aber abwartend: »Wir sind ja jetzt drei Tage vor Ort und können einmal sehen, wie es sich zwischen den beiden entwickelt.« Als er kurz darauf ohne Burna zurückkam, mutmaßte Theresa: »Hat Burna jetzt ihr Leben wieder selbst in die Pfoten genommen? Lieber Landluft und Wollknäuel anstatt Stadtleben und Mozart?« – »Sieht so aus«, gab sich Robert wortkarg. »Was sind denn die Nachbarn für Leute? Kennst du sie näher?«, bohrte Theresa weiter. »Ferdinand kennt sie ganz gut. Die beiden hatten früher einen Spielzeugladen in der Stadt und haben nur nebenbei Holzarbeiten gemacht. Jetzt können sie wohl davon leben und kennen viele Händler, die ihnen ihre Arbeiten abnehmen«, wusste Robert zu berichten und ergänzte dann noch: »Sie sind wohl ganz nett und sehr tierlieb.«

Am Nachmittag wollten sie Burna zum Wandern mitnehmen, doch diese zeigte wenig Interesse. Nur unwillig ließ sich die Hündin anleinen und reagierte verängstigt, als sie mit ihr das Grundstück verlassen wollten. Robert redete auf sie ein und zog sie an der Leine hinter sich her, bis Theresa fragte: »Darf ich mal?« Sie übernahm die Leine, hielt der Hündin ein Leckerli hin und forderte sie auf: »Komm, Burna, komm.« Als sich die Hündin in Bewegung setzte, bekam sie ihre Belohnung. Nach den ersten fünfzig Metern übergab Theresa die Leine an Robert und ein paar Leckerlis gleich dazu. Robert fragte sie mit einem Grinsen: »Macht ihr das mit euren jungen Patienten auch so?« – »Na klar, sonst würden wir in die Kleinen nie eine Spritze reinbekommen.«

Nach dem Spaziergang wollte Burna sofort wieder zurück zu ihrem neuen Freund. Es war Robert peinlich, aber schließlich gab er der fiependen Hündin nach und ging mit ihr zu den Nachbarn hinüber. Kurz darauf kam er ohne sie zurück und sagte nur zu Theresa: »Unsere Hündin hat ein Date.« Er zündete gerade das Holz im Kamin an, als ein Anruf von Ferdinand kam. Der Onkel hatte eine Idee, wie das Ferienhäuschen weiter genutzt werden könnte, und wollte morgen vorbeischauen, um nähere Einzelheiten mit ihm zu besprechen. Robert war einverstanden und kam dann kurz auf Stefan zu sprechen. Sein Onkel schwieg einen Augenblick, bevor er sagte: »Das habe ich fast befürchtet. Ein Gast hatte einmal den schlechten Ruf des Internates erwähnt; deine Tante wollte aber nicht weiter nachfragen.«

Nachdenklich kam Robert nach diesem Telefonat zu Theresa in die Kochzeile. Sie war gerade dabei, das Abendessen vorzubereiten. Wortlos deckte Robert den Tisch. »War eben etwas?«, fragte sie irritiert. »Ferdinand wird morgen Nachmittag kurz vorbeikommen. Er möchte etwas mit uns besprechen.« – »Weißt du, worum es geht?«, hakte sie nach. »Er wollte wissen, was ich mit dem Häuschen vorhabe. Er hat sich zusammen mit seinen Wanderfreunden eine besondere Nutzungsform ausgedacht, die er mir morgen vorstellen will. Ich möchte es gerne behalten, schon als Andenken an meine Großeltern und die schönen Zeiten meiner Kindheit. Für mich ist es so etwas wie mein Elternhaus.«

Den Abend verbrachten sie gemeinsam vor dem Kamin. Robert erzählte viel von seinen Großeltern und ihrer gemeinsamen Zeit hier im Haus. Seinen Worten entnahm Theresa, dass sein Vater ihn öfter hergebracht hatte und manchmal auch selbst einige Tage geblieben war. »Und deine Mutter, war sie nie mit?«, erkundigte sie sich. »Erinnern kann ich mich daran nicht, aber meine Oma hatte mir erzählt, dass sie auch einmal dabei war. Allerdings vermisste sie ihren Haartrockner und einen Frisierstab für ihre Wellen. Danach war wohl ihre Frisur im Eimer«, amüsierte sich Robert. »Hat sie damals noch keine Perücke getragen?«, fragte Theresa. »Wieso Perücke? Ihre Haare sahen bei unserem Besuch doch so aus wie immer«, stellte Robert erstaunt fest. »Ja, eben. Deine Mutter trägt eine Frisur mit Scheitel, man kann aber die Kopfhaut nicht erkennen. Dies ist meist ein Zeichen für ein Toupet oder eine Perücke«, klärte sie ihn auf. »Was dir alles auffällt«, bemerkte er. »Na ja, du bist halt eine Frau und die Ärztin im Haus. Achtest auf jede körperliche Besonderheit und auf die Hygieneregeln.« – »Genau.«

Er erinnerte sich, dass sein Großvater öfters Bemerkungen zu Stefans Aussehen gemacht hatte. »Meiner Mutter war es ziemlich unangenehm. Irgendwann ist sie dann gar nicht mehr mit Stefan zu den Familientreffen gekommen. Opa hat mehrfach geäußert, dass mein Bruder den anderen Familienmitgliedern überhaupt nicht ähnlich sah. Halt ein Kuckuck und auch so fett, hat er einmal gesagt«, stellte Robert nüchtern fest. »Hat dein Vater eigentlich seine Vaterschaft überprüfen lassen?« – »Ja, als er schon erkrankt war, hat er einen Test veranlasst und daraufhin sogar die Vaterschaft angefochten. Dies sollte aber sehr vertraulich behandelt werden und meine Oma hat es mir auch erst erzählt, als ich schon volljährig war. Wer gibt schon gerne zu, ein gehörnter Ehemann zu sein?«

Am nächsten Tag kam Ferdinand pünktlich beim Ferienhaus an, mit einem großen Paket Kuchen und einem Gruß von der Tante. »Wo ist denn eure Hündin?«, fragte er gleich. »Ich würde sie gern kennenlernen.« – »Die hat sich gestern mit dem Hund vom Nachbarn angefreundet. Ich bin einmal gespannt, ob wir sie morgen wieder mit nach Wien nehmen können.« Beim Kaffeetrinken erzählte Robert seinem Onkel ausführlich vom Besuch bei seiner Mutter und kam danach auf das Telefonat mit Bodo und noch einmal auf Stefan zu sprechen. Ferdinand blickte nachdenklich und sagte dann: »Das, was im Internat geschehen ist, war ja schon schlimm genug. Aber eure Kindheit haben deine Mutter und dieser Bodo verbockt. Was mich richtig wütend macht, ist die Tatsache, dass sie genug Geld hatten, um gute Unterstützung in Anspruch zu nehmen. Aber die beiden waren so selbstsüchtig und verblendet, dass sie die Leiden von euch Kindern gar nicht wahrgenommen haben.« – »Am kommenden Freitag werde ich Stefan im Heim besuchen. Wir werden sehen, wie es danach mit uns weitergehen kann«, meinte Robert.

Was das Ferienhaus betraf, konnte Robert gut begründen, warum er es auch weiterhin behalten wollte. Trotzdem konnte er sich mit seinem Onkel auf einen kleinen Nutzerkreis, bestehend aus Ferdinands Wanderfreunden, einigen. Der Onkel hatte auch schon eine genaue Vorstellung davon, wie die Detailfragen zu regeln wären. »Jeder der Nutzer bekommt ein Zeitkontingent und zahlt dafür eine Pauschale.

Meine Freunde und ich würden also jeweils 200 Euro pro Monat an dich überweisen und du hättest damit 1.000 Euro sicher. Möchte einer das Haus öfters haben, wird entsprechend nachverhandelt. Jeder Nutzer macht selbst sauber und ersetzt die Schäden, so er welche verursacht.« Obwohl Robert seinem Onkel vertraute, wollte er sich vorerst auf eine Testphase von einem Jahr festlegen, zumal er die Wanderfreunde nicht kannte. Theresa hielt sich bewusst aus der Entscheidung heraus.

Gegen Ende seines Besuches sprach Ferdinand das Schließfach an, das er für Robert gemietet hatte, und legte den Schlüssel hierfür auf den Tisch. Robert sah ihn irritiert an. »Ich kann doch nicht zu deiner Bank fahren und alles mitnehmen.« – »Nein, aber ich möchte, dass es von nun an auf deinen Namen läuft. Oder du bewahrst die Goldbarren bei einer Bank in Wien auf, jetzt, wo du dich dauerhaft dort niederlassen wirst. Robert, du heiratest bald und ich möchte mich aus diesen Dingen herausnehmen«, entgegnete Ferdinand. Theresa war dieses Gespräch peinlich und auch Robert schien Probleme damit zu haben. Kurzentschlossen sagte sie: »Ich lass euch jetzt mal alleine«, und verschwand im Schlafzimmer.

Sie kam erst wieder zu ihnen zurück, als sie hörte, dass Ferdinand aufbrechen wollte, um ihn noch zu verabschieden. Sein Onkel war gerade losgefahren, als Robert feststellte: »Ich fühle mich im Moment ein wenig so, als würde ich mit der Eheschließung volljährig werden.« – »Wie meinst du das?«, fragte sie nach. »Ferdinand hatte ziemlich viel für mich geregelt, während ich in Kolumbien war. Im Schließfach bewahrte er Goldbarren für mich auf, angeschafft von dem Ersparten aus meinem gut bezahlten Auslandsjob.« – »Aha. Also wieder so ein Geheimnis, damit ich dich ja nicht des Geldes wegen heirate?«, erkundigte sie sich verunsichert. »Nein, es war immer meine Reserve für den absoluten Notfall«, wehrte er ab. »Ich weiß gar nicht genau, wie viel überhaupt in dem Schließfach liegt. Ich besitze zwar einen Zweitschlüssel und bin auch als Berechtigter eingetragen, habe aber nie hineingeschaut«, versuchte er sich zu erklären. Da sie immer noch verstimmt dreinblickte, stellte er frustriert fest: »Siehst du, Gespräche über Geld enden bei uns immer in schlechter Stimmung.«

»Ja, weil du immer noch falsch getriggert bist. Inzwischen solltest du wissen, dass mir dein Geld gleichgültig ist. Trotzdem bist du weiterhin in der Denkstruktur deiner Eltern gefangen«, sagte sie ziemlich aufgebracht. Er zog den Schließfachschlüssel seines Onkels aus der Hosentasche und gab ihn ihr mit den Worten: »Es wäre schön, wenn er dir gehören würde und du demnächst als Zugangsberechtigte eingetragen werden könntest.« Theresa betrachtete den Schlüssel und erkundigte sich dann: »Hast du deinen am Schlüsselbund hängen oder wo bewahrst du ihn auf?« Robert verriet ihr zwar das Versteck für seinen Schlüssel, mahnte aber gleich: »Du musst für deinen jetzt einen anderen Ort finden, schon aus Sicherheitsgründen.« Sie dachte kurz nach und hatte dann die Idee, ihn hinter einer Leiste in ihrem Baumhaus aufzubewahren. Robert fand den Gedanken gut und überlegte, ob er seinen Schlüssel nicht ins Holz von Mozarts Hochsitz einarbeiten sollte. »Wenn der dicke schwarze Kater noch davorsitzt, ist das Versteck bestimmt sehr sicher«, war er überzeugt.

Am Abend besprach er mit den Nachbarn, ob er Burna am nächsten Tag schon nach dem Frühstück abholen könne. Da die Plaschkes ein paar Tage wegfahren wollten, war dies ganz in ihrem Sinne. Sie betonten aber, Burna könne beim nächsten Mal gerne wieder zu ihnen kommen. Als Robert dann wie verabredet seine Hündin holen wollte, musste er feststellen, dass er wieder einmal für sie nur die zweite Wahl war. Er musste sie sogar anleinen und mit Leckerlis locken, um sie überhaupt in das Ferienhäuschen zu bekommen. Dort verhielt sie sich so unruhig, dass er schließlich genervt den Vorschlag machte: »Ich glaube, es ist besser, wenn wir gleich zurückfahren. Mit der Hundedame wird es hier keine Erholung mehr.«

Zu Hause angekommen, teilte ihnen Pauline gleich nach der Begrüßung mit: »Benedikt hat angerufen. Er will seine Familie abholen.« Erstaunt fragte Theresa: »Ist er denn schon so weit? Und was sagt Julia dazu?« – »In seiner Vorstellung sind wir es, die sich in Hirngespinste verrannt haben. Wir wissen nicht, was Julia möchte. Er hat sie wohl ziemlich unter Druck gesetzt. Hoffentlich geht alles gut«, bemerkte Dr. Höferl besorgt.

Kaum waren sie in ihrer Wohnung, gerieten Burna und Mozart aneinander. Robert konnte seine Hündin gerade noch davon abhalten, sich auf den Kater zu stürzen, der daraufhin panisch auf seinen Hochsitz flüchtete. Allerdings gelang es ihm erst beim zweiten Versuch, nachdem er den Ablagekorb von Roberts Schreibtisch gerissen hatte. Gereizt stellte Robert fest: »Es klappt nicht mit den beiden. Und es klappt auch überhaupt nicht mit Burna.« – »Sie braucht Raum und Natur und einen Spielgefährten. Eine geräumige Altbauwohnung in Wien ist nicht ihr Ding«, brachte es Theresa auf den Punkt. Sie machten sich ihre Entscheidung nicht einfach und baten auch die Höferls um Rat. Letztlich beschlossen sie, Mozart zu Theresas Eltern zu geben, wo er sich ohnehin öfter aufhielt, wie auch an diesem Wochenende, als er die geöffnete Verbindungstür genutzt hatte, um sich seine Streicheleinheiten bei den Höferls zu holen. Theresa hatte Tränen in den Augen, als sie ihren Eltern die Sachen von Mozart übergab. Jeden Tag hatte der Kater sie an die Zeit mit ihrer Großmutter erinnert und nun hoffte sie, dass dieser Umzug nicht für immer sein würde, sondern nur vorübergehend.

Als sie am Abend neben Robert im Bett lag, erkundigte er sich: »Du hättest lieber Burna weggegeben, stimmt's?« – »Nein, Robert, so ist es nicht«, sagte sie energisch. »Ich mag diese Abwägung nicht. Burna hat ihre Vergangenheit und sucht bei uns eine neue Zukunft, und Mozart hat gerade sein Zuhause verloren. Ich hätte mir so gewünscht, dass hier jeder seinen Platz findet.« Bei ihren letzten Worten begann sie zu weinen. Betroffen nahm Robert sie in den Arm. »Jeder wird seinen Platz finden«, versprach er ihr, »aber der muss nicht unbedingt bei uns sein. Vielleicht hat Burna ja schon ein neues Zuhause gefunden, das ihr besser gefällt. Und Mozart könnte sich dann entscheiden, ob er bei deinen Eltern bleiben will oder bei uns. Er könnte sogar in beiden Haushalten wohnen.«

XV

Am Freitagvormittag war es dann so weit. Der Wohnungskauf konnte abgeschlossen werden und zur Feier des Tages bestellten sie sich asiatisches Essen nach Hause, auch um Burna nicht so lange alleine lassen zu müssen. Als sie dann zusammen mit Theresas Eltern am Tisch saßen, stellte Robert zufrieden fest: »Jetzt hat mein Leben endlich wieder ein festes Zuhause.« – »Das wurde auch langsam Zeit«, pflichtete ihm sein Patenonkel bei. Nachdem die Höferls gegangen waren, machte sich Robert auf den Weg zu seinem Bruder. Es wäre ihm lieber gewesen, wenn Theresa ihn begleitet hätte, doch sie musste am Abend noch zum Nachtdienst ins Krankenhaus. Als Geschenk hatte er eine bestimmte Kekssorte besorgt, die Stefan früher gerne gegessen hatte, was Pauline noch wusste und auch, wo es sie zu kaufen gab.

Robert versuchte sich auf der Fahrt zu erinnern, was sie als Kinder zusammen gespielt hatten. Das Magnetangel-Spiel, bei dem man Fische aus einem Pappbecken zog, gefiel Stefan besonders gut, während es für ihn als älteren Bruder weniger spannend war. Die Wohngruppe 7 befand sich auf einem Grundstück mit mehreren Gebäuden. Zwischen den einzelnen Häusern erstreckte sich eine parkähnliche Grünanlage mit Sitznischen und Angeboten für Brettspiele in überdimensionaler Größe. Mit gemischten Gefühlen parkte Robert den Wagen ein und schrieb Theresa eine SMS: »Bin heile angekommen.« Sie antwortete ihm gleich: »Viel Erfolg und grüß ihn bitte von mir.«

Robert meldete sich im Mitarbeiterzimmer, wo ein älterer Pfleger sofort sagte: »Stefan erwartet Sie schon. Er hat das letzte Zimmer rechts.« Angespannt klopfte Robert an die Tür und öffnete sie, als er ein »Ja bitte« von innen vernahm. Sein Bruder saß im Rollstuhl am Fenster. Er blickte erst etwas verunsichert, begann dann aber zaghaft zu lächeln. »Komm rein in mein kleines Reich«, sagte er. Robert schloss die Tür und ging auf ihn zu. Spontan beugte er sich zu ihm herunter, um ihn in den Arm zu nehmen. Er versuchte, seine Tränen zurückzuhalten, aber als er das Schluchzen seines Bruders vernahm, weinte auch er.

Nachdem sich beide etwas beruhigt hatten, setzte sich Robert auf den einzigen Stuhl im Zimmer und übergab seinem Bruder die Kekse. »Pauline Höferl konnte sich daran erinnern, dass es früher deine Lieblingskekse waren.« Stefan nickte und hatte Mühe, seine Tränen abzuwischen. Dann sagte er: »Ja, die habe ich immer von Oma Stina bekommen, wenn wir bei ihr waren. Manchmal auch zum Geburtstag. Die sind lecker. Wie geht es denn Oma Stina?« Robert musste schlucken, bevor er antwortete: »Oma Stina ist sehr alt geworden und im vergangenen Herbst gestorben. Wir haben die letzten Tage mit ihr verbracht und Tessa auch die Nacht, in der sie gegangen ist.«

Stefan murmelte betroffen: »Oh, das tut mir leid.« Er überlegte kurz und wollte dann wissen: »Tessa, das Rehmädchen mit den schönen braunen Augen und ganz langen Haaren?« – »Ja, genau, die hübsche Tessa mit den tollen Kleidern. Wir werden heiraten.« Stefan hielt einen Moment inne und sah Robert an. Dann fragte er: »Wart ihr früher schon zusammen?« – »Nein, damals waren wir ja noch Kinder. Und später haben wir uns aus den Augen verloren, so wie wir beide«, erklärte Robert und der Gedanke daran tat ihm weh. »Wo hast du dich denn die ganzen Jahre versteckt?«, wollte sein Bruder wissen. Er hörte dann sehr interessiert zu, als Robert von seinen Jahren in Kolumbien erzählte.

Als er geendet hatte, fragte er Stefan: »Was ist denn damals mit dir passiert, als du das Internat verlassen hast?« Sein Bruder setzte sich im Rollstuhl auf, blickte zum Fenster und schwieg. Nach einer Weile sagte er: »Der Sperber, unser Sportlehrer, hat mich immer öfter zu sich geholt. Ich sollte mich ausziehen und er hat mich unten angefasst. Dann musste ich es bei ihm tun, immer wieder. Eines Tages war ihm das nicht mehr genug. Er forderte mich auf, mich zu bücken, und er hat mich dabei so verletzt, dass ich geblutet habe.« – »Hat er dich vergewaltigt?«, fragte Robert bestürzt. »Ja. Ich bin dann aus dem Internat weggelaufen und als man mich gefunden hat, konnten sie das Blut in meiner Hose sehen. Ich musste zum Arzt.« – »Das war wahrscheinlich dein Glück. So konnte der Kinderschänder endlich gefasst werden«, stellte Robert betroffen fest. »Nein, eben nicht. Das Schwein hat behauptet, ein größerer Junge sei das gewesen, und man hat ihm geglaubt und nichts mehr gemacht«, empörte sich Stefan und fuhr dann fort: »Bodo hat mir aber erzählt, dass Sperber inzwischen verstorben sei. Das wusste er von einem Kunden.«

»Und wo hast du nach dem Internat gelebt?«, erkundigte sich Robert. »Erst bei Mama und Papa, den wir ja früher nur ›Onkel Bodo‹ genannt haben. Es war schon komisch, dass der plötzlich mein Vater sein sollte. Aber du siehst ja selbst, sehr ähnlich sehen wir zwei uns nicht«, stellte Stefan fest. »Ja, das stimmt. Und nachdem Mutter Bodo geheiratet hat, war ich aus der Familie raus. Ich hielt mich dann nur noch bei der Verwandtschaft meines Vaters auf«, erklärte ihm Robert. »Du magst Bodo nicht, stimmt's?«, fragte Stefan. »Nein, seine Art ist mir fremd. Aber so geht es mir auch bei unserer Mutter«, gab Robert unumwunden zu.

»Ja, mit Bodo hatte ich auch jahrelang Probleme. Er hat mich dann bald in ein anderes Internat gegeben, weil ich sein Liebesleben mit Mama gestört habe. Eines Nachts ist etwas passiert, das ihm nicht sonderlich gefallen hat«, erzählte Stefan mit einem seltsamen Lächeln. »Was war denn? Du kannst es mir sagen, wenn du willst.« – »In dieser besagten Nacht stand ich auf, weil ich zur Toilette musste. Auf dem Weg dorthin hörte ich das Stöhnen unserer Mutter. Ich ging zum Schlafzimmer und öffnete die Tür. Da sah ich Bodo, der auf unserer Mutter lag und genau dieselben Geräusche machte wie der Sperber damals.« Stefan schwieg einen Moment, bevor er fortfuhr: »Dann habe ich seinen Tennisschläger aus der Ecke genommen und auf ihn eingehauen, damit er endlich aufhört.« – »Und danach hat er dich in ein anderes Internat gebracht?«, hakte Robert nach. Sein Bruder nickte.

Während Stefan weitere Einzelheiten erzählte, verspürte Robert plötzlich den Wunsch, zu gehen. Allmählich wurde es ihm zu viel. Er schaute auf die Uhr und sagte abrupt: »Stefan, ich muss jetzt los. Ich besuche dich einmal wieder.« Obwohl sein Bruder ihn enttäuscht ansah, stand Robert auf und strich ihm zum Abschied noch einmal über die Schulter. »Es war schön, dich wiedergesehen zu haben, aber die Vergangenheit ist auch für mich manchmal schwer. Bei meinem nächsten Besuch reden wir weiter.« An der Zimmertür drehte sich Robert noch einmal zu ihm um. »Ich soll dich auch von Tessa schön grüßen«, sagte er, worauf sein Bruder nur ein »Danke« murmelte.

Als Robert am Mitarbeiterzimmer vorbeikam, sprach er den Pfleger von vorhin an: »Mein Bruder ist von unserem Gespräch emotional sehr aufgewühlt, wie ich auch. Es sind einige Erinnerungen hochgekommen. Sehen Sie bitte nach ihm.« Er überreichte ihm seine Visitenkarte, falls etwas sein sollte. Im Auto überlegte er, ob er in dem kleinen Hotel im nächsten Ort übernachten sollte, wie er es zuvor geplant hatte, zumal er ungern im Dunkeln über Land fuhr. Er verspürte den dringenden Wunsch, dieses Grundstück schleunigst zu verlassen, und fuhr los. Kurz nach dem Ortsausgang bog er in einen Feldweg ein. Robert schaffte es gerade noch, anzuhalten und hastig aus dem Wagen zu steigen, bevor er sich übergeben musste. Erschüttert über sich selbst, rief er bei Theresa auf dem Handy an. Er war froh, sie vor ihrem Nachtdienst noch erreicht zu haben. Mit wenigen Worten schilderte er ihr den Besuch bei seinem Bruder, worauf Theresa ihn besorgt bat: »Fahre jetzt bitte schnell in das Hotel und rufe dann deinen Onkel an, hörst du? Wir telefonieren nachher noch einmal. Ich rufe dich an, wenn ich auf der Station ein wenig Luft habe. Übrigens, Vati übernachtet heute bei Burna.«

Im Hotel telefonierte er mit Ferdinand. Robert erklärte ihm, dass ihm Stefan leidtat und dass er auch froh war, ihn besucht zu haben. Andererseits verspürte er fast eine Abneigung gegen die Situation im Heim, auch gegen Stefans Art und dessen Nähe zu Bodo und seiner Mutter. Ferdinand fragte ihn schließlich: »Wenn er nicht behindert wäre, wie würdest du dann handeln?« Robert stutzte erst, war sich dann aber sicher: »Ich würde ihn vielleicht ab und zu anrufen und schauen, ob sich daraus mehr entwickeln kann.« – »Dann mach es so. Du bist nicht verantwortlich dafür, dass er jetzt im Rollstuhl sitzt, und lass dir von Bodo keine Rolle aufdrängen, die du nicht übernehmen willst«, gab ihm sein Onkel mit auf den Weg.

Bevor er sich in dem kleinen, aber gemütlichen Hotelzimmer zum Schlafen hinlegte, rief ihn Theresa an. Sie fand den Rat des Onkels einleuchtend und sagte am Ende des Telefonates: »Ich liebe dich und freue mich auf morgen und auf das Kuscheln mit dir. Übrigens schläft Burna mit Vati in unserem Wohnzimmer und schnarcht.« In der Nacht träumte Robert von seinem Bruder. Sie übernachteten gemeinsam in einem Haus, aber in getrennten Räumen. Plötzlich rollte Stefan mit seinem Rollstuhl in sein Zimmer und griff nach seinem

Arm. Erschrocken wollte Robert ihm den Arm entziehen, aber Stefan krallte sich an ihm fest und schrie: »Du bleibst jetzt hier, für immer!«, und lachte dann hämisch, wie er es als Kind gerne getan hatte. Schweißgebadet wachte Robert auf und hatte anfangs Mühe, einzuordnen, wo er sich gerade befand. Er machte das Licht an und schaute auf sein Smartphone, das ihm anzeigte, dass es kurz nach zwei Uhr war. Dann sah er, dass er eine SMS bekommen hatte. Sie war von Stefan, der schrieb: »Vielleicht passe ich nicht in deine Welt, aber die Vergangenheit verbindet uns, vergiss das nicht. Dein Bruder Stefan.«

Robert versuchte ruhig zu bleiben und starrte im Licht der kleinen Nachttischlampe an die Decke. Erst zwei Stunden später konnte er wieder einschlafen, wurde dann aber um sieben Uhr von seinem Smartphone geweckt. Bevor er sich anzog, sendete er seinem Bruder eine SMS: »Uns verbindet, dass wir Halbbrüder sind. Warte einfach ab, wie sich alles entwickelt. Robert.« Er saß bereits am Frühstückstisch und las nebenbei in der Tageszeitung, die dort auslag, als sein Handy sich bemerkbar machte. Es war eine SMS von Theresa. »Dienst ist vorbei. Wir warten auf dich. Bringst du Semmeln mit? Bussi.« Er hatte ihr gerade darauf geantwortet, da schrieb ihm sein Bruder erneut: »Das ist mir aber zu wenig. Ich habe nicht mehr viel im Leben.« Es war eine Mischung aus Panik und Ärger, die sich in Robert breitmachte. Er ging auf sein Hotelzimmer und packte seine Sachen zusammen. Erst danach konnte er die SMS beantworten. »Ich weiß. Deshalb sollten wir einmal alle überlegen, wie du dein Leben etwas anreichern kannst. Bin jetzt in Eile, Robert.«

Mit frischen Semmeln kam er zwei Stunden später in Wien an. Theresa lag schon im Bett und Burna tobte im Garten mit Dr. Höferl herum. Robert ging zu ihnen nach draußen und wurde sofort stürmisch von seiner Hündin begrüßt, während sein Patenonkel bemerkte: »Hast du eine schlechte Nacht gehabt?« Robert zeigte ihm die SMS von Stefan und erzählte ihm auch von dem Besuch bei ihm und dem anschließenden Telefonat mit seinem Onkel. Mit ernstem Gesicht stellte Dr. Höferl fest: »Stefan muss lernen, wo die Grenzen sind. Lass dich nicht von ihm aussaugen oder in deinem Leben ausbremsen, falls er dies vorhaben sollte.«

Theresa war zu müde, um für ihr Frühstück aufzustehen, sodass Robert sich kurzerhand entschloss, es ihr ans Bett zu bringen und

sich zu ihr zu legen. Danach wollte er einfach nur noch mit ihr kuscheln und den fehlenden Schlaf von letzter Nacht nachholen. Mit
Blick auf das Hundekörbchen vermutete er: »Burna wird uns sicher
nicht bis Mittag in Ruhe lassen. Aber ich gehe dann mit ihr raus und
du kannst weiterschlafen.« Nach drei Stunden stand Burna tatsächlich vor seiner Betthälfte und stupste ihn an. Um Theresa nicht zu
wecken, stand er leise auf und ließ sie in den Garten. Dann füllte er
ihren Fressnapf und schaute auf sein Smartphone. Er hatte wieder eine
SMS von seinem Bruder erhalten, der schrieb: »An was denkst du
denn da, du großer Therapeut? Mir würden viele Dinge Spaß machen.
Gruß Stefan.« Robert ärgerte die Art und Weise, wie sein Bruder mit
ihm kommunizierte. Deshalb antwortete er: »An eine solide berufliche Tätigkeit. Ich schicke dir diese Woche ein paar Adressen, wer
dich hierzu beraten könnte. Habe im Moment viel um die Ohren.
Robert.«

Am frühen Nachmittag kam Theresa, noch ziemlich verschlafen, in
die Küche. Robert hatte schon gekocht. Beim Essen stellte Theresa anerkennend fest: »Du, deine Nudeln werden immer besser, auch vom
Biss her.« Robert, der sich all die Jahre nie fürs Kochen interessiert
hatte, freute sich über ihr Lob und begann zu philosophieren: »So
richtig kochen, mit frischen Zutaten, ist ziemlich anspruchsvoll. Nicht
so wie Pizza im Ofen aufbacken.« – »Das ist ja auch nicht Kochen,
sondern nur Aufwärmen. Kommt bei mir gleich hinter ›Hundefutter
in den Napf füllen‹«, war der knappe Kommentar von Theresa.

Dann kamen sie noch einmal auf seinen Bruder zu sprechen. Theresa
interessierte sich dafür, wie Stefan auf ihn wirkte. »Ist er immer noch
der rundliche und ziemlich wehleidige Typ von damals, der gerne
hämisch lachte, wenn er jemanden erfolgreich anschwärzen konnte?«
Robert blickte sie erstaunt an. »Ja, genau. Als diese Person wieder
zum Vorschein kam, machte es bei mir ›schnapp‹. Es passte alles:
Dieser kleine, nervige Bruder, der immer gleich beleidigt war, wenn
er mal nicht die Hauptrolle in der Familie spielen durfte. Auch beim
Telefonat mit dem schroffen Bodo und bei meiner Mutter, wie wir
sie kürzlich erlebt haben, fühlte ich mich stark an früher erinnert.«
Robert erzählte ihr auch, dass er Stefan zu einer Berufsberatung für
Personen mit Handicap schicken wolle, und fragte dann: »Hattest
du damals eigentlich viel mit ihm zu tun? Er konnte sich verdammt

gut an dich erinnern. An das Rehmädchen mit den braunen Augen und den langen Haaren.« – »Nein, nur wenn er manchmal hier war. In der Schule war er ja drei Klassen unter mir und da hatte ich nicht viel mit ihm zu tun. Ich habe lieber mit meinen beiden Freundinnen gespielt«, erinnerte sie sich.

Bevor Theresa am Abend wieder ins Krankenhaus fuhr, bat Robert sie: »Können wir nachher telefonieren, wenn du gerade Zeit hast?« Theresa küsste ihn und versprach ihm scherzhaft: »Ja, ich schicke alle ganz früh ins Bett und dann rufe ich dich an.« Als er mit Burna allein war, beobachtete er sie vom Sofa aus. Auch wenn sie gerade ruhig auf ihrer Decke schlief, hatte sie den ganzen Tag über unausgeglichen gewirkt, und das bedrückte ihn sehr. Um die Zeit bis zu Theresas Anruf sinnvoll zu überbrücken, setzte er sich an seinen Laptop und durchsuchte das Internet nach einer geeigneten Beratungsstelle für Stefan, außerdem recherchierte er nach Hilfsangeboten für Menschen mit Behinderung. Er konnte diese Informationen auch gut für die Therapiestunden mit dem Motoradfahrer gebrauchen, der sich nach seinem schweren Unfall große Sorgen um seine berufliche Zukunft machte.

Später im Bett, mit der leeren Seite neben sich, wurde Robert wieder einmal bewusst, was das Zusammenleben mit Theresa für ihn bedeutete. Einerseits empfand er ihre Unaufgeregtheit und ihren Pragmatismus als ziemlich angenehm, zumal er eher zu Grübeleien neigte und immer alles vorher abwägen musste. Andererseits hatte er in den letzten Wochen auch erlebt, dass eine Beziehung mit viel Verantwortung verbunden ist, weil zwei Menschen auf ihrem gemeinsamen Weg auch in gewisser Weise voneinander abhängig sind. Eine Erfahrung, die für ihn im Privaten noch relativ neu war. Als ausgesprochen positiv empfand er die Nähe zu seinen zukünftigen Schwiegereltern, die ihm hier in Wien eine gute Unterstützung waren.

Gegen 22 Uhr rief Theresa an und erklärte ihm gleich: »Du, es hat doch etwas länger gedauert. Ein Mädchen auf unserer Station musste sich mehrfach übergeben, ist jetzt aber mit der Sache durch.« Robert, der bis zu ihrem Anruf auch über die schwierige Situation mit Burna gegrübelt hatte, erzählte ihr, dass er mit dem Ehepaar Plaschke über Burnas Probleme in der Großstadt sprechen wolle, um sie dann zu fragen, ob sie Burna in Pflege nehmen könnten. Er würde regelmäßig nach ihr sehen können, wenn er im Ferienhäuschen war, und so den Kontakt zu ihr nicht wieder verlieren. Theresa fand die Idee gut und versprach ihm: »Und wenn es da nicht klappt oder ihr Sehnsucht nach euch habt, kann sie jederzeit wieder zu uns kommen.«

Am nächsten Morgen fuhr Robert mit seiner Hündin in ein nahegelegenes Waldstück, um mit ihr ausgiebig spazieren zu gehen. Burna musste auch hier an der Leine bleiben, denn sie reagierte sofort schreckhaft und mit lautem Gekläffe, wenn ein Radfahrer in ihre Nähe kam, worauf sich Robert in seiner Entscheidung bestätigt fühlte, für seine Hündin eine neue Bleibe zu suchen.

XVI

In der nächsten Woche hatten sich Robert und Theresa zum Einkaufen in der Stadt verabredet. Sie brauchtes etwas Geeignetes zum Anziehen für ihre bevorstehende Trauung. Schon im zweiten Bekleidungsgeschäft hatten sie Erfolg. Theresa fand hier ein Kleid, das sie später auch zu anderen Anlässen tragen wollte. Für Robert, der bislang gut mit Jeans, Hemden und Lederjacke durchs Leben gekommen war, bedeutete die Anzuganprobe allerdings Stress pur. Er war froh, etwas Passendes gefunden zu haben und sich wieder seine Alltagskleidung anziehen zu können.

Doch Theresa kam noch auf die Idee: »Komm, jetzt suchen wir dir noch einen feschen warmen Pullover aus, damit ich für dich etwas zum Geburtstag habe!« Robert blickte sie gequält an und suchte dann unschlüssig bei den Strickwaren. Kurz darauf hatte Theresa schon zwei Pullover ausgesucht und drängte ihn zur Anprobe. Robert, der nach seiner Zeit im Ausland kaum mehr Winterbekleidung besaß, war mit ihrer Auswahl einverstanden. Er musste sich auch nicht zwischen den beiden Pullovern entscheiden, da Theresa ihm verriet, dass er einen von ihren Eltern als Geschenk bekommen sollte.

Kurz vor der Kasse rief jemand hinter ihnen: »Hallo, ihr zwei. Was macht ihr denn hier?« Es war Julia, die Max im Buggy vor sich herschob. Theresa umarmte ihre Schwägerin zur Begrüßung, ohne auf ihre Frage einzugehen, und sprach dann Max an: »Na, du kleiner Mann? Wir können einmal wieder zusammen spielen, wenn du bei Omi und Opi bist.« Als ihr Neffe sie anstrahlte und ihr sein neues Häschen zeigte, wandte sie sich an Julia: »Und wie geht es euch? Läuft alles rund zu Hause?« Julias Augen füllten sich mit Tränen. »Es ist, als würde ich mit einem Fremden die Wohnung teilen. Da ist kein Vertrauen mehr.«

Nun kam auch Robert hinzu, der inzwischen die Kleidungsstücke bezahlt hatte. Er sah nur in Julias Gesicht und wollte dann wissen: »Gibt es ein Problem?« Gemeinsam gingen sie mit Julia und Max zum Parkplatz und erfuhren hierbei Genaueres. »Benedikt besteht zwar darauf, dass wir wieder zusammenleben, aber er hat überhaupt keinen Plan, was sich ändern könnte.« Verzweifelt fügte Julia hinzu: »Ich kriege auch jedes Mal Panik, wenn er mich nur anfasst und schmusen will.« – »Dann schlag ihm doch eine Paartherapie vor. Da könntest du auch über deine Ängste und Wünsche sprechen«, riet Robert ihr und nannte ihr auch gleich eine Adresse. Etwas hilflos sagte Theresa zum Abschied: »Und wenn etwas ist, melde dich bitte gleich bei uns oder unseren Eltern«, worauf Julia tapfer nickte und in ihren Wagen einstieg.

Als Robert die Wohnungstür aufschloss, kam Burna nicht, wie sonst üblich, zur Begrüßung herbeigelaufen. Theresa wurde misstrauisch, denn die Hündin war an diesem Nachmittag alleine in der Wohnung geblieben, Pauline sollte nur ab und zu nach ihr sehen. Schnurstracks ging Theresa ins Schlafzimmer und wurde dort auch gleich laut. »Burna, raus aus dem Bett, aber sofort!« Robert war ihr gefolgt und begleitete die Hündin erst einmal in den Garten. Als er wieder zurückkam, zog Theresa gerade den Bettbezug ab und schimpfte: »Die hat sich hier einfach ins Bett gelegt, schau dir einmal unsere Bezüge an. Was macht die eigentlich sonst noch?« – »Das hat sie sich vielleicht von Mozart abgeguckt. Der legt sich doch auch aufs Sofa«, versuchte Robert das Verhalten seiner Hündin zu erklären. »Mozart läuft aber nicht draußen herum, sondern putzt sich den ganzen Tag, was man von Burna nicht gerade sagen kann. Ich möchte keinen Hund im Bett, das ist mir zu unhygienisch. Wir legen uns ja auch nicht mit Schuhen hinein. Ab jetzt bleibt die Schlafzimmertür zu«, stellte Theresa energisch klar. Beeindruckt von ihrer Strenge murmelte Robert: »Jawohl, Frau Ärztin.«

Versöhnlich erklärte er sich bereit, das Bett frisch zu beziehen, während Theresa schon in die Küche ging, um das Abendessen vorzubereiten. Nachdem er mit dem Bett fertig war, ging er zu ihr und streichelte ihr über den Rücken. »Ich arbeite morgen noch ein wenig an der Erziehung von Burna, okay? Bei Mozart hat es doch auch geklappt«, versprach er ihr. »Der Kater ist unerziehbar. Das Einzige, was ihm meine Omi beibringen konnte, war, in der Wohnung zu bleiben und sich höchstens bis auf die Terrasse vorzuwagen«, bemerkte sie noch immer verstimmt. »Das ist für einen Kater aber ganz schön viel«, fand Robert und ergänzte dann: »Mozart ist ja auch gar kein richtiger Kater mehr. Und weil er so fett ist, ist er wohl auch froh, dass er sich nicht mehr viel bewegen muss. Von Burna gejagt zu werden, war für ihn Stress pur.«

Am nächsten Tag konnte Robert zu Hause arbeiten und nutzte die Zeit am Computer auch, um Informationen für seinen Bruder zusammenzustellen. Mittags rief er bei ihm an. Stefan reagierte erfreut und wollte gleich mehr über das Leben seines großen Bruders erfahren. »Was machst du denn alles, dass du immer so in Eile bist?« Robert wollte nicht viel über sich preisgeben und antwortete deshalb nur knapp: »Ich versuche mich gerade selbstständig zu machen, in der Praxis von meinem Patenonkel. Tessa wird da auch als Kinderärztin einsteigen.« – »Ist die immer noch so hübsch? Ich habe ihr gerne beim Schaukeln auf dem Schulhof zugeschaut. Da flog ihr dann öfter der Rock hoch und ich konnte ihr weißes Unterhöschen mit Rüschen sehen. Das war immer lustig. Hast du nicht ein Foto von ihr, was du mir schicken kannst?« Robert spürte, wie es ihm schon wieder zu eng wurde. Schroff antwortete er: »Das muss Tessa selbst entscheiden. Ich schreibe dir gleich die Kontaktdaten für die Beratungsstellen per Mail und schicke dir ein paar Infos im Anhang mit.« Dann beendete er ziemlich schnell das Telefonat und starrte betroffen auf seinen Schreibtisch.

Es kostete ihn Überwindung, die Mail auf den Weg zu bringen, zumal er hierin auch die Frage an Stefan stellte, wie es eigentlich zu dieser Behinderung gekommen sei. Er kannte bisher nur die Version von Bodo und die seiner Mutter, war sich aber nicht sicher, inwieweit er ihnen Glauben schenken konnte. Wie er vermutet hatte, dauerte es nicht lange, bis er eine Antwort erhielt. »Hi, großer Bruder. Die Behinderung habe ich wegen Ecstasy im Rückfall. Im letzten Internat hatte ich damit angefangen. Ich hatte Albträume vom Kinderschänder und war ansonsten ziemlich verklemmt. Mit dem Zeug ging es gut, auch der erste richtige Sex. Das war aber nicht so ein jungfräuliches Mädchen wie deine Tessa, sondern eine junge Frau aus dem Dorf, die es öfter mit den Jungs machte, auch für Geschenke oder Geld. Nach der zehnten Klasse war ich auf Entzug und ging vom Internat. Musste dann zu Bodo in die Lehre, was mir aber keinen Spaß gemacht hat. Habe dann in der Freizeit wieder das Zeugs genommen, auch zweimal in zu hoher Dosis, bis ich die Hirnblutung hatte. Ich war vorher auch ziemlich stark gestürzt. Jetzt also nur Rollstuhl. Sex geht wegen den Blutverdünnern auch nicht mehr richtig. Dein Arbeitsangebot klingt ja eher wie Beschäftigungstherapie für Behinderte, damit sie nicht Löcher in die Luft starren. Hast du nicht etwas Spannendes auf Lager oder arbeitest du den ganzen Tag? Dein Bruder Stefan.«

Misstrauisch durch diese Zeilen fragte Robert nach: »Bodo und Mutter hatten zwei Selbstmordversuche erwähnt. Ist da etwas dran?« Stefans Antwort kam prompt. »Nein, das habe ich doch nur gesagt, damit sie nicht so sauer sind, wegen des Rückfalls.« Robert wurde speiübel. Er versuchte tief durchzuatmen, rannte dann aber ins Bad, weil er sich übergeben musste. Als er sich den Mund ausspülte, fiel sein Blick auf den Schwangerschaftstest, den Theresa die Tage noch machen wollte. Er schrieb ihr eine SMS. »Hab mich nach einer Mail von Stefan übergeben. Meine Familie widert mich an.« Es dauerte fast eine Stunde, bis er eine Antwort bekam. »Halte durch, komme gleich zum Juwelier. Hatte gerade einen schwierigen Fall.«

Sie stand schon vor dem Geschäft, als Robert etwas abgehetzt auf dem Fahrrad erschien. Mit besorgtem Blick erkundigte sie sich: »Bist du bereit?«, worauf er nur nickte. Ihr Warten vor dem Schaufenster erleichterte ihnen die Auswahl enorm, weil Theresa schon zwei Eheringe in der Auslage favorisierte. Robert war, was Schmuck anging, sehr unbedarft. Manchmal trug er eine Armbanduhr, aus dem Nachlass seines Vaters, mehr nicht. Obwohl es für ihn ungewohnt war, einen Ring über den Finger zu streifen, konnten sie sich schnell auf einen schmalgeschnittenen Ehering einigen. Für die Frau war zusätzlich ein Diamant in die Fassung eingearbeitet worden.

Zu Hause zeigte Robert ihr die Mails von Stefan. Theresa reagierte keineswegs gelassen auf seine Zeilen. Sie mutmaßte sogar: »Sag mal, kann es sein, dass es seine wehleidige und anschwärzende Art war, weshalb man ihm damals im Internat nicht geglaubt hatte?« – »Nicht nur Stefan hat diese spezielle Art. Meine Mutter und Bodo ebenfalls. Da weißt du gar nicht mehr, wem du glauben kannst. Ich bin es langsam leid, so viel Energie dafür zu verschwenden, nach einem Fünkchen Wahrheit zu suchen.«

Am Sonntagnachmittag feierten sie Roberts Geburtstag zusammen mit den Höferls. Auch Julia war mit ihrem kleinen Sohn gekommen. Max freute sich, mit seinem Opa im Garten zu spielen und für Burna den Ball werfen zu dürfen. Julia hingegen wirkte am Kaffeetisch bedrückt, sodass Pauline nachfragte: »Habt ihr wieder Eheprobleme?« – »Benedikt findet mich deppert, weil ich mit ihm zur Paarberatung will. Er sagt, dass die Menschen früher auch gut ohne solche Psychoheiler ausgekommen seien.« Pauline sah dies anders. »Früher sind viele Beziehungen zerbrochen, weil die Menschen nicht miteinander geredet haben, oder sie haben voller Frust nebeneinanderher gelebt, ohne Lösungen für ihre Probleme zu finden. Ich finde es auch gut, wenn Alfons einen Psychologen wie Robert in seine Behandlung mit einbeziehen kann. Alfons hat zum Beispiel eine demenzkranke Patientin und ihr Ehemann kann die psychologische Unterstützung gut gebrauchen. Warum soll es jetzt für euch nicht eine gute Hilfe sein?«

XVII

Am letzten Wochenende vor der Hochzeit brachte Robert seine Hündin zu den Plaschkes. Er blieb noch eine Nacht im Ferienhaus, für den Fall, dass es Probleme geben würde, und fuhr dann am Sonntag allein zurück. Es fühlte sich diesmal anders an als damals, als er sie in Kolumbien zurückgelassen hatte. Er würde sie regelmäßig sehen und das Grundstück der Plaschkes war der perfekte Ort für Hunde. Das Ehepaar würde sich liebevoll um Burna kümmern, dessen war er sich sicher. Wieder zu Hause, nahm er Theresa in den Arm und sagte: »Ich komme mir vor wie ein Vater, dessen Tochter flügge geworden ist und nun das Elternhaus verlassen hat.« – »Ich fühle mich eher so, als hätte ich etwas mehr von meinem eigenen Leben zurück. Eine Patchworkfamilie mit Hund und Katze, die sich nicht gut verstehen, kann einen ganz schön einengen«, entgegnete sie.

Die Zeit bis zur Hochzeit verging wie im Flug, ausgefüllt mit letzten Vorbereitungen, wie das Abholen der Ringe und das Abstimmen des Brautstraußes, der dann kurz vor der Trauung geliefert wurde. Obwohl der Trautermin für Dienstagvormittag angesetzt war, reiste Ferdinand mit seiner Ehefrau bereits am Montagabend an. Sie wollten in einem Hotel übernachten, welches ihnen von einem Gast empfohlen worden war. Für Marlene war es keineswegs eine Erholungsreise. Sie nutzte die Gelegenheit, um das Haus des Konkurrenten kritisch unter die Lupe zu nehmen.

»Marlene ist wohl ganz in ihrem Element«, erzählte Robert am Dienstagmorgen während des Ankleidens. »Ferdinand hat mir gestern Abend verraten, dass sie mit Notizblock und Stift durch das Hotel läuft, um Ideen zu sammeln.« Lächelnd erkundigte sich Theresa bei ihrem zukünftigen Ehemann: »Und, wie sieht es bei dir aus? Bist du dolle aufgeregt?« – »Nein, jetzt ist es für mich so, als hätte ich mich für ein Reiseziel entschieden und das Flugticket schon gekauft. Es geht nur noch um das Einsteigen und dann los.« Als Theresa ihn amüsiert ansah, wollte er von ihr wissen: »Und wie ist es bei dir?« – »Ich bin froh, wenn alles vorbei ist und ich mit dir und Burna in unserem Ferienhäuschen ein paar ruhige Tage verbringen kann.«

Im Anschluss an die Trauung im kleinen Kreis lud Dr. Höferl zum Mittagessen in ein Lokal mit landesüblichen Spezialitäten ein. Robert wagte sich an ein Gericht, das er das letzte Mal am fünfzigsten Geburtstag seines Vaters gegessen hatte. Pauline fragte nach: »Na, magst du solche Gerichte noch oder ist dein Geschmackssinn eher auf internationale Küche eingestellt?« Robert überlegte kurz. »Manches ist ganz schön deftig, aber vom Geschmack her nach wie vor gut.«

Tante Marlene, die sich schon während der Trauung gewundert hatte, dass Theresa den Familiennamen ihres Ehemannes angenommen hatte, wollte nun von ihr wissen: »Ist dir das gar nicht schwergefallen, so als moderne junge Frau? Schließlich gibt man ja mit dem Geburtsnamen auch einen Teil seiner Identität auf.« – »Stimmt, aber ich mag keine Doppelnamen. Manche klingen zu sperrig und nicht wirklich schön. Außerdem finde ich es toll, wenn zum Herbst wieder das alte Schild an der Praxistür hängt, auf dem steht: Arztpraxis Wagner und Höferl«, erklärte Theresa ihre Entscheidung. Ihr Vater pflichtete ihr sofort bei, zumal er das Schild auch schon herausgesucht hatte. Schmunzelnd berichtete er, wie er damals mit seinem Freund intensiv darüber verhandelt habe, ob die Praxisgemeinschaft nun »Höferl & Wagner« oder umgekehrt heißen solle, und man sich dann auf die zweite Variante geeinigt habe, weil Wagner so wohlklingend sei.

Nach dem Essen zeigte Robert seiner Verwandtschaft sein neues Heim, worauf Ferdinand anerkennend feststellte: »Für so eine fesche Stadtwohnung würde ich auch sesshaft werden.« Die Tante staunte ebenfalls. »Ihr habt aber viel Platz, auch für Kinder!« Robert sprang auf dieses Thema sofort an. »Ja, die sind geplant. Tessa und ich sind jetzt bei dem Familienmodell, dass jeder von uns ab dem Herbst dreißig Stunden die Woche arbeitet, sodass wir noch ausreichend Zeit fürs Familienleben haben.« – »Und wenn es dann so weit ist, sind wir ja auch noch da«, ergänzte Pauline.

Tante Marlene schien sehr berührt zu sein. Etwas bedrückt sagte sie: »Das hätte ich mir mit unserer Tochter auch gewünscht. Jetzt können wir nur abwarten, was aus ihrer Beziehung mit dem Surflehrer wird, und hoffen, dass sie einmal wieder zurückkommt.« Robert, der um die Sorge seiner Tante wusste und auch seine Cousine gut kannte, konnte sich eine Annäherung der beiden Frauen durchaus vorstellen. Er schlug deshalb vor: »Macht doch Merle ein Angebot, dass sie einen Part im Hotelbetrieb selbstständig übernehmen darf und so auch ihre eigenen Vorstellungen umsetzen kann.« Ferdinand fand diese Idee gut und sah schon eine Möglichkeit: »Wassersportangebote auf dem nahegelegenen See, darüber würden sich die Hotelgäste sicher freuen.«

Bevor die Verwandtschaft am späten Nachmittag aufbrach, kam Marlene noch einmal auf das Thema »Nachwuchs« zu sprechen: »Also, wir sehen uns dann bei der Taufe eures Kindes hier wieder, oder habe ich da etwas falsch verstanden?« Robert bestätigte dies und fügte hinzu: »Zeitgleich wird es auch eine kirchliche Trauung in größerer Runde geben.« – »Hättest du gerne eine Tochter oder einen Sohn?«, erkundigte sich die Tante. Robert musste nicht lange überlegen. Er wünschte sich ganz spontan eine Tochter, seine Braut aber meinte: »Ich hätte gerne als erstes Kind einen Sohn.« – »Mal gut, dass ihr hierzu nicht gefragt werdet, sonst hättet ihr jetzt euren ersten Ehestreit«, stellte Onkel Ferdinand amüsiert fest.

Kaum hatten sie die Wohnungstür hinter ihren Gästen geschlossen, fragte Theresa: »Ich bin ziemlich geschafft und packe erst morgen früh meinen Koffer. Hast du etwas dagegen, wenn ich gleich ins Bett gehe? Also ich meine, wegen der Hochzeitsnacht und so.« Robert war zwar erstaunt, hatte aber auch bemerkt, dass Theresa müde aussah. Er nahm sie in den Arm. »Ja, leg dich mal schon hin, das ist okay. Ich brauche noch etwas Zeit für mich und meine Gedanken«, zeigte er sich verständnisvoll.

Robert ging in sein Arbeitszimmer, legte sich dort aufs Sofa und versuchte in sich hineinzuhorchen. Er freute sich auf den neuen Lebensabschnitt und empfand ein warmes Gefühl von Geborgenheit und Zuversicht, das er schon seit Jahren nicht mehr empfunden hatte. Nach diesem Tag war er zu aufgekratzt und wollte sich noch nicht schlafen legen. Er ging zur Kommode im Esszimmer, wo die Hochzeitsgeschenke lagen, und holte sich die Musik-CD, die Theresa ihm geschenkt hatte. Es war irischer Folk, mit vielen Ecken und Kanten, aber auch mit einer Menge Lebensfreude. Während die CD lief, dachte er an Theresas Worte, als sie ihm das Geschenk überreicht hatte: »So könnte ich mir ein Leben mit dir vorstellen.«

Kurz vor Mitternacht ging er ins Badezimmer, um sich für die Nacht fertig zu machen. Beim Zähneputzen hielt er einen Moment inne und betrachtete den Ehering an seinem Finger. Auch wenn er sich erst an das Schmuckstück gewöhnen musste, fand er, dass es gut zu seinen schlanken Händen passte. Seine Ehefrau schlief fest und war in ihre Decke gerollt, als er zu ihr ins Schlafzimmer kam. Er gab sich Mühe, sie nicht zu wecken, und legte sich vorsichtig neben sie. Dann aber überkam ihn der Wunsch, sie zu berühren und er streichelte ihr Haar. »Müssen wir schon aufstehen?«, fragte sie schlaftrunken. »Nein, mein Schatz, die Nacht ist noch lang. Ich wollte dich nur noch einmal streicheln«, beruhigte er sie und vernahm kurz darauf ihr gleichmäßiges Atmen.

Am nächsten Morgen fuhren sie wie geplant nach dem Frühstück los. Als sie Wien hinter sich gelassen hatten, stellte Theresa erleichtert fest: »Ich habe letzte Nacht endlich einmal wieder gut geschlafen. Wenn Burna jetzt keinen Stress macht, könnten die nächsten Tage richtig erholsam werden.« Robert sah dies ähnlich. »Gut, dass wir auch über Ostern dort bleiben, wir brauchen diese Auszeit.« Kurz vor ihrem Ziel hatte Robert die Idee: »Vielleicht können wir im Zaun einen Durchgang zum Nachbarn schaffen, dann kann Burna kommen und gehen, wann sie will«, schlug er vor.

Kaum hatten sie die Einfahrt zum Ferienhäuschen erreicht, erschien die Hündin bereits am Gartenzaun. Gerührt stellte Robert fest: »Schau mal, Burna erwartet uns schon.« Er stieg aus und ging zu ihr. Laut bellend lief seine Hündin am Zaun hin und her und versuchte, zu ihm zu kommen, was ihr aber nicht gelang. Herr Plaschke eilte aus dem Haus. »Na, mein wildes Mädchen, willst du jetzt zu deinem Herrchen?«, fragte er lachend, während er ihr die Pforte öffnete, damit sie über die Einfahrt aufs Nachbargrundstück laufen konnte. Die Hündin stürmte auf Robert zu und danach begrüßte sie ihr Frauchen. Theresa war gerührt und konnte Burna die erdigen Abdrücke verzeihen, die ihre Pfoten auf ihrer Jacke hinterlassen hatten.

Robert erkundigte sich gleich nach der Begrüßung bei Herrn Plaschke: »Ist alles gut bei Ihnen und wie klappt es mit den Hunden?« Erleichtert erfuhr er, dass es keine Probleme gegeben hat, und fragte ihn dann, was er von einem Durchschlupf im Zaun halten würde. Herr Plaschke fand die Idee gut. Er zeigte Robert eine Stelle, die sich dafür anbieten würde, da der Durchgang ja auch wieder verschlossen werden müsse, wenn Robert gerade nicht vor Ort wäre.

Wie Robert gehofft hatte, blieb Burna vorerst bei ihnen. Zu seiner Beruhigung machte die Hündin einen guten Eindruck und die Beziehung zu ihrem vierbeinigen Freund schien stabil zu sein. Erst am Abend, nach einem längeren Spaziergang, wollte Burna wieder zurück zu ihrem Wolly, der sie schon am Zaun erwartete. Robert hatte seine Hündin gerade bei den Plaschkes abgegeben, als er eine SMS von Stefan erhielt. »Wann holst du mich denn Ostern ab? Bodo hat es mir eben verraten. Freue mich. Stefan.« Robert zeigte Theresa die Nachricht und sagte sofort: »Das muss ein Missverständnis sein. Oder aber eine Dreistigkeit. Ich rufe ihn gleich mal an.« Sein Bruder ging sofort ans Handy und begrüßte ihn gut gelaunt. »Hi, Stefan«, begann Robert, »mit mir war nicht abgesprochen, dass du Ostern bei uns bist. Ich bin die nächste Zeit auch gar nicht in Wien.« – »Bodo hat es mir aber gerade zugesagt, weil er selbst wegfahren will«, erwiderte Stefan enttäuscht. Nun wurde Robert deutlich: »Stefan, ich rufe ihn an und rede mit ihm; so geht das nicht. Ich kann dich alle sechs Wochen einmal besuchen kommen, aber ansonsten ist es die Aufgabe deiner Eltern, dich an den Feiertagen zu holen.«

Angespannt wählte Robert kurz darauf Bodos Nummer und kam sofort zur Sache: »Herr Strasser, ich kann Stefan nicht über Ostern zu mir nehmen, so war das auch nicht abgesprochen. Ich bin selbst gerade nicht in Wien. Außerdem ist meine Wohnung nicht behindertengerecht.« Herr Strasser meinte darauf, es handle sich um einen dringenden Notfall, und appellierte an Roberts Verpflichtungen als großer Bruder. Energisch entgegnete Robert: »Soweit ich weiß, hat Stefan auch noch eine Mutter, die für Notfälle einspringen kann. Ich werde meinen Bruder alle paar Wochen einmal besuchen und mehr nicht.« Herr Strasser, der schon immer genau wusste, wie er Menschen in seinem Sinne beeinflussen konnte, versuchte es noch einmal: »Robert, mein Junge«, sagte er in väterlichem, aber bestimmtem Ton, »du bist ein junger Mann ohne weitere Verpflichtungen, und deine Mutter ist krank und schwach. Gib deinem Herzen doch einen Ruck.« Dies tat Robert auch, indem er ihm antwortete: »Herr Strasser, wie ich sehe, haben Sie von meinem Leben gar keine Ahnung, und so wird es wohl auch bleiben. Klären Sie bitte umgehend mit Stefan und den anderen Beteiligten, wie Sie an Ostern verfahren wollen. Einen schönen Abend noch.«

Er beendete das Gespräch und schlug mit der Faust auf den Tisch, bevor es aus ihm herausbrach: »Dieser Scheißkerl! Der ist ja wie eine fette Spinne im Netz. Der wartet nur darauf, dass man sich in seiner eigenen Verantwortungsduselei verheddert, und dann saugt er einen aus.« Theresa hatte beide Gespräche mitbekommen und stellte nun anerkennend fest: »Du hast dich aber nicht verheddert. Ich fand es gut, dass du nicht gesagt hast, dass du gerade mit mir Urlaub machst, und zwar ziemlich in der Nähe.«

Erst am Ostersonntag schrieb Robert seinem Bruder eine SMS. »Hi, Stefan. Wünsche dir schöne Osterfeiertage. Ich hoffe, Bodo hat noch eine gute Lösung gefunden. Robert.« Es dauerte nicht lange, bis eine Antwort kam. »Hat er nicht. Sitze hier mit Notbesetzung im Heim. Fühle mich wie ein Klumpen Scheiße.« Zusammen mit Theresa überlegte Robert, ob sie auf der morgigen Rückfahrt bei ihm vorbeischauen sollten. Sie kamen zu dem Schluss, dass sie es ihm vorschlagen wollten.

Da Stefan damit einverstanden war, fuhren sie am nächsten Tag zum Heim. Theresa blieb im Auto sitzen, während Robert zur Wohngruppe 7 ging. Als er die Etagentür öffnete, nahm er den Essensgeruch wahr, der ihn an das häufig verkochte Mittagessen im Internat erinnerte. Stefan hatte schon auf ihn gewartet. Nach einer kurzen Begrüßung schlug Robert seinem Bruder vor: »Kannst du dir vielleicht etwas Warmes anziehen und wir fahren dann mit deinem Rollstuhl zum Parkplatz? Dort wartet nämlich Tessa auf uns.« Obwohl sich Stefan beeilte und sein Bruder ihn unterstützte, dauerte es eine Weile, bis sie endlich das Auto erreichten. Theresa hatte sie kommen sehen und war zur Begrüßung ausgestiegen. »Hallo, Stefan«, sagte sie. Er nahm ihre ausgestreckte Hand und fragte: »Du bist jetzt Ärztin?« – »Ja, das hat mich schon immer interessiert, und dann sollte man es auch machen, finde ich zumindest«, war ihre selbstbewusste Antwort.

Robert sah sich kurz um und schlug dann vor, in die angrenzende Grünanlage zu gehen, um sich ein wenig unterhalten zu können. Die Mittagssonne war angenehm, auch wenn die Temperatur noch recht frisch war. Als Robert eine Decke aus dem Auto holte und sie seinem Bruder über die Knie legte, bemerkte dieser den Ehering. Er erkundigte sich gleich mit seinem speziellen Humor: »Seid ihr jetzt verheiratet oder tragt ihr die Ringe nur zur Abschreckung gegen Eindringlinge?« – »Beides«, antwortete seine Schwägerin knapp. Robert hatte beim Schieben des Rollstuhls einige Probleme, weil der Gehweg zur Straße etwas abschüssig verlief und er deshalb gegensteuern musste. Frustriert stellte er fest: »So ein Ding lässt sich aber verdammt schlecht schieben. Gibt es die denn nicht mit Motor?« – »Doch, aber nicht für den normalen Hausgebrauch. Dafür sind die zu schneidig und fahren Löcher in den Putz«, amüsierte sich Stefan.

An der Grünfläche angekommen, wollte Robert von seinem Bruder wissen: »Warum hat dich denn Mutter über Ostern nicht zu sich geholt?« Stefan antwortete nicht sofort und gestand dann: »Die ist immer noch sauer auf mich, wegen Rudi.« – »Wieso? Hast du den Dackel etwa mit dem Rollstuhl angefahren?«, versuchte Robert einen Witz zu machen. »Nein, der ist doch schon lange tot. Damals hatte ich den fahrbaren Untersatz noch gar nicht. Rudi hatte meine Schokowaffeln gefressen, als unsere Mutter gerade beim Einkaufen war. Die Packung ist mir runtergefallen. Ich wollte sie aufheben und da hat der Rudi nach mir geschnappt. Da habe ich dann gar nichts mehr gemacht und dem Hund ging es richtig schlecht.« Robert schwieg einen Moment. Er erinnerte sich noch genau daran, dass sie als Kinder keine Süßigkeiten im Beisein des Dackels essen durften, dem ihre Mutter all ihre Liebe und Zuwendung schenkte, die er als Sohn bei ihr immer vermisst hatte.

Theresa war währenddessen zu dem Fischteich gegangen, auch um den Brüdern etwas Zweisamkeit zu gönnen. Stefan blickte zu ihr hinüber und bemerkte dann: »Tessa ist immer noch hübsch.« – »Ja«, sagte Robert nur, worauf sein Bruder weiterbohrte: »Wollt ihr Kinder? So richtig Familie mit allem Drum und Dran?« – »Ja«, gab er wieder knapp zur Antwort, bevor er fragte: »Hast du dir einmal die Unterlagen angesehen, die ich dir geschickt habe?« – »Ja, schon, aber was soll das?«, reagierte Stefan desinteressiert. Robert wurde ungeduldig: »Stefan, merkst du eigentlich, dass du dich in deinem Leben hier furchtbar langweilst, aber nichts dagegen unternimmst? Du kannst dich ziemlich gut ausdrücken und telefonierst wohl auch gerne, warum arbeitest du nicht in einer Telefonzentrale?«, fiel Robert spontan ein. Während sein Bruder noch zögerte, berichtete er ihm von einer Wohngruppe für Menschen mit Behinderung, die mit der Unterstützung von wenigen Betreuern in einem behindertengerechten Haus lebten und sich gut gegenseitig helfen würden. Mehr als ein »Ich denke mal drüber nach« konnte sein Bruder dem aber nicht abgewinnen.

Theresa kam zu ihnen. »Allmählich fange ich an zu frieren. Habt ihr noch viel zu besprechen?«, erkundigte sie sich. »Nein«, antwortete Robert gleich. »Gehen wir zurück.« Auf dem Weg zur Wohngruppe erzählte Stefan ihnen von seinem Osterfest. Als vor dem Eingangsbereich des Hauses Theresa ihm zum Abschied die Hand reichte, ergriff er sie und hielt sie fest. »Wie war denn euer Ostern?«, wollte er wissen. Theresa entzog ihm ihre Hand und betrachtete sein Gesicht. »Ohne Geschenke oder Ostereier«, antwortete sie. »Mit viel Wandern und umfangreichen Planungen für unsere berufliche Selbstständigkeit.« Ihre Stimme klang leicht unterkühlt, was Stefan davon abhielt, weitere Fragen zu stellen.

Während Theresa zum Wagen ging, brachte Robert seinen Bruder in sein Zimmer zurück. Dort stellte Stefan fest: »Tessa ist nicht mehr so weich und warm wie früher.« Robert verstand nicht, was er damit sagen wollte. »Wie meinst du das?« – »Sie hat damals viel gelacht und sich auch gekümmert, als ich einmal mein Schulbrot vergessen hatte.« Robert half seinem Bruder aus dem Rollstuhl in seinen Sessel, bevor er auf seine Worte einging. »Tessa hat einen Beruf, in dem sie ständig Menschen hilft, aber sie weiß auch, dass sie hierbei Überzeugungsarbeit leisten muss. Nur nett zu sein, reicht als Ärztin nicht aus.« Zum Abschied gab er ihm mit auf den Weg: »Mach etwas aus deinem Leben, Stefan. Es wäre schön, wenn du bei unserem nächsten Treffen einen Plan hättest.«

Als Robert zurück zum Auto kam, wirkte Theresa leicht gereizt. Ihr war ziemlich kalt geworden, weshalb sie ihm sofort die Decke abnahm und sich darin einwickelte. Um ihre Stimmung zu heben, schlug er vor: »Was hältst du von einem warmen Apfelstrudel und einem Becher heiße Schokolade, direkt ans Bett serviert?« – »Gute Idee«, fand sie und kam dann auf ihren Schwager zu sprechen: »Auf Stefans Frage habe ich vorhin so kurz angebunden reagiert, weil ich ihm erst etwas von unserem privaten Leben erzählen möchte, wenn ich mir sicher sein kann, dass er es uns auch gönnt. Noch mehr Neider kann ich im Moment nicht ertragen.«

Beim gemeinsamen Abendessen mit ihren Eltern erfuhren sie, was inzwischen geschehen war. Julia war mit ihrem Sohn wieder zu ihren Eltern gefahren und wollte dort auch vorerst bleiben. Auf Roberts Nachfrage, wie Benedikt damit umgehen würde, antwortete Dr. Höferl: »Der hat getobt und wollte unsere Unterstützung, um Julia von ihrem Vorhaben abzuhalten. Übrigens hat er gefragt, wann ihr zurückkommt.«

XVIII

Wie sie befürchtet hatten, rief Benedikt noch am selben Abend an und bat Robert um ein Gespräch. »Bitte, du musst mir helfen. Es geht die ganze Familie etwas an. Kann ich nicht nachher für eine Stunde vorbeikommen?« Robert zögerte. Erst als Theresa zustimmte, lenkte er ein: »Also gut, nach den Nachrichten. Aber nur für eine Stunde, dann ist Schicht; wir müssen morgen schließlich wieder arbeiten.«

Benedikt kam pünktlich und begrüßte seine Schwester nur kurz, bevor er seinem Schwager ins Arbeitszimmer folgte. Robert bot ihm einen Platz auf dem Schlafsofa an und setzte sich dann ihm gegenüber auf seinen Schreibtischstuhl. Er musterte Benedikt. »Du siehst ziemlich fertig aus. Was ist los? Aber diesmal bitte ehrlich.« – »Ich kriege mein Leben nicht mehr hin, auch nicht mit den Pillen«, gab Benedikt zu und wirkte dabei recht fahrig. »Wie, die blauen? Die sind während der Schwangerschaft von Julia wohl nicht gerade angebracht«, stellte Robert fest. »Nein, Pillen gegen alles; kriegt man im Internet«, gestand ihm Benedikt. Robert fragte nach, welche er genau nahm und auch wie häufig. Bereitwillig nannte ihm Benedikt die Produkte, stellte dann aber klar: »Robert, es geht hier nicht um Sucht, sondern um Verdrängung und ein falsches Leben, verstehst du das?«

Die Schilderung seiner Probleme fiel dann etwas langatmig aus. Er sprach von seiner Unzufriedenheit als Familienvater und von seiner Ehefrau, die kein Interesse an seinem Beruf zeige. Hinzu kämen die ständigen Störungen durch seinen kleinen Sohn. Robert unterbrach ihn, als seine Beispiele immer umfangreicher wurdenb »Warum hast du denn Julia damals überhaupt geheiratet und warum habt ihr dann Max gekriegt?« Benedikt verzog abfällig sein Gesicht. »Sag mal, weißt du nicht, wie die Weiber ticken? Die machen sich nett zurecht, wenn sie auf Männerfang gehen. Dann trinkst du ein bisschen mehr und liegst mit einer Tussi auf der Matratze. Tja, und am nächsten Morgen liegt plötzlich eine graue Maus mit verschmiertem Make-up und Mundgeruch neben dir.«

Robert versuchte sich vorzustellen, wie sein Schwager wohl nach so einer Nacht aussah, und fragte deshalb nach: »Julia hat dich offenbar am nächsten Tag trotzdem noch attraktiv gefunden, oder wie ging es dann weiter?« Benedikt schwieg einen Moment, bevor er fortfuhr: »Wir sind dann mit der Clique zusammen zum Zelten nach Südfrankreich gefahren und danach war sie schwanger. Sie hat sich ja nicht ohne Grund vorher bei ihrem Cousin Simon über mich erkundigt. Das war wohl ihr Plan.« – »Wieso? Hast du keine Kondome benutzt?«, hakte Robert nach. »Sag mal, bist du nicht von dieser Welt? Weißt du eigentlich, wie das ist? Kondome, Sand und auch noch Alkohol sind keine gute Mischung«, redete sich Benedikt in Rage. Robert kombinierte nüchtern: »Familienleben und Benedikt Höferl sind offensichtlich auch keine gute Mischung.« Ein längeres Schweigen entstand.

Schließlich fragte Robert: »Warum bist du denn jetzt nicht froh, dass Julia mit Max wieder bei ihren Eltern ist? Du kannst sonntags ausschlafen und musst nach der Arbeit keine Bausteine mehr stapeln. Ist das nicht nach deinem Geschmack?« Benedikt entgegnete erbost: »Weißt du eigentlich, wie viel so eine Scheidung kostet? Und dann der Unterhalt für eine Frau und zwei Kinder? Mir bleibt da nicht mehr viel zum Leben!« – »Und was erwartest du jetzt von mir? Soll ich dich zum Familienvater umerziehen, aus deiner Frau ein Supermodel machen und deinen Kindern pflegeleichtes Verhalten antrainieren?«, erkundigte sich Robert bei ihm. »Was kannst du denn?«, wollte Benedikt herausfordernd wissen. Mit Blick auf die Uhr machte Robert ihm ein Angebot. »Ich kann mit dir herausfinden, wie viel Beziehung du zulassen willst. Menschen sind nun einmal keine Autos, die Funktionen erfüllen. Aber heute Abend haben wir keine Zeit mehr dafür.« Benedikt ließ sich darauf ein, jeden Mittwochabend für eine Stunde zu kommen, worauf Robert klarstellte: »Wir machen hier aber keine Therapie. Ich tue es für die Familie.«

Auf dem Weg zur Tür rief Benedikt seiner Schwester im Wohnzimmer zu: »Und, bist du jetzt auch schwanger, Theresa Wagner?« – »Nein, ist noch in Arbeit«, war ihre knappe Antwort. Als ihr Bruder gegangen war, setzte sich Robert zu ihr. Sie legte ihr Ärztemagazin beiseite und erkundigte sich: »Na, wie war euer Gespräch?« Ohne große Umschweife berichtete ihr Robert von seiner Abmachung mit

Benedikt. »Du bist ja ganz schön mutig«, sagte sie beeindruckt. Auch Robert hatte anfangs Bedenken gehabt, ob er gegenüber Benedikt nicht zu befangen sein würde. Inzwischen war er aber zu der Überzeugung gelangt, dass sein Wissen über ihn auch hilfreich sein könnte, um ihn erst einmal therapiewillig zu bekommen.

Später im Schlafzimmer wollte er von ihr erfahren: »Wieso hast du deinem Bruder vorhin gesagt, dass du noch nicht schwanger bist?« – »Weil unser intensives Liebesleben bislang leider noch nicht zu einer Schwangerschaft geführt hat«, informierte sie ihn. »Findest du das normal?«, reagierte Robert enttäuscht. »Wir haben doch alles gemacht.« – »Ja, aber mit jeder Menge Stress im Nacken. Ich muss erst meinen eigenen Rhythmus finden«, versuchte sie ihn zu beruhigen.

Auf das nächste Treffen mit Benedikt hatte Robert sich gut vorbereitet. Dennoch verspürte er eine gewisse Abneigung dagegen, sich wieder mit den Frauengeschichten seines Schwagers befassen zu müssen. Sein ungutes Gefühl brachte ihn dann auch dazu, sein anfängliches Konzept zu ändern. Nach einer kurzen Nachfrage, ob es Neuigkeiten gäbe, kam er direkt zur Sache: »Gab es eigentlich einmal eine Frau in deinem Leben, die du so richtig begehrt, ja schon fast angehimmelt hast?«, wollte er von ihm wissen. Benedikt errötete ein wenig und gab nach kurzem Zögern zu: »Ja, vor dem Abi. Da fand ich ein Mädchen richtig toll.« – »Und was ist daraus geworden?« – »Nichts, ich dachte, sie hätte einen Freund mit schickem Sportwagen, der mit ihr im Orchester spielte. Er holte sie zweimal von der Schule ab, aber da lief wohl doch nichts«, erinnerte sich Benedikt.

»Was hast du denn an ihr so gemocht? Beschreib sie einmal«, forderte Robert ihn auf. Benedikt blickte in Richtung Fenster und knetete nervös seine Hände. »Sie hatte lange schwarze Haare, war zierlich und irgendwie edel, eher der südländische Typ. Sie war gut in der Schule, konnte sich benehmen und wollte unbedingt Musikerin werden.« – »Warst du neidisch auf sie und hast ihr das alles nicht gegönnt? Oder hast du nur für sie geschwärmt und von ihr geträumt?«, wollte Robert von ihm wissen. Erregt sprang Benedikt auf und trat ans Fenster. Nach längerem Schweigen sagte er barsch: »Ich habe sie dafür gehasst, wie ich auch Tessa gehasst habe, wenn sie mit ihrer Prinzessinnenart alles bekommen hat. Und zu deiner zweiten Frage: Ja, ich habe von ihr geträumt, aber sie hat mich weggestoßen. Zu ihrer

Freundin hat sie sogar gesagt, sie fände meine Pickel im Gesicht unästhetisch, worauf diese mich gleich als picklige Semmel ausgelacht hat.« – »Willst du mir mehr dazu sagen?«, fragte Robert nach, worauf sich sein Schwager zu ihm umdrehte und ihn misstrauisch anblickte. »Damit du mich danach in der Hand hast? Das ist es doch, was du wissen willst: Habe ich damals die kleine Geigerin vergewaltigt und sie für ihren Hochmut bestraft oder nicht?«

Robert spürte, wie alles in ihm auf Alarm schaltete. Nach außen hin betont ruhig sagte er: »Ich biete dir hier ein Gespräch an und kein polizeiliches Verhör. Trotzdem sollten wir an dieser Stelle abbrechen. Du kannst einmal für dich überlegen, inwieweit diese Schulkameradin, für die du dich damals so interessiert hast, dein Frauenbild verändert hat.« Robert war aufgestanden und hatte die Tür zur Wohndiele geöffnet. Wortlos nahm Benedikt seine Jacke vom Sofa und ging an ihm vorbei. Erst an der Wohnungstür sagte er: »Ich melde mich dann, oder auch nicht.«

Dieses Gespräch musste Robert erst einmal sacken lassen. Er setzte sich an seinen Schreibtisch und suchte in seinem Notizbuch nach dem Namen der Musiklehrerin, den ihm Tessa damals genannt hatte. Im Internet fand er tatsächlich ein Bild von ihr, es zeigte sie bei einer Musikaufführung mit ihren Schülern vor drei Jahren. Auf dem Foto war eine zierliche Frau mit zusammengebundenen dunklen Haaren zu sehen, deren Gesichtszüge angespannt wirkten. Ihr Kleid war dunkel; nur ein gemustertes Halstuch verlieh ihrer unauffälligen Erscheinung etwas Farbe. Während er das Foto betrachtete, bekam er eine SMS von Benedikt, in der stand: »Halte ja deine Gosche, du falscher Heiliger. Und erlaube dir nicht zu viel. Erst blamierst du mich auf deiner Hochzeit, weil du mich als Bruder der Braut nicht einlädst, und sagst mir jetzt, wann ich zu gehen habe? Auch du fällst einmal von deinem Thron.«

Robert bemerkte nicht, dass Theresa den Raum betrat. Sie hatte schon im Bett gelegen und sich über den schnellen Weggang ihres Bruders gewundert, der hierbei die Wohnungstür laut ins Schloss fallen ließ. Beunruhigt erkundigte sie sich: »War eben etwas?« Robert sah kurz hoch und fragte: »Kennst du diese Frau?« Theresa trat an den PC und betrachtete das Bild. Dann las sie den Zeitungsartikel aus der Lokalpresse, worin der Name der Musiklehrerin erwähnt wurde. »Das ist doch Gloria, die auf der Abschlussfeier vergewaltigt wurde«, war sie sich sicher. Robert druckte das Foto mitsamt dem Artikel aus. »Komm, lass uns schlafen gehen«, schlug er vor. »Ob ich mit Benedikt überhaupt noch weiterarbeiten kann, müssen wir sehen. Für heute ist auf jeden Fall Schluss.«

Theresa hatte ein ungutes Gefühl. »Du musst mich nicht schonen. Wenn ich dir helfen kann, sag es mir bitte«, bot sie an. Robert betrachtete sie, wie sie so zart, fast zerbrechlich, im knöchellangen Nachthemd und mit ihrem langen Haar vor ihm stand, und dachte an die Worte von Benedikt, der voller Neid und Missgunst über sie gesprochen hatte. Er nahm sie in den Arm und spürte einmal mehr das Gefühl, Theresa vor etwas beschützen zu müssen, was er noch nicht richtig fassen konnte. Spontan erkundigte er sich: »Du hast doch morgen frei. Wollen wir nicht zusammen in der Stadt frühstücken?« – »Ja, aber bitte besprich dann mit mir, was dich bedrückt.«

Sie hatten gerade ihr Frühstück bei der Bedienung bestellt, als Robert sein Handy herauszog und ihr die SMS von Benedikt zeigte. »Dein Bruder ist neidisch auf dich, und zwar schon länger. Hast du das gewusst?« Theresa schwieg eine Weile, bevor sie zu erzählen begann: »Ich hatte einmal von meiner Omi ein hübsches Kleid mit Spitze bekommen. Sie band mir passend dazu eine Schleife ins Haar und nannte mich begeistert ihre Prinzessin. Eine Woche später, zur Kommunion meiner Cousine, hatte das Kleid plötzlich einen langen Riss.« – »Und? Wer hat das gemacht?« – »Meine Mutter hatte Benedikt im Verdacht, weil sie in seinem Zimmer ein Stück Spitze gefunden hatte, aber er stritt alles ab. Er machte öfter abfällige Bemerkungen wie ›Heul doch‹ oder ›typisch Mädchen‹, aber wir waren nun mal nicht auf einer Wellenlänge«, versuchte sie das Verhältnis zu ihrem Bruder zu beschreiben. »Neidgefühle können doch auch ein Antrieb sein, um sich zu verbessern, oder?« – »Ja, können sie. Aber bei deinem Bruder wirken sie wohl eher zerstörerisch«, entgegnete Robert.

Am Nachmittag fuhr Robert zur Einsatzzentrale der Notfallseelsorger, um eine Supervisionsveranstaltung abzuhalten. Auf dem Weg dorthin beobachtete er an der Kreuzung eine junge Mutter mit ihrem Kind auf dem Arm, das den Kopf an ihre Schulter schmiegte. Dieser

Anblick schmerzte ihn, weil er sich so sehr ein Kind von Theresa wünschte und Sorge hatte, dass dieser Wunsch nicht in Erfüllung gehen würde.

Nach der Veranstaltung sprach ihn ein Teilnehmer an, der bereits in der Gruppe geschildert hatte, dass er nach Notfalleinsätzen nur schwer abschalten könne. Er erzählte, dass er schon einige Jahre Berufserfahrung habe, nun aber Vater geworden sei und auch einmal unbeschwert für sein Kind da sein wolle. »Glauben Sie, dass wir unseren Job jahrelang machen können?«, formulierte er seine Zweifel. »Ich denke, man muss auch auf sich selbst achten. Wenn ein Seelsorger spürt, dass er nicht mehr zur Ruhe kommt und seinen Lieben nicht gerecht werden kann, muss er sich dringend Hilfe holen oder aber den Job aufgeben«, sagte Robert. »Ein guter Freund hat mir geraten, ich solle mir nicht alles so zu Herzen nehmen, abgebrühter werden, so als würde ich einen Krimi ansehen, den ich dann einfach abschalte«, erzählte der Notfallseelsorger und fuhr dann fort: »Dafür bin ich aber nicht gemacht, auch nach all den Jahren nicht.« Robert sah ihn einen Moment an, bevor er zu bedenken gab: »Sollten wir im Angesicht des menschlichen Leidens wirklich abgebrühter werden? Ich denke, unsere Aufgabe besteht darin, die Menschen mitfühlend in ihrem Leid zu begleiten«, worauf sein Gesprächspartner zustimmend nickte.

Als Robert eine halbe Stunde später seine Wohnung betrat, roch es nach Essen. Er hatte sich noch nicht daran gewöhnt, dass Burna nicht mehr zur Begrüßung auf ihn zustürmte. Er vermisste sie und auch den fetten Mozart, wusste aber, dass die jetzige Lösung für alle Beteiligten besser war. Er ging in die Küche, wo Theresa gerade dabei war, den Tisch zu decken. Gut gelaunt wollte sie von ihm wissen: »Na, wie war's?« Robert küsste sie und antwortete dann nachdenklich: »Im Moment hätte ich gerne einen Job, der besser zu meiner privaten Situation passt. Ich bin glücklich mit dir und wünsche mir eine Familie, beschäftige mich aber dienstlich mit schweren Unglücksfällen und Traumatisierungen.« – »War das in Kolumbien anders?«, fragte sie nach. »Damals hatte ich nicht so sehr das Bedürfnis nach privatem Glück.« Theresa betrachtete ihn einen Moment ratlos, bevor sie vorschlug: »Hey, dann genieße dein jetziges Glück. Wenn du erst Windeln wechseln musst und unausgeschlafen durchs Leben läufst, sieht es schon wieder anders aus.« Als er dazu schwieg, wollte sie wissen: »Oder hast du Angst, dir stehen diese Gefühle nicht zu?« – »Doch, das glaube ich schon. Sie sind für mich aber noch sehr ungewohnt«, gab er zu.

Beim Abendessen kam Theresa auf die neue Haushaltshilfe zu sprechen: »Frau Moser hat heute Nachmittag ihren ersten Einsatz bei uns gehabt und richtig viel geschafft.« Robert, der Hausarbeit schon immer wenig abgewinnen konnte, erkundigte sich gleich: »Wie oft kann sie denn kommen? Ich habe da noch Anziehsachen zu flicken.« Theresa blickte ihn kurz an und sagte dann sehr bestimmt: »Frau Moser kommt vier Stunden die Woche. Sie kann in dieser Zeit nur unsere Räume reinigen und die Wäsche bügeln, also Standard. Für den übrigen Haushalt sind wir weiterhin selbst zuständig, und das ist auch gut so.«

Vor dem Schlafengehen packte Theresa ihren Trolley für die anstehende Fortbildung in Salzburg. Robert überkam ein ungutes Gefühl, ohne zu wissen, warum. Obwohl er versuchte, sich nichts anmerken zu lassen, hatte Theresa seine Unruhe bemerkt. Als er sich neben sie ins Bett legte, sprach sie ihn darauf an: »Meinst du, du kommst ohne mich fünf Tage zurecht?« – »Nein, überhaupt nicht«, war er sich sicher und begann sie zu streicheln. Während er sie liebte, verspürte er Verlustängste. Sie lag noch in seinem Arm, als Robert sie bat: »Sei bitte ganz vorsichtig und melde dich, so oft es geht.« Theresa wunderte sich. »Kommen bei dir gerade alte Gefühle wieder hoch?«, fragte sie. »Nein, wohl eher das Bewusstsein, dass jemand, der viel hat, auch viel verlieren kann. Und du bedeutest mir ganz viel.«

Am nächsten Morgen um halb acht hielt das Auto ihres Arbeitskollegen vor dem Haus. Theresa zog rasch ihr Ladekabel aus der Steckdose und packte es samt Handy in das Seitenfach ihrer Aktentasche. Robert, der sie noch bis zum Auto brachte, raunte ihr nach einem kurzen Abschiedskuss zu: »Und melde dich bitte, wenn du da bist.« Er sah dem Wagen noch hinterher, bis er an der Kreuzung abbog. Um in seinen Rhythmus zurückzufinden und auch etwas ruhiger zu werden, zog Robert sich fürs Joggen um und fuhr zum Wald. Das Laufen tat ihm gut, wie immer, wenn er einen klaren Kopf brauchte.

Verschwitzt und ausgepowert kam er zurück und traf im Treppenhaus auf Pauline. »Weißt du, welche Strecke Tessa fahren wollte?«, fragte sie ihn gleich. »Sie wollten die Autobahn nehmen. Warum?« – »Im Radio haben sie eben durchgegeben, dass dort ein schwerer Unfall war. Ein Lkw ist auf ein Stauende aufgefahren«, sagte sie mit besorgter Miene. Robert fingerte nervös sein Smartphone aus der Hüfttasche und wählte die Handynummer seiner Ehefrau. Er erreichte jedoch nur die Mailbox und sprach darauf: »Tessa, bitte melde dich. Im Radio wurde eben ein schwerer Unfall durchgegeben.« Pauline, die sah, wie besorgt er war, wollte ihn beruhigen: »Versuche es doch in einer halben Stunde noch einmal. Vielleicht hat sie gerade keinen Empfang.«

Anstatt zu duschen und sich für die Dienstbesprechung der Notfallseelsorger fertig zu machen, setzte er sich an den PC und suchte im Internet nach Informationen zum Unfall. Hierbei erfuhr er, dass ein Sattelschlepper auf ein Stauende aufgefahren war und insgesamt vier Fahrzeuge mit mehreren Verletzten betroffen waren. Panik kam in ihm hoch. Er wählte noch einmal die Handynummer von Theresa an, aber wieder meldete sich nur der AB.

Hektisch sah er auf die Uhr und rief dann in der Zentrale der Notfallseelsorge an. Sein Kollege Felix war am Apparat. Robert erklärte ihm: »Ich muss mir heute freinehmen. Habe privat etwas zu erledigen. Kam ganz plötzlich. Wenn ihr für die Besprechung noch Infos von mir braucht, meldet euch. Meine Ausarbeitung für die Grundausbildung schicke ich euch noch per Mail, ansonsten bin ich über Handy zu erreichen.« Danach schaltete er den regionalen Radiosender ein und hörte den Verkehrsfunk ab, der auch über den Unfall berichtete. Inzwischen habe sich ein acht Kilometer langer Stau gebildet, hieß es. Die Verkehrsteilnehmer wurden aufgefordert, eine Rettungsgasse für die Krankenwagen zu bilden. Robert merkte, wie seine Handflächen feucht wurden und sein Herz spürbar pochte. Er dachte an die letzte Nacht mit Theresa und an seine Ängste und hatte plötzlich das Gefühl, als würde er an seiner Panik ersticken.

Er rief bei Pauline an und teilte ihr mit: »Ich konnte Tessa noch nicht erreichen, versuche es aber weiter. Für heute habe ich mir freigenommen.« Seine Schwiegermutter war zwar auch besorgt, wollte aber trotzdem die Ruhe bewahren. »Wenn du eine heiße Schokolade brauchst, komm einfach rüber«, schlug sie vor. »Danke, vielleicht später«, war seine Reaktion. Am PC errechnete er die Fahrtzeit bis zum

Hotel. Von Theresa wusste er, dass sie vor der Tagung noch einchecken wollten. Er rief dort an und erfuhr, dass eine Frau Wagner weder eingetroffen war noch eine Nachricht hinterlassen habe. Nervös rief er bei einem erfahrenen Kollegen vom Rettungsdienst an und fragte ihn: »Werner, kannst du an nähere Infos zum Sattelschlepperunfall auf der Autobahn nach Salzburg kommen?« – »Kann ich versuchen; aber warum?«, erkundigte sich dieser. »Meine Frau ist da unterwegs und ich kann sie nicht erreichen. Sie hätte schon längst in Salzburg sein müssen.« Es dauerte eine Viertelstunde, die Robert wie eine Ewigkeit vorkam, bis sich sein Kollege bei ihm meldete. »Die Nachricht kommt auch gleich im Rundfunk. Es gibt zwei Tote und drei Schwerverletzte. Mehr konnte ich leider nicht herausbekommen«, sagte Werner fast entschuldigend. Nach diesem Telefonat wählte Robert erneut die Handynummer seiner Ehefrau an und konnte wieder nur den AB besprechen.

Mit den Nerven am Ende ging er zu Pauline. »Kann ich eine heiße Schokolade bekommen? Ich habe immer noch keine Nachricht von Tessa.« Während seine Schwiegermutter in der Küche die Milch erwärmte, setzte er sich zu Mozart und kraulte ihn. Er konnte keinen klaren Gedanken mehr fassen. Erst als er Pauline in der Küche gegenübersaß und seine Finger den warmen Becher umfassten, konnte er seine Gefühle ausdrücken: »Ich hatte letzte Nacht plötzlich Angst vor dieser Fahrt. Und jetzt sehe ich die schrecklichen Bilder von Unglücksfällen vor mir, die immer wieder Thema in den Supervisionen sind.« Pauline schwieg einen Moment, bevor sie zugab: »Als Profis können wir mit alltäglichen Fällen prima umgehen, aber bei den extremen Sachen haben wir immer auch die Statistik im Kopf, die das Fünkchen Hoffnung verdrängt. Robert, es geschehen aber auch kleine Wunder, und daran glauben wir jetzt. Es gibt bestimmt eine Erklärung, warum Tessa nicht anruft. Vielleicht steckt sie im Stau im Funkloch oder leistet medizinische Hilfe.«

Als der Verkehrsfunk noch einmal durchgab, was ihm Werner schon mitgeteilt hatte, ging Robert zurück in seine Wohnung. Er hatte gerade die Korridortür geschlossen, da wurde ihm plötzlich übel und er musste sich übergeben. Während er sich im Badezimmer den Mund ausspülte, vernahm er die Worte: »... ich wollte nur eben Bescheid sagen. Dann bis später. Keine Ahnung, wann wir hier raus sind.«

Hektisch lief er in die Diele und hörte den AB vom Festnetz ab, auf dem die Stimme von Theresa zu hören war. »Hallo, Robby, wir stecken hier im Stau vor einem Unfall. War wohl ziemlich schwer und die Bergung dauert noch an. Ich kann gerade nicht an mein Handy, weil Helmut meine Aktentasche in den Kofferraum gestellt hat und er nicht alles auspacken will, bin also gerade über seines erreichbar«, dann kam der Teil, den er schon gehört hatte.

Robert liefen die Tränen über das Gesicht. Sofort rief er Pauline an und informierte sie: »Tessa hat sich gerade gemeldet. Sie steht im Stau vor der Unfallstelle und konnte nicht an ihr Handy, weil es im Kofferraum liegt.« Erleichtert riet ihm Pauline: »Dann lege dich erst einmal mit Mozart aufs Sofa und höre Musik, zum Entspannen.« Er befolgte ihren Rat und stellte sich nun zum ersten Mal die Frage, ob er wirklich in seiner neuen Welt angekommen war. Im schlimmsten Moment seiner Panik hatte er den Gedanken, dass er wieder mit Burna ins Ausland gehen würde, falls Theresa nicht zurückkäme. Robert wollte nicht mehr der Getriebene sein, aber seine Gefühle waren noch längst nicht belastbar, das wusste er nur zu gut.

Er war auf dem Sofa eingeschlafen, als sein Handy klingelte. Es war Theresa, die ziemlich frustriert klang. »Hallo, wir sind gerade in Salzburg angekommen und gleich zur Tagung gefahren. Essen haben wir auch verpasst und ich muss mir erst einmal etwas besorgen. Aber ansonsten sind wir heile.« Robert sagte nur: »Sei schön vorsichtig. Ich bin so froh, dass dir nichts passiert ist.« – »Ich auch. Die Autos sahen schlimm aus und wir waren ziemlich dicht dran. Lass uns heute Abend noch einmal telefonieren. Bussi.«

Um sich abzulenken, setzte er sich an den PC. Er wollte noch einmal die Themenwünsche für die nächste Supervision durchgehen. Doch es fiel ihm schwer, sich auf seine Arbeit zu konzentrieren, zumal er starke Kopfschmerzen hatte und seine Gedanken von vorhin noch immer präsent waren. Als dann Theresa abends anrief, gestand er ihr unumwunden: »Tessa, ich habe von dem Unfall im Verkehrsfunk gehört und konnte dich nicht erreichen. Ich hatte Panik, ich habe geheult und gekotzt, kannst du das verstehen?« Betroffen reagierte sie: »Ja, es war blöd von mir, das Handy in die Aktentasche zu packen. Ich wollte sie erst auf die Rückbank legen, aber den Platz brauchte Helmut für unsere Mäntel. Es tut mir leid, ganz dolle, glaub es mir.«

Erschöpft von dem Tag bat er sie: »Pass bitte auf dich auf. Du hast heute gesehen, wie schnell das alles gehen kann. Ich freue mich auf ein kuscheliges Wochenende mit dir.« – »Ja, versprochen. Grüße bitte die anderen von mir. Ich gehe jetzt schlafen.«

Am nächsten Morgen hatte Robert den Eindruck, als würde sich sein Leben besonders gut anfühlen. Er war ausgeschlafen, die Sonne schien und seine Joggingrunde verlief ohne Zwischenfälle. Danach hatte er einen Besprechungstermin in einem größeren Betrieb, der seine Ersthelfer nachschulen lassen wollte, auch im Hinblick auf psychologisches Krisenmanagement in Notfallsituationen. Robert war mit dem Fahrrad gekommen und schob es nach dem Termin in die nächste Seitenstraße, zu dem Laden, in dem sie ihr Doppelbett gekauft hatten.

Die Inhaberin erkannte ihn gleich, als er eintrat, und erkundigte sich: »Alles gut mit dem Bett?« – »Ja. Wir sind sehr zufrieden. Haben Sie noch die Kimonos, die Sie damals im Fenster ausgestellt hatten?«, wollte Robert wissen, während er sich suchend umsah. »Die hängen jetzt dort«, sagte die Ladeninhaberin und ging mit ihm zu dem Regal, wo sie nun untergebracht waren. Robert konnte sich für einen schwarzen mit grün-rotem Blumenmuster begeistern. »Meine Frau hat Größe M, passt der?« – »Ja, die sind alle etwas großzügiger geschnitten und werden dann mit dem Gürtel zusammengehalten«, erklärte sie ihm. Robert zögerte einen Moment und fragte etwas skeptisch: »Hält der Gürtel auch mit Babybauch?« Die Ladeninhaberin lächelte, als sie sagte: »Oh, das ist ja schön, dass bei Ihnen etwas Kleines unterwegs ist. Den Gürtel kann Ihre Frau so locker binden, wie sie es gerade braucht. Wie weit ist sie denn?« – »Ist alles noch in Planung«, antwortete Robert harscher, als er eigentlich wollte, weil er sich das Kinderkriegen unkomplizierter vorgestellt hatte.

Mit dem Kimono im Rucksack fuhr er in dem Bewusstsein nach Hause, dass er das erste Mal in seinem Leben etwas sehr Persönliches für eine Frau eingekauft hatte, und es fühlte sich für ihn gut an. Als er dann zu seinen Schwiegereltern ging, um mit ihnen zusammen Abendbrot zu essen, zeigte er ihnen sein Geschenk für Theresa. Dr. Höferl sagte sofort beeindruckt: »Ich glaube, dich muss ich einmal mitnehmen, wenn ich für Pauline ein Präsent brauche«, worauf diese bemerkte: »Höre doch einfach einmal hin, was ich mir wünsche.

Tessa hat sich bestimmt auch so einen hübschen Morgenmantel gewünscht.«

Abends am Telefon behielt Robert seine Überraschung für sich, obwohl es ihm schwerfiel. Theresa hatte einen anstrengenden Tag hinter sich und sehnte sich nach ihrem Hotelbett, aber auch nach ihrem Zuhause. Sie würden wie geplant am Freitag zurückfahren, erklärte sie. Robert spürte sofort, wie es ihm davor grauste, zumal auf dieser Strecke immer viel Verkehr herrschte. »Fährt denn dieser Helmut auch vorsichtig?«, wollte er wissen. »Na ja, eher hektisch. Auf der Hinfahrt habe ich ihm angedroht, dass mir bei seinem Fahrstil schlecht wird und ich für nichts garantieren könne. Dann ist er schön etwas über hundert gefahren. Aber als wir dann im Stau standen, meinte er, mit seiner anfänglichen Geschwindigkeit wären wir an der Unfallstelle schon längst vorbei gewesen.« – »Oder mittendrin«, bemerkte Robert und bat sie, gut auf sich aufzupassen.

Danach rief er seinen Bruder an. Stefan freute sich, dass er sich meldete, wollte dann aber von ihm wissen: »Tessa mag mich nicht, stimmt's?« – »Tessa mag es nicht, wenn du an deiner Opferrolle festhalten willst. Jeder hat Krisen im Leben, aber immer wieder aufstehen gehört doch auch dazu«, erklärte ihm Robert bestimmt. Er machte Stefan Vorschläge, musste ihn dann aber erst davon überzeugen, mit ihm zusammen eine Beratungsstelle aufzusuchen, die Menschen mit Handicap im Arbeitsleben begleitete. Robert versprach ihm, sich um einen Termin zu kümmern und sich dann wieder bei ihm zu melden.

In den nächsten beiden Tagen erledigte Robert zügig seinen Job im Homeoffice und kümmerte sich danach um die Bereiche im Haushalt, für die Frau Moser nicht zuständig war. Hierzu gehörte auch der Einkauf, der ihm noch immer schwerfiel, wenn Theresa nicht dabei war, gerade wenn es um frisches Obst und Gemüse ging. Voller Stolz schob er am Freitagnachmittag die Gemüsetarte in den Backofen, bevor Theresa nach Hause kam. Sie wirkte müde. »Schön, dass ich wieder bei dir sein kann. Hier riecht es ja lecker. Was gibt es denn?«, fragte sie lächelnd, während sie ihn zur Begrüßung umarmte. Als sie dann beim Essen saßen, wollte Theresa nur wenig von der Tagung erzählen und fragte stattdessen: »Was hast du denn in der Zwischenzeit gemacht? Es sieht hier so aus, als hättest du unsere Burg in Schuss gebracht.« – »Ja, ich habe mir große Mühe gegeben«, verriet er verschmitzt lächelnd und erzählte ihr noch von dem Gespräch mit Stefan und auch, dass er schon einen Termin bei der Beratungsstelle bekommen habe. Etwas gereizt bat ihn Theresa: »Wenn das alles klappt, sieh bitte zu, dass Stefan nicht hier in Wien untergebracht wird. Mich erdrückt dieser ganze Familienmist langsam.«

Theresa räumte gerade ihren Trolley aus, als Robert ihr sein Geschenk, das er noch eingepackt hatte, mit den Worten überreichte: »Das ist für dich, einfach so, weil ich mit dir glücklich bin.« Theresa reagierte gerührt: »Oh, danke schön. Sonst gibt es doch immer Mitbringsel von dem, der gerade weg war; aber diese Tagung hat mich nur geschafft und ich habe dir leider nichts mitgebracht.« Sie verschwand im Bad und kam nach einer Viertelstunde zu ihm zurück. Fast entschuldigend sagte sie: »Ich wusste nicht, was ich unter dem Kimono anziehen kann. Er ist wunderschön.« Robert ging auf sie zu. »Und? Was hast du nun darunter?« – »Dann krieg es doch raus«, forderte sie ihn auf, bevor sie sich von ihm verführen ließ.

XIX

Nach dem Frühstück am nächsten Tag fuhren sie zu dem Waldstück, in dem Robert gerne joggte. Sie wollten dort mit ihren Rädern eine längere Tour machen, entlang einer Strecke, die sie noch aus Kindertagen kannten. Für den Transport hatte sich Robert von Pauline extra eine Halterung ausgeliehen, mit der sie die Räder am Wagen befestigen konnten. Beim Abladen wollte Theresa mit anfassen, worauf Robert gleich mahnte: »Du, das ist ziemlich schwer. Lass es lieber. Vielleicht bist du ja schwanger.« – »Nein, es sieht nicht so aus«, sagte sie enttäuscht, worauf ihre gute Stimmung augenblicklich verflogen war.

Auf dem breiten Waldweg kamen sie gut voran. Theresa fuhr mit ihrem Rad vorweg. Erst auf den Nebenpfaden wurde ihre Fahrt beschwerlicher, zumal es in der Nacht geregnet hatte und der Boden stellenweise aufgeweicht war. Sie befanden sich bereits auf dem Rückweg, als Theresa Robert hinter sich rufen hörte: »Eh, nein!« Gleich darauf schepperte es. Sie hielt sofort an und blickte sich nach ihm um. Erschrocken sah sie, dass Robert neben seinem Rad auf dem Waldboden lag. Theresa lief schnell zu ihm, doch Robert machte keine Anstalten, wieder aufzustehen. Mit schmerzverzerrtem Gesicht sagte er: »Es geht nicht. Meine Schulter hat wohl etwas abbekommen.« Er blutete an der Hand und seine Armhaltung wirkte unnatürlich, weshalb Theresa sofort entschied: »Wir müssen ins Krankenhaus fahren. Das muss geröntgt werden.« Nervös rief sie bei ihren Eltern an und besprach die Situation mit ihrem Vater. Dieser erklärte sich sofort bereit zu kommen.

Es dauerte fast eine Stunde, bis ihre Eltern bei ihnen eintrafen. Notdürftig hatte Theresa in der Zwischenzeit die Wunde an Roberts Hand versorgt, der frustriert bemerkte: »Das passt doch alles gerade in unser Leben wie die Faust aufs Auge.« Dr. Höferl war ebenfalls der Überzeugung, dass sein Schwiegersohn sofort ins Krankenhaus sollte. Gemeinsam mit seiner Tochter begleitete er ihn zum Fahrzeug, während Pauline, die schon überprüft hatte, ob sich Roberts Fahrrad noch schieben ließ, scherzhaft bemerkte: »Kinder sind schon eine lebenslange Herausforderung. Hat euch eigentlich jemand erlaubt, solche Experimente zu machen?«

Mit dem Wagen ihrer Eltern fuhr Theresa ihren Ehemann ins Krankenhaus, während die Höferls den Abtransport ihrer Räder übernahmen. In der Notaufnahme hatte ihr Kollege Dr. Stienle gerade Dienst, mit dem sie schon häufig zusammengearbeitet hatte. Erstaunt fragte er sie: »Na, heute so leger und ohne Kittel?« – »Mein Mann ist mit dem Rad gestürzt; es ist wohl die linke Schulter«, erklärte sie ihm besorgt. Bei der Untersuchung hatte Robert starke Schmerzen. Dr. Stienle vermutete eine verrenkte Schulter und eine Verletzung des Schlüsselbeins, was er aber noch durch eine Röntgenaufnahme abklären lassen wollte. Bevor der Arzt zu seinem nächsten Patienten eilte, fragte er Theresa: »Na, Kollegin außer Dienst, können Sie nicht schon mal die Hand Ihres Gatten verbinden und seine kaputten Knie verarzten?« – »Ja, natürlich«, erwiderte Theresa und atmete tief durch, als sie mit Robert endlich allein im Behandlungsraum war. Während sie die Wunde an der linken Hand und seine blutigen Knie reinigte, bat Robert sie: »Bitte verhindere, dass der mich noch operiert. Ich will hier so schnell wie möglich wieder raus.«

Sie schwieg einen Moment, bis sie schließlich sagte: »Ja, ich versuche, dass es ohne OP geht, und falls nicht, musst du selbst damit einverstanden sein. Ich setze dich hier nicht unter Druck, versprochen.« Mit zwei Pflastern am Knie und einem Verband an der Hand konnte er nur mit ihrer Hilfe seine Jeans wieder schließen. Frustriert stellte er fest: »Ich komme mir schon vor wie Stefan.« Theresa versuchte ihm Mut zu machen, als sie ihn wieder ihren Kollegen überlassen musste. »Ich warte hier auf dich, bis du vom Röntgen zurück bist. Alles wird gut.«

Danach saß sie das erste Mal auf einem der Kunststoffstühle in der Wartezone und fühlte sich ziemlich hilflos. Um die Zeit zu überbrücken, zog sie sich eine Mineralwasserflasche aus dem Getränkeautomaten. Schon nach mehreren Schlucken merkte sie, wie ihr übel wurde. Sie schaffte es gerade noch bis zu den Personaltoiletten, wo sie sich übergeben musste. Als sie mit blassem Gesicht zurück in den Waschraum kam, fragte sie die Stationsschwester erstaunt: »Sind

Sie heute als Patientin bei uns?« – »Nein, ich musste meinen Mann gerade als Notfall bringen und habe eben zu hastig das kalte Mineralwasser getrunken«, erklärte ihr Theresa. »Na, dann kommen Sie mal mit.« Sie ging mit Theresa zum Schwesternzimmer, wo sie, versorgt mit einem warmen Früchtetee, auf Robert warten durfte.

Robert wirkte erschöpft, als er vom Röntgen zurückkam. Er bemerkte gleich ihren verwischten Kajal, weshalb er fragte: »Hast du geweint?« – »Nein, ich musste mich übergeben. Habe zu hastig getrunken und es war alles ein bisschen viel.« Betreten gab er zu: »Das war eine Schnapsidee, bei dem Matsch durch den Wald zu fahren. Es sollte so schön werden. Kannst du dich nicht irgendwo ausruhen, bis die Röntgenaufnahmen da sind?« – »Wir fahren gleich nach Hause und meine Mutter kocht für uns. Das habe ich gerade mit ihr per SMS abgestimmt. Und danach legen wir uns ins Bett, versprochen.«

Mit den Aufnahmen im großen Umschlag gingen sie zu Dr. Stienle, der gerade noch einen Notfall versorgen musste. Nachdem er hiermit fertig war, bat er sie in den Behandlungsraum. Er betrachtete aufmerksam die Röntgenbilder, bevor er sich an Theresa wandte: »Na, junge Kollegin, was sehen Sie hier?« Sie warf einen Blick auf die Aufnahmen und stellte erleichtert fest: »Das Schlüsselbein ist nur angebrochen, also nur ein Verband.« – »Okay, wenn Sie auch gleich die Behandlungsmethode festlegen, dann nur zu«, ermunterte sie Dr. Stienle, auch den Verband anzulegen.

Während sie hiermit beschäftigt war, erkundigte sich Dr. Stienle bei Robert: »Sie haben doch hier vor Kurzem als Traumatherapeut ein paar Sitzungen angeboten. Ist das noch aktuell?« Robert erklärte ihm, dass es ein Teil seiner Zusatzausbildung war, er aber in diesem Bereich auch weiterhin arbeiten möchte. Interessiert schlug Dr. Stienle vor: »Können wir da nicht ins Geschäft kommen, auf Honorarbasis? Ich bräuchte manchmal jemanden vom Fach, um die Patienten auch im Kopf zu stabilisieren.« Robert war froh, dass ihn dieses Gespräch von seinen Schmerzen ablenkte, während Theresa die Behandlung zu Ende brachte. Zu Dr. Stienle sagte er: »Ja, wir können nächste Woche darüber reden. Aber mehr als ein Kontingent von zehn Wochenstunden ist im Moment nicht drin.«

Bevor sie losfuhren, informierte Theresa ihre Eltern per SMS, während Robert sein erstes Schmerzmittel schluckte, weil er es langsam nicht mehr aushielt. Auf der Rückfahrt zog er ein Resümee über die letzten Stunden. »Tessa, unsere Radtour ist scheiße gelaufen und vielen Dank für deinen Einsatz. Jetzt gehen wir unser Leben aber etwas ruhiger an, versprochen.« – »Bleibt dir wohl im Moment auch nichts anderes übrig«, bemerkte sie mit Seitenblick auf seinen Arm. »Bist du deshalb gleich auf das Angebot von Dr. Stienle eingegangen?« Robert brauchte einen Moment, bevor er sich sicher war: »Ich möchte ein wenig weg von dem ganzen Notfallhorror. Außerdem möchte ich dich in der nächsten Zeit stärker entlasten.« – »Aber bitte keine Alleingänge bei solchen Entscheidungen«, mahnte sie und bekam von ihm darauf nur ein »Dito« zu hören.

Beim gemeinsamen Essen mit den Höferls stellte Robert fest, dass sein linker Arm überhaupt nicht belastbar war. Schnell musste er die Erfahrung machen, dass er mehr Unterstützung im Alltag benötigte, als er anfangs gedacht hatte. Dr. Höferl kündigte ihm schon an, dass er nun erst einmal krankgeschrieben sei, und riet ihm: »Nutze die Zeit, um zur Ruhe zu kommen. Du siehst inzwischen so aus, als hättest du sie dringend nötig.«

Obwohl sich beide auf ihr Bett gefreut hatten, war es Robert, der nicht stillliegen konnte. Frustriert wollte er wissen: »Wie viel kann ich denn von den Schmerzmitteln nehmen?« – »Erst heute Abend wieder«, war ihre Antwort, worauf er sich im Bett aufsetzte und mühsam aufstand. »Was hast du denn vor?«, fragte sie müde. »Ich gehe jetzt ins Wohnzimmer und mache den Fernseher an. Das lenkt mich wenigstens ab.« – »Du sagst aber, wenn etwas ist«, rief sie ihm noch hinterher, bevor sie sich auf die andere Seite drehte und die Augen schloss.

Es dämmerte schon, als Theresa durch ein Scheppern geweckt wurde. »Robby, ist alles in Ordnung bei dir?«, rief sie, während sie sich im Bett aufsetzte. Es dauerte nicht lange und er kam an die Schlafzimmertür; in der rechten Hand hielt er einen Joghurtlöffel. »Weißt du eigentlich, warum unsere Spezies zwei Hände hat?«, stellte er ihr ziemlich deprimiert die Wissensfrage. Mit Blick auf sein beflecktes T-Shirt kombinierte sie: »Damit wir besser Joghurt essen können. Robby, du hast jetzt einige Einschränkungen und auch doofe Schmerzen, aber danach bist du wieder okay, das verspreche ich dir«, versuchte sie ihm Mut zu machen.

Am Sonntagvormittag telefonierte er mit seinem Onkel Ferdinand und war erleichtert, dass sich dieser bereit erklärte, mit Stefan zur Weiterbildungsstelle für Behinderte zu gehen. Als er später beim Mittagessen versuchte, einarmig zu essen, was aber nur mit der Unterstützung durch Theresa gelang, konnte er dieser Erfahrung sogar etwas Positives abgewinnen. »Du, so weiß man gleich viel besser, in welcher Situation sich Behinderte befinden. Es ist furchtbar, so abhängig von anderen zu sein. Das hat für mich nicht nur etwas mit Kontrollverlust zu tun, sondern auch mit meiner eigenen Würde.« – »Ja, aber zum Glück ist es bei dir bald vorbei«, bemerkte sie.

Robert wünschte sich plötzlich, mehr Zeit mit seinem Bruder verbringen zu können, und schlug deshalb vor: »Können wir uns nicht für ein Wochenende mit Stefan verabreden?« – »Und wie soll das gehen?«, erkundigte sich Theresa erstaunt. »Im Ferienhaus, wenn mein Arm wieder in Ordnung ist. Da ist alles ebenerdig und auch behindertengerecht. Das hatte meine Oma damals so umbauen lassen, als ihr schon einige Dinge schwerfielen.« Theresa überlegte einen Moment, bevor sie vorschlug: »Willst du dich nicht lieber alleine mit ihm treffen?« – »Später vielleicht einmal, aber wenn du auch manchmal mit dabei sein könntest, wäre es schön. Wir sind doch eine Familie.« Theresa holte tief Luft, bevor sie klarstellte: »Stefan ja, aber nicht noch deine Mutter, auch wenn sie zur Familie gehört, oder mein missratener Bruder.« Robert wollte sich gerade zu ihr herüberbeugen, um sie zu küssen, spürte dann aber sofort Schmerzen und verharrte mitten in der Bewegung. »Alles klar«, sagte er. »Familie nur handverlesen, und was ist nun mit unserem Liebesleben?« Sie blickte etwas ratlos und gab dann zu: »Das habe ich in meiner Ausbildung nicht gelernt; vielleicht sollten wir im Moment mehr fernsehen.«

Am Abend kam Dr. Höferl noch bei ihnen vorbei. Schon beim Öffnen der Wohnungstür fragte Theresa beunruhigt: »Ist was mit Julia und ihrem Baby?« Ihr Vater erzählte, dass Julia zur Sicherheit in die Frauenklinik eingeliefert worden war, worauf sich Robert gleich erkundigte: »Hatte sie wieder Stress mit Benedikt?« – »Ich weiß nur, dass er sie am vergangenen Wochenende besuchen wollte«, antwortete Dr. Höferl.

Der nächste Tag wurde für Robert zur Bewährungsprobe. Theresa hatte wieder Dienst im Krankenhaus und Pauline konnte nicht so oft nach ihm sehen, weil sie in der Praxis aushelfen musste. Nur Mozart schaute bei ihm vorbei, nachdem er sich auf der Terrasse ein wenig gesonnt hatte. Ziemlich missmutig über seine Situation rief er bei Dr. Stienle an. Dieser hatte inzwischen in der Personalabteilung des Krankenhauses abklären können, welcher Vertrag für Robert infrage käme, und war ansonsten optimistisch, dass Robert im nächsten Monat dort beginnen könne.

Erst am Nachmittag brachte Pauline ihm warmes Essen. Sie wirkte abgehetzt, als sie ihm den Kochtopf auf den Herd stellte. »Es ist ein Eintopf, den kannst du gut mit dem Löffel essen und für Tessa dürfte es auch noch reichen.« Während sie ihm den Teller füllte, berichtete sie, dass Julia vor zwei Stunden eine Frühgeburt hatte. »Der kleine Junge musste sofort auf eine Spezialabteilung für Frühchen verlegt werden.« Besorgt erkundigte sich Robert: »Und, weiß man schon mehr?« – »Ich habe es nur von Benedikt erfahren, und der war ziemlich schlecht drauf. Ich fahre morgen mal zu Julia ins Krankenhaus«, antwortete Pauline.

Am vierten Tag nach dem Unfall wurden seine Schmerzen schon erträglicher, sodass er sich entschloss, die Schmerzmittel deutlich zu reduzieren. Pauline war am Vormittag ins Krankenhaus gefahren und wollte danach noch Max besuchen, der derzeit von seiner anderen Oma versorgt wurde. Um ein gemeinsames Essen kümmerte sich Dr. Höferl, indem er den Bringdienst in der Mittagspause kommen ließ und die Pizza für seinen Schwiegersohn in handliche Stücke zerteilte. Als sie dann am Küchentisch saßen, erinnerte er sich: »Es ist fast so wie in Kolumbien. Ich denke gerne an unsere gemeinsame Zeit zurück. Sie war für mich sehr intensiv und auch außergewöhnlich, nicht so durchstrukturiert wie hier der Alltag.« Robert stimmte ihm zu: »Ja, es war eine schöne Zeit mit dir. Hier wünsche ich mir manchmal auch eine klarere Begrenzung auf das Wesentliche. Wenn ich mich abends manchmal frage, was ich den Tag über eigentlich gemacht habe, denke ich an einen riesigen Wust von Dingen, die alle nebenbei erledigt werden mussten.«

Dr. Höferl war schon wieder in seiner Praxis, als Pauline nachmittags bei Robert vorbeischaute. Sie kam gerade aus der Klinik und berichtete ihm. Demnach hatte Julia die Geburt körperlich gut überstanden, war aber voller Sorge um ihren kleinen Sohn Moritz, der in einem anderen Haus untergebracht worden war und den sie noch nicht besuchen durfte. Max hatte auf die ganze Situation sehr verstört reagiert und wäre am liebsten mit seiner Oma Pauline mitgefahren. »Weißt du inzwischen, wie es zu der Frühgeburt gekommen ist?«, fragte Robert. »Julia sagte, es hat wieder Streit gegeben mit Benedikt. Max hat dann geschrien, worauf ihn Benedikt hart angegangen ist.« – »Hat er seinen Sohn verprügelt, oder was?«, wollte Robert nun genauer wissen. Pauline nickte nur und ging mit Tränen in den Augen zurück in ihre Wohnung. Am Abend erzählte er Theresa von den Aggressionen ihres Bruders, worauf sie feststellte: »Weißt du, Benedikt brauchte schon immer ideale Umstände, um der tolle große Bruder sein zu können. Er war es auch manchmal. Aber bei den üblichen Problemen des Lebens schmiert er völig ab und kriegt jetzt anscheinend die Kurve nicht mehr.«

Später im Bett informierte sie Robert über ihr Gespräch mit Dr. Stienle. »Er hat mir heute in der Mittagspause erzählt, dass er sich auf die Zusammenarbeit mit dir freut.« – »Und? Hat er sonst noch etwas gesagt?« – »Ja, er hat gefragt, wie es dir geht.« – »Das hätte er mich auch selbst fragen können«, murmelte Robert. »Hättest du ihm dann auch verraten, dass du jetzt leben musst wie ein Mönch?«, stichelte sie. Robert vergaß einen Moment zu atmen und erkundigte sich dann schnell: »Das hast du nicht gesagt, oder?« – »Nein, noch nicht. Aber was spricht eigentlich gegen Berührungen, so wie hier oder auch da?«, fragte sie und begann ihn zu streicheln.

Am nächsten Tag zur Mittagszeit brachte ihm Pauline eilig das Essen. »Benedikt kommt gleich. Er wollte vorher noch Julia und Moritz besuchen. Vielleicht weiß er schon mehr«, hoffte sie und ging wieder. Robert hatte sich nach dem Essen aufs Sofa gelegt und hörte seine Lieblings-CD, während Mozart auf seinem Bauch schnurrte. Er dachte an die letzte Nacht mit Theresa und musste schmunzeln. Während er völlig entspannt mit geschlossenen Augen der Musik lauschte, hörte er plötzlich, wie die Verbindungstür zwischen den Wohnungen geöffnet wurde. Kurz darauf ertönte die Stimme seines Schwagers: »Hallo? Ist da jemand?«

Erstaunt richtete sich Robert auf und sah, wie Benedikt den Raum betrat. »Was willst du hier?«, fragte er verdutzt. »Meine Mutter hat mir gesagt, dass du hier rumhocken musst, nach deinem Unfall, und da wollte ich dich einmal besuchen. Musste mir ja heute eh freinehmen.« Robert war inzwischen aufgestanden. Er war verärgert wegen der Übergriffigkeit seines Schwagers und fühlte sich aufgrund seiner Schulterverletzung auch ziemlich hilflos. Dennoch schlug er vor: »Komm, mach uns ein Spezi und wir setzen uns dann auf die Terrasse.«

Benedikt ging tatsächlich mit ihm in die Küche und füllte Orangensaft und Cola in die Gläser, so wie sie es früher gemacht hatten. Als Robert ihm dann am Terrassentisch gegenübersaß, bemerkte er, dass sein Schwager müde aussah und offenbar auch zugenommen hatte. »Wie geht es denn dem kleinen Moritz?«, begann er das Gespräch. Benedikt starrte in den Garten, bevor er fragte: »Hast du schon einmal ein Frühchen gesehen, so richtig live?« Als Robert dies verneinte, fuhr er fort: »Schrumpelig wie ein junger Schimpanse, nur in Rosa und mit Schläuchen.« Die Wut in seiner Stimme ließ Robert aufhorchen. »Hast du Angst, dass er es nicht schafft?« – »Ich habe Angst, dass er behindert sein wird. Stress in der Ehe und einen behinderten Sohn. Da kann ich mir ja gleich die Kugel geben«, brachte Benedikt zornig hervor.

Robert trank einen Schluck, bevor er nachfragte: »An welcher Kreuzung in deinem Leben bist du falsch abgebogen?« Von Benedikt kam nur ein verständnisloses »Hä?«, aber Robert ließ nicht locker: »Benedikt, wo willst du eigentlich hinfahren?« Es dauerte einige Augenblicke, bis er antwortete: »Ich möchte noch einmal neu anfangen. Ich habe mich auf eine Topstelle in der Schweiz beworben und am Freitag ist mein Vorstellungsgespräch.« – »Dann zieh es durch, aber ordne auch dein bisheriges Leben, damit es nicht zur explosiven Altlast für dich wird«, riet ihm Robert eindringlich. Er brachte seinen Schwager noch bis zur Wohnungstür und sagte zum Abschied sehr bestimmt: »Wenn du noch etwas mit mir besprechen willst, melde dich, aber das nächste Mal bitte durch diese Tür eintreten.«

Es dauerte etwas, bis Robert seine Ruhe wiederfand. Als kurz darauf Theresa nach Hause kam, hatte sie Gemüsetaschen vom Restaurant um die Ecke mitgebracht, das auch außer Haus verkaufte. Beim Essen stellte sie zufrieden fest: »Bald ist dein Schlabberlook mit Jogginghose und kurzärmligem Hemd vorbei. Freust du dich auf dein Leben danach?« Robert lächelte und strich ihr über den Unterarm, bevor er ihr eröffnete: »Tessa, dein Bruder war heute hier. Er kam durch die Verbindungstür, ohne Ankündigung.« – »Das ist ja gruselig. Was wollte er denn von dir?« – »Er hatte seinen kleinen Sohn gesehen, den er nicht gerade ansprechend findet, und hat Angst, dass er behindert sein könnte. Auch hat er am Freitag ein Vorstellungsgespräch in der Schweiz, für einen tollen Job.« – »Du, wir müssen mit meinen Eltern darüber reden«, war ihre spontane Reaktion. Über Handy bat sie ihre Eltern, nach Praxisschluss bei ihnen vorbeizukommen.

Während sie weiteraßen, erzählte ihr Robert von einer Fortbildung in München, an der er gerne teilnehmen wolle. Eigentlich hatte sich ein anderer Kollege schon hierfür angemeldet, wollte nun aber doch nicht fahren, weil seine Ehefrau operiert werden musste und noch seine Unterstützung bräuchte. »Und wann wäre das und wie lange?«, erkundigte sich Theresa. »In drei Wochen, für zwölf Tage. Wäre das für dich okay?«, fragte er. »Okay, dann melde dich an. Übrigens möchte ich mich auf die Station für essgestörte Kinder versetzen lassen. Da ist kurzfristig eine Stelle freigeworden und ich habe dann nicht mehr so viel Stress«, verkündete sie. »Meinst du etwa, dann klappt es besser mit unserem Kinderwunsch?«, hatte er seine Zweifel und schlug vor: »Vielleicht sollten wir uns einmal untersuchen lassen, woran es eigentlich liegt.« Theresa, die ihre Frauenärztin schon letzten Monat hierzu befragt hatte, sagte nur: »Mein Hormonspiegel ist normal und einen Eisprung habe ich auch. Das Einzige, was nicht passt, ist der Stress. Deshalb möchte ich ja die Abteilung wechseln.«

Schon beim Eintreffen ihrer Eltern verkündete Theresa: »Benedikt ist heute einfach durch die Verbindungstür gekommen. Wir müssen da etwas ändern.« Ihre Mutter reagierte erstaunt: »Als er vorhin bei mir war, bekam ich einen Anruf und musste rasch etwas im Kalender nachsehen. Er wollte eigentlich gehen und war dann auch plötzlich weg.« Im Wohnzimmer fragte Dr. Höferl seinen Schwiegersohn: »Und was hat er von dir gewollt?« Robert tat sich schwer, dies alles in Worte zu fassen. »Was ich euch jetzt sage, muss unbedingt unter uns bleiben. Benedikt hatte in Gesprächen angedeutet, dass die Beziehung zu Julia für ihn eher ein Irrtum war, ihn die Vaterrolle stresst und er befürchtet, dass Moritz eine Behinderung haben könnte. Auch bin ich nach wie vor der Ansicht, dass er etwas mit der Vergewaltigung von Gloria zu tun hatte. Ich weiß aber hierzu nichts Genaues. Auf jeden

Fall möchte er nun in der Schweiz einen Job annehmen und dort ein neues Leben beginnen.« Dr. Höferl reagierte als Erster darauf. »So einfach geht das jetzt? Ich fahre mein Leben gegen die Wand und beginne dann im Ausland ein neues?«

Theresa fragte ihren Ehemann: »Und was hast du ihm geraten?« – »Ich habe ihm schon mehrfach eine Therapie empfohlen, auch weil ich glaube, dass sein Umgang mit Frauen problematisch ist. Und was seine Bewerbung in der Schweiz betrifft, habe ich ihn dazu ermutigt, zum Bewerbungsgespräch zu fahren«, erklärte Robert. Es herrschte sekundenlanges Schweigen, bevor Dr. Höferl sagte: »Das hätte ich wohl auch getan, damit er hier nicht noch mehr anrichten kann.« Robert sah dies ähnlich. »Ich denke, dass er so unter Druck steht, dass er einfach wegmuss, raus aus dem Leben hier, das ihn offensichtlich einengt und dem er sich ausgeliefert fühlt. Sonst entwickelt er nur noch mehr zerstörerische Energie. Vielleicht hat er ohne diesen Alltagsdruck endlich einmal den Ehrgeiz, seine Probleme wirklich zu lösen.«

Pauline hatte bislang geschwiegen, doch jetzt brach es aus ihr heraus: »Mein Sohn hat vielleicht ein junges Mädchen vergewaltigt und lügt uns seit Jahren an. Spielt uns den erfolgreichen Informatiker vor, der sich selbstständig gemacht und eine Familie gegründet hat. Ich fasse es nicht.« Sie fing an zu weinen, was Theresa bei ihr bislang nur zweimal erlebt hatte. Betroffen nahm sie die Hand ihrer Mutter und versuchte sie zu trösten. »Mutti, jetzt wissen wir schon ein bisschen mehr und können uns darauf einstellen und auch Julia und den beiden Kleinen helfen.« Dr. Höferl wollte jetzt erst einmal abwarten, ob sein Sohn tatsächlich in die Schweiz ziehen würde. Er hoffte noch immer auf eine ehrliche Aussprache, zumal es ihn all die Jahre massiv belastet hatte, dass der Verdacht gegen Benedikt stets im Raum stand.

Bevor sie wieder gingen, sah sich Dr. Höferl zusammen mit seinem Schwiegersohn die Verbindungstür an. Er riet: »Wir sollten jetzt die Tür erst einmal abschließen und dann später ein Schloss einbauen, das auf Fingerabdruck reagiert.« – »Geht das denn bei einer so alten Tür?«, hatte Robert seine Zweifel. »Ich lasse es morgen durch einen Spezialisten klären und dann habt ihr wieder ein sicheres Gefühl«, bemühte sich Dr. Höferl um eine schnelle Lösung.

XX

Am nächsten Nachmittag rief Robert seinen Bruder an. Er erkundigte sich, was die Beratungsstelle ihm anbieten konnte. Aufgeregt erzählte Stefan: »Du, die haben mir jemanden genannt, der mich in einer Wohngruppe für Behinderte unterbringen kann. Dann könnte ich hier ausziehen und wäre wieder frei.« – »Und was ist mit einem Job?«, wollte nun Robert von ihm wissen. »Da war der Ferdinand richtig super. Als die in der Beratungsstelle gemerkt haben, dass ich gut mit Menschen umgehen kann, schlugen die mir was im Service oder im Auskunftsbereich von Firmen vor. Und Ferdinand will sich jetzt erkundigen, ob das auch im Hotel seiner Frau geht. Erst einmal ein paar Stunden.« Robert war beeindruckt. »Du, das hört sich doch gut an. Hast du schon mit deinem Vater darüber gesprochen?« Stefan seufzte, bevor er sagte: »Nein, das will ich noch nicht. Dies hier ist mein Ding, und wenn alles klappt, dann sage ich es den Eltern. Aber erst dann.«

Sie unterhielten sich noch ein wenig über den Alltag im Heim. Als ihm Robert dann gestand, dass er jetzt nach seinem Unfall erst richtig nachvollziehen könne, wie sich eine Behinderung anfühlt, musste Stefan lachen. »Siehst du, glotzen dich die Leute auch so mitleidig an?«, wollte er von seinem großen Bruder wissen. »Nein, ich bin die ganze Zeit zu Hause. Aber ich brauche hier Unterstützung, sonst funktioniert es nicht«, versuchte ihm Robert seine Situation zu beschreiben. Nach einem kurzen Schweigen erkundigte sich Stefan: »Meinst du, es klappt noch mit unserem Treffen im Ferienhäuschen? Ich übe doch schon mit einer Gehhilfe. Sieht ein bisschen aus wie ein Rollator.« Robert war gerührt und musste erst einmal schlucken, bevor er ihm versprach: »Ja, natürlich, das geht klar. Ich muss nur noch einen Termin mit Tessa abstimmen.«

Als Theresa abends nach Hause kam, wirkte sie müde, weshalb er ihr nach dem Begrüßungskuss anbot: »Kann ich dir etwas Gutes tun?« – »Ja, kannst du schon den Tisch decken und ich mache uns schnell einen Kaiserschmarrn mit Apfelmus? Und danach bitte nur noch Fernsehen und dann ins Bett.« Beim Essen berichtete sie ihm von ihrem letzten Arbeitstag auf ihrer bisherigen Station und von dem Gespräch mit Dr. Stienle. »Du hast morgen einen Termin zum Unterschreiben deines Arbeitsvertrages, hat er mir gleich erzählt.« – »Ja, das stimmt. Aber ich unterschreibe nur, wenn du mit diesen zwanzig Wochenstunden auch einverstanden bist«, betonte er. »Das hört sich ja richtig gut an, so als hätten wir doch ein gemeinsames Leben«, fand Theresa.

Sie fuhren am nächsten Vormittag zusammen ins Krankenhaus. Theresa, die heute frei hatte, gab ihm auf dem Parkplatz noch mit auf den Weg: »Und lass dich nicht über den Tisch ziehen, das sind hier knallharte Arbeitgeber.« Dr. Stienle war sehr erfreut, dass er Robert nun doch zu einer höheren Stundenzahl verpflichten konnte, als anfangs besprochen wurde. Zufrieden war er auch über die Fortschritte im Heilungsprozess von Roberts verletzter Schulter, worauf er vorschlug: »Kommen Sie doch nächsten Freitag schon zur Teambesprechung und danach mache ich Sie gleich mit Ihrem ersten Patienten bekannt. Es ist ein junger Mann, der einen schweren Skiunfall hatte«, erklärte Dr. Stienle, bevor er zum nächsten Termin eilte.

Später traf sich Robert mit Theresa, die noch einmal auf ihrer alten Station war, wieder auf dem Parkplatz und sie fuhren gemeinsam in die City. Hierbei schilderte Robert seinen bisherigen Eindruck: »Jetzt weiß ich schon, wie es bei euch läuft. Als Mitarbeiter musst du immer einsatzfähig sein, egal ob die Schulter noch im Verband steckt. Tessa, pass bitte auf dich auf.« – »Dr. Stienle greift gerne nach der ganzen Hand, obwohl du ihm eigentlich nur den kleinen Finger geben willst. Ich fand ihn am Anfang ganz schön fordernd, aber er hält es auch aus, wenn du ihm widersprichst«, erklärte sie ihm die Eigenheiten seines neuen Chefs.

Obwohl Robert nach seinem Unfall die Öffentlichkeit mied, entschieden sie sich, in einem Lokal essen zu gehen. Sie wollten die Unterzeichnung des Arbeitsvertrages ein wenig feiern. Während sie auf ihr Essen warteten, erzählte Robert von Stefan. Er freute sich über die Fortschritte, die sein Bruder machte. Theresa erkundigte sich nachdenklich: »Warum haben deine Mutter und dieser Bodo eigentlich nichts unternommen, um Stefans Situation zu verbessern?« – »Meine

Mutter hat ihre Kinder doch nie gefördert. Wir mussten funktionieren, damit sie selbst glänzen konnte. Später wurden wir dann ins Internat gesteckt und Stefan jetzt noch ins Heim, wo er Gefahr läuft, an seiner Behinderung zu zerbrechen«, sagte er wütend und machte bei seinen letzten Worten eine ruckartige Bewegung. Hierbei stieß er an sein Glas. Es kippte um und zersprang danach klirrend auf dem Fußboden.

Theresa wischte mit ihrer Serviette den Saft vom Tisch auf und bat den herbeieilenden Kellner: »Entschuldigung. Uns ist eben ein Malheur passiert. Könnten wir noch ein neues Glas bekommen?« Robert saß mit versteinerter Miene da und beobachtete aus den Augenwinkeln, wie das ältere Ehepaar vom Nachbartisch immer wieder zu ihnen herübersah. Nachdem der Kellner die Glasscherben vor ihrem Tisch beseitigt hatte, brachte er ihnen ein frisches Glas und neue Servietten. Doch Robert hielt es nicht mehr aus. »Wollen wir nicht gehen und uns das Essen einpacken lassen?«, schlug er vor. Erstaunt stimmte Theresa zu. Erst im Auto fragte sie ihn: »Kam da vorhin im Restaurant ein Erlebnis aus der Kindheit bei dir hoch?« – »Lass uns bitte zu Hause darüber sprechen«, bat er.

Es fiel ihm nicht leicht, ihr davon zu erzählen, als sie zusammen auf ihrem Wohnzimmersofa saßen. »Es war der 75. Geburtstag meiner Oma. Sie feierte ihn mit vielen Gästen im Festsaal ihres Hotels. Familie und Bekannte aus dem Ort waren alle gekommen. Meine Mutter genoss ihren großen Auftritt, während es meinem Vater zunehmend schlechter ging. Er setzte sich öfters auf die Terrasse, weil er dort besser Luft bekam. Stefan bat mich, sein Schnitzel zu zerteilen. Beim Herüberreichen des Tellers kippte sein volles Glas um und der rote Traubensaft tropfte uns auf die Hosen. Das Serviermädchen wollte uns helfen, aber dann kam meine Mutter. Mit ihrer schrillen Stimme forderte sie uns auf, sofort auf unser Zimmer zu gehen, das im Seitenflügel des Hotels lag.« Er schwieg einen Moment, bevor er fortfuhr: »Dort hat sie uns angeschrien, wir hätten sie blamiert, und hat uns rechts und links kräftig ins Gesicht geschlagen. Dann ist sie wieder gegangen.« Theresa hatte ihm betreten zugehört und fragte dann: »Ist das gerade im Lokal wieder bei dir hochgekommen?« – »Du hast ganz toll reagiert. Aber als das Glas auf die Erde fiel und zerbrach, waren die alten Bilder wieder da.« Robert erzählte ihr, dass er in der letzten Zeit öfter an Szenen aus seiner Kindheit dachte und sich dann vorstellte, wie er anders reagieren würde.

»Aber dein Vater war doch gar nicht so verkehrt, außer dass er die falsche Frau geschwängert hat«, bemerkte Theresa. »Ja, und weil er nicht verkehrt war, hat er sie dann auch geheiratet und hat versucht, uns Kindern das Leben mit dieser extrem schwierigen Mutter so erträglich wie möglich zu machen«, war sich Robert sicher. Theresa beugte sich vor und streichelte sein Gesicht, das immer noch sehr angespannt wirkte. Mit dem Zeigefinger strich sie über eine kleine Narbe an seiner rechten Wange, halb verdeckt durch seinen Bartansatz. »Das hier war aber nicht mein Bruder, oder?«, erkundigte sie sich. »Nein, das war der Ring meiner Mutter, als sie uns an besagtem Geburtstag heftig ins Gesicht schlug. Stefans Narbe ist noch größer.«

»Hat denn dein Vater bei der Feier nichts mitbekommen? Oder deine Oma?«, fragte Theresa fassungslos. »Meine Mutter mischte sich wieder unter die Gäste, als wäre nichts geschehen. Aber meiner Oma fiel auf, dass wir nicht zurückkamen, und sie schickte meinen Vater zu uns aufs Zimmer. Er blieb den Rest des Abends bei uns, hat uns getröstet und uns vorgelesen, so gut es mit seinem Husten möglich war. Meine Mutter kam sehr spät, sie hatte einiges getrunken. Es gab in dieser Nacht noch einen heftigen Streit zwischen meinen Eltern.« Er machte eine kurze Pause, bevor er fortfuhr: »Die Wunden heilen mit der Zeit, aber die Narben bleiben zurück, auch in der Seele.«

XXI

Es war das letzte Wochenende vor Roberts Fortbildung in München. Theresa freute sich fast darauf, die kommenden zwei Wochen allein zu sein, denn Roberts Anspruchshaltung stresste sie immer öfter. Er wollte so schnell wie möglich Nachwuchs zeugen und konnte immer weniger akzeptieren, dass es noch nicht geklappt hatte. Sie aber sehnte sich nach Ruhe und wollte sich endlich von den vergangenen Monaten erholen. In ihrer Vorfreude auf die bevorstehende Auszeit fühlte sie sich an diesem Wochenende glücklich und entspannt.

Auch für Robert war dieses letzte Wochenende vor seiner Abfahrt anders als sonst. Er spürte, dass sich seine Beziehung zu Theresa verändert hatte. Sie wirkten beide erschöpft vom Alltag und den Problemen innerhalb der Familie. Am meisten belastete sie jedoch ihr großes gemeinsames Projekt, das sich schwieriger umsetzen ließ als zuvor gedacht. Es störte ihn, wie passiv Theresa mit dieser Situation umging. Er wollte Klarheit und eine Strategie, verlangte nach ärztlichen Untersuchungen, aber sie wollte alles auf sich zukommen lassen. Diese Uneinigkeit vergrößerte die Spannungen in ihrer Beziehung immer mehr, aber Robert hatte noch keinen Plan, wie er hieran etwas ändern könnte, obwohl er es sich wünschte.

Sie liebten sich an diesem Wochenende mit einer Leidenschaft, wie es sie seit Wochen schon nicht mehr zwischen ihnen gegeben hatte, aber auch mit dem bitteren Beigeschmack, es könnte der Beginn einer ernsten Beziehungskrise sein. Als sie sich am Montag voneinander verabschiedeten, blickte Robert seine Ehefrau noch einmal prüfend an und vergewisserte sich: »Meinst du wirklich, ich kann fahren?«, worauf Theresa nur nickte. Allein ihre Reaktion verunsicherte ihn. Nachdem er das Haus verlassen hatte, verkroch Theresa sich wieder in ihr Bett. Sie hatte heute frei und wollte einfach nur ausschlafen. Im Traum erschien ihr ihre Oma Stina, die sich um sie kümmerte, weil sie krank war, und ihr riet, besser auf sich aufzupassen. Theresa wachte auf und begann zu grübeln, wie sie die Botschaft aus dem Traum umsetzen könne.

Robert sandte ihr in der ersten Woche jeden Tag mehrere Whats-App-Nachrichten oder rief sie nach Dienstschluss an, um zu erfahren, wie es ihr ginge. Theresa wich ihm aus, indem sie von ihrer Arbeit erzählte und dass sie sich ansonsten ausruhen wolle. Sie schämte sich fast ein wenig dafür, dass sie seine Abwesenheit genoss. Robert war enttäuscht von ihrem Verhalten. Am dritten Abend fragte er sie: »Tessa, ist etwas mit dir? Muss ich mir Sorgen machen?« – »Nein, ich glaube nicht, ich bin einfach nur etwas erschöpft«, entgegnete sie.

Auch bei ihren Eltern ließ sie sich nun weniger blicken. Als ihre Mutter sie hierauf ansprach, erklärte sie: »Seid mir bitte nicht böse, ich brauche einfach etwas Zeit für mich.« Mit irritiertem Blick erkundigte sich ihre Mutter: »Ist alles in Ordnung bei euch?« Theresa zögerte kurz, bevor sie antwortete: »Robert will immer alles sofort regeln, in seiner Geschwindigkeit und Gründlichkeit. Er ist der geborene Macher und hat immer eine neue Baustelle. Das ist verdammt anstrengend, weil ich mich ständig anpassen oder ihn abbremsen muss, was mich viel Energie kostet. Behalte es aber bitte für dich.«

In der zweiten Fortbildungswoche nahm Robert an einem Selbstfindungsseminar in einem katholischen Kloster teil, mit Handyverbot und keinerlei Kontakten nach außen. So war er gezwungen, über sich und seine Haltung zum Leben nachzudenken. In dieser Zeit wurde ihm bewusst, dass er in privaten Dingen ein ausgesprochen misstrauischer, ja sogar pessimistischer Mensch war. Zudem suchte er immer nach Bestätigungen für die Richtigkeit seines Handelns. Am vorletzten Tag äußerte der Pater den Gedanken, dass Robert das Ausbleiben der Schwangerschaft unbewusst als Anlass genommen habe, nun auch die Beziehung zu Theresa infrage zu stellen. Dies brachte Robert zum Nachdenken, denn in der Tat lag ihm sehr viel daran, den kirchlichen Segen für diese Ehe zusammen mit der Taufe des ersten Kindes zu erhalten. All diese Erkenntnisse berührten Robert sehr und rüttelten an seinem Selbstbild. Nachts lag er in seiner Klosterzelle und konnte nur noch schlecht schlafen. Er hatte Sehnsucht nach seiner Ehefrau und die Kontaktsperre belastete ihn zusätzlich.

Theresa dagegen empfand es als angenehm, in dieser Zeit keine Anrufe oder WhatsApp-Nachrichten von ihm zu erhalten. Sie verabredete sich zweimal mit ihrer ehemaligen Schulfreundin Doro, zu der sie immer noch Kontakt hatte und die gerade auf Heimaturlaub war. Sie gingen gemeinsam ins Kino und am letzten Tag vor Roberts Heimkehr kochten sie zusammen bei Theresa und machten sich einen gemütlichen Abend. Doro war neugierig, mehr über die Beziehung ihrer Freundin zu erfahren, zumal sie Robert auch von früher kannte. Theresa hielt sich aber bedeckt. Sie sprach mehr über den Tod ihrer Großmutter Stina, den beruflichen Stress und ihre Hoffnung, dass nun alles besser werden würde.

Als Robert am nächsten Tag nach Hause kam, war Theresa noch im Krankenhaus. Mit einem unguten Gefühl sah er sich im Wohnzimmer um. Auf dem Couchtisch stand eine Vase mit einem Blumenstrauß und daneben lag eine Packung Trüffel. In der Küche fand er zwei benutzte Weingläser neben einer angebrochenen Flasche vom guten Rotwein. Ansonsten sah die Wohnung aus wie immer, aber er wurde misstrauisch. Er hatte nicht den Eindruck, dass er von ihr erwartet wurde und das beunruhigte ihn sehr.

Am Abend kam Theresa aus dem Krankenhaus. Sie wirkte blass und müde. Die Begrüßung fiel knapp aus, genauso wie ihr flüchtiger Kuss. »Ist etwas?«, erkundigte sich Robert verunsichert. Während Theresa ihren Mantel an die Garderobe hängte, sagte sie: »Ja, ich bin schwanger. Ich habe heute Mittag einen Test gemacht.« Ihre Worte trafen ihn wie ein Schlag. »Von wem? Ich war zwei Wochen nicht da«, stellte er harsch fest. Theresa fasste sich an die Stirn und ging an ihm vorbei in die Küche. Robert folgte ihr. Sie schob gerade eine Pizza in den Ofen, als er fragte: »Kenne ich ihn?«

Theresa drehte sich zu ihm um und sagte betont ruhig: »Robert, ich weiß nicht, ob du dich selbst kennst. Oder mich. Ich bin nicht wie deine Mutter, die ihrem Ehemann ein Kind von einem anderen unterschiebt, aber das hast du die ganzen Monate unserer Beziehung nicht begriffen. Immer geht es um dich und dein Trauma. Ich werde hier langsam zum Schatten meiner selbst. Ich habe es genossen, einfach einmal alleine zu sein und über mein Leben selbst entscheiden zu können.« Sie wischte sich die Tränen von der Wange und ergänzte: »Du kannst ja einen Vaterschaftstest machen lassen, wenn du Zweifel hast, und jetzt lass mich bitte allein.«

Robert ging ihr nicht nach, als sie die Küche verließ, sondern rief ihr stattdessen hinterher: »Und die Blumen und die Trüffel hast du dir selbst geschenkt? In der Küche stehen auch zwei Weingläser auf der Spüle!« Theresa drehte sich vor der Schlafzimmertür zu ihm um. »Sind wir jetzt schon so weit?«, entgegnete sie ihm. »Ich habe nichts zu verbergen. Die Blumen und die Trüffel sind von Doro, meiner Freundin aus der Schulzeit. Sie hat mich gestern besucht. Wir haben zusammen gekocht und sie hat Wein getrunken und ich Traubensaft. Bevor du hier zum Kontrollfreak mutierst, sollten wir uns lieber trennen.« Mit diesen Worten ging sie ins Schlafzimmer und schloss die Tür hinter sich. Drei Monate lang hatte er auf die Nachricht gewartet, dass er Vater wird. Er hatte sich so auf die Schwangerschaft gefreut und sich schon vorgestellt, wie er Theresa verwöhnen würde, und nun warf er ihr Ehebruch vor. Verstört von sich selbst und durch die ganze Situation, ging er in sein Zimmer und versuchte wieder klar im Kopf zu werden und seine Gefühle zu ordnen. Robert hasste sich in diesem Moment für seine finsteren Gedanken und sein Misstrauen Theresa gegenüber, die er doch liebte.

Er hörte, wie Theresa in der Küche hantierte. Der Pizzageruch zog bis in sein Arbeitszimmer. Robert saß auf seinem Sofa und wusste nicht, was er tun sollte. Nach einer Weile stand er auf und tat genau das, was er in seiner Ausbildung gelernt hatte. Er ging zu ihr und sagte: »Willst du mit mir reden? Es tut mir leid wegen vorhin.« Theresa blickte von ihrem Teller auf, sie wirkte unheimlich zerbrechlich. Er hätte sie gerne in den Arm genommen, fragte stattdessen aber: »Kann ich mich zu dir setzen?« Sie nickte und aß weiter. Robert setzte sich ihr gegenüber und begann: »Letzte Woche, während der Besinnungszeit im Kloster, habe ich viel über uns nachgedacht, auch über die jüngsten Veränderungen in meinem Leben und wie ich damit umgehe.« Er hielt für einen Augenblick inne und versuchte an ihrem Gesichtsausdruck abzulesen, ob es sie überhaupt interessierte, was er ihr gerade mitteilen wollte. Theresa aß aber weiter, ohne ihn anzublicken, sodass er sich erkundigte: »Ich weiß nicht, ob dich das gerade interessiert oder ob du lieber über deine Gefühle reden möchtest.«

Nach dem letzten Bissen Pizza blickte sie ihn an und sagte: »Robert, ich bin wirklich froh, dass meine Kindheit anders verlaufen ist als deine. Ich konnte mich auf engere Beziehungen einlassen und ging ihnen nicht aus Selbstschutz aus dem Weg. Dafür hatte ich einen verdammt nervigen Bruder, der immer von Neid zerfressen war und der mir weder Erfolg noch ein schönes Leben gönnte. Und ich habe zwei

Partnerschaften hinter mir, für die es kein Happy End gab. Damit waren auch immer verletzte Gefühle verbunden, aber ich habe sie durchlebt, weil ich glaubte, es gehört zum Leben nun einmal dazu.«

Sie wartete auf eine Reaktion von ihm, doch er schwieg, worauf sie fortfuhr: »Was ich mit dir seit dem letzten Sommer erlebe, ist eine emotionale Achterbahnfahrt. Erst wolltest du keine engen Bindungen eingehen, hast alle Gefühle eingefroren, und nun taust du sie wieder auf und machst daraus dein Psychomanagerding. Alles wird geregelt, aber nicht mehr gelebt. Ich verliere mich langsam. Verstehst du das?« Er blickte sie fassungslos an. Mit dieser deutlichen Ansage hatte er nicht gerechnet. Nach Worten suchend formulierte er mühsam: »Okay. Ich wusste nicht, wie das alles auf dich wirkt. Ja, ich habe mich getraut, meine Gefühle zuzulassen, mit dir gemeinsam ein neues Leben zu beginnen, mich verletzbar zu machen. Es war nicht immer top, aber ich habe geglaubt, wir schaffen das zusammen. Ich dachte auch, wir könnten meine familiären Altlasten gemeinsam aufarbeiten. Warum hast du nie etwas gesagt?«

Sie schüttelte mehrmals ungläubig den Kopf. »Robert, ich habe ganz oft etwas gesagt, habe auch versucht, dich zu bremsen, aber du bist wie ein Workaholic in Bezug auf deine familiären Probleme. Sobald du deine Mutter abgearbeitet hast, kommt dein Bruder dran. Beruflich willst du dich auch ständig verändern. Du pendelst zwischen Ferienhaus und Stadtwohnung. Und wenn es mit der Schwangerschaft nicht sofort klappt, so wie du es geplant hast, willst du gleich zum Arzt rennen, um die Gründe medizinisch abklären zu lassen. Ich kam mir zum Schluss vor wie eine Zuchtstute, die unbedingt besamt werden sollte. Das hatte alles nichts mehr mit Liebe zu tun.« Ziemlich blass im Gesicht fragte er: »Und nun? Was hast du vor?« Theresa stand auf und stellte ihr Geschirr in die Spülmaschine, bevor sie sich wieder zu ihm umdrehte. »Ich bin jetzt erst einmal schwanger, und diese Zeit hat ihre eigenen Regeln. Richtig schön finde ich, dass es ein Kind der Liebe geworden ist, was vor zwei Wochen tatsächlich noch einmal bei uns möglich war, und nicht eine Zeugung nach Kalender, der den Eisprung anzeigt.« Als sie die Küche verlassen wollte, fragte er ziemlich verunsichert: »Kann ich etwas für dich tun?« – »Gib mir einfach die Ruhe, die ich brauche, und etwas Distanz nach den Monaten der erstickenden Nähe.«

Wortlos sah er ihr nach, wie sie im Bad verschwand. Dann ging er in sein Arbeitszimmer und legte sich aufs Sofa. Schon vor seiner Fortbildung hatte er öfters den Eindruck gehabt, dass sie sich verschloss. Er hatte überlegt, was er anders machen müsse, wie er ihr gemeinsames Leben besser regeln könne, und nun hatte sie ihn aufgefordert, Distanz zu ihr zu halten. Er war verwirrt und fühlte sich ausgeschlossen, auch von ihrer Schwangerschaft, die er sich so sehr gewünscht hatte. Das alles erinnerte ihn an einen Dokumentarfilm über Feldhamster, den er kürzlich gesehen hatte und der zeigte, wie die Männchen nach der gemeinsamen Paarungszeit aus dem Bau vertrieben wurden.

Er erinnerte sich auch an eine Szene aus seiner Kindheit. Sein Vater war damals schon sehr krank und konnte nicht mehr arbeiten, während seine Mutter immer öfter unterwegs war. Als sie eines Abends angetrunken nach Hause kam, stand sein Vater vom Sofa auf und schlug ihr mit der flachen Hand ins Gesicht. Aufgrund seiner Kraftlosigkeit fiel der Schlag weniger heftig aus, als von ihm beabsichtigt, aber Robert war geschockt von der Verzweiflung und Wut seines Vaters. Beklommen fragte er sich nun, wie weit er selbst gegangen wäre, wenn es sich bei Theresas Besuch nicht um Doro gehandelt hätte. Er wollte immer anders sein als seine Eltern, aber im Beziehungsalltag fehlte ihm einfach die nötige Sicherheit und Erfahrung. Bislang hatte er geglaubt, dass er Theresa vertraute, und war nun selbst erschrocken über sein plötzliches Misstrauen.

Am nächsten Morgen wurde er von Geräuschen aus der Küche geweckt. Er wusste, dass Theresa heute Dienst hatte. Noch ziemlich verschlafen, nach der Nacht des Grübelns, ging er zu ihr und fragte: »Guten Morgen. Musst du schon weg?« – »Ja«, war ihre knappe Antwort. »Sagst du mir noch, was dich so verletzt hat?« Sie sah ihn mit einem verächtlichen Blick an, bevor es aus ihr herausplatzte: »Dass du es gewagt hast, mich mit deiner Monstermutter zu vergleichen, die deinen Vater betrogen hat, das verzeihe ich dir nicht.« – »Ja, das war der Supergau. Es tut mir unendlich leid und soll auch nie wieder vorkommen. Lässt du mich trotzdem an deinem Leben teilhaben, mit mehr Distanz, wenn du sie brauchst?«

»Robert, ich weiß es nicht. Es liegt an dir und daran, wie viel Raum du mir gibst. Das hat nämlich auch etwas mit Vertrauen zu tun, und davon hast du gerade nicht viel«, stellte sie fest und begann ihr Müsli zu essen. »Ja, du hast recht. Vertrauen zu haben, im privaten Bereich, lerne ich gerade und bin noch nicht wirklich gut darin. Trotzdem bitte ich dich, mir eine Chance zu geben, für unsere Beziehung und unser Kind.« Theresa blickte ihn kühl an. »Da musst du dich aber noch sehr anstrengen, vor allem, wenn du bei der Geburt dabei sein willst. Da braucht man nämlich keine Besserwisserei, sondern einfach einmal Geduld und Einfühlungsvermögen. Meinst du, das bekommst du hin? Nach nur drei Monaten Ehe schon aus dem gemeinsamen Schlafzimmer verbannt zu werden, ist keine Heldentat.« Robert war geschockt. Früher war er Krisen dieser Art erfolgreich aus dem Weg gegangen, da er es vorgezogen hatte, ein Leben als Single zu führen, und nun steckte er mittendrin in einer Ehekrise. Die Frau, die er liebte, hatte plötzlich ihre sanften Rehaugen verloren und anschmiegsam war sie auch nicht mehr. Zudem stellte sie seine menschlichen Kompetenzen infrage. Betont sachlich sagte er: »Okay, Tessa, sag mir, was du brauchst, damit ich liefern kann. Wie du weißt, bin ich in manchen Dingen noch recht unerfahren, aber durchaus lernfähig.«

Nach dem Frühstück machte sich Theresa für die Arbeit fertig. Als sie die Wohnung verlassen wollte, kam er zu ihr in die Diele. »Kann ich dich noch in den Arm nehmen, bevor du gehst?«, fragte er versöhnlich, worauf sie näher kam und sich von ihm umarmen ließ. Es war wie beim ersten Mal, damals in Kolumbien. Er wollte sie eigentlich nie wieder loslassen, tat es dann aber doch, als sie sich von ihm löste und beim Weggehen murmelte: »Dann bis nachher.« Nachdem sie gegangen war, fiel es ihm schwer, sich zu konzentrieren. Erst räumte er seinen Koffer leer und wusch seine Wäsche, um etwas Sinnvolles zu machen. Danach fuhr er zum Joggen in den Wald. Während er lief, hallte Theresas Satz wie eine Endlosschleife durch seinen Kopf, dass es keine Heldentat von ihm war, nach drei Monaten Ehe aus dem Schlafzimmer verbannt zu werden. Später, unter der Dusche, schimpfte er mit sich selbst: »Robert, du Idiot, studierst jahrelang Psychologie und fliegst dann aus deinem eigenen Bett raus.«

Als er am Nachmittag seine Schwiegereltern besuchte, um sich wieder bei ihnen zurückzumelden, stellte Dr. Höferl gleich fest: »Du siehst aber müde aus. Ich dachte, die letzte Woche war zum Runterkommen und Entspannen gedacht.« – »Richtig, aber das ist nicht gerade meine Stärke, sondern stresst mich eher«, gab er zu. Pauline lächelte und erkundigte sich, wie es ihrer Tochter ginge, worauf Robert nach kurzem Zögern antwortete: »Das will sie euch bestimmt selbst sagen. Ich muss jetzt wieder rüber, Tessa kommt gleich vom Dienst.«

Als er die Wohnungstür aufschloss, hörte er Geschirr klappern. Mit klopfendem Herzen ging er in die Küche, wo Theresa bereits am Herd stand. Sie blickte kurz auf und fragte: »Hallo, willst du mitessen oder hast du schon gegessen?« Er beeilte sich zu sagen: »Ich würde gerne mit dir zusammen essen.« Theresa hatte ein Gemüseomelett gebraten und konnte es gerade noch auf die beiden Teller verteilen, bevor sie ins Badezimmer lief. Robert, dem der Kontrollverlust beim Erbrechen schon immer sehr unangenehm war, hörte nun durch die Tür, wie sie sich übergeben musste. Kurz darauf kam Theresa wieder heraus und erklärte knapp: »Sorry, das war das Plunderstück, was ich mir noch schnell in der Kantine gekauft habe. Können wir jetzt essen?« Ziemlich verdutzt fragte er: »Das gehört jetzt dazu, oder?« – »Ja, nur meine Bioschminke macht das nicht mit. Die ist nämlich nicht wasserfest.«

Beim gemeinsamen Essen schlug Robert vor: »Wollen wir uns einmal abstimmen, wie es beruflich mit uns weitergehen soll?« Theresa war sofort damit einverstanden und äußerte den Wunsch, bis zur Geburt ihres Kindes auf der jetzigen Station bleiben zu wollen. »Ist das nicht zu anstrengend mit deinen Diensten?«, hakte er nach. »Mit einem Attest lasse ich mich von den Wechselschichten freistellen und notfalls werde ich krankgeschrieben. Meine Frauenärztin kennt sich da gut aus«, entgegnete sie.

Robert wollte bis zur Geburt des Kindes halbtags im Krankenhaus als Psychologe arbeiten und ebenfalls in halber Stundenzahl für die Notfallseelsorger. »Und wenn unser Kind da ist, kann ich insgesamt auf halbe Stelle gehen. Ich muss mich nur noch entscheiden, welche der beiden Stellen ich dann aufgebe.« Als Theresa dazu schwieg, erkundigte er sich: »Ist das nicht in deinem Sinne?« Sie lehnte sich auf ihrem Stuhl zurück und antwortete: »Ich habe vorhin mit einer Kollegin gesprochen, die selbst zwei Kinder hat. Sie meinte, vorher sei alles nur theoretisch und komme einem gut planbar vor, aber die Realität sehe anders aus. Es gibt Schwangerschaftsprobleme und Schreikinder. Stillen möchte ich auch. Wenn dann ein zweites

Kind kommt, wird alles noch komplizierter, wie wir gerade an Julia sehen.« – »Und, was heißt das jetzt für uns?«, fragte Robert erstaunt nach. »Du würdest mir am meisten helfen, wenn du einen halbwegs familienfreundlichen Job hättest. Dann könnte ich später immer noch sehen, was bei mir beruflich geht und wann ich wieder einsteige.« – »Also eher klassisch?«, wunderte sich Robert. »Kinder sind sehr konservativ, sagte mir die Kollegin. Sie wollen feste Tagesabläufe. Trotzdem möchte ich auch in meinem Beruf arbeiten, sobald es für uns alle gut passt. Ich habe nicht umsonst so viele Jahre in meine Ausbildung investiert.«

An diesem Abend überließ Robert ihr erneut das Ehebett, weil er sie nicht zu einer schnellen Versöhnung drängen wollte und von Theresa auch kein Signal kam, hieran etwas ändern zu wollen. Vor dem Einschlafen versuchte er sich vorzustellen, wie die Schwangerschaft und die Geburt verlaufen würden, ließ es dann aber schnell sein, weil ihm das alles inzwischen keineswegs planbar erschien.

Den Sonntag wollte er ruhig angehen lassen. Er ließ Theresa lange schlafen und deckte dann den Tisch im Esszimmer für das gemeinsame Frühstück. Beeindruckt erkundigte sich Theresa: »Wurdet ihr im Kloster auch so verwöhnt?« – »Nein, da gab es eher einfache Kost, aber das Frühstücksbüffet vom Tagungshotel war gut. Das wäre bestimmt etwas für Tante Marlene gewesen.« Er vermied es, über ihre Ehekrise zu sprechen. Stattdessen erzählte er von seiner Fortbildung und erkundigte sich auch nach Doro. Er erinnerte sich, dass er sie damals in der Schulzeit nicht sonderlich mochte, weil sie eher das Gegenteil von Theresa war. Ziemlich vorlaut und burschikos. Als er von Theresa erfuhr, dass Doro mit ihrem Lebensgefährten ein Fitnessstudio in der Nähe von Salzburg betrieb, stellte er fest: »Das wundert mich gar nicht. Es ist doch immer wieder interessant, wie früh sich schon die Neigungen für das spätere Leben herausbilden.«

Theresa sagte dazu nichts. Erst beim Beziehungsgespräch auf der Couchgarnitur im Wohnzimmer führte sie diesen Gedanken weiter. »Was wärst du denn geworden ohne deine Krisen im Leben?« Er musste nicht lange überlegen. »Ich wollte als Junge immer Reporter werden, der alles aufdeckt, was in der Gesellschaft so schiefläuft.« – »Und warum hat sich dein Berufswunsch dann geändert?« – »Ich habe in Berlin während der Semesterferien einmal ein Praktikum bei einer Zeitung gemacht und fand die Arbeitsbedingungen extrem hart. Im Bundestag auf dem Fußboden stundenlang auf Politiker zu warten, die dich dann so behandeln, als wärst du eine lästige Klofliege, war dann doch nicht mein Ding.«

Theresa überlegte einen Moment, bevor sie ihn fragte: »Glaubst du manchmal nicht auch, dass dein völlig kontrolliertes Handeln kaum noch spontane Gefühle zulässt?« – »Was sind denn für dich spontane Gefühle, außer wütend oder traurig zu sein?«, fragte er zurück. Sie suchte nach Beispielen und erinnerte ihn dann an das Picknick im Park zu Beginn ihrer Beziehung oder an ihr improvisiertes Leben in der Hütte in Kolumbien, wo sie viel miteinander gelacht hatten. »Seitdem wir hier in Wien sind, bist du völlig kontrolliert und schränkst auch mein Leben dadurch ein. Und dies hier sollte eigentlich einmal das Ziel unserer gemeinsamen Träume sein«, warf sie ihm vor.

Robert hatte ihr aufmerksam zugehört. »Ja, es stimmt, dass ich ziemlich kontrolliert rüberkomme. Beim Spiel mit Burna, an den Abenden mit deinem Vater oder in unserer Anfangszeit war dies anders. Mir kam es da immer so vor, als könnte ich die schwarzen Löcher in meiner Seele mit Leben füllen«, gab er zu. Er schwieg einen Augenblick, bevor er fortfuhr: »Hier in Wien habe ich von Anfang an den Druck verspürt, dass man gut funktionieren muss, um überhaupt Halt im Leben zu bekommen. Ich hatte vor fünfzehn Jahren hier nichts zurückgelassen, in das ich einfach zurückkehren konnte, wie es bei deinem Vater der Fall war«, versuchte er ihr zu erklären.

Theresa war nachdenklich geworden. Als er sie fragte, wie sie sich die Beziehung zu ihm wünschen würde, formulierte sie: »Ich brauche ein bisschen mehr im Leben als nur den Job, die Familienprobleme und einen Ehemann, der im Homeoffice schon alles geregelt hat. Ich möchte ein eigenes Zimmer, in das ich mich zurückziehen kann, und ich möchte mich mit Freundinnen treffen können oder zukünftig zur Schwangerschaftsgymnastik gehen.« – »Also möchtest du getrennte Schlafzimmer, wie meine Eltern es die letzten Jahre hatten?«, erkundigte er sich mit ungutem Gefühl. Versöhnlich sagte sie: »Nein. Solange du nicht schnarchst, können wir auch in unserem tollen Bett zusammen schlafen. Aber was spricht dagegen, wenn ich mein eigenes kleines Reich bekomme?« – »Und woran denkst du da?«, wollte er von ihr wissen. »Ich möchte den Wintergarten wieder nutzen, der bislang für uns nur Abstellraum war. Mit einer Liege und vielen Pflanzen, als Ersatz für mein Baumhaus«, malte sie sich aus.

Sie hatte in den vergangenen Tagen bereits eine Skizze angefertigt, wie sie es sich vorstellte, und zeigte diese nun Robert. »Ich könnte dafür die Rattanmöbel von Oma Stina benutzen, die in den letzten Jahren ungebraucht in dem kleinen Zimmer standen, weil Mozart immer an ihnen kratzen wollte. Meine Eltern wären auch damit einverstanden, ich habe sie schon gefragt«, erklärte ihm Theresa. Robert fand die Idee gut und bot sich gleich an: »Dann können wir ja nächste Woche deine Blumen in der Gärtnerei aussuchen.« – »Ja, es wäre schön, wenn mein Leben mit den ganzen Erinnerungsstücken eine feste Bleibe bekommen könnte und nicht in zwei Kartons unten im Kleiderschrank versauern würde«, sagte sie und verschwand dann im Schlafzimmer.

Als sie kurz darauf zurückkam, hatte sie eine große bunte Glasmurmel in der Hand. »Kennst du die noch?«, fragte sie und reichte ihm die Murmel. »Ja, die habe ich dir zu deinem zehnten Geburtstag geschenkt. Die gab es in dem Spielzeugladen, in der Nähe der Schule«, erinnerte er sich gerührt. »Ich habe sie immer in einer kleinen Schale mit getrockneten Rosenblättern auf meinem Schreibtisch stehen gehabt«, verriet ihm Theresa. »Die ganze Zeit?«, fragte er erstaunt. »Nein, als du dann volljährig wurdest und noch immer kein Lebenszeichen von dir kam, war mir schon klar, dass du mit allem hier abschließen wolltest. In meiner ersten Studentenbude wanderte die Murmel dann in die Andenkenkiste.«

Robert war insgesamt erleichtert, weil er mit den besprochenen Bedingungen gut leben konnte. Um die Ehekrise nun schnell zu beenden, fragte er direkt nach: »Hätten wir dann alles zwischen uns geklärt?« – »Nicht ganz. Ich möchte alles, was unser gemeinsames Leben betrifft, von Anfang an zusammen mit dir entscheiden und nicht immer vor vollendete Tatsachen gestellt werden. Zum Schluss hatte ich den Eindruck, ich würde nur noch selbst entscheiden, was ich anziehe, und manchmal auch, was gekocht wird.« – »Ich wollte dir doch nur etwas abnehmen, weil du häufig so gestresst auf mich gewirkt hast. Dann sage doch einfach, was du willst«, schlug er vor. »Nein, Robby, frage mich doch einfach, wenn eine Entscheidung ansteht, welche Gedanken ich hierzu habe. In letzter Zeit musste ich dich häufig abbremsen, weil du schon voll in der Planung und Umsetzung warst.«

Ihr Gespräch wurde unterbrochen, weil es an der Wohnungstür klingelte. Theresas Eltern kamen kurz vorbei, um sich von ihnen zu verabschieden. Sie wollten zu Julia und den beiden Jungs fahren und erst am Abend zurück sein. Zum Abschied fragte Dr. Höferl seine Tochter: »Und wann verrätst du uns dein Geheimnis?« Theresa sah ihn erstaunt an, antwortete dann aber bereitwillig: »Es gibt kein Geheimnis. Ich bin seit kurzem schwanger, wollte es aber erst Robert sagen.« Pauline strahlte und nahm ihre Tochter in den Arm. »Ich freue mich so für euch. Dann macht euch mal einen schönen Sonntag«, empfahl sie, während ihr Vater feststellte: »Respekt! Ihr startet ja ganz schön durch in eurem Leben.« Nachdem Robert die Wohnungstür hinter ihnen geschlossen hatte, murmelte er: »Dieses Durchstarten hat uns fast die Beziehung gekostet.«

Wieder zurück im Wohnzimmer, wollte er von seiner Ehefrau wissen: »Tessa, gibst du unserer Beziehung noch eine echte Chance oder willst du nun alles zwischen uns auf reine Elternschaft begrenzen?« – »Nein, will ich nicht. Aber eine Liebesbeziehung kann nicht nur vom Kopf herkommen. Ich möchte auch einmal dein Herz spüren, und zwar ohne deinen Kontrollzwang.« Nach diesem Gespräch ließ sie ihn wieder ins Schlafzimmer einziehen; erst zum Mittagsschlaf und danach für Zärtlichkeiten.

Als sie später den Umbau des Gäste-WCs in ein kleines zweites Badezimmer planen wollten, klingelte das Telefon in der Diele. Robert meldete sich und wurde von Benedikt regelrecht überfallen. »Was ist denn los bei euch? Meine Eltern sind nicht zu erreichen und Julia geht auch nicht ran!«, beschwerte er sich. Robert ärgerte diese fordernde Art. »Du, Benedikt, ich bin hier nicht die Auskunft. Schreib ihnen eine SMS und sie werden sich dann schon bei dir melden.« Benedikt ließ aber nicht locker. »Ich wollte noch einmal mit dir sprechen, wegen der Schweiz und so. Bist du nachher da?« – »Ich bin zwar da, aber verhindert. Wir können uns für Dienstagnachmittag verabreden«, sagte Robert sehr bestimmt, worauf sein Schwager dieses Angebot eher unwillig annahm. Als Robert wieder zurück ins Schlafzimmer kam, schlug Theresa vor: »Wollen wir nachher schon mit dem Wintergarten anfangen?« – »Ja, können wir machen. Ich muss meinem Bruder aber noch mitteilen, dass er am Wochenende ins Ferienhäuschen kommen kann. Würdest du dabei sein wollen?« Theresa überlegte kurz, bevor sie entschied: »Ich bin dabei. Vielleicht verstehe ich ihn dann auch besser, wenn ich mich einmal in aller Ruhe mit ihm unterhalten kann.«

Am Abend hatten sie schon den Wintergarten gesäubert und die beiden Rattansessel mit Couchtisch dort aufgestellt, als es an der Wohnungstür klingelte. Robert öffnete und ließ seine Schwiegereltern herein; sie wollten von ihrem Besuch bei Julia berichten. Erstaunt über sein verschwitztes Aussehen, erkundigte sich Pauline: »Was habt ihr denn gemacht?«, worauf Robert nur sagte: »Wir räumen gerade den Wintergarten ein, als Rückzugsort für Tessa.«

Von den Höferls erfuhren sie dann, dass Benedikt und Julia am Nachmittag ein Trennungsjahr vereinbart hätten und Benedikt ab dem nächsten Monat in der Schweiz arbeiten würde. Irritiert von dieser Nachricht fragte Theresa: »Wie? War Benedikt auch bei Julia?« – »Nein, so etwas läuft heute per SMS«, klärte ihr Vater sie auf und klang dabei ziemlich frustriert. Pauline konnte darüber hinaus berichten: »Julia bekam von der Krankenhauspsychologin eine Wohngruppe für alleinerziehende Mütter genannt. Sie hat sich dort bereits mit Max vorgestellt und sie können in zwei Wochen einziehen.« – »Ich dachte, Julia will erst einmal bei ihren Eltern wohnen bleiben. Die haben doch viel Platz und können ihr auch einmal die Jungs abnehmen«, wunderte sich Theresa. »Richtig, aber wenn ihr Vater ständig stänkert, hält Julia das nicht mehr aus«, erklärte Dr. Höferl. Als Robert dann noch das verabredete Gespräch mit Benedikt in zwei Tagen ansprach, bemerkte sein Patenonkel nur: »Da bin ich ja mal gespannt, was der noch von dir will.«

Am Dienstag zeigte sich Benedikt seiner Schwester gegenüber wenig interessiert. Er wollte gleich mit Robert sprechen und schloss sofort die Arbeitszimmertür hinter sich. Kaum hatte er sich auf das Sofa gesetzt, begann er auch schon zu reden. »Ich weiß ja nicht, ob du es bereits mitbekommen hast. Julia und ich machen ein Jahr Beziehungspause und ich gehe in die Schweiz. Das ist ein ganz toller Job, bringt viel Geld und unsere Probleme sind gelöst.« Robert hatte sich ihm gegenüber gesetzt. »Du hast einen neuen Job, der dich reizt, und verdienst damit ordentlich Geld. So weit, so gut. Aber sonst sind deine privaten Probleme nur aufgeschoben und nicht gelöst«, erinnerte ihn sein Schwager.

Benedikt blickte verärgert, als er aggressiv nachfragte: »Und welche wären das?« Robert setzte sich aufrecht hin, obwohl nun wieder seine linke Schulter schmerzte, und fasste zusammen: »Eine Ehe, die schon längst keine gemeinsamen Ziele mehr kennt, zwei kleine Kinder, die ohne ihren Vater aufwachsen werden, und ein Vorfall auf der Abifeier, der auch danach schreit, endlich gerecht gelöst zu werden.« – »Sag mal, bist du wieder völlig deppert? Soll ich mich jetzt selbst anzeigen und bringe mich dann vielleicht noch in den Knast, oder was willst du mir gerade raten?«, fragte Benedikt wütend und beugte sich vor. »Weißt du, wem das etwas bringt, du falscher Heiliger? Keinem! Das habe ich mir immer und immer wieder durch den Kopf gehen lassen. Die ganze Familie würde Schaden nehmen.« – »Oh, du trägst also die alte Schuld mit dir herum, um deine Familie zu schützen? Das wusste ich noch gar nicht«, bemerkte Robert mit zynischem Unterton.

»Alter, willst du mich jetzt verarschen? Was soll das gerade? Was würdest du denn an meiner Stelle machen? Gib mir endlich einmal einen verdammt guten Rat«, forderte Benedikt ihn erregt auf. »Immer der Reihe nach. Es gibt Anwälte, die mit den Opfern Vergleiche aushandeln, ohne dass es zu einem Strafverfahren kommt. Der Vorteil hieran ist: Das Opfer erhält für sein Leid eine angemessene Entschädigung. Und was noch viel wichtiger ist: Du kannst dich dadurch bei ihr auch entschuldigen.« – »Und was soll eine Entschuldigung bringen?«, fragte Benedikt verständnislos. »Dass du Verantwortung für dein Handeln übernimmst. Du machst dir das Leid deines Opfers bewusst und möchtest, zusammen mit der materiellen Entschädigung, wenigstens einen Teil wiedergutmachen. Für Gloria ist aber ...« – »Stopp«, unterbrach ihn Benedikt erregt. »Was geht hier gerade ab? Ich habe nie von einer Gloria gesprochen. Woher hast du jetzt den Namen? Ist das hier eine Falle oder was?«

Robert fuhr unbeeindruckt fort: »Gloria hat so viel Leid erfahren, was nicht mehr gutzumachen ist, und das muss dir auch bewusst sein. Alle hier in der Familie ahnen, was passiert ist, auch wenn du es immer geleugnet hast, und alle kennen das Opfer und dessen Leid. Benedikt, du merkst doch selbst, dass dich diese Schuldgefühle dein Leben lang begleiten werden, wie auch das Opfer seinen Vertrauensverlust und die negative Haltung zu sexuellen Dingen nur schwer loswerden wird«, beschwor ihn Robert. Benedikt schwieg einen Moment, bevor er sagte: »Es waren auch noch andere dabei.« – »Dann rede mit ihnen. Vielleicht könnt ihr euch einen gemeinsamen Anwalt nehmen, der alles für euch regelt. Aber mach deine Wiedergutmachung nicht davon abhängig, wie sich die anderen verhalten«, forderte ihn Robert auf.

»Und? Hast du auch noch ein paar tolle Ratschläge für mein Familienleben?«, wechselte Benedikt das Thema. »Ja, habe ich. Mit Julia solltest du einmal klären, was euch noch verbindet, wo es gemeinsame Interessen und Lebensziele gibt, und für deine Söhne solltest du ein verbindlicher Vater sein, der den Kontakt zu ihnen hält und der ihnen vermittelt, dass sie ihm wichtig sind.« Benedikt stand auf und zog sich seine Jacke an, während er feststellte: »Die Jungs sehe ich erst einmal gar nicht, ich wohne nämlich demnächst in der Schweiz, und dort vögel ich auch gleich die nächste scharfe Braut, die mir über den Weg läuft. Ich bin jetzt nämlich frei.« Robert war ebenfalls aufgestanden und bemerkte hierzu: »Schade, ich dachte, ich könnte dir mit meinen Ratschlägen ein wenig weiterhelfen.« Provozierend blickte Benedikt ihn an. »Wie war das eigentlich bei dir, du falscher Heiliger, wenn du es einer Frau besorgt hast?« – »Es waren nicht immer tiefe Gefühle im Spiel, aber körperliche Gewalt und Demütigungen waren für mich immer tabu«, gab ihm Robert Auskunft, während er die Zimmertür öffnete.

Als Benedikt gegangen war, hing Robert noch seinen Gedanken nach, weil er mit dem Ausgang des Gesprächs unzufrieden war. Dies bemerkte auch Theresa und sprach ihn darauf an. Auch sie konnte das Verhalten ihres Bruders nicht nachvollziehen, schon allein im Hinblick auf Julia und die beiden Kinder. Bis zum Zeitpunkt der zweiten Schwangerschaft hatte sie immer den Eindruck gehabt, Benedikt führe ein normales Familienleben, mit klar verteilten Rollen. Dieses jähe Ende und der Freiheitsdrang ihres Bruders erstaunten sie schon sehr. Sie entschloss sich deshalb, bei ihrer Schwägerin anzurufen, auch um sich nach dem Gesundheitszustand von Moritz zu erkundigen. Julia wirkte gefasst, als sie von dem Beziehungsaus erzählte. »Ich möchte mich zukünftig nur um meine beiden Jungs kümmern, die brauchen mich jetzt«, sagte sie tapfer. Auf Theresas Nachfrage, was mit Moritz sei, antwortete sie: »Er sieht so klein und friedlich aus. Ich bin jeden Tag bei ihm. Schade, dass ich ihn noch nicht mitnehmen kann.«

Von Benedikts Umzug bekam die Familie wenig mit. Pauline wusste nur zu berichten, dass er seine Wohnung, mit allen Möbeln, untervermietet habe und in der Schweiz nun ein möbliertes Apartment beziehen wolle. Die Leitung seiner Firma hatte er an einen Informatiker abgegeben. Julia hatte derweil über einen Anwalt ihre Unterhaltsansprüche sichern lassen. Gegen den Willen ihrer Eltern war sie mit Max in eine Wohngruppe für alleinerziehende Mütter gezogen. Sie arbeitete nun auch stundenweise in einer Eltern-Kind-Gruppe, in die sie Max mitnehmen konnte. Moritz befand sich derweil noch auf der Frühchenstation.

Zusammen mit ihrer Mutter fuhr Theresa in die Klinik, wo Julia schon auf sie wartete. Sie hatte ihre Schwägerin darum gebeten, einmal mit dem Kinderarzt zu sprechen, um so mehr zu erfahren. Der Besuch auf der Frühchenstation und der Anblick ihres kleinen Neffen im Brutkasten fielen Theresa nicht gerade leicht, zumal sich hier die Ängste vieler Schwangerer bewahrheitet hatten. Der zuständige Arzt reagierte anfangs etwas mürrisch auf Theresas Nachfragen, wurde dann aber sofort freundlicher, als er erfuhr, dass sie vom Fach war. So konnte sie in Erfahrung bringen, dass ihr kleiner Neffe langsame, aber beständige Fortschritte machte, obgleich bis zu seiner Entlassung noch einige Zeit vergehen würde.

Erst in der Krankenhauskantine sprach Pauline die Herausforderungen an, die auf ihre Schwiegertochter zukommen würden. »Wenn Moritz hier rauskommt, braucht er sehr viel Zuwendung, er muss in kürzeren Abständen versorgt werden als Säuglinge mit dem üblichen Reifegrad. Kriegst du hierfür in der Wohngruppe Unterstützung?« Julia rührte etwas umständlich in ihrer Kaffeetasse, bevor sie antwortete: »Meine Mutter wird sich vorerst um ihn kümmern, bis er kräftig genug ist und Max mit seinem kleinen Bruder spielen kann.« Theresa reagierte erstaunt: »Du weißt aber schon, dass die kleinen Babys im Brutkasten sehr darunter leiden, dass sie dort allein liegen? Moritz hat danach ein großes Nachholbedürfnis an Zuwendung«, mahnte sie. »Und wie soll das gehen? Ich habe auch noch einen zweijährigen Sohn und mein Ex hat nix Besseres zu tun, als mir per SMS mitzuteilen, wie geil die Frauen doch in Zürich sind«, verteidigte sich Julia.

Am Abend schrieb Theresa ihrem Bruder eine SMS. »Du lernst wohl nie etwas dazu. Vergiss nicht, dich vorher kastrieren zu lassen, bevor du im Züricher Nachtleben versinkst und nebenbei hoffentlich nicht deinen neuen Job verlierst. War heute bei Moritz im Krankenhaus. Deine Söhne tun mir leid, dass sie dich zum Vater haben.« Zurück kam nur ein »Fick dich«. Kurz darauf kehrte Robert von seiner Supervisionsveranstaltung zurück. Er merkte sofort, dass seine Ehefrau verstimmt war. Theresa zeigte ihm die Antwort ihres Bruders und erzählte auch von Julias Plänen, worauf Robert ausgesprochen gelassen blieb. »Du, dein Bruder und Julia sind noch nicht so weit, ihre Probleme wirklich lösen zu wollen, da brauchen wir alle Geduld, aber der familiäre Rahmen tut ihnen sicher gut. Und deine SMS hat deinen Bruder wohl mächtig geärgert, weil er genau weiß, dass du seine Probleme angesprochen hast«, interpretierte er die Situation. Theresa holte sich zur Beruhigung ein großes Eis aus dem Kühlfach und setzte sich auf die Terrasse. Als sie es in der Abendsonne gegessen hatte, erkundigte sich Robert amüsiert bei ihr: »Und jetzt möchtest du wieder deine mittelgroße saure Gurke?«

XXII

Robert ging vor seinen Therapiestunden im Krankenhaus immer noch zur Krankengymnastik eine Abteilung weiter, weil sein linker Arm nicht ganz schmerzfrei war. Von Dr. Stienle hatte er inzwischen sechs Patienten vermittelt bekommen, die nach ihren schweren Unfällen von Ängsten und Schlafstörungen geplagt wurden. Einer von ihnen war ein junger Mann, der sich große Sorgen um sein zukünftiges Leben machte. Er bangte um seine Arbeit und fürchtete auch, seine Freundin zu verlieren, die ihn bislang nur zweimal besucht hatte und nun immer mehr Gründe vorgab, warum sie nicht kommen könne. Verzweifelt sagte er im Therapiegespräch zu Robert: »Ich habe genau ihr Gesicht gesehen, als ich beim Trinken Unterstützung brauchte. Bisher war ich immer der Starke in unserer Beziehung und habe alles für sie gemacht.«

»Es fällt den Menschen oft schwer, ungewohnte Rollen anzunehmen, aber es kann auch eine Chance sein, zumal sich die Lebensumstände immer wieder verändern können«, gab Robert zu bedenken und fuhr dann fort: »Nicht umsonst beinhaltet das Eheversprechen, dass man in guten und in schlechten Zeiten zusammenhalten soll. Genau das macht eine gelungene Beziehung letztlich aus.« Der junge Mann blickte ihn erstaunt an. »Sind Sie Pfarrer oder wie kommen Sie jetzt darauf?«, wollte er wissen. »Nein, bin ich nicht, aber eine Religion kann uns viel über das menschliche Miteinander sagen, und manches davon kann auch in einer Therapie recht hilfreich sein.« – »Und wenn meine Freundin dies anders sieht? Schließlich sind wir nicht verheiratet. Sie will feiern und in den geplanten Urlaub fliegen.« – »Dann werden wir jetzt für Sie neue Ziele suchen und konzentrieren uns auf die Menschen, die Sie dabei unterstützen wollen«, schlug Robert vor.

Nach diesem Gespräch fuhr Robert ziemlich nachdenklich nach Hause. Er erzählte Theresa: »Ohne meinen Fahrradunfall wäre ich wohl nie zu dem neuen Job gekommen und könnte mich auch nicht so gut in die Situation der Patienten hineindenken. Es ist ein ganz anderes Arbeiten, als ich es von der Notfallseelsorge her kenne.« – »Du musst aber zum Glück nicht jede Situation selbst durchlebt haben, um anderen helfen zu können. Zum Beispiel wirst du niemals ein Baby im Bauch haben und kannst mich trotzdem gut unterstützen«, war sich Theresa sicher. »Ehrlich gesagt, will ich mir gar nicht vorstellen, wie die Geburt sein wird. So ein Baby aus sich herauszupressen, muss doch heftig sein.« – »Ja, das ist es sicher auch. Aber soll ich jetzt deshalb Panik kriegen?«, fragte Theresa. »Und wie gehst du damit um?«, wollte Robert von ihr wissen. Theresa legte sich gemütlich aufs Sofa und streichelte ihren Bauch. »Ich denke nur an unser Baby und daran, dass ich es bald in den Armen halten möchte, unsere kleine Sonja oder unseren kleinen Tobias. Wie ich dahin komme, überlasse ich lieber der Hebamme, sonst kriege ich wirklich Panik, und das wäre nur schlecht für uns alle.« Als er nur tief seufzte, fuhr sie fort: »Übrigens, wie überall im Leben kommt es hier ganz entscheidend auf das richtige Atmen an.«

Vier Abende später rief Benedikt überraschend an. Seit ihrem letzten Gespräch hatte Robert nichts mehr von ihm gehört. Benedikt wirkte gehetzt, als er erklärte: »Du kannst mir solch einen Anwalt nennen, die anderen machen auch mit. Aber keine Namen. Wir müssen unbedingt anonym bleiben.« Robert zeigte sich erfreut, woraufhin Benedikt fortfuhr: »Ich mache das nur, damit es endlich Ruhe in der Familie gibt. Diese Sache steht schon seit Jahren zwischen meinen Eltern und mir.« – »Vielleicht kannst du danach erkennen, wie wichtig dieser Schritt auch für das Opfer ist«, versuchte Robert Benedikts Sichtweise zu erweitern. »Kann sein«, antwortete sein Schwager schroff und beendete das Telefonat. Per SMS übersandte ihm Robert die Kontaktdaten eines Rechtsanwaltes, der mit außergerichtlichen Wiedergutmachungen Erfahrung hatte. Er ergänzte seine Nachricht an Benedikt durch die Bitte, er möge doch auch mit einer Therapie beginnen, damit er für seine Söhne ein verlässlicher Vater werden könne. Benedikt schrieb ihm darauf nur: »Danke. Kommt Zeit, kommt Rat.«

Auf das gemeinsame Wochenende mit Stefan wollte sich Robert gut vorbereiten. Er telefonierte vorher noch mit Ferdinand, um zu erfahren, welche Fortschritte sein Bruder machen würde. Von seinem

Onkel erfuhr er, dass Stefan zwar immer sehr viel vom Kopf her wolle, dann aber kaum einen realistischen Plan habe, dies auch umzusetzen. »Und wenn etwas nicht so klappt, wie anfangs von ihm gedacht, ist das Gejammer immer groß und er will sofort aufgeben«, beschrieb Ferdinand das Verhalten von Stefan.

Gemeinsam fuhr Robert am frühen Freitagnachmittag mit Theresa zum Ferienhaus. Sie freute sich darauf, ein paar Tage in der Natur zu verbringen, und hatte auch wegen ihrer Schwangerschaft ein großes Bedürfnis danach, sich zu schonen. Am Samstag, gleich nach dem Frühstück, legte sie sich in den Garten, während Robert seinen Bruder vom Heim abholte. Burna war zu ihr gekommen und buddelte Löcher in die Erde. Dabei fand sie einen Kauknochen, den sie beim letzten Mal vergraben hatte, und verspeiste ihn genüsslich auf dem Rasen.

Auf der Fahrt zum Ferienhäuschen wirkte Stefan ziemlich überdreht und hatte auch schon eine neue Idee. »Wenn alles gut klappt, wollen wir dann nicht meinen Geburtstag zusammen im Häuschen feiern? So mit Grillen und Übernachten?« Robert dämpfte seine Erwartungen. »Stefan, jetzt konzentriere dich erst einmal auf heute. Das ist für dich schon ein ganz wichtiger Schritt. Und keine Süßigkeiten in der Nähe von Burna, sonst gibt es richtig Ärger.« Die Hündin lief gleich kläffend an den Zaun, als der Wagen in die Einfahrt einbog. Theresa öffnete ihnen die Tür. Mit Roberts Unterstützung und einer Gehhilfe betrat Stefan problemlos das Haus und konnte sich dann draußen auf die Terrassenbank setzen. Neugierig blickte er sich um, was sich hier alles in den Jahren verändert hatte. Nach seiner Erinnerung war er das letzte Mal hier gewesen, als er sieben war.

Beim Mittagessen auf der Terrasse erkundigte sich Stefan: »Gibt es denn noch das alte Bootshaus am See? Da sind wir doch manchmal zusammen geschwommen?« Robert erinnerte sich und stellte amüsiert klar: »Geschwommen? Du hast auf der Luftmatratze gelegen und ich habe dich durch das Wasser geschoben.« Dann hielt er einen Moment inne, bevor er fortfuhr: »Ja, das Bootshaus gibt es noch. Ich träume ja immer noch davon, es einmal umzubauen und zu vergrößern, sodass es teilweise auf Pfählen im Wasser steht.« – »Und was macht ihr dann damit?«, erkundigte sich Stefan. »Bewohnen. Ferdinand wird das Ferienhaus häufiger mit seinen Wanderfreunden nutzen und wir würden dann ins Bootshaus ausweichen. So wüssten wir dann auch, dass wir ruhige und verlässliche Nachbarn haben«, erklärte Robert seinem Bruder.

Nach dem Essen räumte Robert den Tisch ab und ging mit Burna eine Runde spazieren, während Theresa sich mit Stefan auf der Terrasse unterhielt. Erst tauschten sie gemeinsame Kindheitserinnerungen aus und später sprachen sie über seine Behinderung. Theresa konnte ihm hierzu einiges erklären und auch ihre Einschätzung dazu abgeben, wo sie bei ihm noch Entwicklungspotenzial sehe. Stefan hörte ihr interessiert zu und wollte mehr erfahren. »Und wie sieht es mit Frauen aus, geht da noch was?«, fragte er. Theresa blickte ihn erstaunt an. »Woran denkst du da?« – »Wenn ich in der Wohngruppe bin, wird alles doch viel freier ablaufen. Nicht so wie im Heim«, deutete Stefan etwas umständlich an, worauf er hinauswollte. »Meinst du jetzt Sex oder eine Beziehung?«, hakte Theresa nach. »Beides«, entgegnete Stefan knapp, worauf sie ihm, wieder ganz die Ärztin, riet: »Für Sex mit Handicap gibt es spezielle Anbieter, dazu kann dir bestimmt Ferdinand als dein Therapeut Genaueres sagen. In puncto Beziehungen solltest du auch mit ihm besprechen, wozu du schon bereit bist.«

Plötzlich wollte Stefan von ihr wissen: »Warum hat mich eigentlich der Lehrerarsch damals ausgesucht? Robert sah schon richtig toll aus und ich war eher klein und dick.« Seine Frage machte sie für einen Moment sprachlos und es fiel ihr schwer, passend darauf zu reagieren. »Stefan, stell dir einmal vor, dieser Lehrer hätte es auch bei Robert versucht. Wäre das überhaupt möglich gewesen?« Stefan brauchte etwas Zeit zum Nachdenken, bevor er antwortete: »Nein. Robert hatte dort gleich zwei Freunde und der eine war eine ziemlich große Nummer, hatte einen reichen Vater. Und der andere war Klassensprecher und ziemlich schlau. Robert hat sich auch nichts gefallen lassen. Beim Basketball hat einer mal ziemlich fies gefault und Robert hat nicht lockergelassen, bis der verwarnt wurde. Mein Bruder hätte mit seinem Gerechtigkeitssinn eigentlich auch gut Richter werden können.«

Theresa holte tief Luft, bevor sie ihn fragte: »Stefan, was meinst du, warum dich der Lehrer als Opfer ausgesucht hat, obwohl du eher klein und dick warst?« Sie merkte, wie es ihrem Schwager schwerfiel, diese Gedanken zuzulassen. Schließlich sagte er: »Ich hatte nie feste

Freunde. Ich habe mal hier und da mitgespielt, wie es gerade passte, aber darf deshalb ein Typ so etwas machen?« – »Nein, das durfte er nicht. Stefan, es ist ganz furchtbar und nicht zu entschuldigen, was dieser Lehrer mit dir gemacht hat, aber denke auch einmal daran, wie du jetzt dein Leben gut angehen kannst. Hast du dich für deine Meinung schon einmal eingesetzt oder Nein gesagt, wenn du etwas nicht wolltest? Und hast du ein gutes Netzwerk, das heißt, Menschen die dir helfen?«, erkundigte sich Theresa. »Nein, ich bin eher der Typ, der alles in sich hineinfrisst oder auch hinter dem Rücken ablästert und mit Freunden läuft da auch nicht so viel«, gab Stefan zu. »Und wem hilft das?«, wollte Theresa von ihm wissen.

Ihre Frage machte ihn wütend; impulsiv entgegnete er: »Du hast gut reden. Vorhin habe ich Robert den Vorschlag gemacht, nächsten Monat meinen Geburtstag mit Grillen und Übernachten hier zu feiern. Er hält mich aber wieder hin und ich bin sauer, so wie immer.« – »Dann sag es ihm. Da kommt er gerade«, antwortete sie. Robert hatte nur Bruchstücke des Gesprächs mitbekommen und erkundigte sich gleich: »Alles klar bei euch?« – »Bei uns ja, aber warum hat Burna denn vorhin so gebellt?«, fragte Theresa. »Auf dem Weg zum See hat sich ein älterer netter Herr mit Gehstock erkundigt, was das denn für eine Hunderasse sei. Ich konnte gar nicht antworten, so heftig fing sie an zu kläffen. Sie ist schon ziemlich speziell«, erzählte Robert. »Sie wollte halt nicht, dass du verrätst, dass sie ein liebenswerter Straßenköter aus Kolumbien ist oder sie hatte Angst vor dem Stock«, versuchte Theresa die Hündin in Schutz zu nehmen. »So, und ich mache jetzt bis zum Kaffeetrinken meinen Mittagsschlaf«, fuhr sie fort und verschwand kurz darauf im Haus.

Robert setzte sich mit einem Glas Wasser zu seinem Bruder und schlug vor: »Möchtest du dich nachher nicht auch etwas hinlegen?« – »Nein, ich bin doch kein Baby. Wieso können eigentlich alle immer das machen, was sie gerade wollen, nur ich nicht?«, blaffte Stefan ihn an. Robert erkundigte sich erstaunt: »Was meinst du denn damit?« Stefan fuchtelte mit seinem rechten Arm erregt in der Luft, während er versuchte, seinen Unmut in Worte zu fassen. »Du hast hier alles und bekommst immer noch mehr dazu, und ich kriege noch nicht einmal eine Geburtstagsfeier!« Robert war überrascht von seiner Reaktion. »Stefan, wenn du deinen Geburtstag hier feiern möchtest, muss ich mich vorher mit Theresa absprechen, die sich wiederum nach ihrem Dienstplan richten muss. Wir werden dann sehen, ob es geht. Vielleicht möchtest du ja auch Ferdinand dazu einladen. Es sind noch viele Dinge ungeklärt, die wir beide gemeinsam angehen sollten«, versuchte er zu beschwichtigen. »Die Feier ist mir aber wichtig«, sagte Stefan sehr bestimmt. »Dann plane sie genau und überfahre deine Gäste nicht, die auch noch andere Verpflichtungen haben«, riet ihm sein großer Bruder.

Später wirkte Stefan schon wieder versöhnlicher. Mit Hilfe seines Bruders konnte er zur Toilette gehen und fand danach einen bequemen Liegesessel im Wohnraum, in dem er sich ausruhen konnte. Erst als Robert zum Aufbruch drängte, weil Stefan zum Abendessen wieder im Heim sein sollte, kippte die Stimmung. Im Auto schimpfte Stefan lautstark los: »Ich bin erwachsen. Warum muss ich wie ein kleines Kind so früh zurück sein?« – »Stefan, das hat hier alles nichts mit Kindsein zu tun. Wenn Theresa und ich zusammen essen wollen, habe ich auch zu einer bestimmten Uhrzeit zu Hause zu sein, und umgekehrt gilt es genauso. In der Wohngruppe wirst du dich auch mit den anderen verbindlich abstimmen müssen, sonst geht jedes Zusammenleben und jedes Arbeiten schief. Teamfähigkeit und Kompromissbereitschaft sind jetzt deine Zauberworte, anstatt zu schmollen und zu hoffen, dass der andere schon weiß, was du gerne möchtest«, konterte Robert.

Als er später zurück zum Ferienhaus kam, ging er in den Garten, um sich bei Theresa für ihre Geduld zu bedanken. Sie lag gerade in der großen Hängematte unter der Weide und wunderte sich: »Wieso pflügt Burna hier eigentlich den ganzen Garten um? Das hat sie doch bei uns in Wien nicht gemacht.« – »Da gibt es auch keine Wühlmäuse und Wildkaninchen«, war seine Erklärung. Dann legte Robert sich neben sie und nahm ihre Hand. Er genoss das seichte Schaukeln zusammen mit ihr. Zufrieden mit sich und der Welt stellte er fest: »Mein Bruder hat eigentlich recht. Ich habe so viel. Dich, unser Baby und viele Dinge mehr.« Theresa stimmte ihm zu, bevor sie vorschlug: »Einen warmen Apfelstrudel?« – »Hm, der Sehnsuchtshappen aus finsteren Tagen, aber diesmal bitte mit zwei Kugeln Eis«, schwärmte er.

XXIII

Zwei Wochen später stand die Polizei bei den Höferls vor der Tür. Pauline hatte ihnen geöffnet und wurde blass bei deren Anblick. Erschrocken fragte sie: »Ist etwas passiert?« – »Können wir reinkommen?«, fragten diese zurück. Im Wohnzimmer teilten sie ihr mit, dass ihr Sohn einen schweren Unfall gehabt habe und nun im Linzer Krankenhaus liegen würde. Erschüttert erkundigte sich Pauline: »Aber was macht er denn in Linz? Er arbeitet doch gerade in der Schweiz!« Der ältere der beiden Polizisten forderte sie auf, sich erst einmal zu setzen, und sagte dann: »Es besteht der Verdacht, dass Ihr Sohn vor Jahren eine junge Frau auf dem Abiball vergewaltigt hat. Er wollte jetzt wohl mit einem Geldbetrag seine Schuld begleichen. Anonym, über seinen Anwalt. Beim Aushandeln der Entschädigung ist Ihr Sohn dem Opfer aber über den Weg gelaufen. Sie hat ihn am Duft wiedererkannt und sofort Anzeige erstattet.« Pauline war so schockiert, dass sie vorschlug: »Ich rufe gleich mal meinen Mann an. Er arbeitet oben in der Praxis.« Kurz darauf erschien Dr. Höferl. Als er erfuhr, was geschehen war, sagte er nur: »Jetzt ist es endlich raus, nachdem es jahrelang wie ein dunkler Schatten im Raum stand. Es fehlten aber bislang die Beweise.«

Nachdem die Polizisten gegangen waren, suchte Pauline hektisch ein paar Sachen zusammen, die sie für die Fahrt zu ihrem Sohn benötigten. Dr. Höferl organisierte derweil seine Vertretung in der Praxis, weil sie zwei Tage in Linz bleiben wollten. Erst im Wagen schlug Pauline vor, ihre Tochter anzurufen, die heute eine Schwangerschaftsuntersuchung bei ihrer Frauenärztin hatte. Dr. Höferl zögerte jedoch. »Du, die beiden freuen sich so auf ihr Kind, und nun dies. Lass uns erst heute Abend anrufen, wenn wir schon mehr wissen. Dann müssen sie sich nicht unnütz Sorgen machen.«

Glücklich verließen Theresa und Robert die gynäkologische Praxis mit dem ersten Ultraschallfoto ihres Babys. Sie wollten direkt zu Pauline gehen, um ihr das Bild zu zeigen. Als diese nicht öffnete, rief Theresa in der Praxis an und erkundigte sich nach ihrer Mutter.

Die langjährige Sprechstundengehilfin Frau Fläderer fragte erstaunt: »Haben deine Eltern dich nicht informiert? Sie sind zu Benedikt gefahren. Er hatte einen Unfall und liegt im Krankenhaus.« Erschrocken erzählte Theresa ihrem Ehemann, was sie soeben erfahren hatte. »Benedikt war bestimmt zu schnell mit seinem Sportwagen unterwegs«, mutmaßte sie. Robert hatte ein ungutes Gefühl und schlug deshalb vor: »Schreib doch deiner Mutter eine SMS und bitte sie, sich bei uns zu melden.«

Paulines Anruf erfolgte prompt. Sie weinte am Telefon, als sie schilderte, dass sie sich momentan im Linzer Krankenhaus befinde. Benedikt hatte mehrere Knochenbrüche, wobei seine Beine am schlimmsten betroffen waren, und eine Kopfverletzung. Mehr könne sie noch nicht sagen. Sie versprach, sich morgen wieder zu melden. Nach dem Telefonat war Theresa völlig fassungslos. Robert versuchte sie zu beruhigen. »Tessa, wir können im Augenblick nichts tun. Denke jetzt bitte an unser Kind und schone dich.« Mit einer heißen Schokolade zog sich Theresa in ihren Wintergarten zurück, der inzwischen komplett eingerichtet und begrünt war. Sie hörte auf ihrer Liege Entspannungsmusik, während ihre Gedanken immer wieder um die Probleme mit ihrem Bruder kreisten.

Erst am Abend des nächsten Tages erfuhren sie mehr von Dr. Höferl. Seine Stimme klang härter als sonst, als er Robert am Telefon mitteilte: »Ich konnte gerade mit Benedikts Rechtsanwalt sprechen, was mir unser Sohn sogar erlaubt hat. Der Anwalt erzählte mir, wie es zu dem Unfall gekommen ist. An diesem Tag fand wohl die Einigung zur anonymen Übergabe des Schmerzensgeldes an Gloria statt, und zwar im Büro ihres Rechtsanwaltes. Warum sich Benedikt auch in dem Gebäude aufhielt, kann ich dir nicht sagen, jedenfalls wartete er unten in der Eingangshalle auf seinen Anwalt. Nach diesem Termin fuhr Gloria mit dem Fahrstuhl nach unten und beim Aussteigen rutschte ihr wohl ihre Dokumentenmappe aus der Hand. Benedikt und sein Anwalt, die zusammen in der Eingangshalle standen, halfen ihr, die Dokumente wieder aufzusammeln. Als Benedikt ihr dann die Seiten reichte, die direkt vor seine Füße gerutscht waren, blickte sie ihn an und fragte, ob er Benedikt Höferl sei. Benedikt ist dann voller Panik aus der Eingangshalle gestürmt und vor ein Auto gelaufen.« Er machte eine kurze Pause, bevor er fortfuhr: »Robert, das sollte doch alles so sein, oder? Endlich Schluss mit diesen ganzen Lügen.«

Robert musste schlucken. »Das ist so klassisch. Was hatte Benedikt überhaupt dort zu suchen? Wollte er sich sein Opfer noch einmal ansehen und fühlte sich dabei zu sicher? Ich hoffe nur, er nimmt seine Schuld irgendwann an.« – »Das weiß ich nicht. Ihm geht es schlecht, wegen der Verletzungen, und er ist wütend. Nach dem Unfall hat Gloria ihn angezeigt, weil sie seinen Herrenduft wiedererkannte. Benedikt benutzt ihn seit seinem sechzehnten Lebensjahr und so auch in der Tatnacht.«

Als die Höferls am nächsten Abend wieder heimkamen, hatten sie bereits geregelt, dass Benedikt in der kommenden Woche in ein Wiener Krankenhaus verlegt werden sollte. Robert nahm sich vor, ihn dort zu besuchen, zumal Benedikt um ein Gespräch mit ihm gebeten hatte, was ihm sein Patenonkel ausrichtete. Für Robert war es kein leichter Gang, nach all dem, was geschehen war. Er fühlte sich aber in der Verantwortung und wollte auch seine Familie entlasten. Im Vorfeld hatte er lange überlegt, was er Benedikt mitbringen wollte. Er entschied sich dann für eine CD von einem amerikanischen Sänger, in dessen Liedern es um Erinnerungen an die Kindheit und auch um Verzeihen ging.

Als Robert das Krankenzimmer betrat, lag Benedikt in seinem Bett vor dem Fenster und starrte hinaus. Sein Zimmernachbar hatte gerade Besuch, sodass Robert nur kurz in die Runde grüßte und dann an das Bett seines Schwagers trat. »Hallo, Benedikt. Alfons erzählte mir, dass du mich sprechen willst.« – »Ja, setz dich hier an die Fensterseite, dann müssen wir nicht so laut reden.« Nachdem Robert sich einen Stuhl ans Bett gezogen hatte, übergab er Benedikt die CD. Ohne sich das Geschenk anzusehen, forderte er Robert auf: »Leg das mal in meine Schublade vom Nachtschrank.«

Kurz darauf meldete sich der Zimmernachbar. »Wir gehen jetzt in die Cafeteria, dann müssen Sie sich nicht so in die Ecke quetschen.« – »Oh, das ist nett«, antwortete Robert und stellte seinen Stuhl gleich auf die andere Seite des Bettes. Kaum waren sie allein im Zimmer, fragte Robert: »Und? Was möchtest du mir sagen?« Benedikt blickte ihn entgeistert an. »Findest du das hier nicht alles scheiße? Ich folge deinem Rat, verkaufe meinen Sportwagen, um dieses verdammte Geld aufzubringen, und jetzt liege ich hier im Krankenhaus und kann nicht einmal alleine aufstehen. Ich weiß nicht, ob ich je wieder ganz fit werde. Hätte ich das nur nicht gemacht«, brach es wütend aus ihm heraus.

Robert lehnte sich auf seinem Stuhl zurück und betrachtete kurz Benedikts Gesicht, das noch deutliche Spuren vom Unfall aufwies. Dann sagte er: »Du hast schon viel zu lange gewartet, Benedikt. Damals hättest du vielleicht noch eine Jugendstrafe bekommen und hoffentlich daraus für dein Leben gelernt, stattdessen hast du aber so weitergemacht. Julia hat dich bislang nur deshalb nicht angezeigt, weil sie nicht wollte, dass du ihretwegen vorbestraft bist, schon allein mit Rücksicht auf die Jungs. Dies könnte sich jetzt aber ändern.« – »Sag mal, bist du deppert? Siehst du nicht, dass dein reiner Tisch alles nur noch schlimmer gemacht hat?«, warf Benedikt ihm vor. »Nein, das sehe ich nicht so. Gloria kennt endlich ihren Täter und hat eine Entschädigung für ihr Leid bekommen. Und deine Familie wird nicht mehr von dir hintergangen. Du hast ihnen immer den Unbescholtenen vorgespielt und bist im Geheimen völlig auf der falschen Spur gelaufen. Jetzt hast du mächtig viel Zeit zum Nachdenken«, erklärte ihm Robert seine Sichtweise.

»Spinnst du? Du überredest mich zu dieser Aktion, damit diese Frau endlich ihren Frieden findet. Sie bekommt einen Batzen Geld und zeigt mich trotzdem an? Warum macht die das? Es gab einen Deal, erkläre mir das mal«, forderte Benedikt ihn erregt auf. »Vielleicht hat sie nicht damit gerechnet, dass der Täter ein ehemaliger Klassenkamerad von ihr war. Das ist noch viel schwerer zu verarbeiten, als wenn es ein Unbekannter gewesen wäre«, mutmaßte Robert. »Und wenn sie einfach nur Rache wollte und gar keine Vergebung? Außerdem habe ich nie damit gerechnet, dass sie mich nach all den Jahren mit Bart und ohne Brille wiedererkennen würde. Wo bleibe ich bei deinem großen Mitgefühl? Ich habe auch ein Recht auf Leben«, stellte Benedikt klar. »Ja, Benedikt, aber nicht auf deine Grenzüberschreitungen. Werde erst einmal gesund und fange endlich mit einer Therapie an. Hier im Haus können sie dir dabei helfen.«

Während er aufstand, blickte er Benedikt forschend an. »Warum hast du mich eigentlich damals in Berlin aufgesucht und mich nach der Wirkung von K.-o.-Tropfen gefragt?« – »Weil ich von dir wissen wollte, ob sich das Opfer später einmal erinnern kann. Wir standen damals alle ziemlich unter Druck, dass da noch etwas kommen könnte«, antwortete ihm Benedikt, ohne groß überlegen zu müssen. »Also ging es dir damals nicht um das Opfer«, stellte Robert fest. Da

Benedikt schwieg, fuhr er fort: »Als du später erfahren hast, wie es Gloria nach der Tat ergangen ist, hast du behauptet, man dürfe sein Glas eben nicht unbeaufsichtigt stehen lassen. Kannst du dich daran erinnern? Wolltest du Gloria damit eine Mitschuld an der Tat geben, nur weil sie in deinen Augen zu leichtsinnig war?« – »Ja, vielleicht. Was soll das jetzt?«, reagierte sein Schwager gereizt.

Robert stellte sich an das Fußende des Bettes, bevor er weiterfragte: »Und warum wolltest du dein Opfer jetzt unbedingt sehen? Dein Anwalt hätte das alles gut alleine erledigen können, er hatte dich sogar davor gewarnt. Wieso hast du unten in der Eingangshalle gewartet?« Erregt entgegnete Benedikt: »Ich wollte sehen, wofür ich meinen Sportwagen verkauft habe. Ich konnte mir einfach nicht vorstellen, dass man nach ein bisschen Sex im Rausch so heftige Schäden haben soll. Vielleicht macht sie ja nur allen etwas vor und will jetzt abkassieren.« – »Wie war es denn für dich, als du sie gesehen hast?«, bohrte Robert weiter. Benedikt brauchte einen Moment, bis er zugab: »Beschissen. Die sieht völlig fertig aus. Dabei war es nur Sex und sie hat davon doch gar nichts mitbekommen. Wenn wir sie bei vollem Bewusstsein vergewaltigt und gequält hätten, könnte ich das ja noch verstehen.« – »Und du hättest es einfach so weggesteckt, wenn jemand dasselbe mit dir getan hätte? Dich willenlos gemacht und sich dann nach Belieben an deinem Körper vergangen hätte? Benedikt, glaubst du das wirklich?«

»Hätte ich sie mal vergewaltigt, dann hätte ich meine Strafe wenigstens verdient. Ich habe es aber nicht getan, weil ich davon noch gar keine Ahnung hatte; ich wollte mich ja vor den beiden Typen nicht blamieren«, schimpfte Benedikt. »Und warum hast du dann das Geld bezahlt?«, wunderte sich Robert. »Ich wollte auf dem Abiball mit Gloria tanzen, nur ein einziges Mal, sie wollte aber nicht. Ich hatte schon etwas getrunken und sie dann fest in meinen Arm gezogen. Ich konnte ihr Parfüm riechen und sie hat mich wie angewidert weggestoßen. Weißt du eigentlich, wie sich das anfühlt?« Benedikt unterbrach kurz. Es war ihm anzumerken, dass ihm dieses Gespräch schwerfiel und dass er Schmerzen hatte.

»Louis aus der Parallelklasse und sein Kumpel, der mit ihm sitzengeblieben ist, hatten K.-o.-Tropfen dabei. Sie wollten an diesem Abend eine Frau flachlegen, das wusste ich von Simon«, fuhr er fort. »Ich habe ihn dann gefragt, wie es mit Gloria wäre. Er wollte dann natürlich gleich als Erster ran und sein Kumpel auch. Louis hat Gloria abgelenkt und sein Kumpel hat ihr die K.-o.-Tropfen ins Glas getan. Ich habe dann nur noch abgewartet, bis sie wirkten, und Gloria dann in die Turnhalle geschleppt, als sie schon taumelte. Da habe ich sie erst festgehalten und dann ausgezogen.«

»Und hast dann zugeguckt? Fandest du das geil oder was?«, fragte Robert fassungslos. »Benedikt, warum hast du das getan? Aus Rache, weil sie nicht mit dir tanzen wollte, zerstörst du ihr ganzes Leben? Wirfst sie Frauenschändern als Beute hin?« – »Ja, ich wollte mich dafür rächen, dass sie mich immer so behandelt hat, als wäre ich nicht gut genug für sie. Das ist doch ganz normal«, ereiferte sich Benedikt. »Wie war das dann für dich, als die Kerle über sie herfielen? Tat sie dir da nicht leid?«, hakte Robert nach. Benedikt starrte erst vor sich hin, bevor er zugab: »Am Anfang fand ich es auch geil, ihr an die Brust fassen zu können und ihr die Hose auszuziehen, aber als Louis sich so heftig über sie hergemacht hat, dass sie sogar anfing zu bluten, wurde mir schlecht und ich bin nach draußen gelaufen. Ich musste vor der Turnhalle kotzen und habe mich danach mit Alkohol abgefüllt, aber diesmal randvoll.«

»Ist doch irgendwie aus dem Ruder gelaufen, deine angeblich völlig normale Reaktion. Jetzt rächt sich offenbar das Leben an dir«, stellte Robert fest und, als von Benedikt nichts kam, fuhr er fort: »Mach das Beste aus dieser Situation und zerstöre nicht das Letzte, was dir übriggeblieben ist.« – »Und was soll das sein?« – »Du musst deiner Familie nicht mehr vorspielen, jemand zu sein, der du gar nicht bist. Sie können jetzt herausfinden, wie sie zu dir stehen, jetzt, wo endlich die Wahrheit raus ist.«

Robert ging zur Tür, drehte sich dann aber noch einmal um. »Und höre besser auf deinen Anwalt. Er versucht nämlich gerade, deine positive Seite hervorzuheben, dass du Reue zeigen würdest und den Schaden ersetzen wolltest. Vielleicht ist ja auch die Straftat schon verjährt, wenn von einer einfachen Vergewaltigung ausgegangen wird.« Er hatte die Zimmertür schon geöffnet, als Benedikt laut zu fluchen begann: »Ja, tolle Reue. Die Scheißwahrheit hat mein Leben zerstört.« – »Falsch, Benedikt, deine Taten haben dein Leben zerstört und anderen Menschen unermessliches Leid zugefügt. Das ist die Wahrheit. Denke einmal darüber nach.«